青梅絮语

叶荣宗 著

海峡出版发行集团｜海峡文艺出版社

图书在版编目(CIP)数据

青梅絮语/叶荣宗著. 一福州:海峡文艺出版社，
2019.5(2024.3 重印)
ISBN 978-7-5550-1861-2

Ⅰ.①青… Ⅱ.①叶… Ⅲ.①散文集－中国
－当代 Ⅳ.①I267

中国版本图书馆 CIP 数据核字(2019)第 097684 号

青梅絮语

叶荣宗 著

出 版 人 林 滨
责任编辑 林 颖
出版发行 海峡文艺出版社
经 销 福建新华发行(集团)有限责任公司
社 址 福州市东水路 76 号 14 层
发 行 部 0591－87536797
印 刷 三河市兴博印务有限公司
厂 址 河北省廊坊市三河市杨庄镇大窝头村西
开 本 787 毫米×1092 毫米 1/16
字 数 358 千字
印 张 25
版 次 2019 年 5 月第 1 版
印 次 2024 年 3 月第 2 次印刷
书 号 ISBN 978-7-5550-1861-2
定 价 99.80 元

如发现印装质量问题,请寄承印厂调换

血性阳刚与家国情怀（序）

张　陵

　　叶荣宗兄要出一本散文集，特意嘱我写个序。

　　和他做朋友多年了。那时，他还是驻军守备团的最高长官。我跟着晋江的文友们在围头参观采风，其中一些景观还在当时的军事禁区内，进去需要找到他来批准。我们就这样认识了。他个头不高，敦实健壮，身上有一股军人特有的精气神。想象不出这样一条硬汉子，竟然是个诗人，而且诗写得很不错，在当地很有些名气，是晋江诗群很有实力的作者。后来，他调到晋江市当了武装部长。再后来转业，他在晋江市政协担任领导工作。尽管政务繁忙，他仍不忘文学，不仅坚持写诗，还写了不少散文。他的诗文我时常能读到。晋江的文学刊物《星光》每期都发表他的作品。不是诗歌，就是散文，还有文学评论。我陆陆续续读了二三十年的《星光》，积累下来，他的作品还不算陌生。

　　我对叶荣宗一直怀有深深的敬意。不是因为文学，而是因为他是一名曾经上过战场、打过仗、立过功的军人。他的一些战友为国牺牲了。他虽然活着回来，但同样经历了战争的残酷洗礼，经受生与死最严峻的考验。我在一次交谈中偶然知道他有着这段光荣而悲壮的人生，从此把他当英雄看。

就是这样的英雄情结，让我在读他这部散文集时，情绪久久地停留在《在老山前线的那些日子》上面。这篇文章很短，记述了他当年在老山前线的一次攻击战。没有渲染，没有描写，也没有细节，只有平实且简要的叙述。按说，在写这篇文章时，他已经是优秀的作家，可以写得更生动，更有感染力更文学一些。可他偏偏就写得那样没有文采，那样简洁，那样云淡风轻。就是这样的文字，却给我带来心灵震撼，给我一种情感的力量。一个从战场走出来的人，知道了生死，也知道了人生，也就把诉说看得很淡很轻了。这种轻淡从容，其实是更显血性更显力度的。

战争直接铸就了军人的血性、国家的血性、民族的血性，也铸就了一个时代的文学精神。前一段时间，有人感叹现在的军旅文学写战争，写来写去，只能写一些军事演习。尽管炮火连天，杀声动地，说到底，还是模拟战争，还是演习，没有什么生死考验，也就没有血性。写这样没有血性的战争文学，实在提不起神，很不带劲。现实里，谁都想过和平的日子，谁都不想有战争。中国争取到了几十年的和平时期，抓住了历史的机遇，才有改革开放、社会进步、国家昌盛、人民幸福的好日子。不过，一个民族国家的精神，不能因为和平时代而放弃丢失这种战争时代的血性。一个国家的文学，不能没有血性。血性应该成为一个国家一个民族文学精神最可宝贵的品质。

回过头来再读叶荣宗的《在老山前线的那些日子》，我以为，深层里的那股血性，是这篇作品之魂，也是这部散文集的精神能量之核。当然，这股血性大都转化为整部集子一以贯之的阳刚堂正之气，成为一部作品与众不同的思想基调。叶荣宗的散文，多数都是普通人情、普通事体、普通生活的内容。不过，读下来，明显地能感觉到，他的作品和别人不一样，至少和晋江作家群的其他人不一样。往深里想，原因就在于他的作品比别人更为突出的刚正明快的叙述方式和语言质地。

写散文心态通常比较休闲,字里行间少不了闲适把玩的意味。玩赏一下景物,玩味一下语言。文人散文,这种玩赏感就特别浓重。现在人写散文都流行这样写。写多了就以为散文就得这样写。文人的阴柔气加重,阳刚气反而少了淡了缺了。叶荣宗散文的阳刚硬度,与之形成了鲜明的对比。老是读那些"软"散文,有点累;突然读到有点"硬"度的散文,感觉很好。

叶荣宗散文的"硬"并不全是个人情调,更多的是语言骨子里的血性,也就是家国情怀。他说自己早已是新晋江人,把晋江当自己的第二故乡来爱、来敬畏。他的作品大都是有关晋江内容。晋江的历史、晋江的现实,还有晋江的梦想,构成他作品主题的内涵和清晰的思路。当然,看得出,他的重心放在改革开放时代,晋江经济社会发展变化的描写和表现上,相当多的内容涉及改革发展、生态文明建设、乡村振兴战略和弘扬传统文化的主题,带有新时代的风貌。他的散文,真实地反映了晋江人民在改革开放时代的奋斗打拼历史现实,真实反映了晋江人民开创自己美好新生活的创造精神。通过"晋江传奇""晋江模式""晋江奇迹"的生动描写,多层次地展现了晋江从贫穷走向富裕的历史进程,揭示了晋江从一个封闭的小城变成国际化程度相当高的大都市的秘密。在这个主题立意的框架下,讲述了许许多多晋江人改变命运的故事。

《金交椅山的怀想》写晋江"瓷砖之都"磁灶的过去与现在,写这个地方与"海上丝绸之路"的关系,很有现实性,也很有历史感,是一篇好散文。这个题材,我也曾涉及过,但没有像他那样找到那么多那么好的材料,也就写不出他那样的深刻。《读尽海峡昔日史,喜看围头今日春》写炮击金门时期,一座英雄村庄的当代故事。如今的围头村,人民安居乐业,生活幸福。当年的前哨阵地现在成海峡两岸人民往来的重要港口,对祖国统一有着非常重要的作用。作家曾长期驻守于此,对生活很熟悉,对当地百姓感情很深,写得非常深入可读。《晋江也有解放军庙》也写得非常有意思。人民对解放军的爱转化成一种民间宗教和文化的过程写得非常生动有趣,深刻反映军民之间的牢固的血肉关系,也有着深厚的文化含量。这种故事,还很少有人写到。

我还很注意叶荣宗那些读史的散文,显现出作家思想的深沉与厚重。如《紫峰故里寻古》《从罗山说罗隐》《晋江先人闯南洋》等。而我个人而言,比较认同和支持《海商巨霸:郑成功》中的思想观点。看得出,这篇文章写作,作者下了特别大功夫,思考也深入。关于郑成功称霸一时的商船历史,是郑成功作为民族英雄的另一个传奇。作家许谋清曾打算以此创作一部长篇小说,也曾和我讨论过。好多年了,没读到许谋请的小说,却读到了叶荣宗的散文。其中写到中国现代的最早的海权意识就从这支船队无意萌发并渐渐有了清醒的海权思想,充分开发了郑成功新的政治文化价值。在今天,海权与国家的发展、国家安全、国家的命运的关系已经被地缘政治格局的新变化所深刻揭示了。从这个层面上说,叶荣宗这篇散文观点比较新,也比较准确把握了时代的脉搏。

由此能够体味到,叶荣宗散文的社会责任心和正能量。他一直坚持这样的创作思想。当代散文发展碰到瓶颈,有些人出主意,说散文要出新。话是没错。可什么叫新,他们主张要更人性化、更个人化,以为这才是散文的新。说实话,不管散文怎样新,没有一个作家对家乡的爱、对社会的爱、对祖国和民族的爱,就新不了。散文之所以碰到瓶颈,说到底,就是社会责任和家国情怀少了、缺失了。所以,散文要发展、要出新,还得下大力气加强散文的社会责任感和家国情怀。这样想来,叶荣宗走的是正路子。

(作者系作家出版社原总编辑、中国作家协会报告文学委员会委员、太湖世界文化论坛副秘书长)

心 | 香 | 片 | 羽

军 | 旅 | 情 | 怀

山｜水｜游｜踪

晋｜江｜纪｜实

谈 | 文 | 说 | 艺

读｜史｜偶｜拾

政│研│笔│记

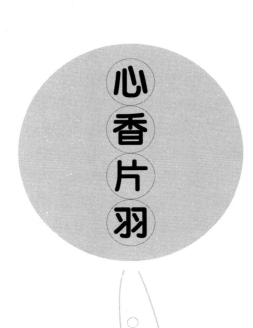

心香片羽

茶香花艳沁心脾

晋江地处闽南沿海,海风的侵凌与沙质土壤不利于一些花木的种植和生长,但也有一些生命力强的花木,逐渐适应这里气候变化和土壤特性,生存了下来。茶花就是这样一种花木,尽管还没有大面积广泛栽种,但已深受晋江人的喜爱,树龄长者已被列入晋江市古树名木名录中。如今,在安海的龙山寺、东石的南天寺和罗山的紫竹寺,还能看到种植百年以上的山茶树,径粗叶厚,树冠如盖,自然分叉,每逢花开季节,都会吸引不少香客和游人。

其实,茶花四处可栽,也随处可见。在我家的阳台上,就培育了几盆。虽然没有太复杂的造型,也有意不让其长高,但挺拔向上的树枝和繁茂浑厚的绿叶,已经展示出顽强的生命力。茶花不怕阳光照晒,也不怕潮湿和海风,适合在偏酸性的土壤中生长,是我国东南、西南地区的主要花种。云南、昆明、金华、温州、景德镇等省、市都以茶花为省花、市花。

早在隋唐时,茶花就被视为珍贵花木进行栽培,并很快进入宫廷、寺院和百姓的庭园中。宋代是栽培茶花的鼎盛时期。李时珍的《本草纲目》、王象晋的《群芳谱》、朴静子的《茶花谱》等都对茶花有过详细的记述。徐霞客在观赏过各地无数珍贵的茶花后,也说:"茶花有分心卷边,软枝者为第一。"

茶花属常绿小乔木,株形优美挺拔,叶绿浓郁而有光泽,花形如碗状,为单瓣或重瓣,而且花色繁多。人们喜欢茶花,就因其花朵结实而不失娇艳,花色繁多而不弃绿叶,花容百态而不忘浪漫,花开冬春而不畏冷寒,具有纯朴、大方、自然等特性,并常常被喻为谦让、美德和真爱。陆游在《山茶》一诗中写道:"东园三月雨兼风,桃李飘零扫地空。唯有山茶偏耐久,绿丛又放数枝红。"清代段琦在《山茶花》中更称茶花为:"独放早春枝,与梅战风雪。岂徒丹砂红,千古英雄血。"连乾隆皇帝也喜爱茶花,在其《咏山茶》中写道:"火色宁妨腊月寒,猩红高下压回栏。滇中品有七十二,谁能一一取次看。"郭沫若则称赞茶花胜过牡丹花:"茶花一树早桃红,白朵彤云啸傲中。艳说茶花是省花,今来初见满城霞。人人都道牡丹好,我说牡丹不及茶。"

我想,茶花是个好品种,树冠成形,花开艳丽,适应性广,应当普遍种植。田野山坡,茶花可以成片生长,为人们送来秀丽清新的田园风光,创造经济和社会效益;路边道旁,茶花可以成行栽种,排成一道道独特的风景线,美化单调的直线并愉悦过往行人;房前屋后,茶花可以独自成活,在僻静的角落中四季痴守,等待着忙里偷闲的有心人;盆中缸里,茶花依然可以存活,在美化居室的同时不时与主人对话,丰富一家人的惬意生活。

茶花用绿意铺染着生命的底色,用美丽造就出天然的本质,用顽强演绎着人间的挚爱。恰巧有位友人发电子邮件给我,要我推荐一种花作为晋江市民最喜爱的花,我便毫不犹豫地选择了茶花。欣喜中把答案发往他的邮箱,顺手打开音乐栏,再一次听起邓丽君演唱的《山茶花》:"你说你美丽,就像一朵花,他希望总有一天,把你摘回家。"

(原载《星光》2010年第4期;《晋江市民最喜爱的树与花》,晋江市文明委2010年10月编)

菩提树下的怀想

　　人类也是大自然的产物,在追求自身生存与发展的同时,也在追求与大自然的和谐与相融。水与空气是生命存在必不可少的条件,而水与空气恰恰与我们身边的一草一木息息相关。春风化雨润无声,一枝一叶总关情,进入新世纪的今天,人类更加重视生存环境,更加强调人与自然的和谐,更加珍爱身边的一草一木。这是人类的一大进步,也是值得称颂的一笔。

　　为了表达一种独特的情怀,许多国家、民族和区域的人们,从自身的历史文化、区域属性及感情追求出发,遴选出大多数人喜爱的树木和花种,并确定为国树、国花或市树、市花,以此亲近花木、拥抱绿色、乐享生命,以此寄意自然、托物言志、向往愿景,以此提振精气神、强化民族魂、增强凝聚力。不仅如此,还通过确立国树、国花或市树、市花,引导人们对一个国家、民族或区域的深层认识,起到广而告之或不宣而知的目的与效益。比如,讲到橄榄树就会想到希腊,讲到云杉就会想到挪威,讲到相思树就会想到澳大利亚;讲到樱花就会想到日本,讲到向日葵就会想到俄罗斯,讲到郁金香就会想到荷兰。在国内也是这样,讲到椰子树就会想到三亚、海口,讲到香樟树就会想到长沙、贵阳,讲到榕树就会想到福州;讲到牡丹花就会想到洛阳、菏泽,讲到月季花就会想到北京、天津,讲到木棉花就会想到广州……这真是"花木有情,美在人心;人间有爱,万象更新"!

　　晋江,这是一片改革开放的热土,也是一个创造神奇的地方。自 1992 年撤县建市以来,晋江经济社会飞速发展,逐渐从贫穷落后走向繁荣富裕。县域经济实力连续 20 年位列福建省之首,县域经济基本竞争力跃居全国第 5 位,综合实力位列全国中小城市第 10 位。主城区规划面积已达 298 平方公里,占总面积的 46%,基本形成"一主两辅"的城市框架,城镇化率高达 60% 以上,全市人口已达 210 多万,是一座新崛起的中等规模城市。在"十二五"规划中,晋江提出了建设"滨海生态城市"目标,全市广泛开展"全民动员,绿化晋江"植树造林活动。在近几年大规模的城市建设中,又在原有体育公园、敏月公园的基础上,新增和完善了世纪公园、绿洲公园、八仙山公园、晋阳湖和五店市景区,以及交通干道生态绿廊等;同时还开展"人种一棵树、村企校造一景、镇街建一公园"行动,大力推进城乡一体化绿化工程。植树造林、种木养花成为机关学校、镇街村庄、市民群众的爱好与习惯,成为良好的氛围与风尚。2013 年,晋江市获得了"国家园林城市"的殊荣。

也正是在这种氛围和背景下,晋江市各界人士和广大市民对评选市树、市花的呼声越发高涨,引起了有关部门的高度重视。2010 年,由市精神文明委员会牵头组织评选市民喜爱的树与花,并印制成书,作文推介和引导。2013 年,市绿化委、市政园林局又相继编印出《绿美晋江》《乡村美》《山水城》等绿化景观图册,作为创建园林城市的参考书,紧密配合道路街区改造、村居建设和园林绿化美化。2013 年 9 月,由市农业局牵头,正式启动晋江市市树、市花评选活动,先后经过 4 个多月的时间,历经前期准备、征集初选、公开海推、专家论证、市民投票 5 个阶段工作,近 30 万市民参与投票,确定出备选方案,然后经过市政府常务会、市委常委(扩大)会、市人大常委会研究确定,最终选定菩提树和白兰花为晋江市的市树和市花。作为一个县级市,通过海选选出市树、市花,这在全国还是不多见的,这种做法是值得赞许和肯定的。

晋江地处东南沿海,海浪沙滩、土包石冈、黄泥赤壤、红砖白墙,在这里能够常年生长,并获得钟爱的树木为数不多。然而,也有比较普遍种植和得到认可的树种,如有独木成林的大榕树,有寄意深远的相思树,有抗风耐寒的木麻黄。那为什么偏偏会选出一种舶来的菩提树为市树呢?这个中是有原因的。从前在晋江,菩提树确实不多见,只是散落于一些寺庙和庭院中,人们对它的认识也是肤浅的,就是懂一点的人也觉得它是一种神秘树种,而不愿栽种。近几年来,随着绿化晋江行动的开展,随着对生态环境的重视,随着对美化家园的向往,一些优良树种不断地被引种和广播,人们从接触、亲近到喜爱、呵护,菩提树便逐渐在人们的心目中植下了"根",在晋江的大地上安下了"家",并最终一跃成为晋江市民强烈的"爱"。

菩提树属桑科榕属常绿大乔木,树干笔直,树皮为灰色,树冠为波状圆形,具有悬垂气须;叶大呈心形,花生于叶腋内,花期3—4月,果期5—6月,果粒扁球形,冬季成熟;树干富有乳浆,可提取硬性橡胶,花可入药,具有发汗解热的功效。菩提树原生长于印度,目前国外种植以印度、斯里兰卡、缅甸为多。菩提树的梵语原名为"毕钵罗",据传佛教创始人释迦牟尼就是在这种树下悟道成佛的,这才得名为菩提树。"菩提"的梵语意思为"觉悟",所以也被称作为"智慧树"或"觉悟树"。直到现今,印度教的沙陀们还经常在菩提树下思考和念经。史籍记载,梁武帝天监元年(502年),印度僧人智药三藏从西竺引种菩提树于广州光孝寺坛前,从此我国广东、云南等地才见菩提树生长。目前,菩提树在国内主要分布于中西南地区。菩提树适用于寺院、街道、公园种植,近年来也作为行道树种植。菩提树不仅是印度的国树,也成为我国台湾花莲县的县树和西双版纳傣族自治州景洪市的市树。

其实,菩提树早在我国就有种植了,也是一种古老的树种,并随着佛教的传播而闻名,演绎出许多经典故事,也成为文人墨客笔端的爱宠。据《大唐西域记》中载:佛陀成道后,在菩提树下踱步7日,异花随迹,放异光明。信众们就带着鲜花等物品来拜奉佛陀。可佛陀常外出说法,信众们因遇不上而扫兴。阿难陀就把这件事告诉佛陀,佛陀说:"世间有3种器物应受礼拜——佛骨舍利、佛像和菩提树。礼拜菩提树吧,这和礼拜如来功德一样大,因为它帮助我圆正佛果。"这就是"见菩提树如见佛"传说的由来。另据《大唐大慈恩寺三藏法师传》卷三载:"法师至,礼菩提树及慈氏菩萨所作成道时像,至诚瞻仰讫,五体投地。"现今民间还流传着神秀与慧能对诗讲经的一段故事。神秀(606—706年),俗姓李,汴州尉氏(今河南尉氏)人,隋末出家。唐高祖武德年间在洛阳受戒,50岁时嗣禅宗五祖弘忍,历6年,升为上座僧。弘忍卒后，移住江陵当阳山玉泉寺，开禅宗北宗一派。卒谥大通禅师。他与师兄慧能(后世称禅宗六祖)作诗对答，神秀说："身是菩提树，心如明镜台。时时勤拂拭，勿使惹尘埃。"慧能则答："菩提本无树，明镜亦非台。本来无一物，何处惹尘埃。"诗义相反，内容深刻，经意博大精深，这对师兄弟以物表意，借物论道，也使菩提树的名声大振。

在北京故宫的英华殿内，还存活着两棵明代种下的佛门菩提树，据说是明代万历皇帝生母慈圣李太后亲手所植。东边的一棵，因在弯曲的横干上，又向上生长着9个大枝，故名叫"九莲菩提树"，李太后就把自己说成是九莲菩萨的化身，经常到树下去祈福祷告。这在《清宫述闻》中有载："明代英华殿，有菩提树二，慈圣李太后手植也。高二丈，枝干婆娑，下垂着地，盛夏开花，作金黄色，子不于花瓣生，而于背。深秋叶下，飘扬永巷。"在《天启宫词》中也有"依殿荫森奇双树，明珠万颗映花黄。九莲菩萨仙游远，玉带王公坐晚凉"等词句。清乾隆皇帝文武双全，曾作有《英华殿菩提树诗》，并刻在碑上立于殿内，诗云："何年毕钵罗，植此清虚境。径寻有旁枝，蟠芝经幢影。翩翩集佳鸟，团团覆金井。灵根天所遗，嘉荫越以静。我闻菩提种，物物皆具领。此树独擅名，无乃非平等。举一堪例诸，树已无知省。"后来又作《英华殿菩提树歌》："我闻法华调御丈夫成道处，乃于迦耶城中菩提树。又闻法严海会诸如来，一佛一树乃至恒沙数。"

菩提树还被国人视为"和平树""友谊树"。故事缘于1954年印度总理尼赫鲁来华访问，他带来一株从2500多年前佛陀悟道的那棵树上取下的枝条培育成的小树苗，赠送给我国领导人毛泽东主席和周恩来总理，以示中印两国人民的友谊。周总理将这棵代表友谊的菩提树苗转交给中国科学院北京植物园养护。时至今日，这棵菩提树长势良好，枝繁叶茂，欣欣向荣，成为友谊与和平的象征。

晋江何时引种菩提树的问题，目前虽无从考究，但从境内已成长的比较年长的菩提树来看，起码也有上百年的时间了。除新近几年种在公路旁的行道树和公园中的风景树外，大多分散种植于寺庙庭院中，虽然为数并不多，但还是经常可以见着的。不管是以前还是现在，晋江人喜爱菩提树，敬重菩提树,这已成为事实,同时也是事出有因的。一是泉州是古代"海上丝绸之路"的源端,有着"涨海声中万国商"和"市井十洲人"的称誉,特别是与东南亚国家和阿拉伯国家的商贸往来密切,文化交流也十分频繁,菩提树作为优良树种由此引种移植和作为文化交流通融,是极有可能的。二是泉邑晋地古称"佛国",满街都是"圣人",至今佛教信众诸多,烧香拜佛者甚,不仅在本乡本土供奉,而且经常到普陀山、五台山、九华山等佛教名山名寺参拜,虔诚度为全国罕见。菩提树既与佛有渊源,被称为佛教的"圣树",理所当然在信众心中"植根",有了生长的"土壤"。三是菩提树树种优良,树形优美,其径直、叶阔、荫广,花果独特,在闽南可四季常绿,而且易活快长,便于栽植和管理,养护成本也不高,具备了广泛种植的条件。菩提树独处时看显神奇,片栽时可成风景,混合参种时又能相互媲美,因此成为现代城乡绿化美化的优选品种,已被人们广为接受,并被广泛选植栽种。四是菩提树与佛结缘,为寺院常见树种,而且叶形如心,花可入药,果实奇特,整树都具有深刻的历史传承和人文内涵,已成为谦逊真诚、和平和谐、乐善好施、尊祖崇俗等寄意和象征。这些人文内涵,正是晋江人的群体追崇与秉性写照,正是晋江人文精神的集中体现,当然也是晋江人为什么会选中菩提树为市树的原因所在。

我作为一个新晋江人,又身处晋江山海怀抱之中,为有广大市民共同喜爱的菩提树而骄傲。在 2014 年的这个植树月活动中,我分别在安平桥头、灵源山下、紫帽山上,亲手种下了几棵菩提树,不仅有了参与生态建设、绿化美化环境的自豪感,更有一种抚慰心中情愫、化解自然心结的夙愿,心灵在种植过程中得到了洗涤与净化。我还借此机会和兴致,从网络上查看有关菩提树的资料,进一步熟悉了解已成为晋江市树的菩提树,甚至链接和延伸到相关的文学作品和影视剧目。比如,观看了 50 多集的古装电视剧《菩提树下》,领略主人翁在复杂纠葛的爱恨情仇之后,在菩提树下去宽恕、放弃和释怀。还欣赏一些动情感人的有关菩提树题材的音乐,有舒伯特创作的声乐民歌《菩提树》:"流浪的故乡门前,有一棵菩提树,他曾在树下度过了幸福的时光。如今他在凛冽的寒风中流浪,仍仿佛听见菩提树在向他轻轻呼唤。"有由少数民族歌手俸俸演唱的《菩提树上的叮当》:"请你带我去从前你住过的村庄,让我敲一敲菩提树上的那个叮当,踩一踩凤尾竹下老式的水车,爬一爬只是听说过的那座高山……噢,你的村庄,也有个叮当。噢,你的村庄,也没有悲伤。"有化方作词、李杰作曲、董蕾蕾演唱的《菩提树》,有歌手浮克自编自唱的《菩提树》,有王啸坤演唱的《菩提树下》,有黄慧音演唱的儿歌《在菩提树下》。还有一首很流行的、由庭竹作词作曲的《菩提树下》:"行无常,人皆苦,一切无我,无天堂,一切空。"等等。当然,我最熟悉和最喜欢的还是电视连续剧《西游记》中的配乐歌曲《青青菩提树》:"青青菩提树,宝象庄严处,经过多少岁月,依然苍翠如故。仰参菩提树,遥望故乡路,几多朝朝暮暮,漫漫云烟无数……愿此身化作菩提,护众生光照千古。"回想起来,读一读、看一看、听一听与菩提树有关的内容,真爽!

现在,我只愿我种下的那些菩提树小苗能够长成参天大树,我只求菩提树能庇佑晋江发展和民众安康,我更望晋江的人文精神能不断精粹并广为弘扬。

(原载《星光》2014年第2期;《玉兰菩提——晋江市花市树诗文集》,晋江市绿化委员会编,海峡书局2014年9月出版)

相知玉兰树

几年前,因工作关系我从一个城市的小区搬到山脚下居住,山与城有很大差别,那就是植物多、空气好、视野开阔,当然也有偏远、寂静、进出不便等不足。我居住的身后这座山,山顶上的树稀稀散散,并没有什么特别的地方。但山的西南面,也就是我住的这个地方,还算不错,前边是一座水库,这使视野开阔了许多,后面紧靠着山坡,背风挡寒,使人不觉得虚空。前人在房前屋后和路旁种了不少的树,如今这些树已然成荫,把整个房屋包容在树荫中,房屋若隐若现、错落别致,算得上是个休养生息的好地方。

我所住的这栋房子在最高处,向前眺望,可以看到不远处车水马龙的公路、远处的深沪海湾和水天相连的辽阔海峡。在房子的周围,除了路就是树,高低不一,树种不同,每棵树都是自由自在地生长。大自然雕饰了树的各自形态,树又以各自的形态给我的住所增添了几分风光。每有亲朋好友光临,都免不了要对这里的环境称赞一番,每次我也都以"没什么好,就是空气好"笑答。

其实,人们在一个地方时间长了,往往对周围一些东西就不那么在意了,包括一些美的甚至是不美的,容易在不经意之间渐渐地淡忘。而对身边那些能够引起感动的东西,却会刻意去记取,有时还会令人终生难忘。就说我的住所,那些石房、石路、石桌、石雕和杜果树、刺桐树、杉树、桉树,我见多见惯了,也就不觉得有什么稀奇的。然而,我对我房后这棵玉兰树却情有独钟,把它作为一个忠实的、情绪能够沟通的"朋友",让它和我一起涉世,一起劳作,一起生息。

记得我刚搬到这里居住时,这棵玉兰树才 1 米多高。本来想将它拔掉或是移走,在房后铺一块小水泥地,以净化周围,方便进出。后来,看它虽小,却也能开出几朵白色的花,而且香气袭人,才有点舍不得,把它留了下来。不久,我又在它的周围加上一些肥土,还时不时地浇上一些水,这玉兰树也就自由而安详地生长了。几年过去了,这棵玉兰树不仅枝繁叶茂,而且已高过屋顶,耸立于丛林之中。由于周围相同的树种稀少,又有高低色彩差异,这玉兰树也就显得更加耀眼和珍贵。它四季常青,枝叶不断地向外和向上扩张、生长,显示出极强的生命力。在花开的季节,它盛开出白色的花,花香诱人,在大老远的地方就会有阵阵清香扑鼻而来。

　　这棵玉兰树正对着我住房的后窗,每当放眼窗外,它总是在我的视野里,绿化了我的眼眸。夜晚,它忠实地守护在窗外,让沉睡中醒来的我,从枝叶发出的沙沙声响中了解房外风雨景象,从栖息在枝丫上的小鸟叫喳声中知道日出天明。在花开的季节,玉兰花香气四溢,染满了我的房间,引发我对这个山边居所的特别的流连。当有寂寞无聊之意时,我就端上一盆水,浇一浇这棵玉兰树,欲以这种方式与树沟通,看一看它渐渐变粗的树径和不断扩张的枝叶,领略万物中蕴藏的巨大的生命活力,消磨闲暇、虚空和多余的时光。玉兰树虽然无言,但它用悄然生长的顽强意志,激励我勇敢面对矛盾和困难,有寂寞而不消沉,在心静之时多一份反思和清醒。玉兰树是自由自在的,在微风中,它总是轻松自如地摇动枝叶,甚至发出会心的嬉笑声响,面对各种气候,泰然自得,在淡然中快乐着、悠闲着,给我"淡泊明志,宁静致远"的思索。我时常在树荫下,或读书看报,或沉思怀想,或休闲纳凉,尽情地享受着轻松快乐的好时光。每当依树而坐,就有一份惬意从心间飘然溢出。

　　所以我觉得,树也是有灵性的,你多一份真情的付出,它就会多一些恩惠的回报,爱树也是在爱我们自己。我庆幸当初没有把这棵玉兰树拔掉或移走,庆幸身边多了这样一位相知相依的"朋友"。

　　(原载《晋江经济报》2014 年 2 月 7 日;《玉兰菩提——晋江市花市树诗文集》,晋江市绿化委员会编,海峡书局 2014 年 9 月出版)

玉兰花开

摘一朵天空上的云彩，撷一瓣浪花溅起的洁白，汇聚成成山成海的笑容，捧出我们心中的喜爱，让这簇香飘四溢、鲜艳怡人的花朵，在这片古老的大地上长久盛开。

拥一种虔诚笃信的情怀，献一份伫立心中的所爱，站立成方方正正的队伍，呼唤我们共同的期待，让这朵注入心血、充满情愫的花朵，在这座崛起的新城长久盛开。

啊，白玉兰，你亲亲梅溪，盼盼晋水，锦盛泉城古邑。你的盛开，如鸟飞凤舞彰显丹豪，用对大自然多一度的热爱，去展示晴雨伞下那一份心心相印的情怀；你的盛开，又像是龙马虎狼争先劲霸，以永不止步、永不言败的品质追求，去展现爱拼才会赢的精神气概。

啊，白玉兰，你从万花丛中走来，带着清香与浪漫，带着纯净和友谊，带着美丽和爱情，在这片创造神奇的地方，在迈向幸福、实现中国梦的时刻，让这里的所有的人举目拥戴。你的盛开，也必将成为这里的所有的人——心中所爱！

(原载《星光》2014 年第 2 期；《玉兰菩提——晋江市花市树诗文集》，晋江市绿化委员会编，海峡书局 2014 年 9 月出版)

山海情思

你渴望挺拔,总是那样高傲地昂起头颅,极目天空、不懈追逐。你渴望坚韧,任凭风雨侵袭裸露的躯骨,几经洗劫、几经驳蚀。你渴望永恒,天摇地动也不失奇峰异谷,梦想着再雄起、更突出。你渴望壮美,把绿森林和黑岩石牢牢拴住,一起连绵、共同起伏。

我追求博大,就像思绪那样飘逸飞出,漫无边际地畅想和遐思。我追求宽容,激荡、平流还有泥沙俱下,都任由滔滔不绝、款款涌入。我追求深沉,虚怀若谷般的隐没与蕴藏,却从不炫耀富余的情愫。我追求生动,以惊涛骇浪向着世人昭示,永不停歇奔流的脚步。

云是你的眸子,充满挚爱的目光炯炯有神,送来了爱的秋波绵绵无数。雨是我的泪花,情不自禁地洒落在惬意的脸上,一种相思、万般满足。月亮眯着一双诱眼,叫心潮涌动、波涛起伏,是谁试探着人世间真爱的深度?阳光传来一抹温情,让山花遍野、彩蝶飞舞,斑斓美景能否掩盖多情的错误?

渔翁踏着风浪而去,怀着岸上的惦念与嘱咐,怎么能忘记了摇动手中的桨橹。猎人追逐僻野而去,为了屋前的微笑与满足,怎么会忘记了那条返回的小路。天空早已把你和我挽留,让我们在蔚蓝色的爱恋中入眠,在甜梦里缠绵、爱慕。大地早已把你和我托起,让我们一高一低连成一个整体,亲密无间、相互弥补。

你是高山,是我的源头;我是大海,是你的归途。爱与情是维系生命的共同元素。江河是我们伸长的手足,坡谷是我们不凡的脚步,距离是我们永恒的信物。因为有心,所以没有距离的约束;因为有爱,所以没有相思的孤独;因为有情,所以没有被诱的痛苦。就用我们身上的绿和蓝,就用我们心中的情与爱,绘就一幅大地江山的斑斓彩图。

(原载《泉州晚报》2013 年 9 月 26 日,获 2013 年董酒杯"山与海的情怀"主题散文大赛优秀奖)

梦见刺桐

　　最近天热劳神,神不定则梦亦多也。昨晚就做了一个梦,梦见自己站在一个山脚下,面对一大片火红的刺桐花,就拿出相机大拍特拍,快活不已。可是,刚要走开时回头一看,那山依旧,火红的刺桐花却不见了,变成一片被推平的赤裸的黄土地。于是,赶紧拿出相机回放,拍下的照片也没了影子。惊讶之际梦醒了,一眼的惺忪与茫然。

　　梦,零零乱乱本应不以当真。可这个梦却缠我一个早晨,那片火红的花儿,不是在眼前就是在脑中不停地晃悠。上班的路上,我关注着周边的景色,用眼光寻找着耀眼的红色,也特别留意道路两旁又长又宽、又多又密的绿化带。一路下来,十几公里的路程,竟然没有成片的刺桐红,也没有一眼就能看见的刺桐树,实在是有些无奈,也有些遗憾!

　　大凡泉州人都认识刺桐,了解刺桐,也珍爱刺桐,这是有历史渊源的。唐朝的王毂这样描述:"南国清和烟雨辰,刺桐夹道花开新。林梢簇簇红霞烂,暑天别觉生精神……"可见那时的泉州就种有刺桐树了。五代十国时期,节度使留从效扩建唐朝开元六年(718年)始建的泉州城时,下令在城内城外大量种植刺桐树,因此泉州也被称为"刺桐城"。到了宋朝,刺桐树依然是泉州人的最爱,郡守王十朋诗云:"初见枝头万绿浓,忽惊火伞欲烧空。"元朝时,意大利著名旅行家马可·波罗和摩洛哥著名旅行家伊本·白图泰,到泉州时都被满城火红的刺桐花深深吸引,盛誉"刺桐城"。在古代西方的航海典籍中,也一直以"刺桐"来称呼泉州。

　　刺桐树为落叶乔木,喜温润湿,好光照晒,易栽易活。其分枝繁茂,叶为羽状,青绿嫩翠;其花开如蝶,花瓣如牙,鲜红如火。故刺桐树和刺桐花有"瑞桐"和"象牙红"等美誉,被称为泉州的市树和市花。然而,在各种树种草类竞相引进,园林绿化愈加重视的当下,刺桐树渐渐稀少了,刺桐花渐渐暗淡了,对刺桐的情结也渐渐纾解了。我不解是怎么回事,但突然想起郭沫若先生到泉州时,曾经发出"刺桐花谢刺桐城"的惊叹。我还想起著名易学家黄寿祺先生也曾以诗告诫:"泉城已渺刺桐花,空有佳名异代夸。寄语州人勤补种,好教万树灿朱霞。"

上了班之后,我还在想,五代诗人刘昌肯定也做过刺桐梦,不然怎么能写出"唯有夜来蝴蝶梦,翩翩飞入刺桐花"的诗句来。这时,有同事进入我的办公室,见我心情不佳,问我怎么回事,我说了我所做的梦。同事却笑着对我说:"傻了吧,刺桐改成三角梅了。"随即被我臭骂一顿。但同事走后,我又想,我这么"护着"刺桐,会不会有人臭骂我呢?

哎,不必多想也不必再说了,还是找个空儿,亲手去栽几株吧!

(原载《东南早报》2012 年 7 月 5 日)

东院的眷恋

华大东院是一个建于 20 世纪 90 年代末的教职工生活小区，有 340 多个住户，10 多幢 6 层高的楼房，占地面积近 4 万平方米，以其清静优美、文韵风雅、温馨和谐的独特气息，令人赞叹称颂，令人居安而足。

我和我的家人就居住在这个小区里，至今已有 10 多年了。前不久，听说小区因为开发的需要，就要被拆除了，这使我诧异惊讶，倍感怜惜。由此，我生发出更加留意关注、更加痴爱缠绵、更加眷恋怀想之情。

进入院区内，首先迈步于用方块石铺成的不算宽敞的路上，尽管稍嫌不平，也不再时髦，但坚实耐用，也整齐有序。方块石路按行车与走人区分大小，纵横交错于各楼之间，路如棋格，楼似棋子，一直连接到各楼的楼梯口，方便人们进出。

10 多幢楼有序排列，坐北朝南，由于都只有 6 层，所以看起来一般高。又全是一梯两户型的套房结构，南北通透，且楼距适宜，显得清静而宽敞，舒适而明亮。尽管时过 10 余年了，外装修也显得有些褪色和老化，但仍然保持着小区的原有风貌，与闹市中的现代化小区相比，各具特色，优长自论。

在路与楼墙之间，都留有绿化带。绿化带中以植草为基础，配种了茶花、茉莉花、含笑花、栀子花、桂花、米兰等绿灌小乔木。居民们还经常移种一些自己喜好的花草，如多色茶花、百合花、兰花、紫薇、金橘等。甚至还能看到一些治疗感冒发烧的中草药。走在院区的路上，像似进入到一个植物园中，可以更多地认识各式花草，尽情地观赏百花盛开。

一条东西走向的中间通道，算是院区的主要通道了。两旁又高又大的棕榈树，也被居民们戏称为"导弹树"，枝叶对接，阴影覆地，成为院区内靓丽一景。在院区的中心部位，有一个小小的公园，如篮球场大小，如今已变成居民们的小憩地。中间有一棵造型独特的大榕树，树下有石圆桌和几张石凳子，场地的周边是低矮的石围栏，可以当成座椅。每到傍晚时分，这里人气最旺，热闹非凡，成了老年人避荫纳凉、饮茶聊天的小天地，也成为孩童们嬉戏取闹、娱乐玩耍的欢乐园。

在这个小公园的西侧，原是一个规模不大的农贸市场，院区里的居民和附近村上的人都在这里买菜购米，虽然热闹中稍嫌嘈杂，但为日常生活带来了方便。后来，附近有了新华都、捷龙等大型超市，这里也就被取消了。经过修修整整后成了居民活动中心，有了乒乓球、台球、广场舞、麻将室等设施和场地，更成了老年人和小孩子们特爱去的地方。

在最东侧靠近围墙的地方，绕着第 14 幢楼，还有南北两片草地，草地上安装了一部分健身器材，草地中铺就着造型弯曲的小路，是绕行的健身路径。清晨，早起的人们经常在这里做体操、打太极，自由地活动身体，呼吸着新鲜空气。夜晚，就到这里绕行散步，望星空看明月，放松身心，消解一天的疲惫。

院区里还种植一部分果树名木，有龙眼树、杧果树、枇杷树、木瓜树，以及橡皮树、凤凰树、玉兰树、棕树、大叶榕、青竹等。虽然数量不是很多，但都茎强叶茂，充满生机活力。每天天一亮，那些安安稳稳地栖息在树梢上的小鸟儿，就会兴奋而又忘情地放声高歌，或独唱，或对歌，或重奏，像是演绎一场音乐大戏，全然不顾你是醒是睡，只告诉你天已晓了。

从地理位置看，华大东院还是一个好地方。华大校园之东，一座天桥相连，国道由西过往，高速东边远行。真是车水马龙不失静，霓灯闪烁写美景；琅琅读书声，青春气息存。偶尔站于楼顶之上，清源山、泉州城、郑成功造像、海峡体育馆、城东中学、高速路出口、陈嘉庚纪念堂，历历在目，尽收眼底。向远处眺望，后渚古港上的大小行船忙碌往返，从晋江机场起飞的客机，横空而过举目可见。极目海峡，海天一线迷迷茫茫，海浪涛声似在耳旁。

一列从东侧围墙外驶过的火车,那一串长长的震音噪声,却被淹没在自我陶醉的爱恋里。

面对不久将被拆除的华大东院,居民们真是有些舍不得。因为,居民们过惯了这里清悠平静的生活,适应了这里自然与人文环境。日久生情,习以为常,毕竟,这里已经是生活了 10 多年的美丽家园!

（本文写于 2012 年 6 月）

门联里的遵循

那年,父亲因重感冒咳嗽厉害,一生中第一次住进了医院。哪知从不打"点滴"的父亲,消炎水一"吊",造成反胃口难进食,体力迅速下降,结果症状反而严重了起来。几天过后便引起并发症进入昏迷状态,这是全家人连同他自己都始料不及的。父亲就这样平静、安详地走完了属于他的3万天。

在处理父亲后事的问题上,出现一些争议。主要在两个问题上:一是丧事安排3天还是5天,二是乐鼓队安排几队。按理说,有乡规民约和民风习惯,参照办就是了。可是,也有一些人发起议论,说我父亲辈分比较高,同龄人都要在他的名字后加称一个"公"字,理应隆重。还有的人说我父亲待人诚恳、仁厚,尤其到了老年更是乐善好施,常帮邻里乡亲排难解困,理应厚送。

鉴于此,经主办丧事的老人会商定,丧事开办5天,乐鼓队出双倍,也就是增加西洋音乐共"四大阵"。父亲的丧事就这样由老人会做主,按民俗忙碌而有序地进行着。

第二天上午,悲伤中的母亲招来我们几个儿女,商议父亲"做功德"的事,并询问有关安排。当然,做儿女的在这个时候都会听从母亲的,也都想把父亲的丧事办得体面一些、风光一点。就在这时,镇里分管民政的干部来慰问,当了解到老人会的安排时有些犹豫和不语,我能猜出这位分管干部此时的顾虑。

在这位干部走后,我便劝母亲说:父亲一辈子都做好人,最后的事也不要破格,免得留下闲话。听完我的话后,我知道母亲有些为难,不好定夺。我就趁着兄弟姐妹都在场,当面打开话匣说:我们当中有几个是"吃政府头路的"(政府单位工作的),算是村里有出息的人,还是党员或干部,不要因为做得过分,让村里人在背后发议论,依我看就入乡随俗、因俗就简。话一毕,兄弟姐妹们就像忘了悲伤似的争议了起来,各强调各的理由。

就在怎么收场的思索中,我凝眸在旧厝的几副门联上,那是盖房时父亲请人写上的,反映着父亲的心声,这心声不就是很好的遗训吗?3间房门都是用实木做成的门板,外边漆黑色的,门联处漆成方框红底,里边仅写2个大字,每联就4个苍劲有力的字。中间大门写的是"道德风范",两边房门分别是"惠风和畅"和"仁义孝悌"。我知道,这"惠"和"仁"正是父亲的名字,那"道德风范"必定是父亲人生的座右铭,也算是家训吧。就这样,我把我看到和想到的解说了一下,母亲和兄弟姐妹们听后也豁然开朗。最后同意遵从父亲生前的追求和心愿,遵循乡规民约,带头将父亲的丧事新办、简办,同时也得到镇、村干部的称赞。

清明时节雨纷纷,最成思忆是故人。父亲的骨灰就安放在临近县城的骨灰堂里。时值清明假期,我们一家人相约去祭扫,以一种追思和敬仰的心情怀念父亲。

(本文写于 2016 年 7 月 31 日)

母　亲

　　真正读懂母亲,还是从逝去父亲时开始的。父亲在他81岁这年,因为一次感冒咳嗽住院治疗,结果一住进去就出不来了。父亲一辈子吃了不少感冒头疼、补这补那的药,但从来就没住过医院。最后一次感冒时,父亲因为咳得厉害,吃了不少的药也未见好转,就在去老人会的路上被叫了回来,在反复劝导下才同意去住几天医院,以期早日康复。结果,由感冒引起心肌炎,心肌炎又诱发心肺功能衰退,就这样,在短短的9天时间里,又仿佛是在突然之间,也在没有任何思想和心理准备的情况之下,父亲安然地走了,与我们天人永远地分离了。

　　在处理父亲后事那阵子,家里忙得团团转,里里外外、上上下下打点不过来。母亲在同村几位老人的陪护下,呆呆静静地坐在自己的卧室里,酸酸泣泣地滴着泪水。毕竟,与母亲朝夕相处、相濡以沫近60年的父亲,就这样在毫不经意之间不辞而别了。在她的精神世界里,仿佛失去了支柱,在心灵的深处,犹如受到了猛烈一击。她静默地坐着、想着,眼泪暗流,从她的那种神情,我知道她内心的悲痛和苦恼。她坚持按惯例厚葬父亲,我们几个儿女也遵从她的意愿,尽可能把事情办得稳妥、圆满。这时,让活着的老人家满意,那才是最重要的。父亲的突然离去,令母亲和我们这些儿女们十分的悲痛,也使这个本来儿孙满堂、美满幸福的大家庭发生了倾斜。我们这个大家庭,本来遇到有什么事,都由父亲来定夺,失去了这个轴心,母亲便成了关注的焦点,尽管母亲没什么文化,但在家庭里父母为大,这是我们信守的原则。此后,母亲就以她的威望和经验,主持着我们这个亲情厚重的大家庭。

忙碌和嘈杂或许还能使人暂时忘却悲痛,但忙碌过后的那种清冷寂静和习以为常的生活惯性,总叫人回想,总令人不适应。有一次吃午饭时,我就看到母亲多盛出一碗饭,知道她是习惯地为父亲盛的。这时,我只好用讲话和请她坐下,来淡去她的记忆,免去她的追思。在起初的一段时间里,每当清晨时,我总是看到母亲那双红红的眼,猜想她是在夜深人静难以入眠时,想着父亲而偷偷地流泪和伤泣。后来,每到晚上时,我就和她多讲讲话,陪她多看一会儿电视,一来引导她的注意力,化解悲伤情绪;二来尽量缩短她独处空房和夜不能寐的时间。这一来,确实有点效果,母亲渐渐地振作了起来,有时还能看到她微微的笑容。然而,我是在外地工作的,假期也是有限的,我真不知道,这往后的日子,母亲能否坚强、自立地过下去。我也多么期望,我的那些兄弟姐妹,能从百忙之中抽出一些时间,常来陪陪独处寡守的母亲,让老人家有个幸福快乐的晚年。

以前母亲和父亲一直生活在一起,两位老人家形影相随相互照顾,尽管生活简单俭朴,但一日三餐起居有序,说话有人应,做事有人帮,喜怒总能有个去处,里里外外还算是一个健全的家。有时,我们兄弟姐妹回来看望一次,或是逢年过节相聚一堂,父母的脸上总是绽放着幸福之花,儿女们也享受着亲情的快乐和家的温馨。如今,只有母亲一个人过,每天面对的是洁白的墙壁和透空的天井,面对的是毫无情感的电器家具,这种生活才叫苦,才叫寂寞苍凉。在老人家的眼里,时间是缓慢地交替,是安静地走过,是默默地流失,是生命的挽歌。我现在甚至还在后悔,在父亲还健在的时候,回去得少啦,帮忙得少啦,关爱得少啦,孝敬得少啦。父母拉扯我们长大,帮我们成家,是多么的不易和辛苦,而我们多给老人家一点关爱,有时又是那样的轻而易举。然而作为儿女,又往往忽视了这些,这是多么的可悲啊。都说滴水之恩应当涌泉相报,养育之恩就不该倾池孝敬吗?所以,自从失去了父亲,我才真切地认识到,不管是个怎样的家庭,父母双亲的健在,那是多么的自豪和幸福啊!

父亲在的时候,买菜、做饭和一些修修补补的活儿,都是父亲做的事,母亲只管洗衣服和打扫卫生。父亲是个嗜茶之人,饭前、饭后都离不开茶水,这烧水泡茶之事固然是父亲自己做的。母亲渴了,高兴了,就陪着父亲喝上几杯。但是,现在父亲不在了,这烧水的活儿就得母亲自己做。一次,母亲要用电炉烧开水,拆下来已很久不用的插头需要重新插上去,就在母亲要插上去的时候,突然"砰"的一声,并闪出青光,吓得母亲退后一步,重重地摔在地上,结果造成右大腿骨折。人到老年,骨质疏松,最怕也最多的是骨折。俗话说,伤筋动骨没有百日不能痊愈。母亲在床上整整躺了2个多月,起初连转身、起解都不方便,伤痛又令她欲睡难眠。我真的不知道母亲是以怎样的毅力坚挺过来的,但我能理解那伤痛带给她的创伤和悲苦。在大哥、大嫂的照料下,母亲终于能下床了,但得依赖拐杖支撑着,一拐一瘸着走路。看着母亲的身影,我每每心酸难受,此刻如能让我替母亲背负伤痛或是分忧,那是多么的愿意啊。其实,老人家心理和生理上的病痛,是无法替代的,安抚和关怀才是最好的良药。可是母亲总是催促我们去工作,不要特别的照顾,痛苦的事她一人默默地承担着。儿女们来看她时,总是迈着不方便的步伐,洗水果、端茶水,还劝导我们不要为她操心,尽可能地装成没事的样子,为的是不让儿女们念想和牵挂。这就是我的母亲,这就是母性的善良和无私的胸怀。

母亲自从20出头嫁给父亲后,就和父亲一起支撑起我们这个家。从前是靠每天去出工挣工分的,一年下来积攒不了多少钱,而我们这个家兄弟姐妹多,年龄相差都在3岁左右,干农活、带小孩和里里外外的家务事,哪样也离不开母亲,就是怀孕了也得挺着肚子出工干活。母亲就是这样几十年如一日地忙乎着,仿佛不忙就不是过日子,就不是几个孩子的母亲。如今我还清晰地记得,在我还小的时候,我们家只有3间用土坯垒成的旧屋,兄弟姐妹几个人你头我尾挤在一张床上,一条被子拽过来拽过去。当时母亲和父亲的一个目标,就是盖几间新房。而在那种条件下,除了拼命地出工挣工分外,就是日常的节吃省用了。母亲和父亲几乎用了一辈子的力气,终于为我们这个家盖了2次共6间的石瓦房,还供我们兄弟姐妹都上到初中以上。就是到了老年,父母还帮我们兄弟姐妹带过他们的几个孙子。他们真是从年轻累到人老,一辈子都谈不上享受什么清福。

母亲大腿骨折还撂下后遗症,走路离不开拐杖。于是,我特意跑到专卖店,购买了一把用不锈钢做的更为美观轻便的拐杖,母亲虽然高兴,但嫌太贵了。其实,母亲是怕我们花钱,母亲苦了一辈子,累了一辈子,节吃省用把我们兄弟姐妹拉扯大,要用钱的地方很多,可挣来的钱很少,花多一点钱必然心疼。有时我们回一趟老家,去看望一下老人家,除了顺手带一点水果点心外,能够做的也就是给一点钱,要母亲自己拿着用。可是母亲总是左推右辞的,就是拿了,也是收起来舍不得花掉。但是,遇上村里有人生小孩、上大学或生病住院的事,母亲却能包个小红包或买点水果、猪肉等去走访看望。母亲是一个耿直开朗、乐于助人的人,与乡亲们能够很好地相处,也受到乡亲们的敬重,这也使我们感到很自豪。现在母亲一个人在老家,同村的一些老年人经常会到家里来泡茶聊天、看电视、打纸牌,几个老年人会会面、说说话,起码白天不会那么寂寞。但毕竟一个人生活极不方便,几次我把她接到我的身边来,她也只是待了几天,就要求回到村里去。因为,她离不开那个生活了大半辈子的老家,也离不开村里那一张张熟悉的面孔。她宁可一个人孤独地承担,也不愿影响我们的工作和生活。都说生儿养老,可是到了真老的时候,儿女们不在身边,没能使母亲得到更好的照顾,这也是我们最惭愧和心酸的地方。

我的母亲也是普普通通的母亲中的一个,什么人生的价值我母亲是不懂得的,但儿女们长大成人有了出息,这才是她的快乐和追求,才是她人生的幸福所在。这或许有点儿狭隘,但正是这种本色的愿望孕育出母性的伟大。如今,母亲也是 80 岁的人了,愿母亲快快乐乐地生活,安安详详地享受人生晚年。

(原载《星光》2008 年第 4 期、《泉州文学》2009 年第 1 期)

浓浓春意祭英烈

人们都喜欢春天,因为春天是播种的季节,是温润的季节,也是希望的季节。春暖花开,大地布绿,到处都是勃勃的生机,到处都是鲜艳的韵底。于是,登山、春游、踏青、赏花等,成了人们告别冬季、沐浴暖阳、步入春境的绝佳选择。人们尽情地享受大自然的恩赐,享受着幸福生活的惬意。

然而,人们也不忘在春光明媚的日子里,去拜祭那些辞世的英灵,去告慰那些就义的先烈,去怀记那些尘封的故事。因为,历史是一条长河,流逝的只是无影无形的时间,却始终涤荡不去岁月的斑斑点点。因为,记忆似一条长链,那些经过熔炉煅烧的"钢环",绝不会轻易地被扯断。当人们徜徉在幸福的春光里,不愿也不会忘记那些曾经为有更多"幸福的春光"而耕耘、而奋斗、而牺牲的先辈和英烈们。

阳春三月,春意正浓,也正值泉州市委党校第 48 期县处级干部学员,进入地方党史教育的教学环节。为增强教学效果,教员和学员们决定把课堂搬到现场,以行为进行生动教育,以足迹进行实际体悟,使心灵再一次得到真实的震撼,使思想再一次得到强烈的碰撞,使信仰再一次得到有益的锤炼。

3 月 15 日上午,教员和学员们来到泉州烈士陵园,向革命烈士敬献花圈,合唱《国际歌》,并在革命烈士纪念碑前重温入党誓词。一个偌大的花圈,缀满洁白的纸花,祭奠着清净的灵魂,寄托着无限的哀思。这圆圆的花圈,是英烈们英勇奋战、劳苦功高的圆满归宿;这圆圆的花圈,是吹响革命事业前仆后继、勇往直前的号筒。而那高高的纪念碑,正是不懈奋斗的旗杆,正是顶天立地的脊梁,正是擎天拨云的斗志。就在这个纪念碑前,我们全体教学员庄严宣誓:时刻为党和人民的利益牺牲一切。激情满怀,语调铿锵,力量无限。握紧的是一手铁拳,是铁心跟党走的决心和意志;挺立的是一身铁杆,是铁肩担当起时代重任的勇气和力量。一次祭扫烈士陵园活动,是一次革命感情的熏陶,是一次意志品德的洗礼,是一次人生价值的升华。

3月15日下午,我们又来到安溪参观中共安溪中心县委旧址和安南永德苏维埃政府旧址。在艰苦卓绝的革命斗争年代,在生活条件极其困难的环境中,革命先辈们对党忠诚,对革命忠贞,坚持武装斗争,建立红色政权,发动群众开展土地革命,为中国人民的解放事业做出突出的贡献,在中国革命史上写下了光辉的一页。

教员和学员们走在弯弯曲曲的山间小道,领略革命斗争的艰难曲折;观看破旧幽暗的旧址,体验革命斗争时期的恶劣环境;听讲先辈英勇斗争的故事,感思革命先烈大无畏的牺牲精神;游览青山绿水和城镇美景,共享安宁生活和发展成果,从而激励科学发展、跨越发展的信心和斗志。这一路,是多么有意义的行程,是多么生动的课堂,是多么深刻的记忆。也是一次特别的党组织生活,特别的党性锤炼。

春意浓浓,怀思悠悠。走进革命烈士陵园,走进革命的摇篮故地,虽然心情有些沉重和冷寂,但心中却点燃起熊熊的火把,充满烈焰,充满信心,充满力量。

(原载《东南早报》2011年3月26日、《福建日报》2011年4月1日)

追寻现实的脚步

一年就这样白驹过隙，挥之而去。

掐指算来这一年自己做了哪些称心如意之事，又有哪些不尽人意之处？面对新年铿锵的脚步，又有何打算？这人过中年后，不敢妄言什么梦想，也不会有更多的奢求，而是更多地追寻着现实的脚步，期待生活更加现实一些。

2016年，经济下行仍有压力，小康目标又逼近一步，改革步伐不会停歇，仕途严律更有戒度，在"不作为"与"乱作为"之间当是一条"宽窄巷"，当为则为、能为尽为应当是一种优美的选项，这是关于工作与仕途上的事。就个人而言有两个愿望：一个是愿能常回家乡看看。离开家门迄今30多年了，乡音未改鬓毛已衰，恐真成了"笑问客从何处来"。更有年迈的母亲在家中养老，父母在家就在，亲情也更浓，还好老家相距百来公里，望能拨出时间常回家看看！再一个是盼着小孙子健康成长。刚满周岁的他，歪歪斜斜地学会了走路，咿咿呀呀能说些单词，长得活泼可爱，他一人常常逗乐了全家，应了"家有小宝宝，快乐少不了"之言。

这一公一私、一老一少，构成2016年的"圣十字"，纳福呈祥预示平安。最后，祝大家健康快乐，祝《城事》越办越好！

（原载《泉州晚报》2016年1月4日）

军旅情怀

辉映的霞光

——一个军转干部的心路历程

俗话说：铁打的军营，流水的官兵。军营这座特殊的磨盘，以特殊的方式，一轮接一轮地磨砺出一批又一批军人。从地方青年入伍变成现役军人，又由现役军人转业退役到地方成为普通百姓，这一个看似简单的循环过程，却演绎着青春满怀、豪情壮志、艰苦欢乐、牺牲奉献的人生活剧。在这个过程中，有的两年三年，有的十年八载，而我用了整整 28 年的青春光阴。当强劲的肌腱开始松弛的时候，当年龄和精力不再是优势的时候，当后辈人才走向前台的时候，作为军营里的老兵，我毅然决然地拿出最后的勇气，向难以舍弃的军营告别，脱下军装，收起行囊，转业到地方工作。

然而，当我走出军营的时候，面对的是纵横交错的路网，面对的是淡然生疏的脸庞，面对的是严密庞大的系统，在等待安置的漫长寂寞日子里，我的心总是茫茫然的。据以前一些在大裁军中转业到地方工作的老战友们说，转业干部就像是一个足球，部队一旦确定你转业了，你就如一个足球一样被远远地踢了出去，部队也就撒手不管了，工作得自己联系自己去找。到了地方政府这一边，由于职位、职数受限和个别保护主义所致，你这个球就会在部门和单位之间被踢过来踢过去。结果只能在被降了一至两个职级或在是党的干部还是政府公务员的争议中，最后遂愿或不遂愿地被安置了下来。这些听起来似乎有些可怕，真的遇到了也觉得束手无策。的确，安置去向、就业单位、工作待遇等问题，就像是一块巨石，压在我心里，令人喘不过气来，甚至日思夜想、寝食难安。

在这种茫然和困惑中，我追溯起军营的生活。那种不为自己之事所累，而为集体荣誉而劳,不为今天明天所困,而以组织决定为尊的精神境界,是多么的值得留念啊!作为一直以服从命令为天职的军人,作为一直视组织胜过父母的老兵,这时能够想起和依靠的,也就是组织了。以前在部队里,靠的是组织的教育培养,现在要转业了,也得靠组织的关心照顾。于是,我联系了几个同期转业的战友,找到了军分区政治部主任,说明了来意和想法。主任热情地接待了我们,并向我们介绍了转业工作的有关政策和相关的工作步骤,帮助我们消除顾虑,相信组织会把转业干部安置好,相信地方党委政府对军队工作的理解和支持。

在这之后,为了使转业干部及时与地方组织人事部门沟通联系,及时了解掌握有关的安置政策、条件和计划,军分区政治部还特意联系了市委组织部和人事局的领导,为转业干部做介绍辅导,让转业干部了解政策规定,熟悉工作过程,安心等待安置。在介绍辅导会上,市委组织部干部科的张科长,给我们留下了深刻的印象。他那张笑脸显得亲切和蔼,语调舒缓动听,而且不惧旁询追问,深入浅出地答疑解惑。据张科长的介绍,泉州市已连续6次荣获"全国双拥模范城"称号,党委政府十分重视拥军支前工作,对军转干部的安置问题也十分关注,尽管驻军单位比较多,每年安置的数量大,地方职位职数有限,但都能想方设法完成安置任务。张科长还简要传达了今年党中央、国务院军转安置会议精神,介绍了泉州市近几年来安置军转干部的政策规定和经验做法,具体说明了安置条件、去向选择、计划步骤等问题。这次介绍辅导,确实帮我们打开了思路,放下了包袱,耐心愉快地等待安置。

张科长还是个细心的人,给了我们联系电话,耐心地记下了我们每一个人的电话、住址。7月底,我们从手机里了解到市委召开转业干部安置工作会议的主要精神,还收到了张科长发来的"八一"节日问候。有了联系电话,我们也能够随时向张科长了解和询问有关问题。这样一个电话号码,就在我们和张科长之间,简单地构架起信息互动平台。有一次,一位从外省转业回来的干部,听说档案到了市委组织部了,想去核实一下有关事项,就叫我陪同一起去,我欣然答应了。当我们到了组织部,一幢并不大的楼房,整洁而有序,从中透露出一种肃静和威严。为了不打扰别人,我们在走廊里打了张科长的电话,简单说明来意后,一张熟悉的笑脸和甜畅的声音马上迎了出来。张科长带我们到一个有茶几的办公室坐了下来,先为我们沏茶倒水,然后细心地听我们说话,回答我们询问的事情。既然是喝茶式的对话,自然也就像拉家常一样无拘无束了。我们就将平常听到的一些牢骚话和我们的想法说给张科长听,张科长在表示理解之后,不是婉拒和批评,而是像老师一样宣讲相关的政策规定,表明安置工作中的实际困难,也不断地安慰和提示我们。最后,我们的话题集中到一个如何对待转业的心态上。我们知道,有的转业干部把在部队的成就和经历当作是转业的成本,要这个岗位那个级别;有的同志把在部队的职级与地方的职级简单画等号,索求对等安置;有的同志把在部队的辛苦操劳当作需要照顾的筹码,伸手要特殊待遇;更有一些在部队里担任领导职务的干部,把位子、车子、房子、票子,甚至筷子之类的所谓待遇,看得特别的重要。结果,未安排工作之前紧张烦恼、坐立不安,安排了之后怨天尤人、低迷不振。张科长说:心态凝成观念、决定取向、反映标准,保持良好的心态,是转业干部的一个重要素质。张科长还充分肯定,近几年来绝大多数的转业干部,能够以平和的心态对待转业安置工作,把转业当作人生面临的新考验、事业奋斗的新起点,愉快进入新角色,勇敢面对新挑战,在新的工作岗位上打开新局面,做出新贡献。张科长的这席话确实令我们感到欣慰和鼓舞,在张科长的身上,我们看到了组织的特殊亲和力。这种亲和力,使我们深深感到身后还有组织,组织是不会远离我们的。

自从和张科长的这次谋面之后,我就尽量调整自己的心态。脱下一身英气的军装,穿上普普通通的便服,享受自由宽松的生活风采;多读几部经典名著,提升自己的内涵修养,充实这些空闲寂寥的时间;分担一些家务杂事,营造更多的家庭温馨,淡去安置工作的期待盼望;不居功自傲盲目攀比,相信政府的政策法规,善待即将从事的新工作新岗位。作为一个军人,一旦转业到地方,有一个工作岗位,能够继续发挥作用,实现人生目标价值,就是一件乐事善事。只要自己能够解开萦绕在自己身上的心绪,卸下驮在自己肩上的包袱,立足为党为人民无私奉献,摆正自己,不争名利地位,相信无限的春风就会扑面而来。

尽管此时的我,还没有被明确地安排到哪个工作岗位上,但我始终相信,有各级党组织的关怀,有国家安置政策的保障,有组工干部的热切关心,我的期待不再遥远。举目苍穹,东方霞光辉映,我将背起行囊,以矫健的步伐踏上新的征程。

(本文写于 2008 年 10 月)

一份成长中的喜悦

什么叫着长大？我以为有一份相对固定的工作，赚得一份相应的工资，能够按自己的意志支配，这才真正叫着长大了。赚得了工资，看是一件庸常之事，其实是人生的一大期许、一个转程、一份成长中的喜悦。

1984 年 7 月中旬，我们一批军校学员届满毕业，就等着校方宣布干部命令和分配下部队任职。但因一个重要事件而推迟，那就是要从应届军校毕业生中抽调一部分学员去云南老山前线参加轮战。结果，我是被抽调成为上前线学员中的一个，不几日就乘坐火车开赴云南，到了文山州参战部队。

部队人员调动除了调令之外，还要开一张伙食介绍信，明确职务、级别、伙食费及工资领取等情况，我们是当月才由学员变成干部身份的，又是统一调动，连工资都来不及发放，只能到参战部队后补发。

部队的工资或津贴一般是月初发放的，当时为了欢度"八一"建军节，部队 7 月底就开始发 8 月份工资。当通知我去领工资时，我便兴奋了起来，因为终于有一份属于我的工资了，而不是从前一点点津贴费。到司务室一算，竟然有 300 多元。原来，我是 22 级的，每月工资 78 元，到前线参战的工资增发一倍，同时又补发我 7 月份的工资。就这样，我 2 个月的工资一起领，一领便是 4 份。

说实在的，当时 300 多元拿在手里，心如潮涌。因为这表明我长大了，开始工作了，成为军队干部了，实现父母的心愿了，也觉得身上有一种荣光。然而兴奋过后，我又有一种沉重感。面对即将来临的实战环境，身处浓密山林，住进猫耳小洞，又枪炮弹不长眼，这些工资也就用不上了。

于是我想到了寄，将这 300 元寄给家里，它一定能解决不少问题，更是作为长大了的儿子，对父母的感恩与报答，对家庭的责任与担当。当时，我还特别希望这 300 元工资，能变换成一些礼品或礼物，送给我的 3 个姐姐。因为每一次暑假回家后，要返回军校时，是 3 个姐姐每人 30 元，为我凑成的路费。如今我长大了，有了工资，也要让全家人，包括已经出嫁的 3 个姐姐，享受这份工资，以及工资之外所蕴含的价值和折射出的荣光。

当 300 元从邮局寄出后，我如释重负，顿觉一身清爽，心中的这份喜悦难以言表。

（原载《泉州晚报》2015 年 8 月 10 日）

罗裳山麓的记忆

又到"八一"了,这是建军纪念日,也是军人的节日,对于曾经当过兵、穿过军装的人来说,是回忆、是怀想、是感恩、是激励。在这个特殊的日子里,我这个老兵伫立在一座山前,凝望着山脊线和突兀的山峰,一种崇敬和仰慕的心思油然而生,久久难以消退。

这座山就是位于晋江市境内的罗裳山,它曾是泉州古代四大名山之一,先是以画马石和崖刻著名,后又以顶峰圆形的雷达罩为特征,印记在人们的脑海里,甚至被称作"雷达山"。在罗裳山的东麓,有一座白壁红瓦的军营,掩映在茂密的山林中,点缀着峰峦旷野,充满着秀美与壮丽,庄严而又宁静。就在这座军营里,我工作了7年时间,与山为伴,认林为亲,口令声、歌声、欢乐的笑声响彻军营,青春在这里飞扬,激情在这里奔涌,生命在这里升华。7年,尽管只是人生的一段,但过往成记忆,此情此景却难以磨灭。

拥军路,一条从泉安路连接到军营的沥青公路,长约3公里,官兵徒步进出也不算远。但对于周末休假临时到部队的妻子来说,就没那么容易了。在拥军路口公交车下车后,要抱着年纪还小的儿子,还要背着旅行包,有时手上还得提一些水果和蔬菜,就这样亦步亦趋走向军营,有时还会被儿子的哭闹生烦。那时条件不具备,没车子,也无法接送,走路是常有的事,只能把军营当目标,一步一步地缩短行程。如今每说起这事来,妻子还会感到后怕,当然不是后悔。

还是一段路,那是在军营中一段两侧种满杧果树的路。这条500来米笔直的路,两旁高大的杧果树遮阴蔽日,透视出军营的整齐划一和壮观肃穆。平日里上班要走过这条路,休闲时散步常走这条路,早操跑步也是在这条路上集中后,再绕着营区跑几圈。杧果树种于 20 世纪 50 年代初,据说是一位军区级的将军带头种下的,杧果树又高又大又壮,每年到七八月份时果实累累,拣拾起来其乐融融,吃起来更是酸甜入心脾。每当有官兵升职调动或退伍还乡,甚至接送家属来队,都在这条路上相迎或相送,次数多了便传成了佳话,寓意是:前路笔直平坦,一路平平安安。我也是从这条"将军路"进出的,当时也感到特别的欣慰。路就在脚下,情愿洒在其中,笔直与平坦都能成为深藏的记忆。

20 世纪 90 年代中期,部队掀起科技大练兵热潮,我在司令部工作,负责的正是训练的筹划、协调、指导和监督。于是组织教学评比竞赛、开展训练尖子比武、筹划首长机关指挥演练、组织建制单位考核验收,等等,一个计划接一个计划,一项活动接一项活动,就像俗话说的那样:累得腰都直不起来。科技练兵练什么、怎么练、练到什么标准? 一系列的问题都需要去破解、提炼和总结,我作为机关工作人员,不去琢磨是不行的。而这些需要的是苦功和软功,苦的是心智,软的是拼脑力,一旦搞错了,必将遭到上下两级的训斥,正是:参谋没带长,做事多想想! 而要把事情做实做好,唯一的办法就是自己多学,并带着学来的成果多到官兵中去,听取他们的意见建议,看准他们的训练情形,总结他们的办法经验。通过大半年的努力,编出了机关和分队的训练教材,还撰写出 4 篇科技练兵论文,发表在军事杂志上。我当职的那几年,部队终于获评一级训练单位,我也因此荣立三等功。

如今,一条宽敞的世纪大道贯穿于晋江城区南北,中段处与这座军营擦肩而过,城市的繁华与喧嚣接壤于往日的僻静山野,唯有那浓茂的绿荫依旧包裹着肃静的军营。透过围栏望进军营,我依然感到亲切和亲近,凝重的记忆就在这个节日被唤醒。记忆终于打开新闸门,万般思绪纷至沓来。

(原载《泉州晚报》2016 年 8 月 1 日)

送别战友

　　呜呜的汽笛声揪人心颤。这个充满相聚喜悦和离散愁绪的地方,此刻成了一隅送别的海洋。一列列齐整整的绿色人墙,构成了一道道独特的风景线。往日钢铁般的坚强硬汉,如今个个含着泪水怀着伤感,肃立在即将远行的火车厢旁。

　　锣鼓喧天般震撼,送别的广播声高扬。此刻,这些军营男子汉在想些什么呢?其实,情感的激流早已被时间汇集在一个闸门上,容不得他们多思和多想。只能眼对眼地交流,面对面地相视,语言已淹没在了情感的后边。看一看那张黝黑的脸庞,抚一抚那副宽厚的肩膀,握一握那手坚硬的老茧,就能阅览绿色军营的时光,就能读懂普通士兵的内涵。今天,同甘共苦的战友之情将从这里继续出发,在新的天地里播种发芽苗壮成长,直到收获满仓。

　　一个成熟的方队背上行囊,另一个新的方队肃立眼前。一茬接一茬的士兵轮岗接班,筑起了守护安宁的铁壁铜墙。铁打的营盘,挥去的是泪水和血汗,获得的是品德和刚强。今天,一批战友完成了使命,就要离开了,但一种恒久的精神却传承了下来。这个站台,就记录着战友的情感,见证了战友的一个个祝愿。

　　终于,火车拉响了长长的汽笛,整齐肃立的士兵们,向掠过眼前的一节节车厢行着军礼。此刻,仿佛有一个洪亮的声音发自胸腔:再见了,军营男子汉!

(本文写于 2008 年 12 月 24 日)

致战友

　　"元宵刚过风光好，又是一年春来早。战友相逢满脸笑，不在军营也风骚。"以这首小诗描绘一下今天战友聚会的景况。唐代诗人孟浩然有诗云："白发催人老，青阳逼岁除。"悲叹着时间飞逝、岁月如梭、人生易老。今天，再一次以战友联谊为主题举办这场盛会，这是众望所归。因为各种原因战友聚会中断了两年时间，战友之间仿佛疏远了、陌生了、淡忘了。众所皆知：时间产生距离，距离产生思念，思念产生期盼，这次战友聚会就是在这样一种情绪和期盼中动议和决定举办的。每年一次相聚，见一见战友脸上的笑容，握一握战友手中的情感，拍一拍战友肩上的信任，说一说战友心中的话语，叙一叙昨日军营的往事。人生中的快乐，不就是如此这般吗？我们的战友联谊会，是一个自由、宽松、平等、无私的群体和平台，是退伍或转业在晋江工作、生活、创业、休息的原驻军海防 13 师及其前身部队的军人的相聚，我们期待有更多的战友踊跃参与进来，共同走进和融入离开军营后的又一个大群体、大家庭，共同构筑起老兵的精神乐园！

　　"结识新朋友，不忘老朋友，多少新朋友，变成老朋友，天高地也厚，山高水长流，愿我们到处，都有好朋友。"这是一首殷秀梅演唱的老歌《永远是朋友》的一段歌词，耳熟能详，有的会唱，也很动听。这两年来，有不少新转业到晋江的原海防 13 师的团职及以下干部，他们是我们战友联谊会的新生力量，今天也有不少人前来参加这次盛会。为此我提议，大家以热烈的掌声对他们的到来表示欢迎！今天，还有泉州、石狮等地的领导和战友，应邀前来参加我们的盛会，让我们也以热烈的掌声表示欢迎和感谢！

借此机会，我讲3点意见与各位战友共勉：

第一点，要进一步强化走进新时代的思想理念。习近平总书记说，经过改革开放30多年的努力，我们已经进入到新的时代。如今我国经济总量仅位列美国之后，成为世界第二大经济体；社会主要矛盾已转为人民对美好生活的需求与发展不平衡不充分之间的矛盾；社会治理正向法治化、现代化水平方向发展；2020年即将实现建成全面小康社会；中华民族正向伟大复兴的中国梦宏伟目标奋进。时不我待，我们要全面深入学习贯彻党的十九大精神，坚持以习近平新时代中国特色社会主义思想为指导，进一步强化"四个意识"，增强"四个自信"，做到"思想跟得上，行动不掉队，纪律更严明，工作有力量，生活好品位"。近日，正值全国"两会"在北京召开，还将修改宪法、选举新领导班子、谋大局议大事，必将推动我国新时代新发展。面对和平盛世、幸福未来，我们无比振奋和自豪，作为国家的保卫者和现代化的建设者，我们还将不忘初心、奋力前行，永葆军魂、不辱使命。永远做党的好儿郎，做祖国的捍卫者，做人民的子弟兵。

第二点，要主动融入和建设美丽的新晋江。晋江是千年古邑，是文化之都，是著名侨乡，是改革开放的热土，是位列全国十强、全省第一的经济强市。晋江又是我们守卫的海防前线，是我们穿上军装、焕发青春、磨炼意志、成长成才的地方，如今又是工作、生活、居家甚至退休养老的地方，晋江养育我们大半人生，是我们的第二故乡，我们没有任何理由不爱她、不珍惜她、不建设和维护她。去年，晋江喜获世界中学生运动会和世界大学生足球运动会的举办权，荣获全国第五届"文明城市"，这很好地调动了广大干部群众和海内外乡亲的积极性，很好地提升了城市的新形象、新颜值和吸引力。今年，晋江市委、市政府已经做出重要部署，将以项目攻坚年、三产跃升年、赛事筹办年、文明深化年，"四个年活动"为主要抓手，推进"五位一体"全面发展。我们有理由坚信，我们身处的晋江一定会更加繁荣发达、市强民富，一定会更加幸福美好。我们更可以自豪地说："晋江，我们来了！我们在！我们不仅是昨天的守护者，更是今天的创业者、建设者，我们是走进新时代的晋江人！"

第三点,要保持健康良好、积极向上的心态。心态影响工作、影响生活、影响人生,一个有着健康向上心态的人,必定是一个快乐、豁达、满足的人。当前,市场规则功利抬头,道德下滑私利见长,处在社会转型、矛盾多发时期,各种不良的情绪有之,各种不道德的行为有之,各种低俗腐朽思想有之,人们的心态极易受到冲击和影响。我们作为受党教育多年,受军队特殊学校教育熏陶,受艰苦条件下意志品质磨砺的军人,一定能够在大风大浪中保持定力、守住防线、自我修复、不断提升,一定能够保持健康良好、积极向上、追求高尚的心态,成为有思想、有道德、守纪律的人,做一个乐观向上、宽容大度、富有爱心的人。我们还要做到:少一些埋怨、多一些理解,少一些指责、多一些宽容,少一些功利、多一些情怀,少一些任性、多一些自律,少一些沉溺、多一些热爱。让我们的工作顺顺的、生活美美的、身体棒棒的、精神爽爽的、朋友多多的。如此,我们的生活一定充满阳光,我们的今天和明天一定更加美好。

（本文写于 2018 年 3 月 4 日）

战友喜相聚，情谊依旧浓

"又是一年春来早，正月十五闹元宵。战友十九喜相逢，谈笑风生入怀中。"早春二月，天气乍暖还寒，但在晋江这片改革开放的热土上，早已春意盎然、热潮涌动，开门迎喜、开工纳福，开开心心地向着年度目标奋进。

盛世当欢歌，举杯共畅怀。今天，来自原海防13师各部(分)队的老领导、老同志、老战友们，在这里欢聚一堂，喜庆新年新春新景，畅忆军旅生活故事，共叙今天和明天话题，情绪舒展宽松，心底澎湃和美，惬意的生活就在这幸福的时刻洋溢奔放、流淌绵延……

借此美丽动人的时刻，我谨代表战友聚会的筹备组，向前来关心、指导的泉州、石狮的老战友代表，以及向前来帮助、支持本次战友聚会的部分企业与企业家朋友，表示热烈的欢迎和衷心的感谢！向前来参加本年度聚会的各位新老战友表示诚挚的问候和新春的祝福！

如果人世间真有七情六欲的话，那么战友情是最深沉的。因为它产生于一个特殊的战斗群体，是青春的奉献和生命的寄托，是血与火的交织。人生充满着各种各样的欲望，战友的欲望是最强烈的。因为它是生与死的欲望，每当最危险、最关键的时刻总是把生的希望留给战友，把死的危险揽在身边，是命命相惜的兄弟。战友情无以能比！

如今，我们正处在一个和平时期，也远离了危险境地，甚至过着安详日子。但是，往日风雨兼程的征途，昔日挥汗如雨的阵地，曾经甚嚣尘上的操场，抑或披星戴月的哨卡，都系满青春不了情，结着艰辛火辣果，充盈奋斗精气神。所以我们慷慨地说，战士的青春最壮美，绿色的军营最整洁，智勇的军人最可爱！如今,我们虽然脱下军装、转业地方,或老之将至、暮年已临,但我们军魂永驻、血性未改、本色不变,军人的精神作风、气节底蕴将伴随我们的一生,融入整个生命。

现在,我们就居住和工作在我们曾经守卫过的海防前线——晋江,共享着晋江改革开放 40 年来的辉煌成果,沐浴着全国百强、文明城市、平安城市、双拥模范城的荣誉光环。为此,我们务必知恩图报,不管是在党政机关、市直部门,或是政法单位、基层镇街,都应当立足岗位勤奋作为,为建设国际化创新型品质晋江多做贡献。我们务必适应新时代新要求,加强党性修养,强化政治意识,履行岗位职责,严守纪律规矩,保持军人本色,做一个有正气、有骨气、有底气、有帅气的转业干部和退役军人。

在这里,我还要说的是,今天有这么多新老战友利用假日前来参加这次聚会,就是对战友这份情的万分珍惜,就是对军人这一称呼的十足敬重,就是对人生这篇作文的精彩抒写。我们期待着来参加战友聚会的人越来越多,不要形只影单地飞离在雁群之外;期待着战友们的联系越来越紧密,不要孤家寡人地一年接一年老去。战友会就是我们的家,战友就是我们身边的亲人,有我有你有他,就有希望的火光,就有快乐的生活,就有美好的明天。所以,让我们从内心深处,对战友深怀感激,对军旅深怀感慨,对军队深怀感恩。让我们在每一次相聚中,共同唱响《战友之歌》,唱响《当兵的历史》,唱响《团结就是力量》。

最后,让我们为着健康快乐的战友情谊,为着美好幸福的今天和明天,举杯同干!

(本文写于 2019 年 2 月 23 日)

在老山前线的那些日子

有一首歌的歌词写道:"生命里有了当兵的历史,一辈子也不会后悔。"如果在当兵的日子里,又有一段真枪实弹的战场历练,那么,人生中更会增添一道独特而亮丽的风景。在我 20 多年的军旅生涯中,在老山前线的那些日子,最让我难忘,最令我怀想。

老山,位于云南省文山州境内,是我国的西南边陲。这座山不是因为高耸险峻而闻名,而是因为一场两军的对决而传世。这场边境上的对决,是我军迄今为止最后一场局部战争。就是这样一场特殊的战争让我赶上了,着实为我的军旅生涯绘就了浓墨重彩。

那是 1984 年 7 月,我和几个军校刚毕业的同学,被挑选出来参加老山前线战斗实习。刚走出校门提拔为军官,就到前线去带兵打仗,那种喜忧交加的心情是难以言表的。但是,作为一名军人,特别是军校的毕业生,更多的是使命感和责任感。军人为战争而生,因和平而来,能够经受实战的考验和磨炼,那是军人的一种荣光、一种幸福!

到了云南的文山州,我和几个军校同学被编入参战部队,担任实习排长,任务是加强第一线的战斗指挥,并和参战部队一起进行战前的适应性训练。2 个月后,部队开赴老山前线,直接进入战斗阵地,与敌方犬牙交错形成对峙。

在双方激烈的炮战中,我们在阵地上坚守了 3 个多月。每天除了担任观察警戒任务外,都躲在各自的猫耳洞里。猫耳洞空间狭小、幽暗潮湿,行动极为不便,大部分时间我们只能坐着或者躺着。每个洞 2 至 5 人,这样便于快速占领阵地，随时展开战斗，也有利于躲过敌方的密集炮火。每天靠山下的炊事班送来一顿热米饭，其余就只能用压缩饼干充饥了。水在这时显得特别的珍贵，要利用炮击的间隙，派人从山下背上来。由于很难洗一次澡，一部分战士患上了皮肤病，虽然能拿到一些简单的药品，但在那种环境中，一时难以治愈，痛和痒只能挨着、忍着。

在阵地上，除了炮击外，双方面对面、枪对枪的战斗不是天天发生，你争我夺的事需要有计划、有组织、有目的。然而，战场上没有星期天，生死较量更不需客气，危险无时不在，战斗一触即发。阵地上的日子就像口里的压缩饼干难以咀嚼，整日在紧张、惶恐中度过。

1985 年的元旦刚过，我们就接到上级命令，要在春节前拔掉敌军一个营的据点。我所在的营担负右路攻击任务，途中要经过一个反斜面、一条山谷，再爬上一个山坡，才能到达敌方占据的山头，由于路途较远，战斗必须先行打响。

部队开始行动后，敌军的炮火就如暴雨般倾覆过来，部队只好分波次运动和攻击，以减少伤亡。由于分波次攻击，影响到整体突击力，便与敌军形成了拉锯式的对打，直到其他方向的部队冲了上来，敌军见势不妙，才丢下阵地溃败而逃。

这一仗，我所在的营也付出了不小的代价，伤亡有几十号人，其中，我的同学一死两伤。我虽然毫发未损，战后还立了三等功，但我亲眼看到身边的战友血染军服，看到年轻强壮的士兵饮弹倒下。这种残酷的血火场面，在我的眼前一直磨灭不去，在我的脑中依然清晰储存。我为年轻的生命惋惜，为战斗的青春赞叹，更为曾经身披军装而自豪。

如今，在老山前线的那些日子，虽然过去了 25 年之久，同时我也脱下了那身威武军装，然而，那些沉入脑海深处的记忆元素，时常回复激荡，浮现在我凝思积虑的眸子里，出没在我酣畅淋漓的睡梦中。每当我面对那面鲜红的军旗，我仿佛听到嘹亮的军号声，看到冲锋陷阵的勇士们，回到血火交融的战场上。

（原载《泉州晚报》2009 年 7 月 31 日）

血色辉煌：一份沉重壮烈的记忆

　　国防大学战略教研部副主任金一南少将，写了一本很著名的书叫《苦难辉煌》；2013 年中央电视台也热播过一部大型历史纪录片《苦难辉煌》，它们讲述的都是中华民族的历史和命运，描绘中国如何从苦难中走向辉煌的。今天，我们手捧这本《血洒南疆——永不忘却的记忆》的书，讲述的是我们一团七连，如何在老山对越防御作战中，英勇战斗、顽强坚守、不怕牺牲、履行使命的故事，描绘的是真人真事、实情实景的壮烈甚至是惨烈的战争场面。我们一团七连，从血泊中崛起，从血泊中站立，从血泊中走来，充满着鲜艳的血色，成就了辉煌的战绩，高扬起"一等功臣连"的鲜红战旗。今天，我们作为这场战争的参与者、见证者，作为七连的战斗员，我们怀念并肩战斗的战友兄弟，怀想血色辉煌的激情岁月，怀抱和平盛世的快乐生活。我们从来没有忘记军装绿、战旗红，没有忘记热血写忠诚、铁肩担使命，没有忘记战友情、兄弟亲。

　　这次，我带着一份欣喜来和战友们见面叙旧，也带着一份欣慰来参加座谈会。因为这本《血洒南疆——永不忘却的记忆》终于成册出版了。这是一本战斗史、英雄谱、回忆录，是用血和魂、心和情写成的，是一个战斗集体的力作，也是一个闪光时代的精品，值得珍惜和珍藏。就这一书，我想谈谈 3 点自己的观点：

　　一、关于这本书的形成。我没有参加这本书最先的策划和筹备，据了解原先是想把战友"重返老山行"的活动素材和图片，编成一本画册以作纪念。基本完稿后，指导员特意跑到福建、到泉州来征求当时 3 个实习排长的意见。我看了之后,觉得战斗的资料比较齐全,而且很珍贵,更主要是有内容、有故事,很壮烈,值得整理、记述和在一定范围内流传、宣扬。同时,也值得各位战友以及战友的亲朋好友们保存,留下深刻的印记。于是我就建议增加部分内容,整理出篇目,编著成书本,扩大其影响力。连长、指导员等采纳了建议,又花不少时间和精力收集整理资料,丰富书本的内容。指导员和副连长等又两次来到泉州,亲自核对校稿,拍板定案,使出书的意图得以实现。这也是连队干部,对战友们的关心,给战友们的一份精神厚礼。

二、关于对越作战的理解。(1)中越20世纪70年代末的战争,是新中国成立以来,继抗美援朝之后,一次中等规模、较大影响、时间较长的边境作战。其根本的意义在于:促进冷战的转折,使中国成为苏、美、中的"三角"之一;打击了越南地区称霸的野心,确立我国在亚洲特别是南亚的主导地位;保卫了广西、云南边境的稳定,为我国实行改革开放创造和平环境;锻炼了军队,提升当代军人的精气神。尽管这场战争自1979年2月17日起,距今已有38年多了,南京军区一军参战距今也已33个年头了,但人们并没有忘记,并随着通信的发达,各种报道、研究、纪实以及影片等不断出现,战争的场面、情景,仍然记忆犹新、历历在目。当前,中越两国已经走向和平与合作,边境线也大部分划界定边了,但对这场战争的价值分析正在深入进行,所以我们的血汗没有白流,牺牲是值得的,当兵不后悔,参战更光荣。(2)战争是残酷的,阵地是用生命和身体筑成的,没有流血和牺牲那不叫战争,而是政治游戏。就拿1984年、1985年南京军区老山地区防御作战来说,部队来自1军1师、12军36师和炮9师等不同单位,共计2万多人,火炮700余门,防御正面23公里、纵深35公里,总面积800平方公里,共防守121个阵地。主要战斗有5次:"12·20""1·15""2·11""3·8""5·4",南京军区共牺牲数百人、伤千余人。正因为战争的意义深刻、战场环境恶劣残酷,更加凸显战争的实际价值。所以,战争是政治的继续,是流血的政治,战争的目的为了和平,和平往往是用战争手段来捍卫的。

三、关于这本书的意义。我讲几个关键词,与战友们共同讨论。第一个是真实。全书的内容都是七连干部战士亲身、亲历、亲为的战斗过程和战斗故事,照片、资料都是真人真事、真情实景,没有伪造,不加评说,没有大话套话,是客观真实地反映七连的参战情形。第二个是残酷。我们七连,上阵地早、转换阵地多、战斗任务重、战场条件艰苦、班排人员分散、没有统一的指挥权,先后参加"12·24"和"1·15"两次出击拔点作战,冲锋在前、撤离在后,创造并坚守了"钢铁阵地116"。也正是这些原因,造成我们七连的伤亡大,但我们真正领略了战争残酷性的含义。第三是全面。从书中内容不难看出,分为"牢记使命""英雄连队""峥嵘岁月""鱼水情深""重返老山""祭奠忠魂""文山风韵""南疆国门""不忘初心"9个篇章,既有全连集体行动的记录,又有各排和部分班"添油"战斗的还原,是七连整个参战的全景图。同时,形成了残酷战斗过程和祥和重返活动两大特色、两大对比,一战一和,后者是对前者的回望、怀想、眷顾,是一种精神的慰藉、安抚和回归。在崇敬英雄、正视战争的同时,也告诉人们和平来之不易,应当珍惜和平、尊重军人。第四是难得。一本书,洋洋洒洒几万字,不少的战地摄影,加上翔实的历史资料,战场和战斗的"还原"与"复制",这些都是非常难得的。特别是我们七连的参战行动,有英雄、有壮举、有血性、有牺牲、有故事、有功绩,更是值得我们及后人去收集、去编写、去回顾、去总结、去保存、去褒扬。

"子在川上曰,逝者如斯夫,不舍昼夜。"我们亲历这场战斗,我们不去收集整理,今后那就更难了,正因为难得,所以难能可贵!我们为此而付出是很值得的,为此而努力是有功德的。我很高兴,也很兴奋这本《血洒南疆——永不忘却的记忆》的顺利出版!

(本文写于 2017 年 11 月 20 日)

不悔热血洒南疆

　　2017 年 3 月,我和曾经参战实习连队的部分官兵,一起参加一次"重返老山"集体活动。为什么说是部分官兵呢?因为有的官兵就在参加老山防御作战中成为烈士,永远地离开了战友,离开了人世。还有一部分官兵,确因各种缘由抽不出身子来,遗憾地失去一次难得的重返机会。尽管如此,这次活动的参与率还是超过了原来连队编制的半数,加上有的战友携妻子带儿女的,故总人数达到三分之二。这个数字超过原先预测的人数,着实让筹备小组的战友们备感兴奋和欣慰,因为数字本身就可以说明这次集体活动的现实意义,更可以印证战友之间的这份特殊而深厚的情谊。

　　3 月的云南省文山壮族苗族自治州,正是春意勃发时节,边陲上雄伟的老山苍翠欲滴、静谧安然,254 号国界碑庄严肃穆、突兀醒目,红色的泥土里渗透出思忆的芳香,辽远而深邃的天空映照出国泰民安。在阔别 30 多年之后,我们这群当过兵、到过此地的人,怀着追忆、敬畏的心情,重返曾经战火纷飞、硝烟弥漫、生离死别的老山战场故地,寻找青春印记的伤感,寻找热血挥洒的足迹,寻找使命担当的悲壮。战争与和平、时间与空间、雄心与容颜,这一切紧随祖国边疆和改革开放的巨大变化,引发思绪的复杂变迁,更留下不尽的追思与回忆。

　　老山,云南边境上一条峰峦叠嶂的山脉,主峰高约 1423 米,是一处军事战略要地,控制着交通咽喉要道,屏护着后方广袤山川。自 1984 年 4 月起,这里你争我夺、战事不断,并演绎成局部的边境战争。在数年的激烈战斗之后,经过多轮谈判,最终完成了边境划界工作,实现了边境线上的安定安宁。老山地区作战也成为以战促谈、以战为和、以战固边的又一经典范例。

30多年以来,这座英雄山见证了从战争到和平的演绎和演变,见证了一代又一代中国军人的壮举与风采。如今,站在巍峨的老山主峰上,放眼前方的松毛岭、南峰山,那里依稀还能见到我们曾经构筑和使用的堑壕、猫耳洞,仿佛还能听到远去的阵阵枪声、炮弹声。而当我们平心静气地将视线拉回到脚下的现实的时候,闪现在眼前的却是已经被标识的雷区禁地、边防连队的大门和营房、用混凝土修造的山路、军事主题公园、战斗英雄塑像等。特别是雕刻在巨石上的《热血颂》《十五的月亮》《血染的风采》《望星空》《再见吧,妈妈》等当年最通俗流行的歌曲,以及多位著名军队老将领的题词,依然耀眼醒目、激荡人心。还有由150多名将军亲手种下的老山松,如今已顶天立地、苍翠挺拔、葱绿一方。在和平盛世的今天,我们注目这座山,就是要记住一段热血挥洒的青春;我们凝视这座山,就是要找寻一段顽强战斗的足迹;我们仰望这座山,就是要珍惜眼前来之不易的和平曙光;我们重返这座山,就是要告诉家人亲人们,远方有我们抹之不去的追忆与怀想。

在此行的重返中,我们有一项最重要安排,就是到麻栗坡烈士陵园去拜祭那些牺牲的战友。这个烈士陵园就在麻栗坡县城西北约4公里处,始建于1979年,这里先后安放了959位烈士的忠骨。这些曾经和我们一样,或与我们并肩战斗的战友,为了祖国的利益,为了边境的安宁,他们将满腔的热血洒在了异地他乡。我们这些活着的人,面对这种大无畏的牺牲精神,应当在内心处感念感恩,在弘扬中持续传承,在信念上更加坚定,以赤诚之心慰藉英雄之魂。

在烈士陵园的旁边,当地政府部门还专门建造了一处占地约7500平方米的老山作战纪念馆。在这个纪念馆里,至今还张挂着一面写着"钢铁阵地——六"的鲜红旗帜,这是我实习连队的官兵,用鲜血和生命浸染而成的"战斗旗""生命旗""连魂旗"。面对这面鲜红的旗帜,我们这些曾经参过战、上过阵地的老兵,心头一聚、拳头一紧,依然初心不泯、充满力量,依然视死如归、勇往直前。如今这个纪念馆已被云南省委、省政府授为"爱国主义教育基地",向世人昭示着安宁的不易与生命的可贵,彰显了一代军人的青春奉献与家国情怀,展现出"青山处处埋忠骨,何须马革裹尸还"的壮烈胆气。

30多年一晃过去了,仿佛弹指一挥间。但在我们这些参战战友们的记忆深处,壮烈之举历历在目,慷慨故事依然传奇。1984年,这是一个注定难以忘却的年份,因为它是我们一次生命的浴火重生,是一次人生的烈火淬炼——

蓝蓝的杭州湾畔,静静的西湖风光里,坐拥着一座幸福安详的城市。我的连队就长年驻扎在这座城市的身边,守护着这座城市的成长与梦想,过着和平安逸的快乐时光。然而,当祖国的南疆硝烟荡起,当江山国土遭受欺凌,作为军人,又怎能安然无视、任由践踏呢?当然不能,养兵千日用在一时,守卫国土勇敢出征,这正是军队和军人的使命天职!1984年7月21日,我的连队随同大部队,从杭州的艮山门火车站登车,直接开赴祖国的南疆。

其实,那时的我还不能说是这个连队的一员,因为我还在军校里,是一名军校学员。这时正值毕业季,我欣喜地等待着一本毕业证书和一道任职命令,然后下到部队去当一名年轻而潇洒的基层军官。然而,我等到的是一道选调部分应届毕业学员到前线参战实习的命令。去与不去?上战场还是下部队?这是一次关键而艰难的抉择。作为军校刚刚毕业的军官,勇于接受组织挑选,敢于经受实战考验,这是理所当然的事,带兵打仗这是军队干部的本分。于是,我毅然决定:出征参战,接受考验!

经过军校党组织的研究,决定从应届毕业的600多名学员中,挑选出60名学员赴滇参战实习,而我成为其中的一个。同样是1984年的7月,我们这60名学员,顶着酷暑从英雄的南昌城出发,开赴祖国的南疆。

离开军校后的第一个"八一"建军节,是在云南省的文山州与从杭州城来的一个连队官兵一起度过的。在紧张的战地背景下依然充满着军营青春活泼的气氛,集体包水饺、拉歌比赛、文娱节目表演等活动,官兵们一时忘却了思念之情,放松了紧张情绪,淡化了初来乍到的陌生感觉。就这样,我很快地以二排实习排长的身份,融入这个连队之中,成为这个战斗集体的一员。

经过3个多月的适应性训练后,官兵们已经能够适应南疆的特殊气候和环境,山岳丛林地作战的技能也有了很大的提高。当年的12月初,我和我的连队根据团部的命令,首先乘车然后徒步,利用夜幕、冒着炮火,隐蔽地进入老山地区的"627高地",接替了原防守部队的防御任务。后来得知,这个高地就在老山主峰的翼侧,距最前沿阵地的直线距离约为3公里。上阵地后,我们加紧完善防御工事,迅速展开岗哨警戒,特别是做好防偷袭和防炮击工作,因为在前线阵地上天天有炮击,随时都有可能在身边落下几发炮弹来。

我们连队主要担负本团的机动防御任务,随时加强和接替前沿防守连队任务,并择机实施拔点和反击。连队的初始配置虽然比较靠后一点,但所担负的战斗任务是最艰巨、最复杂、最具不确定性的。后来的战斗进程和实际情况,也证实了这些特点。

上阵地的第3天,连队就接到向前沿防守分队"添油"的任务。什么叫"添油"呢?其实就是夜间派出部分班(组)加强前沿警戒防卫,以防止敌人突袭和偷袭,昼间则撤出前沿阵地待命,随时伺机支援。这样一来,连队不仅要分散兵力执行任务,还会频繁穿梭于各阵地之中,增加了暴露在外的时间,组织指挥和保障也不便。但这种"添油"战术,确实能克服阵地上摆兵过多问题,还能弥补夜间执勤兵力的不足,有效防止敌夜间突袭和偷袭。

当然,战场上的情况是复杂多变的,并没有一个固定的方式,具体的任务应当因情而变、随机应变。12月18日晚6时许,我们连队再次接到向二连阵地"添油"的任务。连队随即决定由二排排长张亚平和我这个实习排长各带一个班到二连阵地加强防卫。根据任务安排,张排长带领六班到"116号阵地",我带领四班到"140号阵地"。晚6时30分起,双方炮击特别猛烈,不少炮弹落在阵地及其附近,故我们向二连阵地机动困难。由于任务急,两个班各成一路纵队并拉大了距离,沿着交通壕分别进入二连的2个前沿阵地。

当时,我带领四班沿着交通壕一路前进,由于炮击猛烈、落弹密集,只好先在途中的一个掩蔽部内躲藏。这时,我们发现战士雷衍彩没有及时跟上来,也不知道去向。班里的战士争着要回去找,我不同意,并让班长继续组织防炮击,我一个人独自沿壕返回寻找。其实,这时候有两大危险,一是炮击厉害,二是哨兵最容易误伤。于是,我一边沿着交通壕返回寻找,一边发出哨兵"口令"以及用普通话反复喊叫雷衍彩的名字。10多分钟后,顺利地与守在阵地上的哨兵对上"口令",并在一个掩蔽部里找到战士雷衍彩。雷衍彩见到我,激动地抹掉眼泪,并立即提上枪跟在我的身后。

当晚9时许,敌方集中炮火对"116阵地"实施轮番炮击,我们从阵地间的电话中得知"116阵地"已经出现不小的伤亡,也为六班的战友担心,但具体的情况并不明朗。直到次日上午9时,我和四班全员安全返回到连队防守的"627高地",这才得知由于"116阵地"上出现伤亡和减员,张排长和六班就地转为坚守,直接加强二连的防卫力量。傍晚时分,团部考虑到六班已有2名战士受伤减员,连队就从我带领的四班中,抽调一个战斗小组补充到六班去。

接下来的几天里,"116阵地"一直成为敌方炮击的重点,因为这个阵地是我方防御前沿的一个制高点,也是敌方向我方阵地实施反击的必经通道。此时,敌方有计划地组织团级规模的反击,首先派出一个加强连兵力,采取堑壕延伸式战术手段,小股多路稳步推进,目的就是夺取我方"116阵地",撕开反击的突破口。我方则以这枚"钢钉"堵住敌方反击的通道,陷敌方于不利地位。由此可以想象,"116阵地"上的你攻我守、你争我夺、炮来弹往会是怎样的激烈与残酷。

从18日至24日,共计6天时间。这6天,在平常的日子里一晃就过去了,但在惨烈的战斗中坚守6天,这是多么不易和难熬啊。这时的时间就是生命,时间就是阵地,时间就在震天撼地的一秒一秒中度过。6天当中,二排长张亚平牺牲了,献出了仅有的24岁生命;六班的副班长和2名战士也由勇士变成烈士,英勇地"光荣"了。但他们用鲜血和身躯守卫着"116阵地",在抵抗敌方7个波次的进攻后,阵地依然控制在我方手中。就在坚守的第7天,团领导派出一个3人小组,专门给阵地上依然坚守的官兵们,送来一面写着"钢铁阵地一一六"的鲜红战旗。坚守在阵地上的官兵们发出誓言:"人在旗就在,旗在阵地在!"

我们二排六班的战士孙守功,被称为"钢铁战士"。他在赴滇参战前因病住院,在得知连队要上前线打仗时,强烈要求出院。连队考虑到他病重未愈,安排他留下来看守营房,他坚定地对连队干部说:我敢来当兵就不怕上前线,正好赶上了,我更不会退缩当"孬种"。连队的干部反复做他的工作,他仍旧坚决要随队走、不留守。在坚守"116阵地"的战斗中,他的2个手指被炸断,右腿多处负伤,双耳几乎被震聋,排长和班长都要求他撤下阵地,他断然拒绝,推脱地说这时候是关键时刻,阵地上不能再减员了,多一个人就多一份战斗力。他就这样硬撑着不下火线,坚持留下来继续战斗。后来,六班只剩下他一个人在阵地上了,团领导用"下来汇报战况"的口气要他撤下来治伤,他固执地回答:"请首长放心,等打完这一仗我一起汇报。"后来,他壮烈地牺牲在"116阵地"上。

战斗中编入二排的老战士李桂友,被称为"老山前线的梁三喜"。他带领一个战斗小组,在"116阵地"的一号哨位,前后坚守了10个昼夜,几乎到了筋疲力尽的地步,后来他被一枚火箭弹击中,光荣地牺牲了。连队副指导员和文书在整理他的遗物时,发现一本记着7笔共计1000余元的借款笔记本,还有一封女朋友的来信,女朋友要他帮忙筹措2000元,以便到社办企业入股当工人。而他还没来得及回信,且背负着债款,牺牲了。

在这里,我还要提到我们连队的副连长杨林华。他是1977年入伍的,1979年2月正好赶上南疆那场作战。战后,他立了功,上了军校,提为排长,并分配到美丽的西子湖畔。原本想在雷峰塔下娶个娇妻安个家,但这回他又得随部队重返前线。起先有的战士打趣地称他"回锅肉",后来干脆喊他"二锅头",不仅因为是二次参战,还因为在参战之际他刚刚被提拔为连队的副连长。就在"116阵地"防守最艰巨最困难的关键时刻,他带领一排的25名战士,接替了"116阵地"的坚守任务。一上阵地他就指挥一排以攻为守、主动出击,一口气打掉敌人的3个重机枪工事,2次抗住敌人的反击,牢牢地守住了阵地。战士们敬佩地夸他:打起仗来,还真有"二把刷子"。

其实，每一次战斗都是异常惨烈，并被战士们深刻记忆的。然而，战斗中那些英雄事迹，却更加令人动容。此时此刻官兵们图的是什么呢，有什么比鲜活的生命更重要呢？说到底，是当代军人的神圣使命所驱，是一个战士对于祖国的忠诚和挚爱。每当我想起牺牲在老山前线的战友，我为他们付出年轻的生命而惋惜；每当我回忆起那些惨烈的战斗场面，我又为我们守住的每一寸土地而赞叹。真的，我们这一代军人，面对党旗、国旗、军旗可以坦诚发誓：命可以不要，血永远鲜红。

我所在连队从上阵地到撤下阵地，一共在老山作战地区坚守了168天，全连119名官兵参加各种战斗25次，其中2次出击拔点，取得了显赫的战绩。1985年6月，我所在连队被驻军某军党委授予"一等功臣连"荣誉称号。这荣誉称号是响亮的，也是珍贵的。是一个钢铁般连队的官兵用血肉、用汗水、用牺牲凝结起来的，是忠诚与信仰、理想与情感、奋斗与奉献铸造出来的，是金光闪闪、辉映四方、永远闪耀的共和国"奖牌"。

人们往往把英雄看成是崇高的偶像，不断地投去敬慕和钦佩的目光。而军人往往把荣誉看成是血染的风采，看成是祖国在其身上深嵌的烙印。记得那一次，我们全连官兵齐聚在"一等功臣连"锦旗周围合影，许多官兵眼里淌着泪水，动情拥抱又相互谦让，反映着集体荣誉至上、战友惺惺相惜、敬重大于功劳的真情实意，这幕镜头至今令我难忘。

连队是军队的基层组织单位，更是一个相对独立的战斗集体。连队里的官兵"同举一杆旗、同吃一锅饭、同住一栋房"，情同手足、亲如兄弟，就像一个大家庭。军队的特殊使命与要求，决定着这样的群体必将是一个钢铁般的集体，因为只有钢铁般的集体才能产生强大的战斗力。我所在的这个连队，就是这样一个特殊的战斗集体，我为有这样一个英雄的连队而自豪。

战后，我也荣立了三等战功，并由排级提升为副连职，正式分配到东南沿海部队，守卫着台湾海峡。在28年的强军备战中，我从连长干到团长，后来脱下军装，转业到地方工作。现在，我沐浴着和平曙光，过起安详的日子，享受着改革开放的盛果。遥远的西南边陲，峻拔的巍巍老山，青春绽放的战友脸庞，号音响彻的规整营房，早已叠进深梦的源头，化作思忆的涓涓细流。

30多年过去了，此时此刻，战火硝烟彻底弥散，英雄壮举书成篇章，边境群山红霞满天，和平盛世民富国强。如今的老山，已成为寻找记忆、传颂英雄的神奇故地，成为俯瞰边境往来、贸易繁盛、旅游观光的佳境峰巅。生活在周边的380万文山州人民，正携手同心地奋进新时代，踏上新征程，实现新梦想。

重返老山之旅，使我又一次回想起在前线参战的那些日子、那些生命、那些故事。作为人民共和国的军人，我们为维护军人的荣誉而战，为捍卫祖国的疆土而战，是值得的，也是肯定的。为了祖国和人民的利益，我们愿将热血洒边疆，不负军人的使命与尊严。我们这一代军人，走得悲壮铿锵，活得赤诚坦然。

（本文写于2019年4月初）

山水游踪

岱仙赏竹

"德风吹草绿，化雨润花红。"这一冠头联据说是宋代德化第一任县官刘文敏所撰。德化县自唐代置县以来已有上千年历史，是我国三大古瓷都之一，也是当今全国八大陶瓷主产区之一。众所周知，德化以陶瓷著名，然而德化还有一张耀眼的名片，那就是山水旅游。

位于德化境内东部的石牛山，主峰海拔 1782 米，峰峦叠嶂，群山连绵，水流潺潺，绿茵尽染。石牛山景区已获得国家级森林公园和地质公园称号。其中，岱仙瀑布以其单级落差达 184 米，峭崖险峻壮观，被称为"华东第一瀑"，更是德化山水旅游的胜地之一。

对于我来说，此行已是第二次进入石牛山景区。第二次走在岱仙瀑布这熟悉而又陌生的山道上，终极的目的是观瀑。因为观瀑，寻其出水源头，可探个中究竟；观其雄浑气势，可知天地之力；听其直泻轰鸣，可触大地脉动；身临其旁，可与大自然亲切交谈。所以故地重游，仍不厌此行。

走进景区的门口，脚下就是从瀑布流淌而来的赤石溪水。清澈的溪水从山石间流过，不时地发出欢悦的水声，使本来清幽的山谷增进了灵动的气息。过一道小桥，就进入一片竹林，是往岱仙瀑布的必经之地，我们一行数人相约后，就在竹荫下稍做休息，以充分享受这里的高浓度负氧离子，涤净密集的城市器尘。

刚坐不久，我抬眼望去，不远处的路标上写着"竹海探幽"。原来这片竹林也是前往岱仙瀑布途中的一个景点，这使我提起神来，也着实振奋起来。竹子，"岁寒三友"之一，有着挺拔坚韧之称，是我喜爱的木科类植物。而此时,我与它就这样峙立地对视着,这样亲近地接触着,这样无语地交流着。我沉思了片刻,便站起身来,开始四处走动,细察着竹子的外形,赏识着竹子的意韵,回思着脑海中那些关于竹子的记忆,也频繁地举起手中的相机,拍下竹子的一些细节部位和竹林中的一道道美景。

自古以来,人们就喜欢竹子,不仅因为它有多种多样的用途,可以作食用和药用,更因为它象征着生命的顽强和精神的高贵。竹子是文人墨客流芳传世、妙笔生花的题材佳作,存世也颇为丰厚。如今赏读,犹见其形,犹品其韵,犹尝其味。诚如唐代张九龄笔下:"高节人相重,虚心世所知。"白居易笔下:"此处乃竹乡,春笋满山谷。"杜甫笔下:"绿竹半含箨,新梢才出墙。雨洗娟娟净,风吹细细香。"刘禹锡笔下:"露涤铅粉节,风摇青玉枝。依依似君子,无地不相宜。"宋代范成大笔下:"空山竹瓦屋,犹有燕飞来。"苏轼笔下:"宁可食无肉,不可居无竹。无肉令人瘦,无竹令人俗。"辛弃疾笔下:"每因种树悲年事,待看成阴是几时。眼见子孙孙又子,不如栽竹绕园池。"竹意、竹气、竹韵、竹趣尽在诗语之中。

但我更喜欢清代著名大画家郑板桥那些题竹的诗句,觉得读来畅快淋漓:"咬定青山不放松,立根原在破岩中。千磨万击还坚劲,任尔东西南北风","淡烟古墨纵横,写出此君半面。不须日报平安,高节清风曾见","乌纱掷去不为官,囊橐萧萧两袖寒。写取一枝清瘦竹,秋风江上作渔竿","无数春笋满林生,柴门密掩断行人。会须上番看成竹,客至从嗔不出迎","衙斋卧听萧萧竹,疑是民间疾苦声。些小吾曹州县吏,一枝一叶总关情","一节复一节,千枝攒万叶。我自不开花,免撩蜂与蝶","新竹高于旧竹枝,全凭老竿为扶持。明年再有新生者,十丈龙孙绕凤池","我有胸中十万竿,一时飞作淋漓墨。为凤为龙上九天,染遍云霞看新绿"。真是难得的妙笔、绝句。

据称,我国现有各类竹子达 500 多种,如凤尾竹、琴丝竹、湘妃竹、斑叶竹、花身竹、罗汉竹、牛耳竹,以及紫竹、青竹、赤竹、毛竹、苦竹、方竹等。不同品种的竹子也有不同的用途,有的用于编织器物,有的用于建筑,有的用于观赏,有的用作乐曲,真是"居不可无竹"。在我国古代宫廷中,还专门设有"司竹监"的官员,专掌植竹和编帘。民间还有个"竹醉日",就是在农历五月十三日"竹生日"这一天，家家都出来种竹，类似现在的植树节。

在竹林中赏竹、品竹、读竹诗、想竹事，那是多么的惬意啊！难怪在古代的魏正始年间，嵇康、阮籍、山涛、向秀、刘伶、王戎及阮咸7人常聚在竹林之下，饮酒纵歌，肆意酣畅，被后世称为"竹林七贤"。由于竹子丰产盛名和人们喜爱竹子的缘故，有的地方干脆以竹命名，如孤竹、竹邑、绵竹、竹山等。近年来，竹区旅游、竹市、竹笋节、竹建筑、竹产业更是应运而生、拔地而起。自1996年2月全国首批评选出十大"中国竹子之乡"之后，至今共有30个县(市)被授予"中国竹子之乡"称号。德化县现有竹林面积50多万亩，也于2011年2月获得"中国竹子之乡"殊荣。

眼前的这片竹林，由于有人工的管理，故疏密有度，大小相差无几，但生长的位置则是自由和天成的，有的生长在土壤里，有的生长在石缝中，有的与其他树木藤蔓相生相长。竹子的头部约有20厘米直径，高度约15米，细算起来有40来节。竹子越接近头部和尾部的竹节越密，中间的竹节都比较长，竹干尾部那三分之一部分才长出竹枝和竹叶来。

竹干是青绿色，直长而挺拔，坚硬中带着韧性，一节一节的竹纹清晰可见。竹节是中空的，轻轻敲来能听到细细的空鸣声。人们常常以竹子的坚韧挺拔和宁折不屈的特性，来比拟人的崇高品格和精神气质。竹子还被用来象征生命的顽强与弹力、长寿与幸福。

欣赏竹尾和竹叶也是很有趣的事。尾干细而尖，自由地弯向一侧，成为一条弧线，如钓竿，亦如驯鞭。竹叶繁茂翠绿，同枝分向生长，又分节相错而上。茂密的叶子在微风轻拂中飒飒作响，一缕缕阳光穿射而下，飞掠的光线在竹林中闪耀成趣。但我却发现，这里的一些竹子竟然没有"尾巴"。惊讶之下，经过一番询问才得知，原来这里的竹子就被称为"无尾竹"。传说远古时候有马氏三仙女与石牛山法主公在竹子上斗法，结果把这里的竹尾都踩断了，从此这里的竹子就再也长不出竹尾来了。当然，传说归于传说，可无尾竹却是真实的。

时值春时，万物竞长，也正是竹子衍生的季节。在竹下的土壤中，已经可以看到那些破土而出的竹尖和笋芽。圆锥形的竹笋，带着褐色毛茸茸的外壳,露出娇羞稚嫩的身躯,来到这个自然的世界。没有过多的母体呵护,只有阳光、雨水和风儿,伴随它节节拔高,直直生长,直到成竹于林、枝繁叶茂。弱小的生命,根植于大地,顽强于志向,致力于挺拔,那也是伟大的壮举。物种是这样,人亦当如此。

离开这片竹林时,我依稀眷恋,时不时回头瞻望。阳光洒满了竹林,竹叶辉映出片片银光,像仙女们用柔软的身姿婆娑起舞,演绎出竹林美妙的神韵。这片岱仙竹林,令我向往。

（原载《星光》2011年第3期,获2011年度"逢时杯"海内外散文大赛三等奖）

走进牛姆林

寒冷的冬季刚刚过去,春天就悄悄地来临,这是一个出游的好时候。一个周末,我们几个同事相约,离开喧嚣的城区,绕过崎岖的山路,一同走进素有"闽南西双版纳"之称的牛姆林,让身心在这个"永春"之地陶醉一回。

汽车在景区刚一停下,同事们就按捺不住了,一起拥出车外,然后大口大口地呼吸着这里的清新空气。直到山风侵入寒意上身,这种热腾腾的氛围才渐渐冷却了下来。

我们先是在刻着"牛姆林"3 个鲜红大字的巨石前留影,然后便在导游的引领下步入景区。走在用小石块铺就的山径上,举目远望,映入眼帘的便是满坡的竹林。密密匝匝、节节攀升、绿绿油油、遮天蔽日,我一下子就被带进一个绿色的天地。走近竹边细细瞧来,这里的竹子粗大、青绿、高耸,竹叶繁盛茂密,而且散发着清新的竹香。闽南温润的气候,有利于竹子的生长,即使是在冬季,竹林也不改翠绿的容颜。所以牛姆林的竹子,比起井冈山的翠竹和武夷山的青竹,更有自己的特色。

在竹林中,还有一些高耸独特的巨树相间相生,绿中带褐,幽里生奇,给竹林平添了许多神韵和亮色。所以,到牛姆林是不能不看树的。钟萼木、水松、枫荷、红豆杉、青檀、闽楠、含笑等都是国家珍稀物种。在一片竹林中,我看到一棵高耸入云的马尾松,足足有五六十米高,底部树干直径也有一二米长,看到它我才知道,什么叫"参天大树"。还有被称作"镇山之宝"的青钱柳,不仅高大而且年久,据说是全国罕见、全省唯一。

有的树我叫不出名来,不知是树皮本身有颜色变化,还是长年湿润生长出青苔的缘故，树皮上变化着各种颜色，像是大写意的涂染，整个树干都是绚丽的彩绘，真是大自然的杰作。还有一些树木与藤蔓缠绵在一起，难舍难分生死不离，有的如人工编织错落有致，有的相互追随嬉戏穿梭，彰显着植物特有的灵性和执着。在这里，各种树木都是自由的、和睦的和快乐的，所以也是幸福的。

常说秋水为贵，可在冬去春来之时，牛姆林的水就更珍了。蝴蝶泉瀑布暂失了往日的风光和喧闹，细细的水流贪恋着崖壁，缓缓不肯离去。但当我们走到蘑菇亭时，却从山谷中传来了涧水流淌的声音，侧耳倾听，水声是那样的微弱、清脆，那样的美妙、悦耳。这使我们忘却了疲意，一时兴奋不已，继续举足前行。一到涧水边，就迫不及待地捋起袖口，把手伸入这清澈又冰冷的水中，仿佛捞着年少时的顽皮，捞出童年时的记忆。

在深谷中的一个半坡上，开满了紫红色的马兰花，花形如同小喇叭，是最早为牛姆林报春的花，为这片山林渲染着春的绿意。在牛姆林冬冷的季节里，依然有许多种山花热烈绽放着，抵御寒霜正是它们勇敢无畏的性格。我在想，这些盛开的"小喇叭"，不正是向着春天吹响进军的号角吗。

带着一路的新奇和兴奋，我们走上朱子古道。在石径的一侧，杂丛中生长着野草莓，红红的果子挂在绿丛中显得格外醒目。几个小女子顾不上脚下的荆棘，举步踏入其中，纤纤之手在绿丛中采摘着、摇曳着，那身姿如彩蝶，那笑声如清笛，一幅童趣般的写真图叠印在山峦中。而站在路旁的人们或指手画脚或抓紧按动快门，跟着乐了起来。此时，林中的寒意变成心中的快意，腿下的僵直变成脸上的笑容，静静的牛姆林也因此而喧闹了起来。

登上古道之巅，我们集合人员也稍做休息。有的人便张开大口长吼，用声音挑逗山林，去聆听空谷传来的美妙回音。而我却站在一棵枫树下，静静地思索着，痴痴地观望着，不经意间从口中蹦出一段诗句："我生长在温暖的春天，经过酷暑的磨炼和秋风的修剪，在冬季里为自己备好了嫁妆，终于把自己嫁了出去，用全部的美丽去回报大地的滋养。"走进牛姆林，我总有一种陶醉和升华的感觉。

（本文写于 2009 年 2 月）

行走菜溪岩

　　在福建境内，提起武夷山、大金湖、冠豸山、太姥山等名胜景区，许多人会赞叹不已、津津乐道。而提起菜溪岩景区，一些人恐怕要挠头抓耳了。

　　菜溪岩景区位于戴云山脉的东南麓，地处仙游县境内，距县城 42 公里。景区面积达 35 平方公里，平均海拔 755 米，最高峰的铁尖山海拔 1395 米。千百万年的天地造设和风雨剥蚀，造就出丹霞地质地貌的奇观异景，使菜溪岩变得山青水绿、石奇岩峭、泉涌瀑飞、林深谷幽。其拥有国家一级景点 9 处、二级景点 100 余处，点点生辉，处处异样，自然和人文景观交融荟萃，相得益彰。难怪宋朝状元郑侨诗赞："百景千姿观不尽，八闽胜地菜溪先。"

　　走进菜溪岩景区，就会发现其中的各个景点，是沿着菜溪蜿蜒舒展开来的。菜溪其实是湄溪的一段支流，之所以得名，是因为自古以来，这里便灵山圣水、寺多僧众。而以素粮为食的僧众，不仅临溪栽采而且傍溪漂洗，不时有茎叶随流而下，下游的村民日久习常，便称这条溪为"菜溪"。从现存的自唐以来兴建的源山寺、菜溪书院、菜溪寺、莲花庵、狮子岩寺、香山寺等众多的寺院中，就可窥见出菜溪岩往日的鼎盛情景。

　　唐代文人欧阳修在《醉翁亭记》中写下"醉翁之意不在酒，在乎山水之间也"的千古绝唱，写出世人"在乎山水"的博大襟怀。而孔子的"仁者乐山，智者乐水"和老子的"上善若水"，都用山水来比喻人的高风亮节和高尚道德。可见，山水不仅能养育生命，而且能养育心境，这也正是人们为什么敬仰山水、向往山水的缘故吧。走进菜溪风景区，扑面而来的，便是满目的翠绿和习习的清风,高耸的山峦横亘于前,云霄雾气萦绕盘旋,涂染的坡谷绚丽多彩,褐色的岩石斑驳陆离,清澈的溪水轻歌曼舞。眼前这些风光亮景,早已令人滋长出躁动和兴奋。于是,我们频频地举起手中的相机,拍下满山满水的丽色倩影。

走在唐代古驿道上,拥有1080级台阶的小石径,蜿蜒于山林中,也蜿蜒在我们心中。这条以10串念珠为吉数的山径,考验着僧众的虔诚,也考验着游人的虔诚。拾级而上渐进渐停,一路上的美景风情引人入胜,更令人忘却脚下的疲惫。粗大高耸的野竹林,千亩壮观的天然红豆杉,历经沧桑的古银杏,珍贵稀缺的桫椤树,相间相生,融为一体,把翠绿写满山冈,展现出大地的勃发和生命的活力。我们一路攀行一路欣赏,有时干脆弃路而入林中,或穿行,或倚靠,或拥偎,或随风而唱,一阵阵惬意便油然而生。石是山的风骨,也是山的精灵,巨石往往以其雄奇之势为山增辉,孤石则以其形象之意为山添色。"雏鸟出巢""北京猿人""龟蛇相会""观音望月""猛虎长啸"等,这些栩栩如生的嶙峋怪石,仿佛给我们讲述着一个个远古离奇的神话故事,让人流连忘返。

水从山出,却又反过来滋润着山的肌肤,滋养着山中的万物。所以水是山的血脉,也是山的命根。菜溪就是一条从崇山峻岭中汇流而下的溪流,而菜溪岩则把这条溪流紧紧地搂进自己的怀抱。在得到菜溪岩的呵护后,菜溪又以更加清澈婀娜的姿态,从山岩中欢快而下,为菜溪岩画上一笔多彩的亮色。飞越石壁倾流而下的瀑布,是菜溪岩风景区中独具特色的自然景观,三阶瀑布、仙女瀑布、幻游瀑布、雷轰瀑布,一个比一个精彩奇特。其中要属雷轰瀑布最引人瞩目。经摇篮溪峡谷汇流而来溪水,突然从百米高的峭壁窄缝中飞泻而下,其势如崩堤,其声如雷轰,转瞬间如柱的水流拉长如丝,又洒开成幕,有的碎成晶莹玉珠,有的化成烟云飞絮。忽而又全部落入龙潭之中,汇集成流奔腾而去。难怪明朝帝师陈经邦观后题联云:"飞瀑如棉,不用弓弹花自絮;彩虹似锦,何须机织天生成。"

地壳运动使菜溪岩峰料峭嶙峋,天成许多光怪陆离的岩石景观。在一个并不太宽的峡谷上方,横架着一座铁索桥,既用来通路,又用来观景。铁索桥架在风口,挂在崖边,悬在水上,却让我们踩在脚下任意逍遥。有诗云:"上下波摇水底月,往来人行镜中梯。"站在晃晃悠悠的桥上,俯视脚下的红龟湖,几只石龟在湖中争先恐后地游荡爬行,嬉闹成趣。这些偏静的活物,在泉流中能玩出率性,活得风趣,那是多美的景色啊!

被誉为"八闽第一石"的心动石,是菜溪岩的一个代表作,到菜溪岩来是不能不见的。心动石经历千百万年的风化雨蚀,在我看来其形如远古人遗存的颅骨,斑驳而且凄凉,孤苦伶仃地伫立于山之巅、云之旁、风之上,仿佛向世人倾诉着心中的种种烦忧。当然,心动石是因形如一颗心脏,又被一块直立的巨石高高托起,风吹欲动而得名。两石的接触面的确很少,远远看去,中部镂空摇摇欲坠。站在心动石下,令人毛骨悚然恐惧生畏。但是,好善乐施不做坏事的人,心动石一定会让他安然无恙。正所谓:身正影不歪,心正福自来。心动石着实让人心动不已。

"瀑尽云飞石室开,万山供奉雨花台。游人莫讶溪名菜,自昔茎根逐水来。"这是清代诗人严光汉为菜溪岩写下的诗句。菜溪岩,愉情尽兴的好地方。

(原载《福建日报》2008 年 12 月 17 日)

奇峡天成

　　4月，春意正浓，也是南方游山玩水的好时光。于是，我们数人相约，会面于素有"八山一水一分田"之称的南武夷——邵武市。

　　邵武市地处福建省的西北部，北接"双世遗"武夷山，南邻泰宁世界地质公园。周边接壤处地势高峻，境内山地丘陵接连绵延，闽江支流富屯溪纵贯其间，构成了邵武独特的"铁城"地形。有着4000多年历史的邵武古城，不仅历史悠久、人杰地灵，而且山川秀丽、生态极佳，是福建省著名的历史文化名城和旅游观光胜地。在数天的日子里，我们一路走来，感奋古城的奇迹变化，领略山水的鬼斧神工，慨叹风景的美丽秀色，生发心中的愉情惬意，无不释然一身，心旷而神怡。

　　邵武有奇峡，奇峡本天成。位于邵武市西南肖家坊镇的天成奇峡景区，是泰宁世界地质公园的重要组成部分。在当地，有一个关于奇峡形成的神秘传说：远古，这里是一马平川。有一回炎帝的女儿到东海游泳被淹，她的情人天煞元帅甚为恼火，令赶龙王赶着9条龙，在天亮鸡鸣之前到东海镇海。这事被在道峰山上落脚的神仙知道了，神仙想为当地百姓造福，就趁赶龙王到达时，让事先准备好的公鸡大鸣大叫。毫无准备的赶龙王一下子慌了手脚，以为到了东海海上，就胡乱地把9条龙连同自己的坐狮往下一撂，便返回天上去了。于是撂下的9条龙就成了如今的九折水，坐狮成了"迎客的石狮"。传说只能增加神秘，却无法真实造就仙境，所以只能听听而已，不必过于追溯。事实上，危岩耸立、雄峰峻峭的奇峡，是地壳运动形成的。据考证，早在距今6亿年前，这里还是万顷碧波的滔滔海洋，直到1亿年前至

7000万年前后，地壳剧烈运动，将海底抬升起来，后又经风化雨蚀，形成了如今的丹霞地貌。所以，天成奇峡是大地造化的结果，是大自然留给人类的一份精美礼物。

从邵武市出发，向西南方向前行，便逐渐进入具有"泰山之奇，武夷之秀"的天成奇峡景区。景区内群山冠绿、幽谷生云、碧水如镜、峰峭如刃，处处充满着诗情画意。邵武市境内共有1207座山，由武夷山脉和杉岭山脉及其支脉连接而成，其中海拔在1000米以上就有197座，最高峰撒网山海拔为1523.9米。也许有人会说：山不在高，有仙则灵。境内的道峰山，不仅有1487.5米的高度，而且仙气十足。"道山雄峻千丈高，群峰向下如波涛。岗峦云气互吞吐，岩崖瀑布相喧嘈。"道峰山以其峰峦高耸、气势磅礴和独特的崖、石、峰、洞、祠，成为邵武的名山。天成岩则是景区内最为壮观的山岩，高492.2米，四面悬崖峭壁，整个山岩犹如擎天巨柱拔地而起，只有一条凿壁而成的小道通往峰顶，简直是华山的再版。各种树木见缝插针似的立于岩缝崖隙之中，以顽强的生命在崖壁中生长。山岩顶部被一巨石所覆，并形成一个可容纳百余人、形如雄狮之口的巨大洞穴。洞口对面恰有5座山峰突兀，岩壁如削，色呈紫绛，褶痕条状如虎纹，看似"五虎"。站在"狮口"，极目远眺，五虎竞威。然而，在雄狮之下，不得不俯首称臣，构成了"五虎朝狮"的奇特景观。在天成岩的东北面，有一个气势恢宏的"天坑"，四周悬崖环绕，坑深近百米，云绕雾锁，若隐若现。在天成岩脚下，有一处高约50米、宽达300米的"天榜"，由于长年风化，形成上百个大小不一、形态各异的小洞，光怪陆离地透露出岁月沧桑的愁苦表情。仰望天榜，如读天书，领略世间之难事，畅想万物之天成，无不感慨和启悟。

游完了山，必去玩水。到了天成奇峡，不去乘竹筏漂流，领略一下锦溪的秀美风光，那可是一大遗憾。天成奇峡的景色，要以锦溪为最美。蜿蜒曲折的锦溪，穿行于群山峡谷和岩体裂隙之间，形成一条长约7.5公里，水面宽1.5—10米，溪底深浅不一，辗转九折十八弯的山涧溪流。搭乘竹筏顺流而下，便绕行于两岸悬崖峭壁之间，置身于丹山碧水茂林之中。看身旁奇石妙趣横生，听林中鸟儿嬉戏对唱，饮山涧清澈泉水，一路前行一路遐想，仿佛进入人间仙境,令人乐不知疲、流连忘返。锦溪九折十八弯,折折显神奇,弯弯见独特。一折中的圆石寨、祭龙洞和蛤蟆石等景物栩栩如生,两岸生长的长叶榉、尖叶栎、乌冈栎等珍稀树木令人赏心悦目;二折途中众多的突石和穴窟奇形怪异,溪边的树根裸露生长,彰显强盛的生命力;三折中的天鼠下凡、观音掌和四折中的虎爪、炼丹炉、灵猴探脑等景物惟妙惟肖,在传奇的故事中令人浮想联翩;五折里两岸峭壁上密生的兰花、桂花等名贵花卉,引来蝴蝶石振翅欲飞,直扑花间世界;六折以溪窄水幽为奇,卧龙潭峭壁耸立,岩泉滴落成雨帘,溪水幽深如碧玉;七折意境高远,人行于此仿佛能听到天籁之音;八折具有谷幽、水秀、滩险、峡奇等特点,水上一线天、鲤鱼跃龙门、悟空觅老鹰等景物形神兼备,仙人台上演绎的爱情悲剧故事感人;九折穿行于最窄之处,展开双臂触摸两岸,一手化解了千万年的离别愁绪。奇峡漫长,滋生着更多的情愫;宽窄不一,撩拨成难抑的心弦;蜿蜒曲折,编织出千万年梦想。那种空幽,能够在脑海中长久滞留;那种清纯,能够在睡梦里不断演绎。

天成奇峡景区,不仅风光秀美、气候宜人,而且土地肥沃、温暖湿润,有利于各种木科、竹类等植物生长。走进号称"中国兰花第一谷",感受我国数千年来兰花文化的神奇魅力,观赏目前保存最为完好和面积最大的野生兰花生长群落,见识国内外各地数百种兰花品种,仿佛置身在兰花的王国里。天然生长的兰花,遍布于山坡林间,笑迎于路旁脚边。"兰生幽谷,不以无人而不芳。"深入幽谷之中,阵阵兰香扑鼻而来,给人一种清新飘逸般的陶醉。

位于邵武市西南的这片丹岩山林,以其雄伟险峻、秀丽幽美、神秘奇趣而著称,着实是鬼斧神工的天成奇峡;又集游山、玩水、赏花、探秘、美食于一体,更是令人向往之地。我们从这个被美誉为"世外之仙境""放大之盆景"中走来,游目骋怀,美不胜收,感慨不尽。虽说只是短短的数日游程,却令人久久难以忘怀。

(原载《多彩邵武:作家笔下的邵武》,马建荣主编,海峡文艺出版社2008年9月出版)

访港感怀

　　金秋十月，我第一次踏上东方之珠——香港，参加晋江金井同乡联谊会活动，心情激动不已、感慨万千。那天，华丽的厅堂中容纳了百桌千人，来自境内外的同乡亲朋欢聚一堂，举杯同庆中华人民共和国 60 华诞，举杯祝福众乡亲平安健康，举杯共贺联谊会越办越强。那一张张灿烂的笑脸，热情、兴奋、真诚。乡亲们唱着《英雄赞歌》，迈着欢快的舞步《走进新时代》，共同祝愿事业像《鼓浪屿之波》，一浪高过一浪。用欢乐的歌声《祝福祖国》，用雄壮的《祝酒歌》庆贺未来，用《思念》《故乡的云》《相思风雨中》怀念故乡和亲人。

　　香港特别行政区，包括香港岛、九龙、新界 3 个部分，是国际金融、贸易、航运、信息中心，也是旅游、休闲、购物的天堂。一进入岛中，繁华的街区、高耸的楼群、湛蓝的海湾、各色的人流，就直扑眼帘，让我在目不暇接中欣然地领略了一番。

　　铜锣湾湛蓝的海水，不时漾起温柔的波涛，轻轻地吻着金色的沙滩，让朝阳下相拥的情人更加缠绵。太平山上葱翠的古树林，运行着高耸挺拔之力，吸纳着飞云流絮之气，俯瞰着高楼林立的城池，摇醉了停歇休航的泊船，也点亮了顾客游人们的目光。被誉为东南亚公园之冠的海洋公园，在高高的南朗山上。进入园中，忽而如身藏于椰风蕉雨的热带，忽而如步入小桥流水的江南，忽而又跻身于高高的山巅，俯瞰烟波浩渺的南海。避风塘像是岛岸弯起的臂膀，呵护着停泊在这里的游艇帆船，让时尚的人们时刻满足竞渡迸发的欲望，让游客们在尽尝海鲜佳肴之后，做着色彩缤纷的梦想。

如林而立的高楼大厦,寸土寸金的昂贵宝地,夜色霓光四溢、璀璨耀眼,照亮了岛上的整个夜空,诱惑着海滨的波光水影,也诱惑着不眠的心思情愫。双层电轨客车,像日夜巡更的老人,迈着悠然的脚步,唱着古老的歌谣,穿行在都市的街巷之中。一条条弯弯曲曲的山道,蜿蜒在这座现代化都市的身上,抒写着古今沧桑,描绘着历史巨变,也印记在千千万万人们的心中。

　　不管是贫穷年代海外谋生背井离乡,不管是战争时期躲灾避难保全生命,抑或是改革开放之后经营商贸旅港定居,那张似乎熟悉的面孔,那口改不掉的腔调,那身渗透着故土韵味的装扮,是故乡的情愫和根脉。如今,旅居香港的晋江乡亲为数已经不少,他们或早或晚定居于香港,或工或商创业于异乡,用辛勤的汗水书写着人生诗篇,用智慧之举描绘着旅居蓝图,用一个个感人肺腑的生动故事,编成一段段扣人心弦的民俗歌谣,唱响香江两岸,也唱响异地和故乡。

　　　　　　　　(原载《福建日报》2009 年 12 月、《晋江政协》2009 年第 4 期)

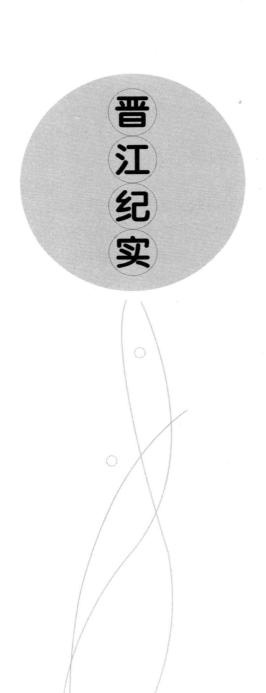

晋江纪实

湖光山色走晋江

走晋江,看晋江,一条大道可了然。

晋江市以其仅有的 649 平方公里陆域面积,不断创造经济上的传奇,县域经济基本竞争力跃居全国百强第 5 位,稳居福建省首位。近几年来,晋江市实施大规模的城市化改造建设,一幢幢高楼平地而起,一条条大道整洁透绿,一处处景观令人称奇。从前那种城市看起来不像城市、有文化看不出有文化的状况正在快速改变,一个让城里人骄傲、乡村人羡慕、外地人向往的新晋江正在崛起。就让我们沿着这条世纪大道,由北向南欣赏晋江的湖光山色吧。

出泉州城,过刺桐桥,沿泉(州)安(海)路南下,穿过高速公路高架桥洞,就到了泉安路与世纪大道的岔路口了。世纪大道是一条穿越晋江市区的 10 车道标准宽畅大道,建成于跨世纪之时,故得其名。站在这个岔路口上,抬眼望去,一座被称作"晋江人"的石雕像高高耸立,石雕像的背后彩旗猎猎,石雕像的基座花团簇簇,石雕像的后方就是晋江的城区了。这座石雕像高达 20 米,右手高举领航,左手掌舵前行,身体雄健结实,神态顽强刚毅,充分展示出爱拼敢赢、意气风发、奋力前行的晋江人形象。

与晋江人石雕像景区相连的是一处新近打造的生态休闲公园,占地520 余亩。公园内移植各种古树名木,遍植各色花草,修造健身路径,引水蓄池添景,做到了引湖水环绕、植万树成林、设桥亭点缀、成一方绿洲,故称之为"绿洲公园"。绿洲公园之水引自西南侧跨过世纪大道的晋阳湖。这湖是一个活水湖,它是在原晋江九十九溪与南干渠交汇处,经拓宽开掘而成的,湖面达600余亩。有了这湖,对缺水的晋江来说,是一处难得的流动水体,被称为城市的动脉,给晋江城区增添了灵动鲜活的美感。

秀色锦簇的晋阳湖畔,是世茂集团打造的御龙湾。一湾秀色映天空,别墅落座碧绿中,朝看湖水荡漾,晚听微风轻唱,特显尊荣华贵,高端而又任性。环湖岸打造了高端的绿色廊道,布设有鲜花园、瞭望台、状元桥、许愿石、荷花池、钓鱼台、印象巴厘沙滩等休闲游乐和亲水文体项目。特别是南侧设有一处百米射高的音乐喷泉,以及台阶式观湖广场,气势恢宏,喧嚣热闹,构成了灵动活现的"城市之眼"。

目光越过晋阳湖和高耸的荣誉国际酒店,顺竹园湖景而下,在世纪大道的东侧就是万达购物广场。据称,其是全国首家在县级单位开设的,已成为城区繁华一隅。而在万达广场的东侧,就是日渐闻名的五店市了。这是一处传统文化街区,有着绵长丰厚的历史积淀。据传,在唐朝初期有里人在青阳山下开店5间,供过往行人吃饭喝茶、落脚歇息,后逐渐增多演变成集市,五店市及青阳街的名称由此而来,并成为晋江城区的发源之地。在大规模的城市改造建设中,晋江人以独特的眼光和宽宏的气量,将这片本来可赚十几个亿的地方,不赚反投巨资数亿元,进行保护性开发利用,打造成占地252亩的传统文化街区,让市民们记住乡源、感受乡情、留住乡愁。如今,在五店市内保留着100多处明、清、民国时期的历史风貌建筑,可供观赏和研究,还可以在这里唱南音、演高甲、看木偶、听故事、品香茗,领略晋江特色的乡风民俗,品尝山海兼具的闽南风味。

站在五店市西望,不足两公里处的山体就是八仙山了。这里的八仙并非吕洞宾、铁拐李、蓝采和、何仙姑等传说中的道家八仙,是因山中有8块人称"仙石"的石头而得名。八仙山海拔高仅有76米,但丘陵数座连绵,方圆达5平方公里。如今的八仙山是晋江市区内一处依山而建的山体公园,中心园区占地800余亩,以原有林木为主,与种植林木穿插互补,依托岭、湖、阁、院、亭、石、桥等设施,打造出别具一格的景观,并以运动休闲山道串联沟通,成为一处健身运动、旅游休闲的场所,深受市民的喜爱。

晋江市总人口达210多万,市区人口接近80万,单有一处八仙山公园是不够的。近年来,晋江市又在八仙山公园南部的崎山,着手筹建农林一体的生态休闲公园,依托山体、山湖、水库,利用森林、果园、农地,打造农家乐、园区游、休闲居、野外体验、康复养生等特色项目,形成集产业、旅游、休闲、生态于一体的品牌公园,届时,"八仙乘雾去,众人忘己归"。

走过万达购物广场,接着就是荣誉电力酒店、祖昌体育馆,又到了宝龙购物广场。这一路高楼林立、商铺陈列、街市繁华、小区相望,直到跨过长兴路十字路口,才能舒缓一口气。此时,呈现在眼前的是另一番景象,有戏剧中心、文化中心、科技馆、图书馆、博物馆等文化单位。这些文化单位坐落于罗裳山东麓,西靠山峰,东瞭大海,大道穿行,天蓝地绿,如此福缘贵地,注定晋江文化繁荣与发展。

此时,在大道的西侧就是罗裳山,海拔高约 240 米,仅列晋江第 5 高山,但几分神秘、几多传说,竟与泉州境内的清源山、紫帽山、双阳山并称为"泉州四大名山"。据《闽书》记载:"唐末罗隐乞食山下,山下人侮之,隐乃画马于石。每夜出食人禾,追之则马复入石,山下人乃改礼焉。隐为画桩系马,马不复出,今其迹犹缭然云。"这是关于画马石的传说。罗隐,唐末文学家,原名横,因屡试不第将"横"改为"隐",浙江富阳人,诗文多为愤世之作,今存有《甲乙集》。如今这方画马石就在世纪大道的边上,并建成画马石公园,成为一个新的景观。

罗裳山分为东西两座山峰,似两牛对峙而卧。东峰也叫"玉髻峰",除画马石外,还有崖刻等古迹。西峰山高且陡峭,一些寺庙隐约可见。其中由海内外舜裔宗亲共同捐建的泉州重华舜帝纪念堂就坐落在罗裳山南麓。舜帝是我国远古时期东夷与黄帝两大部落的首领,三皇五帝之一,为轩辕氏皇帝第 9 世孙,虞、姚、陈、胡、田、孙、袁、陆、车、王等 10 姓之始祖,至今已有 4000 多年的历史。舜帝在历史上以孝感动天、惩腐纳谏、提倡农耕、施仁教化、躬行礼乐、举贤禅让等德行而被视为"东方圣人"。纪念堂占地 64 亩,已建成前殿、中殿、纪念堂、综合管理楼等,成为集纪念、朝拜、游览、休闲于一体的历史文化旅游景区。

与罗裳山连成一线,又对峙相望的山,就是华表山,比罗裳山要高一些,列晋江第 4 高山。华表山山脊绵长、峰峦叠嶂,包括高州山、石刀山等几座突兀的山峰。山麓有一处草庵寺,现属全国重点文物保护单位。据传在南宋绍兴年间,就有摩尼教徒在此山中结草为庵,到了元代顺帝至元五年(1339 年),又在巨石中雕刻摩尼佛像供信士奉祀。摩尼教为波斯古代宗教之一,公元 3 世纪由摩尼创立,公元 6—7 世纪传入我国,9 世纪在河南洛阳、山西太原建有摩尼寺,明朝时先兴后被禁,仅有民间少数密传。现存的草庵摩尼教遗址,就是密传中保留下来的最为完整的教址。草庵寺中除有摩尼佛石像外,还有一些文字石刻。更值得一提的是位于山顶上的灵水寨古遗址,据清代《晋江县志·关隘志》中载:"灵水砦,在五都,围一百一十八丈八尺,门二。"原山寨何人兴建又做何用处,还有待于进一步考证。

华表山中有一山峰叫"石刀山",民间传言为宋代杨七郎兵困山中时,抽刀猛插入石,以示同兵士们誓死坚守,后人敬仰其英雄气概,便将此山叫作"石刀山"。在石刀山下的一处密林中,隐没坐落着一座紫竹寺,据传最早建于隋朝,唐时迁入半山,明洪武年间再迁于今址。整座寺院由拜庭、正殿、大殿和厢房等组成,占地 1000 余平方米。现寺内还存有唐代石炉两个、宋石柱础一个、明宣德铜像一尊、印度汉白玉佛一尊及石塔等珍贵文物,还有弘一法师等书家墨宝,为晋江市级文物保护单位。

过了华表山再一路向南,又一座山体横亘,它就是晋江境内又一座名山——灵源山。此山多有俗名,但到了唐时,因山中"时涌灵源",人们便冠以美称。灵源山更是历代儒生结庐读书之地,唐代首开八闽科第的欧阳詹就曾居于此山读书 3 年。宋代进士林知读书并终老于此山,其裔孙林外也曾读书于山中的紫云室。林外写有著名的《题临安邸》:"山外青山楼外楼,西湖歌舞几时休?暖风熏得游人醉,直把杭州作汴州。"为传世之作。宋代曾公亮,元代任过潮州路总管的王翰,明代的黄克晦、王慎中、陈让、张瑞图、苏浚,清代庄俊元等名人学士,都留有咏灵源山的诗篇。灵源山,一座名人写过的山,一座写满名人的山。

当然,一个"灵"字,与山中灵源寺的香火灵旺不无关系。灵源寺历史悠久,自隋初起就有紫云寺。五代时高僧一粒沙住持,并往安海首开龙山寺。

唐代蔡明浚隐居后扩建。宋仁宗嘉祐元年（1056 年），御史吴中复、吴中纯兄弟修建。元末明初陈友谅举事兵败，其骁将张定边遁于山中并削发为僧，号"沐讲禅师"，研制灵源茶惠众，又建新寺于山间。如今，沿着约 3 公里长的山路前行，一路上有坝上亭、慈济亭、四达亭等 7 座亭及桥廊翠湖等景观，山顶上有一座五开间三进深重檐歇山顶的大殿。大殿前是一座拜亭，飞檐翘角，金碧辉煌。大殿后又排列着 3 座殿宇，中为大雄宝殿，右为地藏殿，左为祖师殿。整个殿群及广场雄伟壮观、气派非凡。在灵源山中，还有步云关、望江石、灵泉井、七星墩、灵壶天等胜迹及其美妙传说，每天到灵源山的香客和游人络绎不绝。

世纪大道是晋江城市的动脉，更是晋江人文山水的纽带。自八仙山起，顺着崎山、罗裳山、华表山、石刀山至灵源山，一路向南排列，山脊绵延，绿景擎天，大道宽畅，拉开成一条十几公里长的城市风景线，成为晋江城市的骨干脊梁。随着沿线的绿洲公园、晋阳湖、八仙山公园、崎山公园、罗裳山公园、草庵公园、灵源山公园等的全面建成，以及山体西部的埔坑水库、东山水库、后望坑水库、双宅水库、玉湖水库等水体的进一步保护和开发利用，晋江这座崛起的新城，必将成为一座生态、悠闲、活乐的幸福康城。

（原载《星光》2015 年第 1 期、《晋江经济报》2015 年 4 月 24 日、《泉州文学》2015 年第 6 期）

那一片红砖赤瓦

　　龙拨寒雾,壬辰春早。元宵节刚刚过去,一群由省内外著名作家组成的文学采风团,便踏入晋江,参加五店市正月笔会。作为在晋江工作的人,理应对晋江有所了解,但惭愧地说,我对五店市却知之甚少。于是,就随采风团一同前往,以求深解和新知。

　　在世纪大道旁、万达广场后,在市委大楼北、晋江一中西,有一处小山丘,顶浑圆,坡和缓,不高也不大,这座小小的山,就是被当地居民视为风水宝地的青阳山。山坡上,已坐落着许多民宅和宗祠,形成了街区和村落,远远看去,是一片低层的红砖赤瓦房,特别耀眼醒目。与周围相比,在高楼林立中躺卧,在喧闹繁华中聆听,在匆匆迫迫中等待,在悠闲自在中回想。这就是被人们几乎遗忘的五店市。

　　随着晋江经济的飞速发展,晋江的城市建设明显滞后,上上下下发出了"城建提速"的呼声。市委、市政府解放思想,审时度势,创新思维,科学运筹,采取组团运作、和谐拆迁、高端建设的全新做法,积极推进城市建设。五店市作为梅岭组团中的重要片区,率先启动征地拆迁。在一些人看来,征地拆迁就是"拆古厝、挖祖坟、平了地、搬走村",所以演变成当下的一大难事。但晋江,坚持"以人为本、为民造城"的理念,形成了独特的做法和经验,着实令人刮目相看。众志成城势如破竹,攻坚克难摧枯拉朽,3个月之后,这个片区已是旧貌变新颜。

　　然而,细心的人们转眼一看,在城市的核心地带,在寸土寸金的黄金地段,那一片红砖赤瓦依然存在,寸土未失,还特地加强了保护。原来,决策层的领导们深知,拆只是一种无奈的手段,建才是最重要的目的,崭新的城市高楼仅仅是外观形象,传统的特色文化恰恰是内源潜力。因此,决定对这片红砖赤瓦,进行保护性的开发建设,留住文化的根,守住城市的源,为城市留出一片历史的天空。决策无疑是英明的,金钱换不来传统文化,开发变不了过去历史,只有尊重过去,才能更好地开创未来。

五店市源远流长,不仅是古城青阳的渊源,还成为晋江文化的根脉。据《晋江市志》记载:1951年春,县治迁入青阳,始为县城。而青阳则因"坐落于镇北的青梅山之阳而得名"。另据考证,早在新石器时代就有先民在此生息劳动。至西晋时,有蔡姓入居。唐开元年间,此地为东石、安平等蕃商集行陆路的中间站,其时,蔡姓有七世孙5人,开设饮食店5间,以方便旅人,行客赞誉称"青阳蔡五店市",因而青阳也有了"五店市"的别称。

走进五店市,眼前是一片红砖赤瓦的建筑,低矮的房屋,破落的墙体,拥挤的巷道,狭长的小街,方方的石块路,乍看起来,俨然是一处破败的旧村落、老街区,是一些老人不愿离开的老居所,与附近的现代建筑、居住小区、宽敞大街很不相称,差去甚远。然而,这仅仅是外观直感。正是这些破落不堪,正是这些红砖赤瓦,痴守着历史,蕴含着传统,传承着文化,见证着变迁。像一位历史老人,静静地叙述着这座城市的过往,尽管周遭已是喧嚣闹市,也依然款款而悠悠。

唐宋以来,居住在五店市内,主要有蔡氏和庄氏两大姓氏。据载,蔡氏出于黄帝第28代孙,即文王姬昌之子叔度。叔度后来建国于蔡(今河南上蔡)。如今,五店市蔡氏宗祠有一长联:"脉由济阳支分莆阳派衍青阳好就三阳开泰远,裔出周代肇基唐代官封宋代长绵百代振家声",概括说明青阳蔡氏的渊源和发展。庄氏,出于周初,为楚庄王之后。唐末庄姓森公随王审知从河南光州入闽,传至9世夏,因为政有德被南宋宁宗皇帝赐第于泉州城。青阳庄氏宗祠新修时,仅奉古山公为祖,古山公为永春乌洋12世孙,初居泉州城东,后移居青阳,配蔡氏,生5子,距今已有800年之久。庄氏迁入后人丁兴旺、文兴商盛。庄氏宗祠联称:"一榜三龙齐奋,五科十凤联飞",横批是"金马玉堂"。指一科3人中进士,一朝10人中举人,出文武状元。如今,庄氏宗祠内共树匾 17 块,其中"进士"6 块、"会魁"4 块、"万古纲常"1 块。青阳庄氏古时候先后出文武官员 100 多人。

　　青阳宋代时属永宁乡永福里,元、明、清时属二十七都。据明万历十六年(1588 年)所立的《青阳乡约记》石刻(现存青阳梅山乡贤祠内)记载:"吾青阳一乡,今居二十七、八都之民,烟火不下数千,而附近之乡累万。"足见明代后期青阳已逐渐成为晋江的重要集镇了。如今,五店市大部分保留着明清时期闽南一带的建筑特色,呈现出"皇宫式"四合院落。大厝成四柱三开间或六柱五开间,中轴线两边对称均齐,多层进深间于天井,斜屋面凹入雨槽,檐口悬挂滴水瓦当,屋脊成燕尾两端角翘起,房梁多为穿斗式木架构,榫卯铰链成一体,墙体"出砖入石"或墙面贴复砖块,装饰配件讲究雕花镂字,门上嵌镌姓氏堂号匾额。建筑着色虽然体现五行而配以五色,但大多数以红地砖、红墙砖、红瓦片为主,由此凸显端庄大方、耀眼醒目、富贵堂皇。众多的古厝宗祠相拥而簇,狭长街巷串联穿行,浓绿密荫点缀铺染,钟鼓梵音四壁缭绕,远古神秘传奇迭出,构成了五店市的特色和风格。那片红砖赤瓦,多像是一出古装的样板戏曲,唱响在现代化的舞台上,映入于现代人的视野中,让我们看清久远的面目,聆听从前的故事,追索历史的痕迹。

　　如今,城市建设的决策者们,应民声顺民意,从尊重历史现实、丰富城市内涵、展示民俗特色、发展文化旅游的视角出发,保留了那片红砖赤瓦,保留着原址基本框架,进行保护性开发建设。将集旅游观赏、特色商业、考古研究、文化熏陶、品茗休闲、摄影创作、修身养性等于一体,打造成传统特色的文化街区,成为喧嚣闹市中的宁静角落、文化集餐、视觉美宴、心灵净空、创作源泉之所,成为闽南人的历史记忆、姓氏追溯、家族寻根、城市思源之区,成为发展旅游休闲产业的集结地、丰富城市文化内涵的风景点、凝聚海内外晋江人的精神家园。

　　面对那片红砖赤瓦,我虔诚地守候着、期望着!

　　(原载《星光》2012 年第 2 期、《福建乡土》2012 年第 3 期、《晋江经济报》2012 年 3 月 20 日)

状元路漫漫

走进晋江的五店市,大部分人会被那些古色古香的建筑所吸引,为这里的建筑艺术及其闽南遗风称奇和赞叹。因为这里有耀眼的土红色砖墙,有临空翘起的燕尾脊,有目不暇接的木雕、石雕、砖雕和灰雕,更有说不尽的小城故事与僻野乡愁。

然而,我有所不同。我住在晋江,熟悉五店市,我更被这里的人文底蕴所打动,准确地说,是为这里的"文人故事"而流连。每当走进五店市,眼前便反复出现"状元路""状元衙""状元井""状元匾""状元镜""状元灯""状元石"等与状元相关的建筑、物件和典籍。我不由自主地想象古代学子们凿壁偷光、悬梁刺股、废寝忘食、挑灯苦读的情景,参悟古人"万般皆下品,唯有读书高"的仕途心境,理解古人对于高堂圣殿的观瞻敬仰与企慕膜拜。

晋江因江而称,早期涵盖整个泉州,俗称"老晋江"。自唐代欧阳詹首位考上进士起,至清末光绪年间废除科考止,"老晋江"共取各类进士2791名,其中一甲进士(状元、榜眼、探花)共45名。以五店市为代表的现代版晋江,据统计先后涌现出进士1853名,其中包括8名文科状元、3名武科状元、榜眼(第二名)13名、探花(第三名)5名,科举之盛雄冠八闽。这样一大批古代文人贤士、官宦才俊,宛若星光闪耀在历史的天空,如典籍流传成动听的故事,如甘露滋润着家乡故土,从而博得"海滨邹鲁""满街都是圣人"的赞誉,"文化之都"名扬海内外。

走进五店市,蔡氏和庄氏两幢家庙,气势恢宏、显赫醒目。除了历史悠久之外,更重要的是承载着两姓族人士才辈出、官人满堂和功高权重的历史,让世人刮目相看,甚至可望而不可即。早居青阳的蔡氏是个旺族,历史上有宝谟阁大学士蔡次傅,专给皇帝说书和提建议。有精通《易》学的蔡克廉,于明嘉靖八年(1529年)19岁时中进士,能文善武,官至户部尚书,被题挂"文武一品"匾额。有明万历三十五年(1607年)进士蔡侃,历任户部主事、抚州知州、淮安知府、江西按察使等职,在任云南布政使成为一省主官时,亲自带兵平乱,定边有功,被称为"蔡军门"。青阳庄氏更是地位显赫,士人高官众多,科举成就难与堪比。其家庙门联就炫目地写道:"一榜三龙齐奋,五科十凤联飞。"据史料记载,在明清两代,庄氏族人先后考中进士15人、举人16人、贡生8人。有6位族人入翰林院,号称"历金马上玉堂",成为最高层次的士人。更有庄安世、庄际昌、庄有恭3位状元及第,让国人经久传颂。

科举是古代选贤纳士的主要途径和方法,是读书人一生的梦想和奢望。至于考中状元,那就更为难上加难了,在1300年的科考历史中,文武状元仅有700余人,50岁中状元的不乏其人,年龄最大的就达62岁。难怪宋代大文豪苏洵曾发出"莫道登科易,老夫如登天"的感叹。科考还被古人称作另一条"蜀道"。

在五店市里,人们把两座家庙前的路段称作"状元路",以示对状元及众多士人的敬重与景仰。走在这条状元路上,就如同攀登一座文化高峰,宛若踏上仕途征程,心情复杂而脚步沉重。这是因为状元们的声名成就的影响与比照,是厚重悠久的历史传承的感染与熏陶,是当下生活追求的丈量与鞭策。这条状元路其实就是一条崇文倡学之路、一条高瞻励志之路、一条含辛茹苦之路。

状元路漫漫,学子尤可鉴。愿五店市的状元路,成为劝学和励志之旅。

(原载《泉州晚报》2016年5月16日)

拥军路感怀

历史可以追溯,未来却很难预料。不仅人是如此,许多事亦然。眼下就有这样一条路,不知曾经多少次来来回回,但如今,它即将淹没在城市建设的大潮中,即将走进记忆的最深处。而这恰是始料未及的,不能不带来淡淡的伤感。

拥军路,这是一个多么响亮而传奇的名字,其中蕴含着多少军人和军属的情怀,凝结着多少干部和群众的汗水。不管是过去的战火遗产,还是当今的精神食粮,拥军这种独特的精神品质、意志情怀和价值追求,都是对家与国、危与亡、和与安最好的诠释,都是爱国爱军的最具体的体现。或许有许多路段都被称作"拥军路",但我这里所说的拥军路,是位于泉安中路福埔路段,一条通往罗裳山驻军部队的老路。这条路在城市交通大框架中,已经不再显眼,也缺失了往日的光彩,并被宽大的福兴路所替代,成为附近居民买菜购物的内街和日常进出的通道。正是这样一条老路,它却一直烙印在我的记忆里,也常常出现在我的夜梦中。

站在拥军路的入口处,进入眼帘的是一座高大的牌坊式山门,门柱上镶着青绿色大理石,镌刻着"军民团结如一人,试看天下谁能敌"的对联,路中立着一方石碑,红底大字写着"拥军路",并标注立于 1997 年 8 月 1 日。据悉,当年政府和驻军部队筹款近百万修建了这条路,并冠名为"拥军路"。这条拥军路总长约为 1300 米,平均宽 10 余米,路也并非笔直平坦。在修建成拥军路以前,路基简单,沥青路面并不宽敞,两侧还是沙土铺垫的,在早期其实就是一条简易公路。

如今我还清楚地记得，从泉安路路口往上走，路边上原有砖瓦场、汽修厂，有小片的耕地、水塘；中段上还有小学、棒球厂、部队老营房，还有几间卖日常用品的小杂铺；早晨时，还有一些村民到路旁来摆摊卖菜。在靠近驻军营区附近，还有发电厂、露天电影场和军人服务社，后来又修建了部队幼儿园。作为过往村庄的道路，这条路主要是供村民和驻军军人、军车进出使用的，俨然是一条进入罗裳山的便捷通道，一条保障部队通行的战备要道。

进入21世纪后，世纪大道开始破土动工，并从罗裳山中部横亘穿行，道路、村落、房屋发生了格局上的变化，拥军路被截了一段，并在南侧500米处修造了宽大的福兴路，拥军路被福兴路取而代之。随后部队的大门也做了改建，朝南开门进出，与世纪大道对接，与市行政中心呼应，拥军路就这样变成了村中内街和农贸市场了。

时至今日，在新一轮大规模的城市建设中，在世纪大道作为晋江发展的主轴和成为晋江城市重要景观时，拥军路又面临着变迁，这一回或许是彻底地改头换面，或许是破茧蝶变迎来重生的机遇。我真诚地希望在已获得全国双拥模范城"五连冠"，并正在继续争创"六连冠"的晋江，能够再现人们心目中的拥军路、拥军街，以凝聚拥军情感，增强国防观念，丰富晋江精神。而关于罗裳村中的这条拥军路，就让它静静地消失在城市的晨曦中，就让它成为人们传颂的历史故事，或让它演化成图片文字叠进晋江文史资料里。

（原载《星光》2014年第4期、《晋江经济报》2014年6月13日）

"利郎"情怀

　　由著名影星陈道明代言的"利郎"商务男装,时尚中凸显休闲,端庄中挟持轻逸,给人印象深刻,尤其是"简约而不简单"的理念追求和品牌口号,让人入心入耳。"利郎"服装,成为许多中青年人的至爱。

　　我与"利郎"服装结缘算是比较早,在它的初创时期,就喜欢穿着。平生第一套西服就是"利郎"牌的,于1988年初购买,并且当作结婚礼服。如今,这套浅灰色淡竖条纹的西服,还整洁地挂在衣橱里,只因身体发胖使西服变小而没能再穿。但在后来,我又买了两套"利郎"西服,有一套如今还经常在一些重要场合穿着。在日常的穿着中,"利郎"休闲上衣、裤子、衬衫,甚至皮带、皮鞋,都是我的主要穿着服饰。时下,尽管有不少人喜欢外地的或国外的名牌服装,而我对"利郎"服装却十分喜爱,情有独钟。

　　前不久,我随一个考察团,来到位于市区的"利郎"老厂区参观,昔日白色瓷砖贴面的厂楼,变成以玻璃框架为主,配以黑色格调的群楼,显得格外醒目和有个性。走进楼房里,也不是往日机声隆隆的厂房和堆满布料的仓库,而是明亮清静、回廊贯通、光影独特的展示大厅。各个时期制作的旧款西服,被拆解悬挂的缝纫机部件,裸露排列的树脂人模,以及反映"利郎"发展历史的老照片等,布置在展示大厅里,熟悉而又陌生,过往而又在目,让人回想与追寻。据悉,"利郎"的新厂区已搬到晋江经济开发区,而在市区的老厂区,将投入巨资,打造成"利郎心路创意园",形成集文化、设计、研发、保障于一体的总部社区,并与城市综合体、园林水景、艺术广场等独特景观一起,成为展示晋江城市形象和企业文化创意的新地标。

"利郎"从历史中一路走来,又沿着时光快步前行。1987年王氏三兄弟联手创办时,服装厂仅有200多名工人,主要生产和批发男装,3年后才正式注册"利郎"商标,直到1995年正式成立利郎(福建)时装有限公司。在这之后,经过市场营销范围扩展和实施专卖战略,引进高端人才和品牌内涵拓展提升,借助代言人影响力与广告推介运用,企业很快进入到一个飞速发展的新阶段,并于2009年9月在香港成功上市,成为"中国最具潜力的企业"之一。

　　"简约而不简单"是"利郎"品牌的核心理念,简约就是删繁剔琐,彰显个性,追求时尚,崇尚自由。从最初的"取舍之间、彰显智慧",到"多则惑、少则明",再到"世界无界、心容则容",这一次次大境界的探索与思考,是"利郎"对品牌内涵的一次次提升,也是对生活态度的深度追求。"利郎"给人休闲,给人时尚,给人轻逸,给人智性。"利郎"卓尔不凡、同而非同,我们信任她,也祝福她。

(原载《晋江政协》2012年第3期)

远方的葡萄熟了

　　5月的宁夏,逐渐进入温热季节,各种植物悄然生长,大地生机勃发。处在黄河两岸温湿地区,彰显出"塞上江南"的魅力风光;处在高坡沙丘地区,宛然大漠苍凉各成一色。巍巍的贺兰山,横亘于苍茫的西北边关,干裂的山体连绵成西夏王朝壮烈的群雕;宽阔的戈壁滩上卵石星星点点,述说着这片土地的广袤与久远。宁夏,是一个深藏着历史和生长着故事的地方。

　　到过宁夏的人,一定知道那里的羊肉好吃、葡萄酒好喝、枸杞好甜,而这都与生长的地理环境有关。就说这葡萄吧,宁夏人自称为一宝,认定他们的葡萄和葡萄酒地道纯正、品质优良。《汉书》中说:汉前陇西就有葡萄了,但未入关,是张骞出使西域后,才带回此种,并广为播种。古代医药学家陶弘景在《名医别录》中也称:葡萄生于陇西、五原、敦煌山谷。李时珍说:葡萄古称"蒲桃",可以造酒,人饮之而醉。并认为葡萄能补水利尿、除烦解渴。不管葡萄出自何方、如何赞许,只有现在好才是真正的好。

　　如今,宁夏已经走出一条"小酒庄、大产区"的葡萄产业发展路子,形成了银川、青铜峡、红寺堡、农垦场、石嘴山五大葡萄产区,种植面积达61万亩,其中酿酒葡萄53万亩,年产量可达20万吨,并已投建酒庄184个,注册品牌200多个,综合产值超过166亿元,抢占了国内葡萄酒产业的新高地。

　　20年前,宁夏与福建开始建立闽宁协作关系,开展结对帮扶,实现互利共赢。葡萄产业的发展,自然也倾注了不少福建人的心血。陈德启,这一位福建省政协委员,祖籍晋江,现为德盛集团有限公司董事长、贺兰神国际酒庄董事长。8年前他拿出"爱拼才会赢"的气魄,在贺兰山脚下一口气买下大面积戈壁荒滩,投资建设宁夏德龙10万亩有机葡萄生态产业园。计划总投资30亿元以上,种植葡萄10万亩,防风林2000万棵,建设覆盖万亩的大酒庄6个,覆盖200亩的小酒庄200个。目前,已建成每块地500亩、共3万多亩的有机生态葡萄园,并自产自酿葡萄酒,产品已走俏国内外。每当遇见陈德启先生,他总是笑笑地说:我拿钱去宁夏当农民,但喝着自酿的贺兰神酒,就有了精气神啦。其实,这位看像农民的陈德启,俨然已变成种植葡萄和酿制葡萄酒的专家。

位于贺兰山东麓最南端的红寺堡区,是全国最大的异地生态移民开发区,全区面积2767平方公里,集中了宁夏南部8个县的23万移民,其中回民占到61%。并且是扬黄河水直上300米浇灌了数以万计的沃野旱地,经过十几年的艰苦奋斗,谱写出"沙丘起高楼,荒漠变绿洲"的壮美之歌。2012年7月,宁夏红寺堡区与晋江市结成了帮扶对象,双方互派干部交流代职,开展文化对接交流,引进项目投资兴业,广泛支持商贸繁荣发展。短短的几年里,红寺堡区的部分医院、学校、幼儿园、图书馆、体育场等设施和设备,很快得到了改善,一部分贫困学生及时得到了资助。

对于扶贫开发来说,出点钱、捐些款不容易,但更可贵的是产业的帮扶与对接。在这方面,晋江人同样拿出气魄,展示出气势。姚金凤,晋江一位女商人。她以女人独到和细腻的眼光看准了红葡萄酒在闽南的销售市场,又看准了宁夏与福建协作的发展机遇,决定在这个商海中当个弄潮儿。2015年,姚金凤与宁夏红寺堡区葡萄酒协会建立起协作关系,专营代理销售来自"中国葡萄酒第一镇"的红粉佳荣、罗山、紫云华庭、宁裕、戈蕊红五大葡萄酒品牌,她决心把好葡萄酒引进家乡。目前,她的公司已在福建境内开设了7家专营店,一年来累计已销售来自红寺堡产区的葡萄酒10万多瓶。对于此业务及发展前景,她始终信心满满。

5月的闽南,大地铺绿、花开正艳。来自宁夏特色优质农产品推介展销系列活动在厦门举行,并在泉州、晋江等地开展协作对接。其中,来自贺兰山东麓产区的40家葡萄酒庄的150余款优质葡萄酒在活动中集体亮相,展示出闽宁协作的丰富成果。福建与宁夏远隔千里,一个是东南沿海,一个是西北边陲,构成一条对角线。通过这条帮扶的对角线,我们知道那里的葡萄熟了,淡淡的葡萄酒香正扑鼻而来。

(原载《福建日报》2016 年 6 月 7 日)

金交椅山的怀想

雨，是人世间的情种，她在给人们的出行带来不便的同时，却给人们的情感带来了更多的流连。就在一场春雨纷飞之时，我带着一种追寻、一种怀想，在晋江市住建局小秦和磁灶镇宣委小杨的陪同下，撑着伞在绵绵的细雨中，步入一座海拔高并不起眼、山形并不醒目，但名字铿锵响亮、远播四方的丘陵山包；带着情在悠悠的遐想里，踏进一群衣衫褴褛、烟熏火燎、忙忙碌碌充满着古人劳作意境与想象的故地旧址，去寻觅千年足迹，去追寻古人遗梦，去释放心中怀想。

这个铿锵响亮的山名就称作"金交椅山"。金交椅，当属金贵辉煌，彰昭地位显赫，是古代帝王的专属尊坐。把一座山之名称作"金交椅山"，并且能够流传上千年，这里面一定有其源头来历，或是故事传奇。我想，这一山名应从山形地貌去细致踏勘，或从其地位价值去深入考察，一定能探寻出名称缘故或叫法渊源。带着这种好奇，更加坚定探访金交椅山的初衷，增添了雨中行程的动力。

我们一行人离开 324 国道磁灶镇钱坡村路段，向西转入一条新开辟的进入产业园区的道路，由此接近金交椅山。当行进两三公里后，就能看到金交椅山了。站在道路旁，由西南方位眺望观看，金交椅山坡陡峰高，雄起而独立，俯视着山下一片沃野平畴，凸现地势地位之显贵。山下那片平坦之地瓷土深藏、泥贵如金，山坡龙脊突起、山风上扬，山中杂林灌木、便取柴火，不远处的梅溪，四季不断、顺流入海。如此种种条件，成就了金交椅山建窑烧瓷的繁荣与昌盛。

在一番震撼之余,我们一行人又改道回走,从东北面进入金交椅山。一路顺着蜿蜒的梅溪,不多时就来到山中一处空旷的谷地,这里背依主峰,两侧山坡平缓展开,中间自然形成一片开阔平坦之地,正前方就是梅溪了,梅溪水款款流淌,蜿蜒穿梭,给幽静的山谷,带来波动与生息。细看此地,其形其状俨然就像一把稳稳当当的座椅,虽然整个范围并不很大,但却能诠释金交椅山之名的蕴意与缘由。或许,正因为有这把金交椅,附近的村落才称之为"钱坡"。现如今,就在这把金交椅的中间,建造了一幢大型的仿古建筑,定名为"泉州古代外销陶瓷博物馆",供人们考察探访、参观游览。

位于晋江市境内的磁灶镇,因历代烧制陶瓷而得名。古时人们把用以烧制陶瓷的窑灶,称为"瓷灶",因"瓷"与"磁"是闽南语谐音,故以"磁灶"流传并沿用下来。县志记载:"瓷器出瓷(磁)灶乡,取地土开窑,烧大小钵子、罐、瓮之属。甚饶足,并过洋。"简短数言,概括了磁灶产瓷的盛况和历史。据文物部门的考察和统计,磁灶现今已发现古窑址共计 26 处,其中最早的是南朝时期的溪口山窑址,距今已有 1500 多年;还有唐代的窑址、唐宋混叠的窑址,以宋元时期的窑址最多。可见,古代磁灶盛产陶瓷,名不虚传,或说实至名归。

中华人民共和国成立后,文物保护步入健康轨道。当地政府部门开始重视对磁灶古窑址的发掘与保护工作,于 1956 年首次发现磁灶古窑址。1973 年开始对梅溪南岸的蜘蛛山宋元时代窑址和北岸的童子山唐末五代时期窑址,进行局部的考古发掘。1980 年,在对磁灶古窑址进行全面调查的基础上,对溪口山、蜘蛛山、土尾庵、童子山、金交椅山等窑址,再次进行局部的考古发掘。1995 年 10 月发掘土尾庵窑址,出土龙窑遗迹一段和大量青釉、酱釉和黄绿釉等陶瓷遗物,其中动植物造型别具一格,器物装饰纹样丰富,有花草、龙凤、文字等,以龙纹最具特色。2002 年 5 月,由福建省博物馆、晋江市博物馆联合对金交椅山宋代窑址进行重点勘察发掘,在 4 万平方米的西坡就发现 4 条残长不一的龙窑遗址、作坊遗址及多处堆积层,较完整的 1 条龙窑遗址长达 70 米、宽 2.5 米,从残存的窑址可辨认出窑口、火膛、窑壁、窑门、窑床,并有明显的烧印痕迹和大量的器皿瓷片。证实金交椅山窑炉是采用龙形条构、器物叠烧的工艺技术，一炉可烧制数千上万件瓷器，可见当时烧制陶器的规模之大和发展之盛。

在对金交椅山古窑址的发掘中，还出土了数百件可修复的陶瓷器物，有执壶、军持、罐、瓶、盏、注子、碟等，以执壶为主要产品。釉色有青釉、黑釉和绿釉，青釉居多。器物胎质薄、釉色光亮，虽埋藏地下数百年，但洗涤后依然清晰光亮。与海外发现的磁灶窑器物相比较，在造型、胎质、胎色、施釉等工艺上，完全相同或相近，由此证实金交椅山窑址正是古代大量生产外销瓷器的地方。2002 年 10 月，联合国申报世界文化遗产评估专家亨利博士到泉州考察，并详细考察了金交椅山古窑址，他认为这是迄今保存完整的宋代窑址，足以证实宋元时期泉州海上贸易活动的兴盛，是一处值得人们用心保护的古代文化遗存。2006 年，磁灶窑址被国务院公布为第 6 批全国重点文物保护单位。

宋元时期，泉州港发展成为世界贸易大港，港口内常常是"大舶百艘，小船不可胜数"，东南亚等国的"蕃客"云集，素称"市井十洲人""涨海声中万国商"。在当时出口的货物中就以陶瓷、丝绸为主。宋人写的《萍洲可谈》这样写道："舶船深阔各数十丈，商人分占贮货，人得数尺许，下以贮物，夜卧其上。货多陶器，大小相套，无少隙地。"此外，宋代《诸蕃志》中记载，从泉州输出的瓷器远销 24 个地方；元代《岛夷志略》中记载，瓷器外销多达 44 个地方。这些地方，主要分布在亚洲和非洲各国。

磁灶临近泉州，古时人力、车马可抵泉州市区，入市参与贸易。以金交椅山为重点的古代窑址，大多数分布在梅溪两岸，借助周围丰富的瓷土和山势地形，大量生产瓷器，通过内售外销发展经济、充盈生活。梅溪是一条发源于西北部南安境内大寨山的河流，在流经金交椅山时，水量较大，溪岸渐宽，便于行舟驶船，成为当时磁灶河运的重要通道。金交椅山窑炉盛产的外销瓷器，主要以小型船只承载划渡，顺着梅溪水流而下，最终抵达泉州港，并在泉州港卸载装运，使磁灶的瓷器远销海外。

早在 20 世纪 70 年代初期，就有台湾学术和考古界人士组成澎湖宋元陶瓷考古队，多次到澎湖列岛进行考古活动，先后采集到 1 万多件来自祖国大陆的宋元时期的外销瓷器标本,大部分来自泉州地区窑口的产品。其中磁灶曾竹山窑烧造的酱釉小口瓶 2015 件、磁灶斗温山窑青釉陶壶 374 件,还有磁灶其他窑生产的黑釉碗以及建筑材料等,说明磁灶窑生产的外销瓷器产品多、销量广。

1979 年,在晋江草庵摩尼教遗址内,从一口古井中发掘出一个于宋代由磁灶大树威窑烧制的大口碗,碗口直径 18.3 厘米、高 6.5 厘米,碗内外施酱釉,圈足露胎,内壁刻有阴文"明教会"3 字,后被列为一级文物。草庵是当今世界范围内现存最完整的摩尼教遗址,摩尼光佛刻像在世界上也是独一无二的,"明教会"碗的发现,再一次表明宋代摩尼教徒的活动迹象。草庵摩尼教遗址属全国重点文物保护单位,1991 年联合国教科文组织 "海上丝绸之路"考察团在考察之后,特意签名、立碑以作肯定和纪念。

更可喜的是 1987 年, 在位于广东省台山与阳江交界的川山群岛附近海域,发现了被称作"南海一号"的宋代木质沉船,成为轰动一时的海底考古大事件。2007 年整体打捞上岸后,沉睡海底 800 多年的"南海一号"入住广东"海上丝绸之路"博物馆的水晶宫。在这艘古沉船上,发掘出包括产自福建、浙江、江西等地的珍贵瓷器文物 6 万多件,其中就有不少是磁灶窑生产的瓷器。据专家考证和推测,"南海一号"属于南宋中晚期的福船,始发于泉州港。在众多发掘的文物中,磁灶窑的青瓷、黑瓷和绿釉陶器就有不少,有的瓷器的底部还写有"黄""李大用"等姓名的墨书,用于区别货主。更难得的是在经过海水浸泡 800 多年之后,磁灶窑瓷器上的墨书,依然清晰可见没有褪色,可见墨已渗入胎质,完全融为一体了。

我们一行人在看完金交椅山古窑址的现场后,撑着伞站立在泉州古代外销陶瓷博物馆前的广场上,面对眼前的梅溪,望着潺潺流淌的溪水,思索着、想象着,让思绪穿越历史的时空,去做一番遥远的遐想:从金交椅山出发,沿着梅溪河水顺流而下,急急地驶出泉州湾出海口。挂着风帆的桅杆缓缓消失在茫茫的东海尽头,驶入滔滔的南海,直到驶抵东南亚各国,驶抵东非地区,驶抵更远的陆地滨城。这一路的颠簸,一路泛出的白浪,一路盘算的生意经,反反复复,来来回回,一年接着一年,终于驶出一条海上行舟之路、一条丝绸之路、一条陶瓷之路、一条和平共赢之路。

当目光重新拉回到真实的站点时，便顿觉身处的磁灶，就是这条海上繁荣之路的一个源头，而金交椅山就是一个源点，一个积淀了距今不少于1500年制陶工艺和技术的宝库。我深深地领悟到，今天我们探寻这些瓦罐、瓷片，并不在于实用性，而是要挖掘和找到蕴藏在它们背后的文化基因。真实的意义就在于用历史唯物主义的眼光，见证、总结、梳理出这条“海上丝绸之路”的历史奉献和当代价值。

从陪同前往的两位同志的介绍中还欣喜得知，2017年1月26日，中国联合国教科文组织全国委员会秘书处致函联合国教科文组织世界遗产中心，正式推荐“海上丝绸之路”最具代表性的港口城市“古泉州(刺桐)史迹”作为2018年世界文化遗产申报项目。经国家文物局批复，晋江草庵摩尼教遗址和磁灶金交椅山古窑址列入申报项目，启动环境整治和迎检工作，有望成为世界文化遗产，载入人类文明史册。

磁灶，这个与“瓷仔”有着深厚渊源的故地，自西晋武帝泰始元年(265年)起，就开始制作和生产瓷器，迄今已有1750多年的历史。如今，380多条锟道窑燃起熊熊的烈火，上万人的销售队伍常年在外经商，百余家企业的产品进军“一带一路”沿线国家，向着“海上丝绸之路”重扬帆、再起航。陶瓷企业和服务性企业的生产已占居全镇生产总值的50%以上，建成天工陶瓷建材城、海西建材家装城、中国(海西)五金机电城三大展示和销售集群，以及下官路建陶市场、钱坡建陶市场、东山建陶市场等专卖市场，同时还配套有包装印刷基地、物流基地和电商速递基地。磁灶，以其积淀和演绎千年的文化基因，在陶瓷产业高地上继续扛旗领跑。正如《人民日报》在报道中所说的：“磁灶镇，遍地瓷窑，满街瓷器，无愧于中国陶瓷重镇称号。”

面对翠绿又寂静的金交椅山，我不间断地做着更深沉的思考，但此时雨一直在下，似乎在催促我的脚步。我想，在它“申遗”之后，我还会踏进这个曾经红红火火、炼土如金的神圣故地。

(原载《福建乡土》2017年第2期)

晋江砖

晋江的鞋,有安踏、361度、乔丹、特步、贵人鸟;晋江的纸,有恒安的安尔乐、心相印,有优兰发的优雅复印纸;晋江的伞,有晴雨伞、情侣伞、折叠伞;晋江的食,有雅客的糖果、盼盼的薯片、麦都的面包;等等。这里要说的是晋江的砖,也就是由泥土加把火,烧制而成的陶瓷品,或干脆说——瓷砖!

晋江有个镇叫作"磁灶镇",其名称就是因为建窑、垒灶、烧瓷而来的。《晋江县志》中记载:"瓷器出瓷(磁)灶乡,取地土开窑,烧大小钵、罐、瓮之属。甚饶足,并过洋。"这简短的文字,概括了磁灶产瓷的盛况和历史。据文物部门的考察和统计,在磁灶镇,现今已发现古窑址共计有26处之多,其中最早的是南朝时期的溪口山窑址,迄今已有1500多年,还有唐代的窑址、唐宋混叠的窑址,但以宋元时期的窑址最多。可见,古代磁灶盛产陶瓷名不虚传。

磁灶有座金交椅山,这名字听起来冠冕堂皇,又极富神秘感,它就在钱坡村的附近。此山并不高,但窑址很有名。2002年5月,由福建省博物馆、晋江市博物馆联合对金交椅山宋代窑址进行重点勘察发掘,在4万平方米的西坡上,就发现了4条龙形古窑址,其中1条古窑址长达70米、宽有2.5米,可辨认出窑口、火膛、窑壁、窑门、窑床,并有明显的烧制痕迹和大量的器皿瓷片遗存。证实金交椅山的窑炉,采用的是龙形条构、器物叠烧的工艺技术。这种炉,一次可烧制数千上万件瓷器,可见当时烧制陶器的规模之大和发展之盛。

2002年10月,联合国申报世界文化遗产评估专家亨利博士详细考察了金交椅山古窑址,认为这是迄今保存完整的宋代古窑址,有很高的文物保护价值。2006年,金交椅山古窑址被国务院公布为第6批全国重点文物保护单位。为此,晋江市政府立即投入资金,建起泉州古代外销陶瓷博物馆,并对古窑址实施有效保护。目前,金交椅山古窑址作为"古泉州(刺桐)史迹"之一,正式被推荐为2018年世界文化遗产申报项目,有望载入人类文明史册。

晋江还有个五店市,这是一个在城市建设中留下来并改造成的传统文化街区,集中展示了不少古民居、古大厝、古宗祠等特色建筑。砖在这里耀眼醒目,走进去一看,屋顶片瓦错落有致,地上方砖落落大方,壁上砖雕能工巧匠,砖墙入石刚柔兼具。砖在这里又登堂入室,有形、有色、有声、有品位、有故事,让人琢磨不透、流连忘返。所以说,五店市是乡愁的心灵峡谷,是晋江的文化名片,是建筑的闽南风格,更是砖的特殊演绎。

以磁灶为代表的晋江砖,历史悠久,几经沧桑,传承不断,创新开拓,已成为晋江市的传统产业之一。如今,150多家规模企业,300多条生产线,年产值370多亿元,从业工人和销售人员超过10万人。如今,建成了天工陶瓷建材城、海西建材家装博览城、海峡五金机电城三大展示和销售集群,以及磁灶下官路建陶市场、钱坡建陶市场、东山建陶市场等专卖市场,同时配套有包装印刷基地、物流基地和电商基地等。在转型升级和实行供给侧改革过程中,已有数十家企业的产品,进军"一带一路"沿线国家,向着"海上丝绸之路"重扬帆、再启航。晋江砖,以其积淀和演绎千年的文化基因,加上不断创新提升的精神品质,在全国数个陶瓷生产基地中稳占一席,并加快步伐走向世界。

"有路就有丰田车,有楼就有晋江砖。"以华泰、豪山、万利、联兴、广达、宏华、晋成等为代表的一批龙头企业,产品包括地板砖、广场砖、劈开砖、仿古砖、喷墨砖、内墙砖、琉璃石、马赛克、太阳能陶板等等,大多数产品已经远销国内外市场,成为著名品牌。目前,晋江的陶瓷产业正实现"五个转化":一是产品结构由单一向多元转化,二是企业生产由粗放型向节能环保减排转化,三是销售领域由国内门店为主向国内综合市场与国外网点并举转化,四是生产方式由委托代理、承接代工向研发创新、打造自主品牌转化,五是生产规模由盲目扩容增量向供给侧调整产能、加快去库存转化。晋江的陶瓷产业,仍然蓬勃发展,充满生机活力。

当然,面对经济发展新常态,面对产业转型升级新要求,面对越来越严的生态环保新规范,面对建筑材料更新换代新背景,陶瓷产业的出路与走向、传承与发展、产能与提质、支持与约束,也成为一个很现实的问题。需要政府与企业,进一步加深对陶瓷产业和实体企业发展的认识,大胆创新拓展思路,勇于破解瓶颈难题。比如,科学制定陶瓷产业发展专项规划;完善相关优惠、补助、补贴扶持政策;分类分步支持企业优化配置和转型升级;贴近企业实际做好政府各项服务保障工作;发挥陶瓷协会作用,支持企业参与供给侧改革等。努力引导陶瓷企业,强动能、精产能、去库存、提品质,积极推进陶瓷产业向精益化、集群式、环保型方向发展。

俗话说得好,办法总比困难多,路在脚下,希望就在前头。当下,创新是时代的要求,也是产业发展的驱动力。续写晋江经验新篇章,再创晋江发展新奇迹,离不开传承巩固,离不开创新突围,离不开攻坚克难,离不开政企互动、一起打拼。晋江砖,已然演化为一种文化元素和精神特质,这就是:厚实牢固、精到坚韧、推陈出新、诚信优质。愿晋江砖时常闪耀眼前、铺垫脚下,时常在大家身边、在人们心中!

(原载《星光》2017 年增刊,获 2016—2017 年度庄逢时海内外散文榜佳作榜)

走近龙湖

瑞雪兆丰年,春来万物生。一场大冰灾过后,大地开始了复苏,人们也渐渐地从寒季的温室里迈出脚步,踏上锦绣翠绿的广袤原野。梦想中的闽山晋水,特别是视线里那些似知非知的人文历史景观,就像一道道雨后的彩虹,牵动着我的多色梦,打动着我的贪婪心。我遂决定今年的春游,就不再舍近求远了,而是在周围的自然山水中,轻松自如地求取一些愉悦和欢欣。

借着周末休息的机会,我来到距晋江市区约 20 公里的龙湖镇。龙湖镇在石狮市南,与晋江市的永和镇、英林镇、金井镇、深沪镇相邻,处于晋江南片区的中心位置。在民国时期,龙湖镇就与附近的安海、石狮、永宁合称为晋江四大著名集镇。龙湖镇因镇西南有个龙湖而得名,而龙湖则是福建省的第二大天然淡水湖。

龙,是我们中华祖先顶礼膜拜的图腾信物,象征着神圣崇高和至善完美,是先人们喜爱的称呼和意愿的追求。这个邻近大海的偌大而神奇的淡水湖泊,被以龙的意蕴和称呼而得名。传说中还因湖的南端露出两块礁石状如龙目,中部宽大弯长形似龙躯,北面支叉旁生犹如龙尾,整个形状如巨龙伏于围头半岛之上,面向着大海作飞跃升腾之势,故被先人们喜称为"龙湖"。

龙湖位于围头半岛的中部,围头半岛就像是伸向台湾海峡的一把吉他,而龙湖便是这把吉他上的共鸣箱。当阵阵的海风弹拨着岸树和山林时,龙湖便会唱起一支支轻盈欢快的协奏曲。龙湖又像一颗明珠,镶于前突的陆地之上,闪烁着美丽和谐之光,泽惠着周边数十万乡民。龙湖水面面积达1.62平方公里,集雨面积达10余平方公里,平均水深3米以上,蓄水量近500万立方米,可灌溉面积1万余亩,养殖面积超过2500亩。近几年,政府部门出巨资,改造了湖岸护堤,并从南安的山美水库通过管道源源不断地引水入湖,使龙湖成了附近5个镇近30万人的饮用水源。还准备在适当的时机,直接向海峡对岸的金门岛供应淡水,使龙湖发挥出更大的经济效益和社会效益,在海峡西岸经济区建设和两岸和平统一中发挥出积极的作用。如今,这个被古代人作为"官湖"的龙湖,成了政府为民办实事的民生基地和兴农惠农的水利工程。

与众多传世的景观一样,龙湖也有着奇异的民俗故事。传说在龙湖的湖心,透过清澈的湖水,可以看到一块突起的长着青草的平地,其中却有一丈见方不长草的地方,深不可测。据说这就是龙湖的水脉,可以直通东洋大海。这个湖心中的井,被当地人称为"龙井"。相传在古籍《山海经》中写的能兴风播雨的应龙,就居住在龙湖的神井中。直到改革开放前,龙湖附近几十个乡村,还有这样一种风俗,为去世的老人做功德、献金银纸箔时,就用小船运往湖中,扔进龙井,据称这样就可以通往阴间送达故人。

其实,在龙湖还有一个在当地非常出名的文物景观,那就是建于宋朝的迄今千年的龙王宫。这座寺庙位于龙湖西岸的中部,依山面湖,坐西向东,通视远方。因为先人们深信湖中隐藏着神龙,而神龙能呼风唤雨、化险救灾,因此,每遇到旱灾时,泉州知府和晋江县令就会带领当地的老百姓,到龙王宫里来求雨,并要取水回府,设坛祷告,直到天上降下雨来。

早在宋代,泉州知府真德秀就曾到龙王宫求雨,并有一篇《龙湖祝文》传世。如今,寺庙里的"万物沐恩""化被草木""神灵欣得地,水活自通天""泽被寰区赞天地而资化育,功施社稷为霖雨以润苍生",这些匾词和对联,都精要地概括了神龙布雨、润泽万物的功能,表达了人们对霖雨的期盼。

龙王宫里敬拜的是龙王和龙妈。时至今日,邻里乡亲们每遇到喜庆节日或烦人愁事,就会到龙王宫里来进香膜拜祈愿求安,或在龙宫里抽个签算个卦预卜未知,据说非常的灵验。当然,善男信女们是先以虔诚为首,后以心安为基,再以善事为本,也就是说先有好的心境才会有好的行为,有好的行为才有可能产生好的结果。大凡事物的发展规律就是如此。人们每拜敬一次神灵,便能打开一个心结,也就能做善一件事情,最后才有可能圆满一个心愿。有了这种心境和进程,又何愁行无果事不成呢?也许,这就是人们常说的只要心中有了佛,佛必然在心中的缘故吧!

在寺庙的入门前,还有几方石碑,是值得读取和考究的。右边一方是任陕西延绥总兵官左都督施世禄在清康熙四十五年(1706年)撰写的《龙湖祷雨颂德碑记》,记录了清康熙二十三年(1684年),靖海将军施琅率水师平台后荣归故里,见到因迁界被毁的龙宫后,倡议修复,以及康熙四十五年(1706年)春,泉州知府、晋江知县求雨抗旱的经过。左壁上两方是记载清嘉庆、道光、同治年间重修时捐资的芳名。右边还有一方双面石碑,正面刻着清雍正三年(1725年)的功德内容,背面刻着清雍正九年(1731年)的《官湖》告示。其中记录着一段民告官的公案,最终使龙湖摆脱私人拥有和各种课税,回归附近各姓公用,成为官湖的过程。

龙湖以其天然之水,滋润着广阔田园,养育着一方子民,成为龙湖镇经济和社会建设的重要命脉。龙湖镇管辖84个自然村,全镇面积63.9平方公里,人口8.6万人,旅居海外侨胞达12.5万人。全镇设有三大工业区,培育了服装纺织、五金拉链、塑料玩具三大集群产业。2007年工农业总产值达140亿元,财政收入2.6亿元,拥有20多个著名商标品牌,综合实力列"全国千强镇"第892位、"全省百强镇"第16位,被中国纺织工业协会授予"中国织造名镇"称号。随着经济和社会的发展,龙湖的维护管理和环境保护问题,更加引起人们的重视,并已进入当地政府的工作议程。一个融旅游、养殖、生态和水资源利用"四位一体"的崭新龙湖,必将以其更新更美的面貌展现在世人面前。

以龙湖为中心的晋江南片区,是一个旅游胜地。在龙湖的10余公里范围内,还分布着如千年古刹西资岩寺、靖海侯施琅将军故居、衙口金色海滩、围头"八二三"炮战阵地遗址、福全古城、深沪湾海底古森林遗迹、东石古檗山庄等众多的人文历史景观。它们共同构成了晋江南片区旅游网络,形成了丰富的文化历史资源。每当节假日,到龙湖及其周边景点旅游的人络绎不绝。

龙湖南北长约3公里,东西宽近2公里,岸线长达10余公里。如果站在湖岸边瞭望,那宽阔的湖面、涌动的湖水、清澈的水质,以及湖岸上的绿树高楼,直入眼眸,让人滋生一种飘升的感觉、一种梦化的体验。微风轻拂,湖水荡漾,岸柳婀娜,湖鸭戏水,湖亭屹立,小桥独尊,天云转动,渔翁放歌,每一景一物,都是那样的如诗如画,那样的令人心醉。

在龙湖,不仅有山海、城池、庙宇等名胜可以游览,还有众多的海鲜佳肴可以品尝。龙湖湖床宽阔,泥沙柔软,水质甘冽,水产资源十分丰富。特别是盛产鳖、鳗、鲈、鲫等鱼种,著名的镶着金边的鳖、4个鱼鳃的鲈和粗大而强壮的鳗被人们誉为"龙湖三宝"。以"龙湖三宝"为主打名食,加上衙口芋饼、深沪鱼丸、围头咸粽,以及众多的深海原生海鲜等,足以让人赞不绝口。加上朴实无华、真诚开朗、热情好客的龙湖人,以人为本,"情"字为先,笑脸相迎,定能让每一个来者,游得舒舒坦坦,玩得开开心心,吃得津津有味。

在波涛汹涌的大海面前,与一望无际的大海相比,龙湖算是狭小的。但龙湖有其独特之处,它那偏静于安、痴守故土、广纳泉流和不辞施舍,不正是人们应当追崇的一种精神品质吗?我还以为龙湖是寂寞孤独的。因为,我查阅了身边收藏的有限的书籍资料,从近代到现当代,竟然找不到有关专写龙湖的诗词文章,这不能不说是龙湖的一大憾事,不能不说是当地文人墨客的一大失误。我想,总有一天,我们的文学家、摄影家们,一定会组织一次专题的采风活动,让寂静的龙湖兴奋起来、振作起来,让龙湖巧夺天工的自然之美,成为人们共享的资源,融汇于构建环境友好和小康和谐的社会之中。

(原载《星光》2008年第2期、《福建日报》2009年7月8日)

深秋登游灵源山

　　在晋江市的版图上,有一簇连绵的群山,显赫地崛起于中部位置。群山呈西北走势,方圆达数十平方公里,宛如一条巨龙飞腾拔起,俯视着晋东宽阔的原野和泉州湾泱泱海面。在群山之中,有罗裳山、华表山、石刀山、灵源山诸座山峰,峰峰突起,雄伟挺拔,而且树林茂密,翠绿满山。在群山之下,遍布着错落别致的乡村和成片耕作的良田,仿佛虔诚不弃地簇拥着群山峰峦。纵横密布的宽敞道路,拉近了人与山的距离,更增加了不少的亲情和活力。这些突起的峰峦,以其蜿蜒雄起之势,构成晋江地理上的龙脉和板块中的核心。这些突起的峰峦,造设了许多远古的仙气神韵,隐藏着不少古时的传奇典故,孕育着当今人们的诸多梦想,也成为地处濒海地区的晋江,一处难得而且可贵的旅游观光胜地。

　　十月的晋江,由于受亚热带海洋气候和逐年气温升高的影响,依然显得那样温热和清爽,不管是在白天还是在傍晚,身上只着一件单衣便可遮风御寒。虽然时至深秋,但植被依然保持着浓郁的绿色,树冠依然伸展开来茂密成荫,这时的气候和景物依然是游山玩水的难遇佳期。气候模糊了季节,景物诱引着眼眸,躁动激发出狂想。就在这深秋的十月里,我们一行人选择了去登游其中第二高的山峰——灵源山。我们从晋江繁华的市区出发,乘车不足半小时,就到了灵源山脚下,抬头望去,这座神秘的山峰就在望眼之中。

　　由于是慕名而来,所以在登临之前,自然而然地想起了山名的来历。我们从手头上的一份简要资料得知:灵源山海拔高 305 米,最早的时候由于山顶平坦，被先人们称为"太平山"。到了唐朝时，由于山形如鹏鸟飞势，又被形象地叫作"大鹏山"。"太平山"与"大鹏山"，都因山形而得名，而且这两种叫法在闽南语中是没有太大差别的。到了宋朝，由于此山由山下的吴氏村里掌管，又御史吴中复、吴中纯在山中隐居并终老，故被改称为"吴山"。也有传说，早在东汉时期，楚大夫沙世坚入闽时，见此山为群山丘陵之源，遂称呼为"灵源之山"，这恐怕是灵源山山名最早的来历。但也有今人认为，由于此山山高林密，不时有清泉涌出，润地育人，造福一方，故被人们称为"灵源山"，以致后来在山中建亭称作"灵源亭"，把山下的村庄叫作"灵水村"。其实，同一座山有几个不同的山名，是不奇怪的，每一个山名都是对山的一种诠释，都反映出山的一种面目，而最终会以一种更加恰当的名分和内涵被世人所认同，并且长久地流芳下去。"山不在高，有仙则名"，即便是横亘在我们眼前的这座灵源山，也是如此。

登游灵源山，有盘绕山坡而上的汽车路，也有穿越山谷的崎岖小径。既是来旅游观光，领略大山风采，我们便情愿弃车步行，由下而上地慢步向山顶攀登。过灵水村后，迅即进入山脚的灌木林中，直入眼帘的是裸露的岩石和年久的巨树，抬眼望去，浑圆的山顶轮廓，在蓝天和白云的映衬下，显得格外的清晰和翠绿。历经千百万年的天地造化，历经世间风雨的侵袭剥蚀，灵源山谷深坡陡、峭壁嶙峋，斑驳的岩表呈现出黝黑的痕迹，厚积的山被覆盖着枯朽的枝叶，又显得那样的天然、原始和僻静。由于山北有华表山作背，山南有前凸的高岭相挡，使南坡上得天独厚地生长着一片茂密的阔叶林，巨大的柞树、栲树、樟树和松柏等名木相间相生，使整个山坡在翠绿中生发出叠色的斑斓，孕育出林深谷幽的独特神韵。

灵源山的海拔高度仅有区区的305米，一路走来不算遥远也不算艰难。但是，随着蜿蜒的山路，不时地变换着视线，亲临着景物，也不得不忘情地驻足逗留，不时地被一路成趣的奇观异景撩拨着心绪。在距灵水村不远处，就有一簇巨石群，其中有一方状如斜倚酒壶的巨石，被称作"灵壶石"，石下洞水长流，清澈甘洌。明朝工部尚书吴淳夫，于明万历四十七年(1619年)题写了"灵壶天"3个娟秀的楷字，并勒于石中，至今字迹可见。灵源山山高林密,每当晨起夕时,经常有山岚升腾,而且漫绕山顶巧接云天。如果此时身在山上,犹如步入云中。所以,明朝监察御史吴从宪之子、《灵水吴氏族谱》主修吴可承,于明万历四年(1576年),在登顶必经的一处对峙的狭窄崖壁上,题书"步云关"3个大字,字意形象而且贴切。登上顶峰,一群巨石迎面耸立,其中一块巨石方广数丈,顶平如台,豁然醒目。巨石的陡壁处,镌刻着"望江石"3个行书大字。站在石台上眺望东南方向,果然,烟霞中的石井江蜿蜒着身躯,悠悠远远地入海,江面上波光漾漾、舟影点点。登游灵源山,如能鹤立于望江石上,便会有头首连天身轻如燕的飘然感觉。在灵源山上,不仅有众多的名人题字石刻,历经千百年不弃不废,而且还有众多的天然怪石奇形别趣,并演绎出众多神秘玄妙的传说。如"雄狮探球""七星布阵""玉犬吠日""金蟾望月""老蚌孕珠""公婆亲濡"等,栩栩如生、惟妙惟肖。

自古名山,多与僧侣结缘,有的因寺庙而名,有的因佛道而灵。眼下的灵源山,当然也不例外。早在隋朝初期,就有僧人在灵源山的顶上立寺,祀奉观音菩萨,因山顶常有紫岚云气萦绕,故称"紫云寺"。唐代有一姓蔡的道士进山隐居,并与寺僧守净一同扩建庵庙。宋时御史吴中复、吴中纯也入此山隐居修道。元末明初,跟随陈友谅举事兵败的骁将张定边,为避前嫌而遁入灵源山,遂削发为僧,号"沐讲禅师",并建新寺庙于山腰,始称"灵源寺"。张定边时常采山中百草,研制成茶饼,僧众来时又取甘泉烧泡,饮后提神防病。流传至今,灵源茶已成"中华老字号"名牌茶饮。自明清起至民国时期,灵源寺几经修葺和扩建,设施备至,僧众日盛,一直是泉南佛国的圣地之一。"文革"时,寺院中佛物法器也曾被毁于一旦,直到浩劫过后,经多方努力和海外侨资捐助,寺院才得以恢复和扩建。时至今日,灵源寺以其源远流长、地灵神圣、规模宏大、设备齐整,远播东南亚,名扬海内外,香客游人络绎不绝。

走进灵源寺,古色古香的寺庙建筑,金光闪现的神像饰装,袅袅升腾的香火烟云,直入眼帘,令人在凝重的氛围中生发起敬畏。倒是那些名联题款引人驻足,细细读来叫人多少有些爽朗释怀。寺碑刻曰:"寺院居山之南,秀岳耸于后,佳木环其旁,浯屿前列,井江横亘,烟霞变幻,气象万千,洵佳景也。"全面地道出了寺院的地理景观。在寺院中，有宋代宰相曾公亮题的"灵山好作西天界，源水能通南海潮"和明朝进士殿试探花、官居一品的大书法家张瑞图手书的"从闻思修大士何曾出世，法界定慧众生各自开堂"等名联，有清代翰林庄俊元题的"古佛"字迹，还有中国佛教协会主席赵朴初题的"灵源禅寺"和全国人大常委会原副委员长彭冲题的"天坛"等匾额。这些毫笔墨迹，着实为灵源寺增加了历史的厚重感，平添了引人入胜的人文景观。

名山胜水，远离尘嚣，寂静清幽，自古以来就是书生苦读圣贤书的理想之地。灵源山堪称山清水秀、天玄地灵，自然也是一处结庐读书的好地方。唐代首开八闽科第的欧阳詹曾居在此山苦读三载。宋代名士林知，从京归来隐于山中读书，直到终老。林知的裔孙，在《题临安邸》中写下传世之作"山外青山楼外楼"的诗人林外，也曾读于山中的紫云室。宋朝"东南奇士"刘昌之孙刘涛，善于诗词和草书，曾被苏东坡称为"奇逸多才"，晚年也隐居山中，自号"灵泉山人"，以读书写字坦然度过一生。

除读书外，许多慕名而来的名人志士、文人墨客，更是无以计数，而且留下许多传世佳作。如元代任过潮州路总管的王翰，就常临灵源山，写有"旭日照高岑，天风振远林。不因沧海色，那识白云心。坐来明月上，何处起潮音"的咏灵源山诗句。明朝进士、人称"嘉靖八才子"之一的王慎中，在登游灵源山时，写下"千寻高处一庐深，未到遥闻钟磬音。径路渐通难进步，山门忽睹已生心"；而在寄宿于灵源禅寺后，又留下"奇峰千万叠，一派飞泉洒。飒飒天风来，松声如雨下"的宿中感慨。明代万历年间著名山水诗人苏紫溪，以"丹崖玄室倚天孤，一径迂回万壑殊。有客入门苔不扫，无僧说法鸟相呼"描绘出寺院的独特奇观。著名诗人、画家黄克晦，在登游灵源山后，也写下了"风高绝顶失攀援，直欲凌空去不返。仙犬忽闻苍翠里，冥鸿半落有无间。胜赏知音倾不浅，何时长伴一僧闲"等佳句。明朝嘉靖监察御史陈让，在回到故乡登游灵源山时，情不自禁地吟出"秋到庭前十竹边，好风吹我入灵源。云随短句惊浮海，霞闪高冠觉近天。灵源看尽须登室，最是更高一步难"。清朝施琅后裔、台湾盐课大使施钰，从台湾回来，也迫切地到灵源山一游,并写下"非关令节偷闲至,剧爱名山带笑来。信有烟霞携满袖,不知身已到蓬莱"的赞美诗句。古往今来文人墨客写灵源山赞灵源山的,大有人在,不胜枚举,这里也难以赘列。

然而,真的要认识灵源山,就只有亲身走进灵源山了!

（原载《星光》2009 年第 1 期、《福建文学》2009 年第 3 期）

寻访西资古刹

　　由晋江市金井镇向南,沿308省道向围头港方向,在与新修建的沿海大通道交叉口处的东北面,有一座山林甚为茂密,但巨岩暴露可见的山体,这就是当地人称的"卓望山"。卓,意为高而突显;望,则为瞭望。卓望,即为居高望远。的确,站立于卓望山之上,周边的村落房屋一目了然,海湾沙滩清晰可见,更可以望见台湾海峡舟船点点海天成一线,金门岛也仅有10公里之距而依稀显现。然而,尽管卓望山处于这样重要的地理位置,但并不是因山而著名,而是因山南面半坡上那座千年古刹而著称。这座千年古刹就是有史料记载的、远传东南亚的、现为省级文物保护单位的西资岩大佛寺。

　　佛教是在2500多年前于古印度创立的。相传,在古印度的西北部,喜马拉雅山脚下,有一个叫迦毗罗卫的王国(今尼泊尔境内)。国王净饭王与王后摩诃摩耶生一太子,姓乔达摩,名悉达多。这位太子从小好学聪慧,无人能比。17岁时与表妹结婚。在19岁时弃继王位而出家修行。35岁时成就"无上正等正觉",被尊称为"佛陀"(意为觉者),圣号为"释迦牟尼"。释迦为其族名,牟尼就是"能仁、能儒、能忍、能寂"的圣人,也就是"释迦族的圣人"之意。在他看来,世界一切皆空,人生是苦海,而这却是每个人的"惑""业"所造成的。因此,人们要摆脱痛苦,只有按照经、律、论"三藏",修持戒、定、慧"三学",彻底转变世俗的欲望和认识,才能进入完全解脱的涅槃境界。释迦牟尼得道之后,开始了长达40多年的传化弘法,活到了80岁。据说有弟子门徒500人,著名的有10人,并准许门徒用地区方言传教,使得他的思想学说在当时的社会广泛传播。从时间上看,释迦牟尼与我国春秋战国时期的孔子处在同一个时代。传说孔子有弟子3000人，著名的有72人。孔子比释迦牟尼还晚逝7年。

我国的佛教，最早是在西汉时期由印度传入的，当时仅流传于中原地区，直到西晋初期才开始在福建传播。太康九年(288年)建成的九日山延福寺是闽南最早的佛寺。隋朝时采取扶持佛教的政策，促进了佛教的发展。据蔡永兼《西山杂志》中"西资岩"条目载：隋开皇九年(589年)开发夷洲，委工部尚书蔡祖德造卓望山马嘶塔，遂凿三世尊佛，造寺曰"大石佛寺"。与隋皇泰年间兴建的现今安海镇境内的龙山寺，同属晋江境内最早的佛寺。所以，卓望山虽不高不大，却一直是泉南佛界的四大名胜之一。到了唐朝，更为重视佛教，并出现了"十分天下之财，而佛有其七八"的局面。民间捐资兴造寺院也成风，泉州的开元寺便是唐垂拱二年(686年)建成的。到了宋朝，佛教强盛不衰。北宋时期，晋江一带兴建的寺院就达25所，而且一些大型寺院还设立了分院。如开元寺就有"历五代十国而至宋，旁创支院一百二十区"之说。这才有了宋代理学家朱熹的"此地古称佛国，满街都是圣人"的称誉，以及宋乾道年间任泉州知州的王十朋题写的"泉南佛国"传世。

在佛教领域，历来是中华文化资于西教，而卓望山上的西资岩大佛寺，却为"佛祖迦叶以资教益于中国"，借西教反资于中华文化，故称"西资"。又由于3尊佛像都是在天然岩石上直接雕凿而成的，便合称为"西资岩"。3尊大佛就是佛教中常相提并论的阿弥陀佛、观世音菩萨和大势至菩萨，并称为"西方三圣"。位于中间的是阿弥陀佛，像高为4.5米，宽为1.62米，头上螺结，身披袈裟，露肩袒胸，衣褶细柔，赤足站于莲花台之上。右手拢在胸前，掌心向上，手指微屈。左手垂于腰侧，掌心向前。面如满月，唇厚颐丰，垂目微俯，慈祥端庄。观世音菩萨和大势至菩萨身高各为4米，分立于阿弥陀佛两旁。左边为观世音，其圣像左手持净瓶，左臂向上弯，掌伸向前，手指微屈，神态慈祥。右侧为大势至，圣像姿态和观世音略为相似，同样端庄而慈祥。

佛教寺院的建立，都很有讲究。一般是依山面水，正门朝南，或借山水地利因势而建。其内部结构和设置，也是有相对规范的。西资岩大佛寺建立于卓望山南面山腰处,正好适合建寺设院的基本要求。相传,在隋唐时期,卓望山南濒大海,舟船入港时,每见岩壁上奇光异彩、璀璨夺目,仿佛是佛光普照,当地渔人遂请来匠工,在岩壁上雕凿西方三圣佛像。据称由3代匠工用3年时间雕凿而成。后来又建寺庙,覆于其上以栖佛,并供信徒们祈福朝拜。而自立佛像朝拜后,当地渔人出海入港平安,渔业兴旺发达。据道光年间编撰的《晋江县志》记载:宋绍兴十八年(1148年),住持达宽偕同乡贤王圆、蔡婆养,共同捐资重建大佛寺,并增修了僧舍禅堂,使大佛寺更为壮观,僧侣更多,香火由此更旺。

明代泉州大理学家、白衣参军蔡鼎,号无能,于天启年间,因揭奸党魏忠贤十大罪状,不受熹宗采纳,遂微服归隐,筑室于西资岩西侧,潜心研究易学。又筑观易亭,每至晴朗深夜,必起身观察星际天象,测悟凶吉祸福。并于亭南崖壁间书刻"古卓望"、寺东侧摩崖间书刻"慧眼"等字迹。后来,崇祯、隆武帝都要起用他,但其心既凉,故拜辞不就。由他所著的《易蔡集解》,共10卷,洋洋50万字,以及有《万远堂稿》传世。蔡鼎68岁辞世,乡人于此处设置无能蔡先生祠。清代嘉庆举人蔡廉石撰写门联曰:"帝称布衣,天子不得臣,诸侯不得友;书名易蔡,往圣由此继,来学由此开。"清光绪年间泉州举人曾遒在《过西资岩怀蔡无能先生》中云:"精心阐易理,祸福识先机。静可参天地,斯境微乎微。"如今此祠经一番修缮,仍为壮观别致。

西资岩大佛寺,建成年代悠久,几经战乱政变,几经复建重修。可以说,一座寺庙的立与损,演绎着一方社稷变迁和宗教兴衰。从西资岩纪事碑知悉,宋末元初就因战乱受损,明天顺三年(1459年)重修。清顺治十八年(1661年)又因迁界遭兵毁,直到乾隆二十八年(1763年),乡贤陈起鸣三兄弟合力再重修。1935年,塘东旅菲华侨蔡本油独资大修,梁柱屋盖改用钢筋水泥,石佛全身泥塑镀金。相传蔡本油有一年为避人讨债,在年关前曾在寺内躲藏,见寺院破落不堪,香火难续,便向佛祖祷告,如能助其发迹,日后必定重修寺院。后来,蔡本油乘船到了吕宋岛,做起了白糖生意,果真成了巨富,遂回乡还愿。1958年炮战时,曾在寺区内驻过部队,圣地被当作观察和隐蔽的场所。"文革"期间因破"四旧",寺院再一次遭到损毁,并曾被用来当作乡村学校。直到 1979 年,塘东侨亲蔡德伟重建了上帝殿。1983 年,蔡本油族裔又捐资重修。1991 年,菲律宾侨亲蔡张乌缎、蔡陈秋玉捐资修建山门,筑药师光王、多宝如来石塔,开挖放生池,并垒砌围墙。旅菲华侨蔡承业修造水泥路面等。如今,寺院由五开间二进深单檐硬山顶的前殿、五开间三进深重檐歇山顶大殿和两边回廊组成。除西侧建有明先贤无能蔡公祠、土地公宫、白衣庵外,东面高卓处还建有朱子祠、文昌阁、玄武殿、阎王殿,以及慧眼泉、放生池、通海井、观易亭、隐士桥、观音坐鲤等一系列庙观,构成了名副其实的泉南佛国名山圣地。1984 年佛协会委派佛学造诣深厚的义扬法师荣任住持,并请菲律宾女神尼到寺朝礼。1985 年 10 月被列为福建省第二批省级文物保护单位。1986 年冬举行祝愿世界和平法会。1994 年获批为福建省宗教活动场所。

　　带着几分虔诚几分好奇,我和几位同事来到金井镇区之南的卓望山,寻访神秘而新奇的西资岩大佛寺。我们沿省道而下,出镇区后,一眼望去,不远处青山绿荫横亘于道路两侧,山体露岩褐色般出没于山林之间,海边湿润的凉风扑面而来,真是身影未到惬意先生。在遍地开发的泉南境内,如今尚有这般原始风景,实属难得。约过十几分钟,我们过一山冈后便来到卓望山下。由于大佛寺距公路直线只有 100 多米远,我们便弃车徒步前行。虽然相距仅有百余米,但山上的相思树和马尾松,以及灌木丛生的绿枝植被覆盖于山中,使大佛寺若隐若现,难以直观其面目,也增添了几许神秘色彩。我们沿方块石铺设成的山路前行,这段山路是建于山谷的南侧,并顺谷而上,路弯坡陡。山谷内,成片地种植了闽南特产的龙眼树,微风中摇曳枝叶,仿佛在向我们挥手相迎。过龙眼树林,向左侧望去,山窝处巨石旁,白衣庵格外醒目。向右拐后,抬头上观,佛寺山门和古卓望碑亭,直入眼眸,催人快步。进入山门后,是一片平地,一条水泥路直引入寺。路前,双塔耸立,细尖中透露出庄严肃穆。两旁松柏坚韧挺拔,献殿竹丛垂枝探幽,密植古榕翠绿成荫,菩提垂柳相间成趣,红墙绿瓦泰然壮观,梵音青烟绕梁回余,不知不觉间已步入佛国圣地。

　　走近大佛寺,门楣上由清代光绪年间魁选蔡毂仁所书的“西资古地”巨匾耀眼入目。清同治年间进士蔡德芳所撰的"西佛千年来古地,资生万物普慈心"的门联,书出了寺院的神韵与内涵。大门两侧镶着"龟鹤呈祥""麒麟拜寿"的雕刻方石,以及花砖图案,使寺院呈现富丽堂皇。进门中央,则惯例地设置了安坐的弥勒佛,笑迎虔诚信徒和各方游客。达摩祖师和四大天王东西对向分立,钟鼓高悬,略显佛寺威严。两厢廊砌立西资岩史记和历代重修碑文,记载着佛寺变迁。相连接的后殿为大雄宝殿,注有蔡本油所立的匾词字样。两边侧壁上,悬挂着由漳州南山寺黄家声亲笔题写的"寿""佛"大字书法巨匾,并附"心净通佛道,明法成正觉"的旁示联句,其笔墨浑圆流畅,令人赏析研读。大殿内,香案摆设有序,法器齐备,锦绸密布,香火缭绕,显得神秘而空灵、庄严而肃穆。三圣佛祖位列于后,慈祥而立,俯视着普度天下众生。

在寺院的周围,另有一些庙观相映成趣。在距寺30米的山坡岩石上,左侧就雕着踏龟玄武,右侧雕着坐鲤观音。玄武高2米,身披甲胄,手持宝剑,脚踏龟蛇,侍从两边相随,形象威武逼真。观音坐像高约1米,体态庄重慈祥,惟妙惟肖。寺旁尚存摩崖石刻"泉南胜概""佛国"等珍贵字迹。在卓望山东南部,还有关帝庙、光明禅寺、五观堂等较为完整的庙宇,将儒、释、道三教牵连在一起,构成了西资古地的另一番风景,也增添了卓望山的灵气神韵。

在开明、开放的今天,我们应当秉持尊重历史、尊重信仰、尊重自我的观点,在文化大繁荣大发展的背景下,传承文脉,继往开来。在满足善男信女心愿的同时,开挖文化底蕴,发展旅游事业,营造一方胜景,构建和谐社会。据悉,市镇两级相关部门,已对西资岩大佛寺的开发建设做出了整体规划,并联系乡贤侨亲献策献力。届时,西资古刹将焕然一新,再现往日辉光。

（原载《星光》2008 年第 3 期）

晋江也有解放军庙

一提起解放军庙,很多人就会自然而然地想到,在崇武的西沙湾畔,那位叫曾恨的70多岁的老人,用一生时光和精力,守护廿七君灵位的那座解放军庙。然而无独有偶,在晋江市境内,也有这样一座解放军庙,而且故事同样感人,香火至今袅绕不断。

在晋江市龙湖镇镇区的西南面,有一个叫"锡坑村"的地方,这里山丘错落、田园成片、房屋紧挨、风景独特。在村子的西北侧,有一座突起的小山丘,地表上种满了西瓜、地瓜、花生和蔬菜等果蔬植物。在小山丘的北坡上,有一栋围墙紧闭、绿树环绕的石头房屋,走近一看,就是一座被晋江市民政部门登记在册的解放军庙,老旧的门楣上还挂着"烈士陵墓"字牌,当地民众更是直呼"大军爷"。

进入围墙内,通过一个过道,就到了烈士墓地,是两个并排埋葬的坟冢。早期只是土冢,直到20世纪80年代才用水泥被覆修造,并用石条将四周围严。两座坟前各立有墓碑,从碑文得知是左立传、杨日治两位烈士之墓。坟头前还自然生长出一棵粗大的相思树,树干往两侧分权,宛示并体连枝、战友相依相念之意。在坟前的围墙外,还设有简单的龛台,供外人点香敬拜。在坟后的石头房里,建有烈士纪念馆,是一个存放烈士灵位的厅堂和龛台,两侧的对联写道:"翻身全靠共产党,幸福不忘解放军。"

这里的房主和守墓人是一对老夫妻。男的叫吴身殊,今年83岁,是一位当了7年兵的老复退军人、老党员,参加过攻打金门的战役,多次立功受奖;女的叫洪秀认,比老伴多1岁,20岁时嫁给吴身殊。吴身殊从部队复员后,夫妻就一直相依相守,干农活,做家务,守军墓。老夫妻这一守,就是50多年。

据吴身殊老人介绍,两位烈士都是解放大军第10兵团第28军的,是叶飞指挥的部队。1949年9月初解放了泉州地区,9月下旬解放集美和厦门,10月下旬攻打金门岛。两位烈士是在安海一带遭炮击受伤的,后转移到龙湖疗伤,住进锡坑村。由于医疗条件不足,抢救无效而献出年轻的生命。牺牲后部队里决定就地安葬,村里人就协助部队将他们安葬在村外的山坡上,年轻的吴身殊当时也参加了这场简单的葬礼。

后来,部队因打仗需要人,也到村里动员,23岁的已婚的吴身殊也报名参了军,加入第28军的队伍中。而且参加了攻打金门和东山岛保卫战等战斗,并多次立功受奖。在部队中他还当过文化教员,教战士们识字、唱歌。至今,老吴还写得一手好书法,上面提到的那副对联就是他写的。老吴是一个性急和固执的人,对不熟悉的人,他是不愿意透露心声的。他对那些奖章、奖状视如珍宝,总是揣在怀里,就连他的老伴也很难仔细看个清楚。

庙本是民间用来敬奉神灵、祈求平安的建筑。"爷"也是对神灵的一种尊称,如关帝爷等。以解放军烈士来设庙供奉、称爷敬拜,反映出当地民众对解放军的崇敬和景仰,以及对英雄和先烈的怀念,本质上有着进步和积极的意义,是值得肯定和称赞的。

壮烈存一时,精神励后人。但愿老吴的那些英雄故事和守庙精神能够被挖掘出来,这座深幽的解放军庙,也能够在后人的心目中亮敞开来。

(原载《晋江经济报》2011年8月2日,获第18届福建新闻奖报纸副刊作品复评暨2011年度福建省报纸副刊作品年赛二等奖)

情系围头

　　20 世纪 80 年代初,当我第一次走出家门,穿上军装当上兵的时候,就来到围头半岛。从此,从士兵到连长,在围头这个半岛上一干就是 6 年。

　　斗转星移,岁月如梭,一晃之间已过去 20 年。微微发胖的身体,几许雪亮的银发,渐渐模糊的视线,绘就出人生的中年。可是,那段年轻而豪放的岁月,是一道抹不去的深邃痕迹,时常在脑子里荡漾。尽管围头并不遥远,尽管偶尔也擦肩而过,但总也抚不平抑不住心中的思恋。今年秋始,我特意去围头走了一趟,重新拾回时隔 20 年的记忆。

　　重新来到围头,固然要到曾经奋斗和生活过的地方看看。在一处老营房边,我停下了脚步,用一种凝固的目光注视着,因为从眼前破落陈旧中,仿佛听到 20 年前那清脆嘹亮的歌声, 仿佛看到那热情激扬的火一般的生活。堑壕工事、掩蔽短洞,虽然几经改造,但曾经用身体和汗水打磨过的部位,圆滑结实依稀可见。以安业民阵地为标志的战斗工事,依旧透露出钢铁般的威严。

　　从老营房走出来后,我走向一个高坡,将目光移向码头,一时间海的景象、海的气息扑面而来。远处的船只在海天之间航行,近处的小舟在宽广的海上穿梭。高高耸立的码头吊车,忽上忽下地装吊着货物;来来往往的车辆,用疾速书写着繁忙。如今,围头村已有 1200 多户人家,近 4000 人,人均纯收入近万元。围头港正在加快建设之中,金门与金井的"两金"民间贸易已经非常红火。昔日僻静海湾,演变成今日繁华一角。

　　在距码头不远的一栋新民房里,我找到了当年用手扶拖拉机为连队送米拉煤的老洪。岁月已在他的脸上刻下了几道深深的皱纹，但老洪看上去依然神采奕奕。他一眼就认出我来，并在饮茶中回忆起很多有趣的往事。过去的事就如沉入于水中，当回忆之风乍起，便漾出一朵朵浪花，而且一时难以平静。我和老洪的谈话，就像抛撒出的渔网，不时地捕捞起沉醉的快乐。

老洪陪我走进纵贯围头村的那条老街，弯弯的街路、石头铺就的路面、大小不一的店铺，在我的记忆中似乎没有多大的变化，但比旧时繁荣了许多。亮丽的广告、考究的装修、琳琅满目的商品，以及店员的服饰，已是今非昔比了。老人会里弹奏出的悠悠南音、吴氏宗祠里发出的将牌声和刚刚放学的学童的欢笑声，使这条老街喧闹了起来，焕发出农村建设的新气息，展现出改革开放的新景象。

告别围头时已是烈日炎炎，但此时的我心中更是炽热。尽管时间过去了 20 多年，但围头并不遥远，这个情牵梦绕的地方，我会经常去看一看。因为站在围头半岛上，能够找回我青春的一段情愫。我衷心地祝福围头，愿她以港区为起点，扬起新农村建设的风帆。

（原载《生活·创造》2007 年第 1 期）

为围头返亲节而作

　　"乡愁是一湾浅浅的海峡,我在这头,大陆在那头。"这是台湾著名诗人余光中的怀乡诗句。光阴荏苒,岁月如梭,往事成云烟。如今的海峡两岸关系,已发展到一个崭新的阶段,并呈现出美好的愿景。

　　2010年8月,被晋江人誉为"红八月"。因为这个月,在号称"战地英雄围头""海滨美丽围头"的地方,在距金门岛不足6海里的围头国家一级港口海湾,在古往今来晋江与台湾联系密切、往来频繁的著名侨乡,成功地举办了首届民间性质的海峡两岸(围头)返亲节。138对台晋籍姻亲及其家属回乡省亲,周恩来总理的侄女、中新社原副社长周秉德女士出席活动,中国国民党副主席蒋孝严先生亲笔题写"心手相连"题词,境内外30多家媒体竞相采访报道。彰显出晋江市在海峡两岸交流和和平发展中的"五缘"优势、窗口作用和显著地位,深化了海峡两岸民间往来和交流,宣扬了晋江市经济和社会建设成就,也必将有力地推动晋江市对台工作深入有效开展,真是可喜、可贺、可赞。

　　晋江是台湾民众的主要祖籍地之一,自古以来就与台湾有着十分密切的联系。宋代晋江人东渡澎湖台湾,最先参与开垦和开发;郑成功在晋江海湾操戈练兵,挥师澎湖收复台湾;施琅将军出生于晋江衙口,率军作战维护主权和统一;晋南沿海部分村镇垒墙筑城,共同抗击倭寇侵袭骚扰;著名的"八二三"炮战,战地群众支前参战保家卫国。这些行为和举动,都是对故土和家乡的热爱,对国家和民族的赤诚,对和平与统一的期盼。

　　改革开放后,海峡两岸小额贸易从围头兴起,人员开始往来,民间交流日趋频繁,海湾口岸不断开放,不仅有力地促进了港口码头等设施建设,更有力地促进了两岸经济、社会和文化交流,增进了认同感,推动了海峡两岸和平统一进程。据悉,目前在晋江的台资企业有 200 多家,涉及电子、纺织、鞋服、食品等行业。晋江与台湾姻亲 100 多对,每年入台访亲和旅游数十万人,每年举办晋江与台湾各种交流活动 50 多起。晋江不仅是海峡两岸产业对接、经贸往来的基地,更是两岸人民友好交流、和谐相处的热土。随着加快海峡西岸经济区建设战略的实施和规划政策的落实,海峡两岸关系进入互利合作、全面交流、和平发展的崭新时期,作为拥有"五缘"优势的晋江,必须进一步解放思想,抢抓机遇,深谋发展,争取更大作为。

政通人和,盛世欢歌。举办返乡省亲活动,虽属民间性质,但意义非凡、影响深远。为更好地记录和反映返亲节的盛况,扩大海峡两岸交流活动的影响力,中国新闻社泉州分社、海峡两岸(围头)返亲节筹委会,决定出版书画摄影专集,在此特表祝贺,并愿本专集能为两岸和平发展谱写崭新篇章,能为两岸人民幸福生活增添浓墨重彩。

(本文写于 2010 年 8 月)

读尽海峡昔日史　喜看围头今日春

——金井镇围头村

　　晋江南部的围头半岛，就像是一位美丽的少女，把一条秀腿伸入海中戏水玩闹，那跷起的脚拇趾，就是面积不足 3 平方公里的围头角了，围头角上住着 4300 多人。这个滨海渔村，就是有着历史故事又能不断产生故事的围头村。

　　站在围头角上凝眸远眺对岸的金门岛，白浪沙滩、旋转风车、建筑设施、山形坡谷，以及跑动的车辆，一目了然，清晰可见。然而，回想起 60 多年前，当中华人民共和国正在锣鼓喧天地庆祝成立之时，这里还是枪炮声阵阵的渡海登岛作战战场，是两支军队形成对峙和相互角力的前沿。浅浅的海峡战云密布，战争一触即发，两岸充满着紧张和危险。特别是 1958 年 8 月 23 日傍晚，我军率先发起的对金门岛的炮击行动，首次就投入火炮 459 门，发射炮弹 3 万余发。在围头这块狭小的阵地上，就部署了 6 个炮兵连的 24 门海岸炮，直接对准金门岛东海岸和料罗湾。在这场由大打到小打，再到时打时不打，前后持续 20 年的炮战过程中，我军共向金门岛发射了 45 万发炮弹，狠狠地打击了国民党当局"反攻大陆"的嚣张气焰，阻止了外国势力企图分裂中国的险恶用心。同时，大陆沿海也承受了 12 万发炮弹的还击，围头这块弹丸之地落弹 3 万余发，被炸得瓦砾难全，到处是残垣断壁，一部分群众只好背井离乡后撤转移。

　　在持续不断、紧张激烈的炮战中，围头角上的围头村先后派出 300 多名基干民兵参战，有的运送弹药，有的抢救伤员，有的挖掘工事，有的放哨站岗。在他们当中，有的是父子关系，有的是夫妻搭档，有的是兄弟姐妹，有的是婆媳姑嫂。围头村人发扬英勇顽强、不怕牺牲的精神,以140多人立功受奖的业绩,谱写出一曲英雄围头的赞歌。著名作家刘白羽在他的散文集《早晨的太阳》中,就用一组叫《万炮震金门》的战地通讯,记录并报道了当年前线战士和围头民兵的英勇事迹。在其中的《火光照红海洋》一文中,刘白羽这样写道:"从前在书本里常常读到'天涯海角'这个句子,今天,我却真的到了我们的一个海角,这就是包围着金门群岛的左翼弧形阵地尖端上的围头。它深深地伸入海内,三面都是海洋,每至夜晚,狂啸的海风与澎湃的海涛从几面袭来,使人恍若置身于海上悬崖。但它是一处楔入大金门岛侧后方的阵地,是一处让敌人胆战心寒的阵地,双方炮火经常在这里猛烈地、集中地搏斗着。"炮战是极其惨烈悲壮的,致使海峡两岸对立隔绝,并长期处在战争的阴霾之下。

直到1979年元旦,中美正式建立外交关系,全国人大常委会发表《告台湾同胞书》,时任国防部部长徐向前也发表《关于停止炮击大、小金门等岛屿的声明》,这一湾浅浅的海峡才真正恢复往日的平静,两岸渔民们才开始正常出海作业。"老乡,靠过来,靠过来!"每当围头的渔船与金门的渔船相遇时,就会有这样的喊话。两只船甚至几只船就会靠在一起,这边递上"大前门"烟,泡起"一枝春"茶,那边拿出罐头菜和金门高粱酒,一边抽一边喝一边聊,直到三分醉意七分畅快才各自收网回家。海峡两岸的渔民们就是这样乘着改革开放的浪潮,在海上相遇相见,不断地加深感情赢得信任,并逐渐从交换礼品礼物,发展到做起小额贸易生意,共同享受着海峡的和平春风与盛世光景。

围头村人长期处在紧张危险的战争氛围中,又过着贫穷落后的艰苦生活,一遇到改革开放,就立即从战地中蹦了出来,以一种崭新的战斗精神和渴求和平的思想理念,在战争的废墟上重建家园,在贫瘠的土地上发展致富。他们懂得要致富先修路这个道理,在村两委的号召和带领下,群众主动配合征地拆迁,积极参与修建省道和沿海大通道,很快形成了过村、通镇、接市、上高速的道路交通网。从硝烟中闯过来的围头村人,把目光放远、放大,他们抛弃开小船、讨小海、打小工、顾小家的自给自足思想,腾出海域和养殖区,引进大企业做强大产业,将原来 500 吨级的渔业码头,扩建成 10 万吨级的集装箱码头。目前,围头港区已开通国内外航线 20 多条,年吞吐量已达 38 万标箱,对接着台湾乃至东南亚等重要港口,建成了国家一类口岸。围头村也在港口物流产业的辐射和带动下受益日增。

有了通畅的路网,有了港口产业,有了新村面貌变化,围头终于凸显出滨海地理优势,打通连接海峡两岸的通道,筑起交流与合作的平台。他们就从这一湾浅浅的海峡出发,借助地缘、血缘、文缘、商缘等优势条件,扩大海峡两岸基层与民间的交流交往,打造出独具特色的围头品牌。

"小三通",这是针对海峡两岸的"大三通"而言的,实指民间的贸易往来与交流活动。改革开放后,围头村人率先转变思想观念,率先看到这一湾浅浅海峡的优势,利用天时、地利与人和,与金门、台湾的商人做起生意,开展民间贸易往来。在围头,就有"官不通、民先通,大不通、小先通"的现象。于是,围头成了第一个台轮停靠点,有了通往金门和台湾的航线,并有了专门的同胞接待站。围头村人率先打开了海峡两岸交流与合作的门户,在给围头带来实实在在的好处的同时,也为海峡和平、祖国统一创造先机先例。

洪建财,1958 年炮战时他才 16 岁,但强烈要求支前参战,100 多斤的炮弹他同样挑上阵地;安业民为了护炮被烧伤时,是他把这位英雄背下火线;通信中断时他从这个阵地跑到那个阵地去通知传达。他被当地的军民称为"战地小老虎"。战后,他先后两次参加全国民兵英模代表大会,受到党和国家领导人的接见。就是这样一位老民兵,在海峡两岸民间交往中,敢于吃第一只"螃蟹",第一个把自己的亲生女儿洪双飞嫁到金门岛上去。人们问他时,他笑呵呵地说:"就让她在海峡两岸跑吧,她一生下来就取名叫双飞了。"后来,这样的浪漫爱情故事开始多了起来,有嫁给国民党军仪仗队退役军人的吴亮亮,有嫁去金门后又带着一双儿女住回娘家的幸福妈妈吴巧莉,有风风火火做起两岸服装生意的洪丽娟,有在金门开炸鸡店的金门船长太太洪淑棉。当然,有人嫁过去,也就有人被娶过来,吴聪明就娶了一位来自高雄的媳妇庄丽玲。海峡结亲家,两岸手拉手,在围头村这种跨海婚姻已有 137 对,娶回的"台湾新娘"也超过 10 人。

说到围头村,不能不提到现任村主任洪水平。他个子不高又偏瘦,是个常挂着笑脸、充满着激情的人,他也是一个传奇的人物。先是当了12年的村民兵营长兼哨所所长,又接着当了两任村主任。尽管他的奶奶在台北,儿子也到台湾读书、做生意,但他始终没有要离开围头的念头,而是踏踏实实做海峡两岸民间小额贸易,做海峡两岸交流交往的使者,做围头村建设的领头人。2010年、2012年和2014年围头村3次举办海峡两岸(围头)返亲节,让130多对两岸围头姻亲,七夕回到家乡省亲团聚,共度传统佳节。在筹备期间,他多次往返于金门和台湾,想尽各种办法邀请在台的围头乡亲,让他们"佳节倍思亲","常回家看看"。有一次在台北社团聚会上,他遇到了中国国民党副主席蒋孝严老先生,经介绍和引见后,他递上了围头村返亲节的请柬。蒋老先生非常乐意地接受了,并给予高度的肯定和评价,虽因身体原因不能亲往,但第二天就让家人送来"心手相连"的亲笔题词。像这样为围头村返亲节题词的,还有连战、王金平等台湾政要。听说台湾刚组建一个以当好大陆新娘好娘家为宗旨的妇女组织"中华妇女党",洪水平坐不住了,直接跑去见党主席涂明慧,邀请她前来大陆参加围头返亲活动,涂明慧惊喜之余当即决定组团参加。涂明慧不仅如期而至,还送来一幅写着"两岸一家亲"的巨大匾额。在活动期间,在围头村的沙山上,周恩来的侄女周秉德女士与海峡两岸的姊妹们共同种下一大片"海峡姊妹林",意味着两岸姐妹情谊"根深蒂固,万古长青"。

　　2013年8月23日,这是金门炮战55周年的日子,在围头就召开这样一个别开生面的座谈会。海峡两岸当年参加炮战的40多位老兵,终于坐在了一起,围绕着一本新编写的《围头"八二三"炮战纪事》拉开话题。"老对手"们讲炮击的悲壮场面,讲隐蔽防炮的战术,讲打打停停的缘由,讲炮击的时代意义等。海峡两岸老兵尽管是相见泪流、握手难收,但更多的是谈笑风生、坦然淡定。"度尽劫波兄弟在,相逢一笑泯恩仇",海峡两岸都是中国人,都有责任维护民族的利益,实现民族的伟大复兴。这也充分说明战争与仇视是一时的,和平与亲善是大势所趋民心所向。昔日前沿炮与炮较量,今天港湾心与心交融,经过这一场炮战之后,也使人们更加懂得当把国家统一和民族振兴放在至高无上的位置时，就没有什么解不开的结、化不了的仇，从而更加懂得和平的可贵。

围头村建有一个敬老院，让上了年纪的老年人集中在这里安享晚年。考虑到在金门和台湾的亲属比较多，又经常要往返于海峡两岸，为解决照顾老人的问题，围头村敬老院同意在台亲属回来养老和客住。家住台湾的林培枝老人，就很乐意在围头敬老院居住，她说："这里有更多的姊妹伴。"围头村的海峡情逐渐浓烈，其做法也不断在拓展延伸。近几年来，围头村与金门县金城镇水头社区、台湾台南市金城里发展协会以及台湾住金门县原住民协进会签署了旅游对接与文化交流合作协议，开启了海峡两岸基层交流的新的里程碑，创下了福建乃至全国的先例。这一典型经验在第四届海峡论坛上做了介绍，并被誉为"两岸交流窗口，和谐建设先锋"。围头的故事，被中华文化发展促进会摄制成《围头悲欢》电视专题片广为宣传，被国内外媒体经常报道。

围头村是一个滨海渔村，出海人信奉妈祖神灵。据《泉州府志》载，泉郡神宫有 3 处：一是泉州天后宫，一在南门外厂口，另一处就是十五都的围头。围头妈祖宫，名为"浪萍宫"，原名"顺济宫"，建于明永乐二十二年（1423年）。围头妈祖宫至今已有 592 年的历史。南明永历五年（1651 年），郑国姓挥师于磁头湾（围头湾）击溃清军。清康熙二十二年（1683 年），靖海侯施琅领命征台，师出于此。后于抗日战争时期被日本飞机炸毁。然而，妈祖的香火从未中断，妈祖的信仰随着围头人的足迹，传到了南洋群岛，也传到海峡对面的台湾。

围头还是一个天然的良港，具有航道宽、流速快、泊位深等特点。据《晋江市交通志》载，唐天宝年间，就有三帆大商船经常停泊在围头澳，转运货物往台湾、温州、烟台等地，算起来已有 1300 多年的商史。古渡口自宋元以来，即是"东方第一大港"泉州港的一个重要支港，海陆运输曾盛极一时。1936 年，乡侨集资建成钢筋混凝土结构的围头古渡码头，是泉州南通往台湾、南洋等地的主要渡口之一。

在围头村西北侧临海处，有一座突出的山，叫"广山"，因站在山上视野宽广而得名。这座小山却是围头的一道绿色风景,也是一道强劲的遮屏,更有着许多战地英雄故事。陆地最细长之处,是浸入海中的围头角,地形奇特,如臂搂腰,形成月亮湾沙滩;外侧礁石突兀,擎起高高的海浪,激起海浪朵朵,美丽而扣人心弦,构成了海天一景。除了山,还有街,一条穿越村中的古老商业街。它错落蜿蜒数百米,铺垫着古村的历史光阴,残留着岁月老旧的痕迹,滋养着为生活而忙碌的村中子民。如今这条老街依然因繁荣而繁忙,因久远积淀而使记忆深沉,但它却使围头的故事生鲜和灵动。据了解,近10年来围头借助社会之力,精心制作围头《海峡旅游图册》一套,修编出版《英雄的围头》《两岸一家亲》《围头"八二三"炮战纪事》《围头情缘》《围头湾的笑声》5本文学作品集,拍摄反映海峡两岸儿童故事电影《非常假日》1部,以及《围头新娘》《海峡往事》《品味侨乡》《冤家到亲家》《海峡第一村》《围头悲欢》等专题光碟片12张,还有经国台办立项的《围头湾纪事》《牵手海峡》和《此岸彼岸》纪实小说创作,以及由中央人民广播电台制作的首部9集闽南语广播剧《牵手》顺利开播。这些文字和画面,不仅讲述着围头的故事,更凸显出围头的骄傲。自2007年首次举办由"围头新娘"返亲参与启动的"爱我围头"千人踩街活动以来,一年一次的农历八月十八日金沙湾海鲜美食文化节,两年一度的七夕海峡两岸(围头)返亲节,五年一届的"八二三"纪念活动,以及海峡乡村旅游文化节等,都得到了有序开展,极大地彰显了围头的魅力,掀起了围头旅游的热潮。自此,围头这一滨海渔村,充满了生机与活力。

关于围头村,还有这样的口头诗:"唐代开基得名称,宋元分都渔业兴,明清抗倭练水军,民国南洋成侨亲,建国初期炮声震,改革开放富新村。"围头具有地理位置特殊、两岸"五缘"关系密切、英雄人物辈出、旅游资源丰富等特征。昔日的弹丸之地,因那场震惊世界的"八二三"炮战而扬名中外,素以"英雄的围头""美丽的围头""海峡第一村"著称。

近几年来,为发挥文化积淀与地利人和优势,围头村梳理出"四利用一整合"的发展思路。即利用金沙湾、月亮湾等海域和沙滩,发展滨海旅游;利用炮位、坑道、军事遗迹等,发展战地旅游和建设国防教育基地;利用渔家房屋和渔市古街,发展"渔家乐"特色美食与休闲;利用与金门岛及台湾的特殊关系,发展海上小额贸易,打造海峡小商品市场;整合历史文化、渔村文化、华侨文化、战地文化、宗教文化、企业文化、生态文化等,提升文化涵养和文化软实力,形成绿色渔村、蓝色海湾、白色沙滩、红色遗址、金色围头的个性化特色品牌,全力打造中国最具魅力的休闲乡村,争创国家 AAAA 级旅游景区。2013 年 11 月 30 日,围头这个战地文化渔村,在全国首届旅游业融合与创新论坛中,荣登"2013 旅游业最美中国榜",成为福建省首获这一殊荣的单位,成为标榜的"海峡第一村"。

讲到发展,围头人信心满满。他们确立的"小渔村、大景区"发展定位,活化滨海景观、战地景观、人文景观的乡土渔村气息,依托"围头十八景",精心策划东西两条旅游景观带。同时,不断挖掘闽台元素,开拓文创内涵,涵养生态环境,发展旅游经济,机制活、产业优、百姓富、生态美。以港口物流、商贸服务、海上养殖、滨海旅游四大产业协调推进的并立举措,以新村建设、文化提升、生态文明、养老服务、社会管理"五位一体"的跨越方式,以"一年一台阶,五年一跨越,十年初步实现宜居宜业宜游海峡名村"的节奏气势,全面建设幸福美丽的新围头。

围头有着环绕半岛的省道港路,有着 6000 多米的金色沙滩,有着多样结构的老厝新屋,有着炮火染成的红色记忆,有着视野辽阔的蓝天碧海,有着爱拼敢赢的强大信心。如果绘成画,是一幅多彩雄姿的海滨胜景;如果谱成曲,是一首动听悦耳的交响乐。炮战当年就有一首歌唱到:"美丽的围头好,美丽的围头好,美丽的围头满山遍海都是宝。渔场到北碇,贝藻种到金门岛,海边出铁沙,山地种粮美花草。"如今,在围头可以游览月亮湾、金沙湾、八坪湾、瞭望角、战地公园、渔村古街;可以观赏地堡群、防空洞、炮击楼、木麻黄、凤凰树、相思林、旧码头、小木舟、大轮船、雄阙殿、三圣佛;可以听南音,看高甲戏,吃海鲜美食,住观海酒店民舍,拍亲水写真,望金门远景、日出日落。其乐融融,流连忘返。

当年著名的战地记者边震遐,1956 年从朝鲜战场采访一回来,就立即赶赴福建前线,他多次来到围头,也报道过围头,对围头有着深厚的感情,并充满着希望与期待。2008 年他在给围头村的一封信中写道:"今天的围头湾,早已拂尽硝烟跨进太平盛世的门槛,成为海峡两岸民间'三通'的先行者。当初一个小小的渔港,一举跃升为大陆对台贸易的重要口岸和滨海旅游胜地。同是炎黄子孙,两岸亲情隔不断,敢于用炮火对抗外来干涉势力的围头人,同样有能力缔造两岸的和谐愿景。"其实,著名作家刘白羽当年就有所期许地写道:"讲到围头前线的精神,这是值得专门写一部巨大的书的,而且我认为写这部书的人将是最幸福的人。"

站在突兀的围头角上,远眺蓝蓝的海峡,历史与现实交会,期许与祝福相随,海天连成一色,风云舞尽朝晖,思绪如同波涛浪涌,心中早已如痴如醉。顷刻间,耳边仿佛传来海子的诗音:"面朝大海,春暖花开。"祝愿围头村人走得更远、笑得更欢吧!

(原载《晋江文史资料·古韵新村专辑》,政协晋江市委员会 2014 年 12 月编印;本文部分内容曾以《海峡第一村》为题,发表于《晋江政协》2013 年第 3 期、《泉州文学》2014 年第 1 期)

南浔村古韵浓

　　"浔"的字意是指水体边上的陆地。把村落取名为"南浔",准确地表达出它的地理方位与特征。这个村就在晋江市的东南部沿海,美丽的深沪湾之畔。前不久,南浔村入选第 3 批中国传统村落名录。

　　据考,早在北宋时期,南浔就开始置村了,至今千余年。南宋孝宗元年(1162 年),大理寺评事官施炳从河南固始入闽,初居福清高楼乡,后其次子、三子迁入晋江南浔,并在南浔繁盛起来。南浔元朝时属十八都,明清两朝沿袭旧制,民国时期改立"霞坡镇"。新中国成立后改称"衙口镇",后以振心街为界,街西成立南浔大队,街东成立衙口大队,统归龙湖人民公社管辖。1984 年设立龙湖镇南浔和衙口两个村委会,区划分开了,但村落始终连在一起。

　　从南浔衍生出一个衙口来,这里边有故事。清康熙二十二年(1683 年)施琅将军收复台湾,被封赏为靖海侯,其族人先后在故里兴建 8 座毗连的官邸,俗称"府衙"。之后,附近乡里的人习惯到府衙门口前贸易经商,"衙口"由此得名。

　　到了民国时期,衙口街巷已是纵横交错,并密集地分布着米行、鱼行、布行、药行、杉行、建材行、油坊、珠宝、百货、文具、典当、食品加工、烟酒制造等数百家店铺和作坊,出现和形成了"长顺""盛益""合瑞""活源""瑞成""合兴""捷成""盛吉""重美"等几十家著名的商号。这时,衙口已成为远近闻名的重要集镇,与官桥街、安海街、永宁街齐名。"南浔"之名一度被淹没在衙口集市繁荣的景象里。

说南浔道衙口,不能不提靖海侯。早年的施琅,曾是郑芝龙和郑成功父子的部将,后因与郑成功发生矛盾,导致其父、弟被杀,而被迫离郑从清,历任清军副将、同安总兵、福建水师提督。清康熙二十二年(1682年)奉旨专征台湾,统率福建水师先攻取澎湖,而后积极实施招抚政策,最终使台岛不战而取,为维护国家统一和安宁做出巨大贡献。康熙皇帝加授施琅为靖海将军,封靖海侯,并世袭罔替。

　　施琅生有八子,都获清朝封赏,也都有所建树与作为。二子施世纶在都察院、户部、兵部等重要部门任职,为官清廉,政绩显著,被康熙皇帝称作"江南第一清官"。四子施世骥任广东廉州知府,为官公明正直。六子施世骠获康熙"彰信教礼"御批,首绘南沙群岛海图,官至福建水师提督。八子施世范袭封靖海侯。

　　如今,往日的冠冕已去,但豪华的侯府尚存,这也是到了南浔村,不去观光必定后悔的地方。侯府是一座三进五开间带双护厝的砖木结构古大厝,极具闽南建筑风格,坐北朝南,占地2500多平方米,房间达60余间。前落门面上砌有少见的青砖,墙体延续"出砖入石"的闽南古民居建筑形式,地面高度递进,寓意"步步高升"。1986年侯府被辟为施琅纪念馆,2003年又被修葺一新,并扩建了府前广场,还在不远的海滩上立起高达16.83米的施琅将军石像,以期海峡两岸永续和平。

　　如果说仅有侯府,那还不足为奇。在南浔村还有远渡台湾从事贸易的先人,在清同治、光绪年间建起的18座商行古厝。其中长顺商号先人施至扇六兄弟合建的4座大厝就特别显眼,包括五开间三落的大厝、三开间两落的当铺和宗祠、油坊、书房、前石埕、后花园等,占地也达2500平方米,其规模和建工可与侯府相媲美,还是两岸贸易和文化交流的佐证。有为纪念一门两兄弟同时中举而兴建的竝玉山庄。山庄的主人其后与南安蔡氏古民居的主人蔡资深结成儿女亲家,可谓"门当户对"。另有一座叫"孝子"的大厝,是为纪念清光绪元年(1875年)礼部为南浔孝子施尚质立坊表彰而建的。原孝子坊位于东山上,现大厝由后嗣复建而成。

　　南浔村不仅是一个集市贸易发达的商业故地,还是一个富有文化底蕴的崇文乡村。据《浔海施氏宗谱》记载，衙口从宋至清，共出进士 17 人。如今在村中建于清代的书房遗址还有 10 余处。南津书院规模宏大，可容纳邻近乡里子弟入学，还专设了女子班。通瀛书院则是专为教化自家子孙所开设的私家学堂。创办于清末的南浔小学堂，现为衙口中心小学，走过百年岁月，并成为福建省农村达标示范学校。由海外华侨于抗战胜利后捐资创办的南侨中学，如今也成为福建省一级达标中学。南浔的学子们，如今享受着优质优惠的文化教育。

南浔村还是台湾同胞的主要祖籍地之一，明末清初，就有不少乡人跟随郑成功、施琅远渡台湾，并在台湾繁衍生息。据资料统计，目前在台湾的施姓人口已逾 10 万，其中大部分来自南浔施系。南浔村也是著名的侨村，旅居港澳地区和东南亚等国家的侨亲达 2 万多人。这些台属侨亲，已成为南浔不断发展和持续繁荣的重要力量。

走进南浔村，官邸大厝醒目耀眼，青石板铺成的老街蜿蜒伸展，成排并列的商铺作坊静静守望，庭院相间相邻错落亲和，田园阡陌悠然而得。南浔村以其古韵味、慢节奏、原生态、新梦想，让人寻思不尽、难以忘怀。

（原载《福建日报》2015 年 1 月 15 日）

紫峰故里寻古

古代的晋江幅员广阔,占据了闽南的半壁江山。拥有南北两港的泉州港与亚历山大港齐名,成为我国古代"海上丝绸之路"的起点。就是这样一方水土,养育着倚山临海的先辈子民,呈现出"海滨邹鲁"多元文化景象,成就了今天的"历史文化名城"和"东亚文化之都"。晋江传统文化正如晋江流域一样,源远流长,闻名遐迩。

承载和存续古代晋江文根、文脉、文化、文物的晋江市,在经济跃居全国十强之列的同时,文化工作也蓬勃发展、硕果累累。在近几年来大面积城市改造建设的过程中,更加注重传统文化和文物保护,更加注重留住城市的根脉,还原历史的本色,记住往昔的乡愁,以增强本土文化和历史的厚重感。五店市传统街区历经三五年的打造,已在国内外出名挂号,一跃成为AAAA级文化旅游景区。在其影响和带动下,晋江境内掀起一股传统文化保护与开发利用的热潮,一批古民居、古村落、古街区进入重整再塑、开发保护的视线与议程:围头、塘东、灵水、福全、梧林等已先行迈开了脚步,并展现出前景与实力。隐忍于闹市喧嚣之中的紫峰故里,在轰然倒塌的大规模征地拆迁中,宛如倦睡于卧榻之狮,从梦中惊醒,正全力追赶,期冀超越。

一

紫峰故里,指的是明朝理学家、教育家陈紫峰的故乡。明朝时在泉州的民间就流传着"第一通,陈紫峰"的口头语,陈紫峰居住过的村落也由此名声大作。陈紫峰故里就是现今的晋江市陈埭镇东北部的涵口村。这个村古时也称作"涵江"或"涵透"。据传陈氏开基祖先在梦中被示为应择涵洞口居住传家，于是便信以为真，认为冥冥之中有天命，随后真的举家从青阳迁出，来到当时一条溪水通过涵洞流入大海之处，这就是旧时被当地人称作"涵透"的地方，从此长期定居、繁衍生息、开枝散叶，并不断壮大为一个乡里。从《晋江市志》中查证，涵口村于宋代时属永宁乡和风里，元明清三朝属二十九都，至1961年时，归属陈埭人民公社。现已析出涵口和大乡两个行政村，两个村合计面积约为2.3平方公里，本地户籍有5000余人，大多数为陈姓的居民，还有少部分姓王、张、苏等居民。此外，近年来由于办厂经商，人流量扩大，日常还有外来务工人员近万人。

20世纪80年代初期，适逢改革开放之机，陈埭镇乡镇企业飞速发展，经济不断壮大，社会活力大为增强，为及时肯定和推广，当时的省委书记项南同志曾为陈埭镇题写了"乡镇企业一枝花"的题词，省政府还发文进行表彰。同时，项南书记也为涵口村写下了"涵口人民坚如铁，风吹雨打不低头"的题词，作为对涵口村的肯定与鼓励。如今这幅文字被复制后悬挂在村委会的墙上，让涵口村引为骄傲。也就是这样一个往昔偏安于濒海之滨的小渔村，在经历改革开放之后，奋力奔向小康之时，正在加快产城融合、转型升级进程，一个楼宇密布、商业繁华、环境优美的滨海新区正在加速崛起。

位于涵口村的陈氏家族，原籍为河南光州的固始县，秦代隶属于颖川郡。在迁徙闽南的过程中，因这些中原人根在河洛地区，修建的祠堂、记载的宗谱等，都以河洛原郡县之名为本宗，故陈氏家族中常用"颖川世泽""颖川衍派"作为郡望堂号。涵口陈氏正是于唐代由河南颖川迁入闽地，元末因海寇作乱又由莆田的涵头（今涵江）迁往晋江。其启祖监簿中丞大夫陈念五，乃宋代状元参政陈文峰的曾孙，元朝时初居青阳山隐逸，公姊墓地也择于青阳的石鼓山。据传，陈念五的长子陈碧溪，因做梦需择于涵洞口居住，便举家迁往东北部的涵透，并开始置地造房，作永久世居。由于涵口位于陈埭之北，故被后人称为"北岸陈"，与宋代节度使陈洪进传裔的"南岸陈"相呼应。涵口陈氏宗祠的大门楹联就这样如实地描述道："分谱出莆田历青阳居涵江相变定基角趾雏麟绵世泽,开科由太守在理学继忠谏先后济美簪缨孺鹊行宗风。"尽管文字有些艰涩绕口,但能读懂概括这支陈氏分衍和家族推崇之意。

再说开基祖陈碧溪,名为若济,字汝舟,因乡居有功德威望,里人不敢直呼其名,只谦称其号。这个碧溪公先后生有四子,并分为四大房:一房容斋公,名应卯,字以正,分支大乡、涵透等村;次斋公,名应午,字以正,分支桥南、桥北、后林等村;三斋公,名应亥,字以义,出祖安溪;肖斋公,名应仕,字以仁,出祖台湾。在《泉州南门外二十九都和风里涵口桥南四房族谱》中,就有"其十三世祖某公,早年往台湾谋生",还有"十六世祖礼全等家族迁居台湾"和"十七世祖传权等家族迁居台湾"等记载。这支陈氏自15世起,沿用"义礼传家淑德长垂奕祀,文章华国徽声远播芳州"为昭穆。据说现今应传至第26世"章"字辈。当然,如今人们取名已脱离老旧做法,并不再受以往的辈分封号取名了,绝大多数只延续血统的本姓。据称涵口和大乡两村的陈姓居民约有5000余人,旅居海外的陈氏同胞已有5000余人,确属枝繁叶茂了。这支陈氏自定居涵口后,崇文重教、孝悌仁义,果然耕读两旺、家大业兴,仅明清两代就涌现出10名进士、8名举人。明代有陈腆、陈琛、陈让、陈可龙、陈伯英等中进士。明天启年间,泉州知府特地为涵口陈氏立了"奕世科第"的牌坊,以表彰其家族人才辈出、科第荣盛。由此,涵口陈氏的声名与威望,在泉郡一带乡里被传为佳话、仿为楷模。

二

紫峰故里因有陈紫峰而著名,"第一通,陈紫峰"曾经家喻户晓,这里值得一说。陈紫峰,原名琛,字思献。至于取号"紫峰",一说是他的家门口前有一条小溪横流,过了小溪就是一片沃野,目光越过万亩田野,便可以看到几十里远的紫帽山山峰。在他出生的时候,刚好夕阳斜照在紫帽峰上,高高的峰影长形,映照在门前的溪水上,展现出迷人的奇观。这个奇妙的故事,一直埋在他的心底,以致影响到他的人生。长大之后,他便以紫帽山之峰的

"紫峰"自号了。当然,这只是一种比较神秘的说法,其实还有另一种更为可靠、准确的说法,就是他对于家乡的紫帽山情有独钟,并引以为傲。他曾经这样自称:"余素有山水之好,凡吾闽中山水之佳外,未尝无余迹也。"这个佳处指的就是紫帽山,并于其顶峰作为他人生追求的意向坐标。再从实际上看,他将祖母、父亲和母亲都安葬于紫帽山,而他也曾结庐于紫帽山顶峰处的小丹邱,并在那里创作了如《题古元室》《次韵题小丹邱》等不少与紫帽山相关的或哲悟赞美或感怀思念的诗文。他在世时就自选墓址,并在他69岁过世之后,亦葬于紫帽山中的秀林山。这就不难理解他为什么会以"紫峰"自号了,以致后人也一直称他为"紫峰先生"。

陈紫峰自幼受到家族崇文重教的影响,聪慧勤学,又善于独立思考。成年后他先是受学于李聪。这个李聪,字敏德,号木斋,曾登进士,被授予翰林检讨、雍府长史。《泉州进士录》中称:聪为举子时,经术行义,已为同时所推,陈琛(即陈紫峰)尝禀学焉。及辅藩王,以刚正举其职。每启王以讲学法祖,进贤远奸,不纳,遂乞归养。明正德元年(1506年),以违限落职,但乡人重之,称曰李古先生。著有《易经外义发凡剔要》《鉴断》若干卷。陈紫峰的才学和文章一直得到李聪的好评,称其为"光辉射牛斗,雄壮倒昆仑"。后来,李聪把陈紫峰介绍给蔡清。陈紫峰欲拜蔡清为师,蔡清是个大儒,对陈紫峰的文章也赞不绝口,自言不敢为师,称"吾得此人为友足矣"。蔡清,31岁中进士,官历南京文选郎中、江西提学副使,著名理学家。蔡清治学严谨,一生力学六经、诸子及史集等书,对理学家程颢、程颐、朱熹等人的著作研读尤精。并在泉州开元寺结社研究《易》学,陈琛、张岳、李廷机、林希元、王宣、易时中、林同、赵录、蔡烈等都是其中的成员。该社共有28人,故称"清源治《易》二十八宿",在他们的努力下,先后出版论著90多部,获得"天下言《易》,皆推晋江"的赞誉。蔡清是泉州研究理学的中心人物,所形成的清源学派,影响遍及全国。陈琛师从蔡清后,学问果然大有长进,对朱子理学进行了全面深入的研究,阐明和发展了朱子理学,逐渐成为"易经师"。王慎中在《陈紫峰先生传》中介绍说:陈紫峰25岁拜师蔡清之前,专注朱熹之学,后来蔡清在李聪处看到他的文章,因欣赏他的根器与学问,才"讲为师弟子",陈紫峰极有悟性,他的特点是"先得大旨,宏阔流转,初若不由阶序,而其功夫细密,意味悠长,远非一经专门之士所能企及"。何乔远在《闽书》中评介陈紫峰是:"更欲于门徒之中得夫励进退大节,破名利两关,言峻行古,与之游尘埃之外而思论,夫颜子所谓弥高弥坚者。"由于名贯故乡,故被俗称"泉州通,陈紫峰",就连一些学者也尊称他"紫峰先生",以致知道他的别号比知道他正名的人还要广,还要多。

陈紫峰精研《易》学,儒家思想理论也跟他融为一体,他一生的主要著作有《四书浅说》《易经通典》《正学编》《紫峰文集》等,其学术成就在当时的国内颇有名气。《大学》《中庸》《论语》《孟子》合称为"四书",自宋以后就是正统教育的教材和科举取士的书目, 如何深入浅出地领会四书的真谛,成为读书人的渴望与必需。据说陈紫峰所撰的《四书浅说》适逢其时,在当时就非常流行,读书人几乎人手一册。他所撰的《易经通典》《正学编》《紫峰文集》等书于清乾隆年间也一并被编入《四库全书》,可见其成就与地位。

陈紫峰于明正德五年(1510年)中举人,明正德十二年(1517年)成进士,历任刑部山西司主事、南京户部主事、吏部考功郎等职,任内他坚持"仕不废学",仍继续研读、作文。但他确实无意于官场和利禄,为官五六年后就再三乞退归养。回乡后,他闭户独学,并长期以授徒、著作为业,兼施孝悌行善之德。他不仅在位为官时能体恤民生,隐退离职后也常怀故乡之情,出财出力造福乡里。比较有影响的如,文呈泉州府,积极倡议整治晋江六里陂。这个六里陂地处晋江流域及九十九溪汇流的要口,贯穿于晋江二十七都至三十五都的永靖、和风、永福、永禄、沙塘、聚仁六里的陂塘,"内积山之源流,外隔海之潮汐",陂上共有大小水闸10余个,周围数十里的农田全靠它灌溉,属晋江最大的水利工程。一遇雨汛,就是农田被淹、人畜受灾、生穷积贫。陈紫峰目睹其害,便直接给泉州府上书《论六里陂水利书》,力促六里陂整治,使整个陈埭至石狮一带的海埭得到了较好的保护,乡民们从中受益无穷。再比如,古时的泉州有一条沿海边绕行的晋江南路,这条路起自泉州府南门外的八里亭,途经土岸、东山、棘巷、新亭、洋坂、涵口、陈埭,一直沿海岸陂埭通至石狮的龟湖、塘头,只因为不是官府往来的通道而不被重视,因常年失修后,连徒步都很艰难,极大地影响到沿海群众的出行。陈紫峰主动走访各乡里,收集群众的意愿,随即呈文给当时的泉州太守高抑斋,论述修筑这条沿海道路的重要性,并亲自参加修筑规划和具体工作。晋江南路修通后极大地方便沿海群众捕鱼和经商,也方便沿海百姓的出行,节省了从府城到达石狮的时间,人们无不开口称赞。为此,陈紫峰还亲自撰《修晋江南路记》,以歌颂之。如今,六里陂水利工程和晋江南路都已被历史所湮没,遗下的仅是一些陂堤残垣和石板路段。尽管如此,古人的所作所为,以及遗迹旧址,也无不令人敬仰与溯望。

　　陈紫峰喜欢山水,还常在各地读书,现在泉州境内多处还保留着他的读书处,如百源古庙、水陆禅寺、紫帽山金粟洞等。紫帽山顶上有一座小山峰叫"秀林山",山中有一座庵,人称"古元室",在这座庵内,陈紫峰一住就是 11 年,在这里他既守坟尽孝,又读书撰文,仅在《陈紫峰先生文集》中,题秀林山的诗就有 8 首。陈紫峰卒于明嘉靖二十四年(1545 年),或许是他过于喜欢紫帽山的缘故,辞世后也被家人葬于紫帽山的秀林山中。他的好友张岳为之作墓志铭,并在祭文中称其:"有避世之深心,而非玩世;无道学之门户,而有实学。"成为后人认识紫峰先生为人与为学的确论。另据有关记载,泉州府官方也曾在秀林山中建造一座祭祀陈紫峰的墓祠,人称"秀林墓上有祠,中塑先生遗像。道是同守丁公一中,手书紫峰先生墓祠"。可惜的是那座庵与墓祠均已消失在历史的长河中,如今只有墓冢尚存,成为后人追思之地。泉州府为给陈紫峰"歌功颂德",还为其在文庙建了一个专祠,方便人们用作祭祀。陈紫峰的生平也被载入《明史·儒林》之中,或将流芳千古。

三

　　人们所称的"紫峰故里",大的范围指整个涵口村和大乡村;小的范围指村中的紫峰先生纪念馆和紫峰先生故宅及其周边大厝所形成的古厝群,是村中相对集中的一个区域。目前,古厝群部分经过修缮和利用,已成为文物保护单位,而且整体建筑保留相对完整,另一部分已经没有住民,空落弃用等待作相应的处理。

在涵口村的大乡,原有古大厝9座,年长月久有的早已破损,有的被翻建新盖,如今还屹立着6座极具闽南特色、对称大方的"皇宫起"古大厝。这些古大厝由西向东整齐排列,依次是明代建成的陈紫峰祠、石埕祖厝、容斋宗祠、正通官衙及清代建成的陈氏宗祠、民国建成的陈烟德厝。大厝呈一字平面并列排开,整齐有序,气势恢宏,整个建筑群占地面积达8000多平方米,俨然就是一处活生生的闽南特色古建筑陈列馆。这些古大厝不仅布局合理、错落有致,而且砖木结合、坚固实用。大厝坐南朝北、通风纳阳、横排都是五开张,纵深五进,庭院和厅堂用天井隔开,又用回廊连接。两边回廊之外是长列厢房,即护厝。厢房之外又有伙房、柴草间和储藏间。每座屋前有长条花岗岩铺筑的石埕、石路,形成厝外活动场所。各大厝之间保留着两米多宽的防火通道,形成小巷,俗称"火巷",并有明沟用作排水。每座大厝面积约在600—1000平方米之间。

古大厝的主题建筑为单檐硬山式,外墙砖石混砌,有的出砖入石,红白相间;有的墙壁贴砖,正面与侧砌穿插,红色诱人。屋脊两端燕尾分叉翘起,做展翅欲飞状,屋顶覆盖筒瓦,显得雍容华贵、稳重大气。内部木构栋梁、斗拱接撑,梁头加固藤条,门窗精心设计、雕花刻字,图案栩栩如生。厅房正面的门框、窗框以及匾额多用质地坚硬、精雕细琢的辉绿岩石镶嵌,上刻对联、题词,篆隶行楷书法讲究。地面上一式的大方块红砖,既美观大方又耐磨实用。

这个古建筑群虽然建设年代跨过明、清、民国三期,自明弘治年间在碧溪故居地修建陈氏祠堂开始,直至民国初年陈烟德厝落成,时间跨度500余年,但建筑有序、特色明显、里巷通达、互为衔接,构成完整一体的建筑群落。1987年,为纪念和弘扬陈紫峰思想业绩,涵口村乡贤和海外侨亲捐资把陈紫峰祠修缮一新,并开辟为陈紫峰纪念馆。1992年2月,陈紫峰纪念馆连同其余5座古大厝确定为保护群,被列入晋江市第2批文物保护单位。

人们常说"泉州南门外有三座半祠堂",涵口陈氏祠堂就是其中的一座。明弘治年间,涵口陈氏6世孙陈腆任高州太守,以开基始祖碧溪故居地兴建陈氏祠堂。祠堂坐东向西，遥对紫帽山，祠堂前有一条清溪潺潺长流，目光远眺洋田沃野。祠堂楹联由当时还是秀才的 7 世孙陈琛（陈紫峰）题作："子孝孙慈百世芝兰满室，山光水色四时青紫迎门。"联中暗喻宗族人才辈出、官宦临门。在堂柱上又题："寸地留耕胜似义田万顷，满堂燕笑皆由忍字百余。"强调勤劳细作、和谐生活，读来脍炙人口。陈氏祠堂曾于 1930 年遭火焚毁，后历经修葺愈加新颖壮丽。现时的陈氏祠堂为大三开间两落，砖木石混合型建筑，占地约为 250 平方米，主要由门厅、庑廊、天井、厅堂、后堂等组成。厅堂面阔三间、进深五间，穿斗式木构架，硬山顶燕尾脊，屋顶比周围民居高且陡，屋脊上装饰青龙和鸥吻。宗祠墙上的一段文字记载陈氏先人迁入涵口的历史。祠中悬挂着"高谅二州太守""理学名宦""忠谏御史""解元""进士"等匾额，显得壮观气派，令人肃然起敬。

　　说起历史人物的个人纪念馆，在晋江屈指可数仅有几座，如施琅纪念馆、李五纪念馆等，而陈紫峰纪念馆，也是其中重要的一馆。据介绍，这个纪念馆原址是涵口陈氏二房的小宗，于明万历年间改为"紫峰陈先生祠"，由明代晋江籍著名书法家张瑞图为其题匾。1987 年，在涵口村乡贤旅菲侨胞和港澳同胞的热心支持下再次修整一新，并开辟为陈紫峰纪念馆。馆内以文献资料、图表板块和实物佐证等展示陈紫峰的生平、著作、评介等。走进 220 余平方米的纪念馆，迎面所见的是纪念馆的建馆题记，指明创馆之意在于"崇宏先哲之正气，冀予后贤之昌文"，题记的背面刻有陈紫峰的生平简介；馆中正厅塑有一座与真人齐高的陈紫峰像，厅堂内悬挂着"理学名宦""文笔生辉""温陵儒宗"等匾额，大气而肃穆；大厅中摆放着"回"字形的玻璃柜，左侧展示陈紫峰先生众多的著作、文集以及部分实物，右侧展示的是陈紫峰先生的主要功绩。两旁靠墙挂放橱窗式框栏，展示出何乔远、黄凤翔、李光缙、丁自申、张岳等部分泉州名人学士对陈紫峰先生的相关评介。馆中还有陈紫峰主持整治六里陂的地形图、陈紫峰年谱、陈紫峰墓地模型等，可以说是陈紫峰一生的缩影，也是后人对这位乡贤名士最好的纪念。

　　陈紫峰是泉州的理学大家，自然经常在泉州府文庙讲学，在那里他还写就了《四书浅说》《易经通典》等书籍，于是后人便在那里建专祠作纪念，直到 1979 年泉州兴建华侨大厦时才被拆除。据称原祠中的《重修府学紫峰先生祠记》拓片今时幸存，开头就写到"吾泉理学恪守程朱家法者，以虚斋先生为称首，继之者为紫峰先生"。碑文为泉州清代最后一位状元吴鲁所撰。府学建专祠、张瑞图题匾书、状元郎撰碑文，由此陈紫峰的历史地位可见一斑。时至今日，陈紫峰纪念馆已建馆 30 余年，内外设施和器物也已陈旧或破损，欣喜的是已知陈埭镇与涵口村正规划，对纪念馆进行搬迁和重布，并将纳入传统文化保护区内，届时陈紫峰纪念馆一定会焕然一新。

细说名人往往离不开考究其故居。陈紫峰的故居名为"清芳世挹"，也就是万世流芳之意。如今陈紫峰故居与纪念馆相距约为 200 米，故居始建于明代，清同治年间由华侨陈淑锦捐资再次进行重修，并扩改为五开间六落、东西相向的大型建筑群，总占地面积达 2150 平方米。陈紫峰故居是建筑群中的一个部分，占地约为 370 平方米，坐东朝西，五开间，大门口铺设有宽敞的石埕，大门正面悬挂的大字匾额是状元吴鲁题写的"紫峰陈先生故宅"，也是一座研究与纪念陈紫峰的古遗址。

此外，还有容斋宗祠，是涵口陈氏长房大宗的古大厝，后人又在其两侧分别建造土埕古厝和石埕古厝。另有一幢被当地人叫作"陈烟德厝"，陈烟德是涵口村的村民，一直住守着这栋民国初期他爷爷建造的大厝，如今陈烟德已故，大厝也陈旧了，再也没人居住了。有趣的是，还有一幢叫作"正通官衙"的清代古大厝，是古厝群中面积最大的一座，为五开间四落，占地达 2000 多平方米。据说至今没有大厝原主人的相关记载，有的猜测是一位大官员的故宅。然而，"官衙"是旧时政府机关的统称，元代刘诜诗云："州府昨夜急如火，马蹄踏月趋官衙。"清代王端履又题："官衙远市无兼味，烹得池中两鲫鱼。"既然是官府的用房，就不该是个人财产，故无固定主人也是一种答案。如今正通官衙前一落保存得比较完整，后三落均已成断壁残檐了。

四

自古以来，涵口陈氏就崇文重教，先后出了不少文人学士，特别是像陈紫峰这样引以为傲的理学大家。当今时代，涵口陈氏的后人，秉承优良传统和陈氏的好家风，不仅崇文倡学、勤勉创业，而且持家有道、热心公益，使得涵口陈氏的影响力不断延续与扩展。每当人们走进紫峰故里，除了走访、考究古厝群，熟悉了解名人名士外，还会详细听讲这里曾经发生过的感人动人故事。其中，就包括旅菲华侨陈妈祝与陈妈从兄弟热心公益、慈善爱乡的佳话。

　　陈妈祝与陈妈从兄弟早年家境贫寒，长兄妈祝于1936年不得已漂洋过海客居菲律宾，起先靠打工为生，经过几十年的艰苦创业，逐渐成为一位杰出的华裔商人。二弟妈从后来也移居台湾，经过艰苦打拼同样事业有成。20世纪90年代初，两兄弟在澳门重聚，同胞相逢感慨万千，亲情连绵乡情也脉脉，毕竟"血浓于水"，毕竟"水是故乡甜，月是故乡明"。于是，两兄弟决定以家族的名义，捐资支持家乡公益事业发展，带头传承陈氏崇文重教的好传统。助教帮学、培养人才是当时陈埭镇和涵口村的迫切需求，也是资金缺口较大的领域，陈妈祝兄弟当即决定给予支持。位于涵口村的紫峰小学，原名为"涵口小学"，创办于1927年，是个老旧的学校，1992年两兄弟捐资600多万元人民币，用于改建紫峰小学。1995年又捐资470万元作为启动资金，用于改建、扩建原陈埭镇的西区中学，并提议依据明代著名理学家、教育家陈紫峰的名号，将学校名改为"紫峰中学"。1999年紫峰中学首期（初中部）落成时再捐资30万元用于添置教学设备。由于外来学员的增加和学校发展的需要，2004年，在陈妈祝的提议下，紫峰中学拟建高中部，在项目获批后他又捐资600万元给学校建校舍。2008年，就在紫峰中学高中部即将落成开学，实现由初级中学向完全中学跨越之际，陈妈祝先生却不幸仙逝了。就在悲痛之时，他的遗孀及其家人，秉承他的遗愿，于当年的11月，再次捐资1000万元，用于完善紫峰中学的其他配套设施。2013年，紫峰中学正式被确认为福建省三级达标中学。为了家乡教育事业发展和人才培养，陈妈祝先生倾注了毕生的心血，也凝聚了陈氏家族浓浓的故乡情缘。据统计，自1974年以来，陈妈祝家族先后为家乡建设捐资达3100多万元，他们的义举赢得了家乡和社会各界的广泛赞誉，受到福建省、泉州市、晋江市三级政府的表彰,福建省人民政府曾授予陈妈祝"乐育英才"荣誉称号,晋江市人民政府也授予"晋江市捐赠公益事业功勋奖"金质奖章及荣誉证书。1999 年 9 月,在紫峰中学首期工程落成庆典之时,陈妈祝兄弟特意安排妈从之女陈绵绵女士从台湾回到家乡出席剪彩仪式,以表示将造福桑梓的重任交到后辈的手中。在剪彩仪式上,陈绵绵女士表示说:"继承父辈的爱心事业是我们生命中的荣耀,我们要用行动传承父辈们的爱心。"如今的紫峰中学已是一所完全的二级达标中学,校园总面积达 55262 平方米,现有在校生近 2500 人,分设了 40 多个班级,有教职员工 180 余人,校舍明亮整洁,设施配套完整,成为一所环境优美的花园式学校,成千的学子笑容灿烂,朗朗的书声频频传出。紫峰故里,又一座具有历史意义的丰碑高耸屹立。

五

为了更深一步地了解紫峰故里,笔者曾先后 3 次实地走访了涵口村和大乡村,在涵口村与村干部、老人会负责人和部分村民茶话座谈,听取他们讲述关于涵口陈氏的故事、关于陈紫峰的故事和关于一些古大厝的故事,同时也了解涵口村干部群众对紫峰故里在开发利用方面的看法与愿望。涵口村的干部群众识大体、顾大局,有宽阔的眼光与胸襟,积极配合政府的征地拆迁和对古大厝实施的保护,积极投入新型城镇化的具体实践和参与美丽乡村、社区建设,正在全力打造实现全面小康的幸福名村。

自 2010 年起,随着晋江市经济实力的提升与壮实,加快城市改造建设也摆上重要的日程。全市先后成立了 16 个改造片区或建设组团,兴起大拆大迁、大改大建的城市建设热潮。在涵口村及其周边,也规划和实施了 2 个重大建设项目。一个是国际鞋纺城建设项目。该项目是福建省近年来重点打造的 4 个千亿级综合市场项目之一,总占地面积 2200 亩,建筑总面积达56 万多平方米,首期占地面积 1200 亩,建筑面积 25.6 万平方米,将建成标准铺位 1700 余个,打造成专业批发市场、产品展示中心、产品交易中心、物流配送中心、商业办公楼等综合配套的现代市场,促进鞋服产业转型升级,推进产城融合发展。目前,一期已建成,并开始认购、入驻。另一个是鞋都片区改造建设项目。该项目以晋江市双龙路东拓为主线,重点打造晋江东部新城区,并配套鞋纺城建设和鞋都发展。项目于2013年启动策划规划,于2015年全面完成征地拆迁100余万平方米的任务。片区总占地面积约为1300余亩,紫峰故里包含在区内,其中,涵口村的涵透全部被拆,桥南大部被拆,大乡村大部被拆。所腾出的地块,除了用于道路建设和安置房小区建设外,约余360亩面积可供作商业开发。目前,该项目建设正按有关规划和设计有序地推进。此时走近鞋都片区,已是一片旷野,工地机械轰鸣,工人正在紧张忙碌施工。隔栏远望伫立于其中的紫峰故里:老宅旧厝对日当空,风尘烟雾执着坚守,岁月星辰几度悲欢,昂头翘盼似锦前程。

在涵口村干部和群众的眼里,紫峰故里是有人物、有成就、有故事的历史文化传统村落。紫峰纪念馆等6栋聚集的古大厝群,是有特色、有气势、有经历的闽南古民居的代表,而且已是文物保护单位;紫峰故宅及其附近的古建筑,保存完好、独具特色,每一栋都有自己的故事,在城市改造建设和文化繁荣发展中具有挖掘保护、开发利用的现实价值及深刻意义。市、镇两级和各界人士都有极高的呼声和积极性,可以说紫峰故里的保护与开发,已经进入到又一个最佳的历史时期。值得欢喜的是,晋江市在鞋都片区改造建设中,已做出实质性的安排,规划出紫峰故里的保护范围,并列为城市开发建设和文化繁荣发展的重大项目,保护范围扩大到占地面积50余亩。目前,陈埭镇和涵口村正借鉴五店市传统街区的经验做法,邀请国内著名设计单位,加紧对紫峰故里的保护与开发,进行具体的策划与设计,同时深入开展对运营和管理模式的论证研究。将遵循修旧如旧、合理利用、开发与保护并重的原则,注重保留文物和古宅的历史风貌,采取局部集聚迁移的做法,将有重大保护意义的建筑整体搬移挪位。对可移动的物件、构件等进行保护性搬迁,进一步搜集相关资料、图片、物件。同时,加大对保护区内的水电、道路、街巷、绿栏、公共设施等的投资和建设力度,使之完善配套,真正形成传统文化保护区和旅游休闲创意区,以丰富人们的现代生活,促进区域文化发展。据悉,陈紫峰的著作《陈紫峰文集》也已纳入晋江文库目录校注出版;陈紫峰纪念馆也将迁移到保护区域内,并重新布馆设置,让更多的人见识与游览,充分发挥文史、文物团结、育人的作用。我们有理由相信,在不久的将来,一个处在现代化城市和经济繁荣区域中的古建筑群——紫峰传统文化保护区,在经过精心打造和修复之后,必将成为城市传统文化品牌和旅游休闲胜地,必将焕发出活力生机,彰显出独特魅力。

(原载《凝固乡愁——晋江古村落速写》,林惠玲主编,海峡文艺出版社2016 年 12 月出版)

因为我对这土地爱得深沉

"为什么我的眼里常含泪水,因为我对这土地爱得深沉。"这是著名诗人艾青在其《我爱这土地》中的诗句。这首诗以强烈的挚爱撞击着我的内心,以炽热的情感触动着我的灵魂,就让我紧随这诗句,去珍爱脚下的土地,去迷恋身处的晋江吧。

走出校门,步入征程,便踏上与台湾一水之隔的海峡西岸——晋江。这片早期贫瘠的土地,与其兵戎对峙、军事要地、炮击战场,显示其地位和价值,引来了不少的驻军和守兵。1979年底,我有幸成为一名守备士兵,进驻"八二三"炮击主战场的"英雄围头"。从此,见证由紧张趋向缓和的军事形势,见证由封闭走向开放的社会变革,见证晋江由贫穷走向富裕的翻天变化。30年岁月沧桑,30年人生历练,30年情感波澜,30年身在晋江、情在晋江、心在晋江,怎不叫我对脚下这片土地执迷爱恋,怎不叫我对晋江这个故乡感恩怀想,怎不叫我对爱拼敢赢的人民崇拜敬仰?

这片东南故土,这片千年古邑,这片美丽侨乡,自古以来人杰地灵,商贾繁茂,雄称海内外。"泉南佛国""安平商人""晋江人文甲诸邑""温陵甲第破天荒""明代六相九尚书""涨海声中万国商""东方第一大港""天下无桥长此桥",以及民族英雄郑成功、抗倭名将俞大猷、收复台湾主帅施琅等等。这些美丽称呼、人文景观和历史故事,已经渗入晋江民俗、晋江秉性、晋江文化、晋江精神之中,并在传承中创新,在创新中开拓,在开拓中前行。晋江,在这片古老的土地上,继续书写着一个又一个现代传奇。

当改革开放的春风吹进晋江,在晋江这片土地上迅速掀起波澜,商潮汹涌澎湃,商人左接右联,凭借着侨乡优势资源,率先在商海中扬帆起航。用"三闲"(闲人、闲房、闲钱)起步,靠"三来一补"(来料加工、来样加工、来件装配和补偿贸易)业务,以"敢为天下先,爱拼才会赢"的精神品质,探索和发展晋江经济模式,积累市场运营经验,不断壮大县域经济实力,不断改善和提高人民的物质文化生活水平。

从土地流转、集股经营、招商引资、改制放权、创立经济名镇,到园区开发、创立品牌、上市融资、实行精益管理,再到组团战役、经营运作、转型提升、拓展提速、打造经济强市。晋江,一步一个脚印,一步一个台阶,奋起直追,奋力攀登,奋勇作为。目前,晋江已经成为拥有 1.6 万多家民营企业、120 多项国内外驰名品牌商标、37 家上市企业的工业强市,成为年地区生产总值超过 1000 亿元、工业总产值超过 2700 亿元、财税总收入超过 135 亿元的经济强市。晋江的综合经济实力,已经连续 18 年位列福建省首位,全国百强前十位,在仅有的 649 平方公里土地上,创造出"晋江模式",形成了"晋江经验",书写着"晋江传奇",为世人所瞩目。

脚下的土地充满炽热,眼前的晋江更具活力。往北看,晋江的城市建设已经融入大泉州环湾规划,雄伟的晋江大桥、壮阔的跨海大桥横架于晋江流域之上,滨江海口高楼林立,已成为崭新的城区,号称泉州的"陆家嘴";往南看,沿海大通道蜿蜒穿梭,渔村小镇、港口码头、濒海沙滩,已经连成一片,形成繁荣发展的黄金地带;往西看,快速路、高速公路、高速铁路、国道、省道,纵横驰骋,交错成网,出口加工区、包装印刷基地、陆地港区、紫帽山旅游风景区,片区相连,互簇相拥;往东面和市区看,工潮汹涌、商流澎湃、车水马龙、人群熙攘,城区在繁忙中不断伸延,城市在繁荣中加快发展。

晋江,不仅是一个爱拼敢赢、充满竞争、富于挑战的城市,也是一个开放包容、唯才是用、追求和谐的地方。海纳百川、和谐为贵、敬老爱幼、乐善好施,正是晋江人的秉性所在,也是晋江精神的本质所在。爱才、引才、留才,唯才是举、依才适用、以才生财,已经成为政府、社会和企业的共识。不让一位外来务工者拿不到工资,不让一位外来务工子女上不了学,不让一位外来务工人员维不了权,这是党委政府公开的"三不承诺"。随着居住证的发放和实施,外来务工人员成了新的晋江人,享受着与晋江户籍人口同等的待遇。晋江城市的市标早已告诉了我们:海内外500万晋江人,共同支撑起晋江发展的大局,共同打造出一个幸福的新晋江。

面对"十二五"规划建设时期,晋江已经站在新的历史起点上,绘就出新的发展蓝图,"建设经济强市、打造幸福晋江"已经成为海内外500万晋江人的共同心声和战略方向。随着"九个组团、两大体系"和"五大战役"的不断推进,随着产业提升、城市建设、民生保障、生态修复、党建科学"五大工程"的加快实施,随着科技注入、文化创意、城市营造、素质提升的进一步重视,一个现代产业基地、滨海园林城市的美丽幸福晋江,必将崛起在泉州之南,屹立在海峡西岸,展现在世人面前。

晋江——你是我成长的地方,你是我奋斗的地方,你是我仰慕的地方。谁不说俺家乡好哟,我要以全部的情愫爱晋江,以最美的歌儿颂晋江,以虔诚的祈祷祝福晋江。最后,我还要以艾青的诗句作表达:"假如我是一只鸟,我也应该用嘶哑的喉咙歌唱:这被暴风雨所打击着的土地,这永远汹涌着我们的悲愤的河流,这无止息地吹刮着的激怒的风,和那来自林间的无比温柔的黎明……然后我死了,连羽毛也腐烂在土地里面。为什么我的眼里常含泪水?因为我对这土地爱得深沉……"

(本文写于2012年2月,获"看晋江"主题征文比赛荣誉奖)

晋江，一座崛起的新城

踏入晋江这块土地，是 20 世纪 70 年代末的事了，这前后算起来也差不多 40 年。40 年来最显著的时代特征就是改革开放，而对于晋江来说，就是一座新城的崛起，就是一个创造了历史的奇迹。

20 世纪 70 年代末，我印象中的晋江，是乡村破旧、土地贫瘠、生活贫困，常常被贬称有"三宝"：地瓜当粮草，厕所像碉堡，赤脚姑娘满地跑。当时的晋江县委、县政府地处青阳镇，并没有真正的城区。记忆中的县城中心区是一处十字形的街道，百货大楼附近是最繁华的地段，向北延伸到塘岸街，有农贸市场、人武部和公安局等，还有几条小巷穿行连接，构成数平方公里的街镇。而在青阳镇的周边，向北是泉州的鲤城，向南是安海镇，向东是石狮镇，东南方向是龙湖的中山街，西南还有南安的官桥镇。相距一二十公里，都在一个发展水平上，中心县城从规模到繁荣并没能凸显出来。

从产业经济上看，晋江属于沿海丘陵地形，小船打鱼，劳力耕作。由于土地贫瘠，种水稻小麦的少，主要是地瓜和花生，用本地话称"吃番薯，配海鱼"。农村住房大多数是砖瓦房和石头房，偶有华侨大厝，"高大上"令人举目仰望。那时的晋江经济不发达，吃的是国家的"回销粮"，一个字就是"穷"。1980 年，晋江拥有 97.3 万人口，当年地区生产总值仅为 28676 万元，粮食总产值为 21.3 万余吨，财政收入为 2384 万元，人均收入不足 300 元。

自古以来人们称天时、地利、人和是成事的三大要素，现代讲的是客观条件与主观努力相结合是成功的关键。1978 年，中共中央召开了具有划时代意义的十一届三中全会，开始实行改革开放，把工作重点转移到以经济建设为中心上来。改革的春风吹拂大地,也吹醒"沉睡"的晋江人。晋江人穷怕了,也怕穷,而穷则思变。一部分农民瞄准了机遇,很快在思想上和行动上"洗脚上岸",并一跃而起当起了"小老板"。由"三闲"(闲钱、闲房、闲人)起步,利用华侨资金、技术、信息等,实施"三来一补"(来料加工、来样生产、来件装配和补偿贸易),大力发展集体经济和私营经济,逐步实现由农转工、以工富农,展开农村经济发展的实践探索,取得良好的经济和社会效益。

20世纪80年代初,晋江在推动落实农业生产责任制的同时,大力倡导和扶持社队企业发展,有力地促进经济腾飞,并逐步形成了"晋江模式"。当时最为突出的是陈埭公社,两年中,由群众集资办厂就有300多家,1982年就实现工农业总产值5500多万元,比1978年增长3倍多,其中工副业产值占到85%,农业产值仅占15%。这一组数字,展示出由自给自足的农业经济向规模化商品经济转化的发展趋势。这一成绩也很快引起省里的高度重视,时任福建省委书记的项南,亲自带队到陈埭调研,并于1983年5月在陈埭组织召开全省社队企业现场会,推广陈埭的经验做法。陈埭也没有辜负省委的厚望,于1984年实现工农业总产值11027万元,成为全省第一个跨上"亿元"的乡镇,喜获省上送来的"乡镇企业一枝花"锦旗。这一年,晋江全县拥有乡镇企业3963个,其中联户集资企业达2253个,企业总收入达到55458万元,展现出良好的发展态势。

1985年下半年,《人民日报》一篇题为《触目惊心的福建晋江假药案》的报道,一石激起千层浪,给晋江"当头一棒",更给晋江"上了一课"。晋江人从困境中走出坚定的步伐,以"爱拼才会赢"的勇气和精神,继续沿着以乡镇企业为主体、促进经济快速发展的道路走下去。当年乡镇企业不但没有减少,反而增加了1613家,企业总收入也增加了17810万元。这就是晋江的"输赢笑笑",这就是歌词中唱的"三分天注定,七分靠打拼"。教训是深刻的,但晋江知道,发展要"多一度热爱",并"永不止步"。

20世纪80年代中期,晋江培育和发展出三大市场,即石狮的小商品和服装市场、陈埭的鞋帽市场、磁灶的瓷砖市场,生意红红火火,销售人员跑遍全国各地,有很强的影响力。安海是个文化古镇,宋代朱熹曾到此讲学、兴办书院。由于受狭窄的街区影响,当时安海只能做一些食品和家用电器生意,看到其他乡镇的发展,有着"安平商贾甲天下"之称的安海,这下坐不住了,一些敏锐而又爱拼的安海人就想出搞工业区,大面积开发,集中办厂。柯子江最早在桥头和许厝村,整合土地和房屋,进行成片开发,建起集市和厂房、仓库。在他的带动下,新加坡华侨黄加种开发了安平工业区,菲律宾"商业大王"施至成开发了福埔工业区。早期的工业区就是这样由乡镇的企业家和华侨开发建设起来的,为晋江工业发展引路和探路。

1988年,石狮镇从晋江分割出去,单独设立县级市,晋江的经济实力和数字统计下滑和下调。但晋江发扬"诚信、谦恭、团结、拼搏"精神,坚持发展壮大乡镇企业,注重培育乡镇特色品牌产业。这才有后来的"陶瓷重镇""内衣名镇""夹克之都""中国鞋都""食品城"等名号,为晋江发展实体经济、成为"品牌之都"奠定了坚实基础。

应当说,20世纪90年代是晋江经济腾飞的一个重要期。为了企业做大做强,晋江开始对企业进行改制,把"戴红帽"的社队企业、乡镇企业,进行股权改革和经营权改革,给企业"放绑、放权",由此促进现代企业制度的形成和发展,极大地调动了企业和企业家的积极性,增强了市场的灵活性和生产的敏锐性,民营经济由此迅猛发展起来。1991年底,晋江的经济竞争力已跻身全国百强位列第55位。经国务院批准,晋江于1992年撤县设市,由此开始走上一条工业化和城市化发展之路。

建市之初,晋江就提出了"质量立市""品牌立市"的发展战略,并提出产业向园区集中、人口向城镇集中、产品向专业市场集中的城镇化"三集中"发展思路。1991年6月,安平开发区在安海镇正式开工建设,总规划面积2000余亩。1994年1月成立管理处,开展招商工作和生产服务保障。1995年晋江经济竞争力跃居全国百强第15位。1998年晋江又开始规划建设以五里工业区为核心的经济开发区。至2003年已形成了包括五里园、安东园、东海埯在内的"一区多园"发展格局,总面积达到40平方公里,入驻企业210多家。2005年被列为省级经济开发区。

工业园区的开发建设,吸引不少企业入驻,形成产业集聚效应,有力地促进了乡镇特色产业的发展,适应企业大规模化生产的需求。2001 年,晋江挺进全国县域经济竞争力百强前 10 位,真是"一年一大步,十年大进步"。2002 年,时任福建省省长的习近平,亲自带队到晋江调研,并总结提出了"六个始终坚持"和"正确处理好五大关系"的"晋江经验",成为晋江实践探索和不断发展的工作指导,有力地促进了县域经济的快速发展。

　　从 1994 年起,晋江的综合经济实力稳居福建省首位,2010 年全市财政总收入突破 100 亿,时称"经济强市",并进入工业化时代。但晋江的城镇化却远远滞后于工业化,晋江市委、市政府清醒地认识到城镇化推进工作中的滞后与不足,使晋江看起来"城不像城,农村不像农村;有文化看不出有文化,有钱也看不出有钱"。其实,早在 2003 年下半年,晋江就对城区建设进行新一轮的规划和布局,中心城区一分为二,分别设置了青阳和梅岭 2 个街道办事处,另外整合周边乡村,增设西园、罗山、新塘、灵源 4 个街道办事处,拉开了城区建设的骨架态势,拓展了城区的范围。最终形成"一城两辅""全市一城""产城融合""宜居宜业"的城市发展新格局,为做大做强城市奠定了基础。

　　由于城镇化工作滞后,不少市人大代表、政协委员,甚至一般群众,都在呼吁加快城市改造,提升城市的品质,推进与工业化互支撑、相匹配的城市。我清晰地记得,2009 年我进入晋江市政协工作,我的第一份调研报告就是关于加快推进城乡危房改造的建议。那时市政协有关城市建设方面的提案,更占到年度提案数的一半以上。可见,加快城市建设,补齐民生短板,对于晋江来说,已迫在眉睫。

　　2005 年的下半年,晋江启动泉州大桥南侧道路和片区改造,时称"桥南片区改造",这是晋江大面积征迁的开端,也是"和谐征迁"的探索与实践,为之后的征迁工作积累了不少经验。各界的呼声就是发展需求,就是工作的动力,晋江市委、市政府通过认真调研、科学规划、研究方案,决定以组团、片区的方式方法,加快推进新型城镇化建设。自 2011 年起,先后以"九大组团""五大片区""两大体系"共进行 16 个区域的改造建设。并在展开和推进过程中,坚持以人为本、为民建城、民生优先保障,坚持城乡统筹、全市一城、产城融合发展,坚持规划先行、工作同步、区域平衡运作,坚持统一领导、分工负责、党政干部一起上,坚持依法依规、公正公平、和谐关爱原则。从而在实践探索中形成了晋江"和谐征迁"的城市改造经验,创造了晋江城市建设上的"晋江速度"和"晋江奇迹"。

几年来,晋江连续拆迁"城中村""空心村""棚户村"等接近1500万平方米。由此建成了65个现代小区、21个公园和一大批市政、医教、文体等公共设施;构建了快速通畅的密集交通圈,以及集国际机场、海港、高铁、高速公路为一体的立体交通网;21条流域水系得到治理;市区绿化覆盖率提高到44%;中心城区建成面积已达109平方公里,城镇化率提升到66%;培育3个特色小镇、2个镇级小城市和50个美丽乡村。新型城镇化试点工作做法,在国务院汇报,得到李克强总理的称赞,并得到习近平总书记的批示。

都说晋江好,好在哪呢?好在房价不高。早几年一平方米五六千元,最近涨一点均价约七八千元。房价低是百姓福,安居才能乐业。晋江有110多万外来创业和务工者,可享受与本地居民同样待遇,入得了城,买得起房,找得到工作。晋江的好,在于读书有学校。全市36万多学子,外来学生占近60%,小学到高中、职校全部免学费。晋江的好,在于村(社区)能养老。每个村(社区)都有老年人活动中心,有的建成敬老院,更有实行餐宿免费保障,每晚城乡大小广场舞步翩翩、热闹非凡。晋江的好,在于文化品位高。草庵、龙山寺、五里桥是千年古迹,古代科考中有11位状元、1853名进士,有南音、高甲戏、木偶剧、嗦啰嗹等非物质文化遗产,现今有五店市传统街区、梧林古村、文创园、图书馆、博物馆、科技馆、龙泉书院等,文人墨客成群列阵,形成了"晋江文化现象",在全国有较大影响力。晋江的好,还在于慈爱成风尚。全市慈善捐赠款项累计达34亿元。自2013年起,政府整合市、镇、村、部门、企业及社工"六位一体"帮扶力量,实施"四帮四扶"工程,5年共投入18亿元,帮扶1300多户困难群众,健全和完善了社会救助体系。

近几年来,晋江先后获得"全国文明城市""国家园林城市""国家生态市""全国双拥模范城"等称号,并成功获得2020年第18届世界中学生运动会和连续 4 届国际大体联世界杯举办权。晋江,已成为"本地人留恋、外来人向往、可托付终身"的品质城市。在晋江,可以看街容市貌,到处车水马龙、商铺满街、酒店林立、人头攒动,市场一片繁荣景象。在晋江,可以看夜市,24 小时灯不灭、店不关、人不断、机降不停。夜市是一面镜子,可以照出一座城市是否繁华的生活底色。在晋江,可以看当地风土人情,到处充满创新创业创造的激情,洋溢着"爱拼才会赢"的精气神,满城生机涌现、热情迸发、大度豪放。

目前,晋江市拥有市场主体 16 万户,民营企业突破 5 万家,形成纺织服装、制鞋 2 个超千亿和食品饮料、纸品、建材等 5 个超百亿产业集群。全市上市股份公司 46 家,产值超亿元企业达 822 家,高新技术企业 85 家,省级研发机构 88 家,中国驰名商标 42 件,9 个品牌入围"中国 500 最具价值品牌"。晋江是改革开放的前沿,也是创新创业的热土。

2017 年,晋江全市地区生产总值达 1981.5 亿元,增长 8.2%,是 1978 年的 1366 倍,是 2002 年的 7.2 倍,是 2012 年的 1.6 倍。晋江用福建省两百分之一的土地,创造了全省十六分之一的 GDP(国民生产总值),经济密度达到 3.05 亿元/平方公里。财政总收入 212.23 亿元,增长 5.6%,是 1978 年的 1158 倍,是 2002 年的 10.6 倍、2012 年的 1.3 倍。经济总量连续 24 年位居福建省县域首位,县域经济竞争力连续 17 届位居全国 5—7 位。晋江是一座城,也是一座扛旗领跑的标兵。

2018 年 6 月,全国 30 多家媒体 150 多名记者齐聚晋江,以"壮阔东方潮,奋进新时代"为主题,走进晋江报道"晋江经验",反映改革开放 40 年来,中国特色社会主义和新时代、新思想在晋江的成功实践,为晋江再"加温添火""呐喊助阵"。作为晋江的一员,我为晋江点赞,更为晋江骄傲。

我的晋江,以一座崛起的新城,站在新时代的起跑线上,正朝着国际化创新型品质城市目标持续发力,向着实现更高水平的全面小康社会阔步前进。

(原载《星光》2018 年第 4 期)

夕阳无限好，今朝不愁老

——晋江市养老保障的实践探索纪实

　　人生就是一段由小到大、由强到衰的历史，演绎着少小童年、青春壮年和暮色老年，此为规律，且无法抗拒。

　　面对人生的老年阶段，人们常常慨叹：夕阳无限好，只是近黄昏。把人生步入晚年，看作是凄凉悲悯、渐次暗淡的落日残晖。

　　然而，时代踏着铿锵的脚步而来，社会发生着前所未有的变迁。在东南沿海之滨，一个千年古邑的"圣地佛国"，在经历了25年全面深化改革开放之后，立市造城、迅猛崛起、全面发展、声名远播——这就是站在全国经济实力百强县市前列的晋江。

　　如今，说起晋江市的养老事业，晋江的老人们会拍着胸脯、跷起拇指很自豪地说：夕阳无限好，今朝不愁老。在他们的心底：60岁，幸福才刚刚开始！

　　晋江市罗山街道的华泰小区，始建于20世纪90年代，现居住了1.5万余人。这些人来自全国20多个省市，还有少量的外国人，因此号称是一座国际新城。在这里，每到夜晚时分，广场上华灯四起、乐声悦耳，3块场地上人头攒动、载歌载舞，比大白昼还要热闹。这里，仿佛是3个舞台、3场群舞表演，而主角恰恰是那些年过半百的老大姐、老奶奶。你瞧：她们摇摆身姿、舞步翩翩，她们跳得起劲、忘了年龄，舞步之雅随着鼓点起落，幸福之花绽放在浸汗的脸上……

　　一、既要有所为更要有所养，必须把涉老工作摆上重要日程，主动撬动和引领发展

　　1992年，经国务院批准，晋江县撤县设市。这是对晋江进入改革开放后取得的成绩的充分肯定,更是晋江发展的新机遇、新动力。立市后的晋江市委,坚定地把加快发展作为第一要务,以"诚信、谦恭、团结、拼搏"为精神追求,埋头苦干、爱拼敢赢,勇闯晋江发展的新路子。发展特色乡镇,创立自主品牌,跻身资本板块,打造产业链条,培育新兴产业,晋江一步上一个台阶,上一个台阶实现一次跨越。付出就会有回报,奋斗终究有成果,县域经济实力于1994年跃居全省首位,之后又跻身全国经济实力百强县市前列。一个崭新的晋江在崛起,一个惊人的奇迹在奋斗中书写。

民生是最大的政治,民心是最强的动力。在主抓经济发展的同时,社会事业的发展也必须同盘考虑、同步发展,这是坚持以人为本发展理念的本质要求。在这点上,晋江市上到市委、市政府,下到基层党员干部,是清醒的,也是坚定的。在逐步加大教育、医疗、社保投入的同时,晋江市一直把养老作为重中之重的工作来抓。一方面加快社会组织的建立与培育,另一方面加大养老基础设施建设,主动探索适应市情、民情的养老模式,积极推进养老事业快速发展。

老干部是事业发展的宝贵财富,也必将是推进新时期养老事业发展的重要力量。充分发挥老干部的作用,实行以老管老、以老助老,促进老有所用、老有所成、老有所养,这是当时市委、市政府和广大老干部的共识。有了这种共识,他们便从老干部和农村老年人的基本需求入手,抓组织健全和制度建立,搭班子、建机构、拉网格,既把养老工作摆上议事日程,又议而有决、决而有举、举则功成。很快就在市委内部增设了组织协调机构,同时按照"政府引导、社会推动、老干部参与"的思路和方法,积极培育协会组织,实质性开展工作,发挥牵头和引领作用。

1983年11月,当时的晋江县委始设老干局,把老干部和老年人的服务管理工作列入议事日程,给予高度的重视。为满足老年人的需求,发挥老干部的余热,构建服务管理网络,积极培育和扶持涉老社会组织的建立和完善。

最早成立的是老体协。于1985年7月成立,主要目的是推动老年人体育和健身运动,满足老年人对体育和健身方面的基本需求,并以此带动全民健身运动的开展。当年,还在各镇和村分别设立不同级别的老体协,入会老年人达 5 万多人。如今,晋江市拥有基层老年体育和健身协会共计 386 个,覆盖 94%的行政村,拥有会员 10 万余人,有 8 万多老年人经常参加体育和健身活动。

1991 年秋,晋江创办了老年大学。这是许多老年人退休后的一个"新家",是人生步入晚年后新的"欢乐园"。晋江老年大学创立以来,始终以"团结、求知、康乐、有为"为校训,坚持高起点、高品位、高质量办学,现已成为福建省老年大学示范校,为创新、奋进的晋江增光添彩。如今,晋江老年大学设立了 8 个系、46 门学科、73 个教学班,在校学员 1890 人,专、兼职教师 100 余人,每年入学累计超过 3000 人次。

为办成一流的老年大学,晋江市将老年大学的教学设施,一并纳入市老年人服务中心统筹规划和建设。2003 年 4 月,一座投入 3000 余万元、占地 25 亩、总建筑面积达 1.45 万平方米的老年活动中心顺利落成,成为集示范、服务、培训于一体的综合性多功能老年人活动场所。其中,老年大学就拥有 1 万余平方米,一些涉老组织,如老教委、老年学学会、老科协、老体协等也相继搬进活动中心,使中心名副其实,发挥着集聚、调度、服务和保障作用。

2011 年 7 月,为改革机构和整合资源,晋江市在全省率先将老龄办、退干办并入老干局,构建起"大老干"的工作格局,进一步统一和加强涉老服务与管理。同时,在民政局开展养老保障工作,在劳动部门开设社会养老保险,将涉老保障资金纳入本级财政预算,加强养老基础设施建设投入。

近几年来,晋江市的老干部和老年人工作,在市委的领导下,按照"突出特点、强化服务、齐抓共管、统筹推进、'五老'并举、创新发展"的工作思路,大胆探索、积极实践、主动创优。涉老部门和单位认真落实工作责任制,并把涉老工作纳入组织和人事工作的大局。建立了主要领导挂钩联系老干部制度,重大节日市领导带头走访慰问老干部,坚持每半年向老干部通报一次经济社会发展情况,定期召开全市涉老工作会议,及时听取汇报,研究解决现实问题,不断创新服务模式,提高服务和保障能力。

据初步统计,自 2010 年以来,先后有 126 名离退休老干部在市、镇涉老单位中担纲领衔、发挥作用;有 200 多位老同志,在城市改造建设一线上担任监督员;约有 2.5 万名老年人担任过交通监督员或社会治安巡视员;还有不少老同志通过各种形式和渠道,积极为市委、市政府建言献策,主动服务中心工作。正如晋江老年大学在自创的《我们是紫帽不老松》的校歌中唱到:"我们是紫帽凌霄的不老松,沐雨更葱茏,夕阳红彤彤。"

二、紧密结合实际,注重发挥优势,敢为人先地探索适合自身特点的养老路子

晋江是民营企业高度发达的地区,民营企业成为经济发展的主体力量,同时民营企业也是社会发展的巨大推动力量,更是社会养老工作的积极参与者。据不完全统计,自 1992 年撤县设市至今的 25 年来,晋江社会力量捐助养老资金,累计超过 5 亿元。

"有条件要上,没有条件创造条件也要上。"这是一句老话。然而,在磁灶镇下灶村原党支部书记吴海水那里,却成了一条"真理"。他说:有些事就怕想不到,不怕做不到,只要人心齐,泰山也可移。1995 年他简办了父亲的丧事,用省下来的 3 万余元创办了下灶村老年人福利基金会。当时在村里引起共鸣,不少村民和企业家跟着踊跃捐款,当年就收到 100 多万元捐资。自那时起,村里 60 岁以上的老年人每月可以领到几十元的生活补助,这在当时是一件很了不起的事。如今讲起这事,村里的老人们还深感自豪和骄傲,心里头总是喜滋滋的。

22 年来,下灶村老年人福利基金会累计发放老年人福利基金 1237.5 万多元,现在 60 岁、70 岁、80 岁以上的老人,每月各自能拿到 150 元、200元、280 元的养老金。日常,在村老年活动中心参加休闲娱乐活动,还能吃到免费提供的午餐。现任下灶村党支部书记吴炳煊坦诚说:"家家都有老人,人人也都会老的,今天我为别人,明天别人为我。到我们这一辈,就是要把这份爱的正能量很好地传承下去。"朴实的语言,道出一代人的心声。

安海镇有一所建在云水寺内的敬老院,被人们称作"慈静敬老院"。原因就是在 2000 年时,寺院内两名宗教人士共同捐出个人积蓄,并多方筹集善款建立敬老院。敬老院建成后，一位师傅在门额上题刻"慈静"二字，敬老院由此得名。慈静敬老院主要收纳涉及能自理、半自理和失能等各类老年人，根据情况收取部分生活费和护理费，实行日常照料和生活关怀，让入住的老年人安享晚年。

英林镇让德敬老院，于2008年初开工建设，占地面积8亩，主体建筑5层，建筑面积3300平方米，投资800万元，共设置养老床位168张，并配套了活动室、食堂、医护室、电梯、健身器材、戏剧台等。敬老院于2014年正式投入运营，日常运营经费主要由附近的灵坡寺年收入20余万元香油钱提供，几年来敬老院运营管理良好。

晋江素有"此地古称佛国，满街都是圣人"之称，宗教齐全、信士者众，而且虔诚慈爱，在慈善和养老事业发展上，是一支重要力量，发挥着独特作用。在晋江像云水寺、灵坡寺这样的义行善举不胜枚举。同样在安海镇，还有一所闽南孝亲安养院，该院于2010年开始吸收有自理能力的孤寡老人、五保户和无子女或空巢老人，资金主要来源于信教的社会爱心人士和热心公益事业的企业家。参与安养院服务保障工作的人员，则来自一个称作"闽南孝亲协会"的人员。这是一支拥有200多人的义工团队，每天有20多人在安养院轮值，全部是自发自愿的，而且没有任何报酬。他们说：献爱心、做善事，比拥有什么都开心、欢心。

围头村敬老院是一所建设比较早的村级自办敬老院。2008年初，村里决定把村委会这栋3层楼房改建成村老年人养老场所，除投入部分村财外，资金主要由企业捐资而来，当年驻金井镇的七匹狼集团公司就带头捐了100万元。半年后，一座1200平方米的村级敬老院在晋江市率先建成，首批入住的是24名村里的低保户、五保户和特困老人。

围头村是1958年解放军炮击金门的战地之一，也是"两岸一家亲"的发源地。敬老院建成之后，有一位姓蔡的老阿婆要求入住。她是早年去台湾，老了又回村的老人，正是村里的敬老院吸引她叶落归根。入住后她逢人便说："还是家乡亲，家乡好啊。家乡的老人不烦恼。"据悉，围头村为使敬老院能够长年正常运营，采取低偿收费的办法，每位老人每月收取150—280

元不等的生活费用,这个标准均在政府低保补助的范围之内。同时,村里还组建一支120人的志愿者队伍,分成8支义工队,开展日常义务服务。

在晋江,还有一所远近闻名的敬老院,这就是大埔村敬老院。这所敬老院始建于2009年10月,占地20亩,建筑面积7000余平方米,共有101间房,分双人居室和三人居室两种,有床位220个,总耗资1100万元,除政府补助外,资金主要来源于本村人员捐赠和企业家的捐款。2012年建成投用后,又募集了1400余万元,设立敬老慈善基金,实行资本运作,每年利息收入超过200万元,成为敬老院固定的经济来源。如今这笔基金的数额增至1680万元。

正因为有资金来源和保障,大埔村敬老院向全村70岁以上老年人提供全部免费的食宿、娱乐、保健等保障,5年来已有近300位老年人享受这份特殊福利。对于未满70岁的老年人,除不安排在敬老院住宿外,也享受同等福利。村党委书记吴金程说:"我们村有尊老爱幼的传统,一听说要筹资办村敬老院,老老少少不分多与少都来捐钱。村里的企业和在外经商的人员,更是主动捐款,有的一次就捐了200多万元。有了钱,我们就要多办事、办好事、办成事。"

三、加大政府扶持力度,建立和完善养老服务管理体系,不断提升养老保障水平

晋江市地少人多这是个事实,全市陆域面积仅为649平方公里,而常住人口达209.2万人,户籍人口113.23万人。截至2016年底,晋江市60岁及以上老年人口总数达16.47万人,占全市人口总数的14.5%。老年人口早已越过老龄化的基准线。如何应对人口老龄化,搞好老年人服务保障工作,确保"老有所学、老有所乐、老有所医、老有所养、老有所为"呢?这是一个社会大课题,也是民生的热点和难点,全面小康不能忘了这个特殊的老年群体。

为推动养老事业发展,晋江市坚持从政策和制度上进行统筹谋划和整体推进,相继出台了《关于加快社会养老服务体系建设的意见》《晋江市村级敬老院建设项目实施方案》《社区居家养老服务站建设标准》《晋江市村

(社区)居家养老服务站星级评定实施方案(试行)》《关于促进现代服务业新型业态发展若干措施的通知》《晋江市养老服务事业发展三年行动方案(2013—2015)》等多份文件,明确提出各类养老服务设施建设基本标准和养老机构规范要求,并在项目规划、土地供应、配套设施、用房保障、医疗卫生、消防安全、社会保险,以及用水、用电、税费、通讯等方面,制定出台了配套措施,为养老事业发展提供了坚实的政策支持。

同时,晋江还从财政上加大倾斜和扶持力度,如比对新建的村级敬老院,本级财政按所在社区实际服务的老年人口和建筑面积大小,给予40万至180万元不等的补助;对于居家养老服务站,开办时一次性补助10万元,运营标准则按星级标准给予2万至5万元不等的补助;新建老年活动中心,由市老干局补助6万元,民政局补助5万元,镇配套补助4万元,共计15万元;各类养老机构则按实际入住床位数给予每年每床2400元的补助。据统计,“十二五”期间,仅投入社区养老设施建设一项的经费就达1.6亿元。

在晋江市南部有一大片水域,当地人称作“龙湖”,这是福建境内第二大淡水湖。清澈的湖水养育着晋南数十万子民,灌溉着广袤的土地,还将输水至金门岛,以水为缘,构建和深化两岸一家亲。坐落在苍翠秀美湖畔的龙湖尚善养老院,是一家引进有管理经验的企业来运营的养老院。2010年,为支持龙湖镇养老事业发展,龙湖镇商会将这座占地60亩、总建筑面积达1.2万平方米的商会会址腾了出来,提供给镇里将其改造成养老院。经过简单的改造和修缮,拥有370张床位,分为护理养老中心和疗养敬老中心两大分区的镇级养老院,于2012年5月正式以“公办民营”的运作模式开始运营。敬老院提出的口号很朴实、很简单,就是:让子女们放心,让老年人舒心。

位于磁灶镇龙岩山公园内的磁灶社区养老院,是一所在政府引导下,由爱心人士共同捐资筹建的养老院。第一期建筑规模2000平方米,设置100张床位;二期再投资2000万元,设置400张床位。在运营和管理上,采取产权、监督权、经营权相对分离的“公建民营”模式,委托泉州市伊护航家护理服务有限公司进行运营管理,2015 年 3 月正式启用。养老院主要接收失能、中风、卧床、褥疮,以及临终关怀等医护型的老人,分别为需要帮助的老年人提供有偿、低偿、无偿 3 种方式的养老服务。养老院设有医疗室、生活区、文化区、养护区、监护区、康复区,均按星级标准配备,并率先启用可视系统,家属可通过手机远程了解老年服务的全过程。伊护航家专业团队,做到养医结合,履行"替天下儿女尽孝,让老年人幸福安康"的服务宗旨。

还有设立在商业小区内的金井镇天泉养老院。占地面积 3000 平方米,总建筑面积 1.5 万平方米,共设置床位 120 张。该院是晋江市首家由个人独资的民办养老院,2010 年 10 月投入运营,主要收住残疾人、低保户、五保户、孤寡老人,提供食宿关照、保健康复、文化娱乐等服务,入住老人已超过300 人次,配备工作人员 17 人。

再看磁灶下官路敬老院。2014 年动工建设,总投资 800 多万元,占地面积 3330 平方米,建筑面积 3256 平方米,设置床位 100 张。这是一家集居家养老服务站、老年活动中心和敬老院"三位一体"的综合性敬老院。敬老院2016 年正式营业,引入晋江市崇孝养老服务中心运营管理,开展中高度专业护理服务,现有专职工作人员 3 人、兼职工作人员 10 人,入住老人达 91人。敬老院设施齐全、环境优美,院旁的梅峰寺方便老人礼佛参拜、净化心灵。在敬老院的挡墙上,醒目写着"尊老、敬老、爱老、助老、养老"几个大字。

晋江市民政局分管的干部说:"晋江人素有敢为天下先、爱拼才会赢的精神底蕴,在养老事业发展上也不拘一格,根据镇村的自身特点,多渠道筹集资金、多样化布局设施、多模式运营管理,取得了快而好的效果。近年来,又在专业管理、购买服务、网络应用等方面不断探索实践,主动适应市场化需求,谋求高质量、可持续发展。"

为使晋江养老事业快速健康发展,晋江市、镇(街道)、村(社区)三级,以及公司企业、社会组织、专业机构正加紧努力、持续行动:

——2014 年,罗山街道办事处以项目购买的方式委托启航社工服务中心,为 16 个已建的社区居家养老服务站,开展全面提升工作,打造有特色、更专业的养老服务。

——2014年以来,晋江市民政局委托社工机构派出专职社工人员入驻养老机构,为养老机构及老年人提供专业服务,首批向10所养老机构派驻10名专职社工人员。

——2015年6月,晋江市民政局委托雅适居家养老服务中心,搭建居家养老服务信息平台,实行服务统筹派单管理,在全市19个镇(街道)全面实施以助餐、助洁、精神慰藉、日常护理和紧急救援等为主要内容的上门服务,让老年人足不出户就能享受多样化、个性化的服务。

——与电信公司合作,为约3000名老年人免费配备"一键通"手机及两年保底消费,老年人只要按一键即可通话,并享受专业化的上门服务。

——引入泉州农商银行为从事养老服务企业提供信贷支持。同时,为老年人提供"银发金融""乐享人生""安逸贷"等量身打造的金融服务。

——梅岭街道与卓展信息科技股份有限公司合作,率先在晋阳社区开展智能型居家养老合作,开发"互联网+智能养老"实用软件,对接养老服务方案,提升养老服务水平。

——2015年,晋江市民政局主抓,在5家有社工服务的养老机构进行试点,推进养老服务规范化、制度化、标准化建设。

引入专业团队,购买社会服务,规范养老评估标准,提升养老专业服务水平,这是晋江养老事业的又一大探索、又一次跨越。至此,在晋江市,镇办、村办、公办、民办、集资、独资、捐赠、慈善,各种方式竞相登台,互为补充,相得益彰,展现出晋江养老事业的蓬勃朝气和向阳辉光。

据悉,"十二五"规划期间,晋江市就是按照"政府指导、政策扶持、社会参与、市场运作"的工作思路,大力推进市、镇、村和民办4种类型的养老模式,积极探索集老年活动中心、居家养老服务站和敬老院"三位一体"的社区养老服务,不断强化居家养老的基础性地位,大力推进市、镇、村和民办4种类型的养老服务网络建设。

截至"十二五"末,晋江市已建成各类养老机构46所(含镇级7所、村级34所、民办5所)、老年活动中心(室)505座、居家养老服务站257个,在建及筹建养老机构50个(市级1个、镇级2个、村级40个、民办7个),现有床位数 5100 张,每千名老年人拥有养老床位 32 张。目前,在建的还有市级社会福利中心 1 个、镇级养老院 9 所、村级敬老院 60 所、民办养老机构 12 所,基本构成了普惠型、立体式、多元化、覆盖城乡的养老服务体系。

四、持续巩固基础,创新推动发展,努力打造富有晋江特色的现代化养老品牌

来自晋江市 2016 年国民经济和社会发展的统计报告,晋江市城镇居民人均可支配收入为 42597 元,农村居民人均可支配收入为 19882 元。城镇职工基本养老保险参保人数达 32.96 万人;企业退休人员人均月养老金达 2296.64 元;城乡居民基本养老保险参保人数为 64 万人,基础养老金每人每月从 135 元提高到 150 元;被征地人员养老保障实行即征即保,新增 10140 人,累计达 9.2 万人,达龄后每月可领取养老金 300 元。这些抢眼的数字,拿全国、全省同类标准去比,大致处于中偏上的水平,社会保障以及养老工作,仍然是短板,仍然有差距,仍然需要加快步伐创新发展、跨越发展。

"人民对美好生活的向往,就是我们的奋斗目标。""抓民生就是抓发展。""老有所养,让老百姓过上好日子。""中国梦也是人民的梦。"习近平总书记系列讲话中对改善民生的期待,对养老事业的期待,对实现梦想的期待,发自内心,掷地有声,更时常响彻耳旁。晋江市委、市政府和广大干部群众,并没有忘记 15 年前习总书记在福建省任职时总结的"晋江经验",并给予晋江的鼓励和关爱。

作为全国百强走前列、全省稳居首位,作为千年古邑之地、改革开放前沿的晋江,务必秉承"诚信、谦恭、团结、拼搏"的精神,以创新、智胜的信心,承担起新时代赋予的新使命;务必激流勇进、敢字当头,以实际行动和实实在在的成果,续写"晋江经验"新篇章,再创晋江发展新奇迹,昂首挺胸,阔步迈向全面小康社会,阔步迈向美好幸福之巅。

在主动应对人口老龄化、加快发展养老事业这个问题上,晋江市已经迈出了一大步,这是值得欣慰和称赞的。然而,晋江市委、市政府和相关部门单位,并没有满足于过去取得的成绩和成效,并没有停下紧迫而匆忙、探索与超越的脚步,而是知难而进,迎难而上,持续发力、再上台阶,奋力推进养老事业更快更好发展。

晋江市人民政府于2016年9月颁发了《晋江市推进"十三五"城乡社区居家养老服务发展实施方案》;2017年初,又及时颁布《关于印发晋江市"十三五"民政事业发展专项规划的通知》,把建立健全民政服务体系作为完善保障和改善民生的制度安排,作为加快建设国际化创新型品质城市的重大任务,从而确保民政事业各项发展指标到2020年超过全国平均水平,民政事业总体适应全面建成小康社会的目标要求。

在养老服务业的发展上,晋江市继续坚持以构建居家养老为基础、社区为依托、机构为补充的普惠型养老服务体系;加大推广和普及以日间照料床位为支撑,集老年活动中心、居家养老服务站和敬老院"三位一体"的社区养老模式;积极探索和创新"公建民营、养医结合、线上线下、智能服务"的养老新方式。力争到2020年镇级敬老院实现全覆盖,90%以上的村(社区)建立居家养老服务站,全市养老服务机构床位数提高到7000张以上,每千名老年人平均拥有养老床位36张以上。实现90%的老年人居家养老,7%的老年人进入社区敬老院养老,3%的老年人入住专业机构养老,打造"9073"养老服务新格局。

为实现"十三五"时期的养老目标,晋江市将努力建成村级敬老院80所,培育一批示范性优质居家养老服务站,每个村(社区)居家养老服务站对接1个专业化养老服务机构,60%的村(社区)建立老年人康复中心,全市老年人健康管理率达到70%以上,基层医疗卫生机构全部开设老年人绿色通道,并开展预约上门服务。继续培育民办社工机构20家,组建社区志愿服务队2000支以上,注册志愿者8.7万人以上,积极开展"社工+义工"的"双工互动",推进志愿服务经常化、制度化,全方位提升养老服务和保障水平。

同时,还将持续加大财政投入,"十三五"期间逐步提高革命时期"五老"人员的生活补助标准,从现时的775元提高到1188元,位居全省第一,并建立880万元的定向补助金。提高城乡低保和"五保"人员保障水平,力争年均增幅 5% 以上,"五保"人员集中供养率超过 70%。

在晋江市区内,有三大景区很有名,每天人流如织、车水马龙,是文化和休闲的好去处。这就是八仙山公园、五店市传统街区和晋阳湖绿洲水景。三者呈现三角形布局,相距不出 4 公里,道路宽敞、商业红火、环境优美、人气旺盛,是城市的会客厅,是日常的休闲处。晋江市拿出 2.37 亿元,就在这三角地带内,选择僻静清幽、依山望水、天然翠绿的八仙山东北山麓,建造一座占地面积 90.4 亩、建筑面积达 6 万平方米的晋江市社会福利中心。据称这是目前省内规模最大、建设最早、功能最全的一项养老服务工程,足见对养老事业的良苦用心和高度重视。这个中心将建成全市社会保障的指挥协调总部,形成配套完善的、一流的保障和服务基地。其中,设置养老床位达 900 余张,拟实行"公建民营"模式,向全市开放运营,真正体现发展成果共享。目前,已完成一期工程建设,二期工程正在加紧推进。

当问及面对"十三五"时期的目标要求,晋江养老服务工作下一步的主要任务有哪些时,晋江市民政局分管的干部胸有成竹地说:"概括起来,就是 1234。"他掐着指头说的就是:构建一个依托市社会福利中心建立起来的全市养老服务综合信息平台,进一步强化城乡养老服务发展和养老基础设施配套建设两个统筹,持续推进养老服务市场化、社会化、专业化"三化"建设,以及突出医养结合、突出保基本兜底线、突出政府购买服务、突出优质行业示范引领。

春华秋实,硕果勤耕。2017 年夏秋,中央、省、泉州市都针对补齐民生短板问题召开会议、下发文件,提出目标要求。同年 8 月 30 日,晋江市委第十三届第四次全体会议做出《关于加快社会事业发展补齐民生短板,确保建成更高水平全面小康社会的决定》,同时还印发了《关于加快养老事业发展的实施意见》,进一步提出发展目标与任务,明确了工作重点和要求,并将在全市大力推进居家社区养老服务、机构养老服务、兜底保障、医养结合、精神关爱、智慧养老、养老产业培育、养老服务队伍建设等八大工程,积极打造"三位一体"的养老服务体系,形成"低端有保障、中端有市场、高端有选择"的多层次养老服务新格局,使"短板"变成"样板"。或许,这就是晋江市养老事业的前进动力和发展方向。

　　走进晋江市老年人合唱团,一曲悠扬的《夕阳美》听得人心醉:"最美不过夕阳红,温馨又从容。夕阳是晚开的花儿,夕阳是陈年的酒。夕阳是迟到的爱,夕阳是未了的情,多少情爱化作一片夕阳红……"晋江是改革开放的热土,是创造奇迹的地方,晋江养老故事多多,晋江老人幸福满满!

　　(原载《见证晋江奇迹》,政协晋江市委员会 2017 年 12 月编印;《晋江老龄问题研究文集》2018 年专辑转载)

瓷都陶城火更红

瓷都展新姿,陶城火更红。2012 年 3 月 23 日,磁灶镇与 361 度、中国五金机电、海西家居装饰、顺丰速递集团等 4 家大型企业正式签订了物流和市场项目合作协议,总投资达 100 亿元。磁灶,从建设国家级包装印刷(晋江)基地的那一刻开始,便步入一个产业转型、城建提速、跨越发展的快车道,成为领导关注、各界期待、媒体聚焦的重要区域。这个有着千年烧陶制瓷历史的古镇,向着幸福的未来迈出了铿锵的脚步。

一

磁灶,以盛产"磁仔"(陶瓷)、遍布窑灶而得名。自西晋武帝泰始元年(265 年)起,迄今已有 1700 多年的历史。烧陶制瓷一直成为磁灶人的传统技艺和生计依赖,也是磁灶人的骄傲。尽管明清及民国期间相对处于低谷与衰落阶段,但新中国成立后特别是改革开放以来又重获新生,在数量、质量、规模、技术、品种、销售等方面,都掀开了历史的新页,达到了历史的顶峰。磁灶,以其传统的陶瓷产业,为晋江经济的繁荣发展做出了积极贡献。

1949 年新中国成立以后,以陶瓷为主业的磁灶又获重生。1954 年,磁灶、下官路、岭畔、下灶等村的陶工,联合成立了磁灶陶瓷联销处,并于次年年底成立了磁灶陶瓷生产合作社,陶瓷生产的火焰又燃烈了起来。1958 年8 月,晋江县人民政府在磁灶组建地方国营晋江陶瓷厂。政府的支持带动与集体力量的发挥,使磁灶陶瓷业焕发出新的生机活力。磁灶的陶瓷开始销往全国各地,并获得好评。著名侨领陈嘉庚先生甚至亲临磁灶,为集美学村建设选购瓷砖。由于产量的增加,销售管理日趋重要,1965 年,又专门成立了磁灶陶瓷管理处,加强对产销的指导和管理。同时,加强产品的创新和研发,先后研制出了电炉盘、热炉罩、电瓷棒等与电器结合的专用陶瓷产品,逐渐由建筑领域向生活领域扩展延伸。

改革开放初期的 1979 年,磁灶人终于获得了自办经营及销售权。一时间,上百间陶瓷工厂如雨后春笋般拔地而起,几百条小龙窑燃起了熊熊烈火,上万人的销售队伍开始走南闯北奔波各地,磁灶陶瓷生产从此又掀开了历史新页。据统计,1978 年,晋江全县陶瓷企业仅为 62 家,而到 1979 年底,乡、村办的陶瓷企业跃至 238 家(不含个体户),建材总产值达 2.43 亿元,就业 9000 余人,纳税 236 万元。1984 年,以陶瓷生产为主业的磁灶镇,继陈埭镇之后,成为福建省第二个"亿元镇"。

1988 年,整个晋江陶瓷企业增至 776 家,仅磁灶就有 613 家,占到了 80%。在磁灶,由于专业分工的需要,东山、瑶琼、曾岭、官前等村成为专业运输村、包装村、厂房搭建村、制模机修村。这时,磁灶的釉面砖、立体砖、墙面砖、花砖年产量达 700 多万平方米,超过全国其他四大面砖生产基地的总和。其中,拥有 1000 多年传统工艺的玻璃古建筑陶瓷饰品,不仅在西藏的喇嘛寺、内蒙古的昭君寺、北京的宫廷古迹、亚运村、广州酒店等广泛使用,产品还远销东南亚各国和港澳地区。从磁灶村到钱坡村约 5 里长街,开设了 17 家陶瓷专卖店和 8 幢陶瓷产品展销楼,形成省内建筑陶瓷的专业市场。正如《人民日报》在新闻报道中所言:"磁灶镇,遍地瓷窑,满街瓷器,无愧于'闽南瓷都'声誉。"2000 年 6 月,磁灶镇被中国陶瓷协会授予"中国陶瓷重镇"称号。

二

然而,在辉煌的业绩背后,也有严酷的现实。磁灶因四处生产陶瓷且技术落后,造成严重的环境污染,烟尘弥漫,水源变色,道路坑洼,植被泛黄,群众生产和生活都受到巨大影响。纵观磁灶的陶瓷生产，从 20 世纪 80 年代开始，走的是一条粗放、简陋的发展之路，村村冒烟，户户加班，处处排放，无序生产。不论规模大小，不怕重复生产，不顾环境污染，片面追求产量和效率。结果，产品质量上不去，新品种类出不来，无序竞争，高耗低能，特别是环境遭受到严重的污染和破坏。这些问题引起社会各界的强烈反应，也引起政府及相关部门的高度重视。怎么办呢？党委、政府和企业，首先考虑到的是企业技术改造、节能减排和进行环境综合整治。

党委、政府很快出台了一些政策性措施，不仅加强对土地使用的管理和对生产企业的跟踪监督，还积极引导企业引进先进设备，及时进行技术创新和改造，开展节能减排。同时，有计划地开展河沟治理和绿化保洁，加大环境综合整治力度。仅 1999 年，磁灶镇陶瓷企业就从意大利、德国等国家引进辊道窑生产线 245 条，引进喷雾干燥塔、重吨位压砖机等先进技术，基本实现延续上千年的倒焰窑的淘汰工作和烟尘污染的治理工作。磁灶镇还专门成立了技术研究机构和环境保护管理单位，把开发新产品和加强环境保护提到重要位置上来。2007 年，晋江市环保部门组织一部分建陶企业主赴广东、山东等地调研考察，总结吸取他人经验教训，并结合晋江实际制定出了《晋江市陶瓷行业污染整治方案》。当年就投入 9600 多万元，建立化污设施 160 多处，淘汰 40 座单段煤气发生炉，对 22 家污染严重的企业进行查处，环境整治取得初步成效。

在之后的两年多里，磁灶镇又继续完成 116 家辊道窑减排整治和 20 家石材企业污染治理任务，有 38 家陶企率先改用天然气，先后拆除 28 家实心砖厂，全面关闭违规采矿点。在政府部门的大力支持下，陶瓷企业先是从煤改电，后又由电改气，在节能减排上逐步提档升级，企业生产也逐步走上科学规范的轨道。同时，大力开展绿化造林活动，节能减排和环境保护取得明显实效。与此同时，企业也加强技改和产品研发，注重提质与创牌，出口企业增至 30 余家，有 6 家企业参与外墙砖标准制定，全镇还拥有中国驰名商标 7 枚、省著名商标 22 枚，成为全国四大陶瓷生产基地之一。晋成、广达、万兴、华泰、协盛、豪山等一批陶瓷企业和企业集团，成为晋江市重点企业,在国内行业中有较大影响。并形成了天工陶瓷建材城、下官路建陶市场、钱坡建陶市场、东山二级砖市场等区域市场体系,吸引了大量知名建陶企业入市设点,成为福建地区规模最大的建材专业市场。2009年,整个晋江陶瓷建材业总产值达166.9亿元,占全市工业总产值的11.2%,形成了以磁灶镇为主并辐射周边的产业集群,陶瓷生产技术和产品质量也跃居全国前列。

三

"一时富不等于长久富,有巅峰也会有低谷。"这话对磁灶来说也是应验的。在以包括鞋服、食品、晴雨伞、电子机械等为支柱产业的晋江,民营企业如雨后春笋,驰名品牌风生水起,民营经济如潮似涌,各镇(街道)经济指数突飞猛进。而磁灶,由于产业单一,发展空间局限,环保要求严格,以及生产技艺等原因,经济总量及指数相比之下处于"下滑后溜"态势。2006年,全镇虽然实现工农业总产值64.16亿元,企业总产值达71.6亿元,缴税1.67亿元,农民人均收入8204元,经济实力仍居福建省百强镇第19位,入选全国千强镇,但名次已经逐年下滑靠后。近年来,在晋江市19个镇(街)中,排位仅在中后位水平上。

"沉舟侧畔千帆过,病树前头万木春",不进则退,慢进亦退。新的形势迫使磁灶人深入思考,积极探索,有为应对。2005年,磁灶镇首次请来了省内外规划专家和设计院所,对磁灶的产业布局、发展定位和城镇建设进行综合研究与策划,提出"一心、三轴、三片区"的空间规划布局,以及镇区"一核、三组团"的控制性规划。年底,晋江市委、市政府批准通过了磁灶镇总体规划方案,使磁灶产业和城镇建设有了基本的方向和定位。同时还制定出磁灶镇中远期建设发展规划,进一步理清目标和方向,努力实现科学统筹和正确决策。2007年3月,晋江市委、市政府组织党政企领导干部到"长三角""珠三角"学习考察,给磁灶镇党政干部以启迪和启示,激发他们对"又好又快"和"扬长补短"的深刻认识。当年,镇党委就提出:"对接三区(出口加工区、陆地港区、大型物流区)、建设三城(印刷城、天工陶瓷城、改造旧城)、拓改三线(延泽路、张林路、陶东路)和发展第三产业"的发展思路,全力打造"海峡西岸陶瓷第一镇",重振磁灶经济强镇雄风。

2007年,经中国包装联合会批准、列为福建省重点建设项目的"国字号"产业基地——中国包装印刷产业(晋江)基地,确定落户磁灶镇。这是个大事和喜事,是改变磁灶单一产业业态,促进经济跨越发展的重要机遇。镇党委、政府高度重视,深入群众中抓动员做工作,认真制定征地拆迁补偿方案。磁灶的群众,通情达理,顾全大局,朴素诚实,积极配合。镇、村两级干部以"白加黑、五加二、晴加雨"的干事创业激情,按时按量完成了第一期供地任务。共收储土地5000余亩,完成平整3200多亩,投资1亿多元建设6条区间道路。先后引进大自然、群英、振隆等50家企业入驻,已动工建设30余家。按照基地建设规划,基地将打造成为海峡西岸经济区一流的包装印刷产业基地。这将对磁灶镇经济结构调整和产业转型产生强大的带动作用,成为磁灶镇经济发展的新增长极。

与此同时,企业也在不断探索追寻,谋求创新和创业之路。中国建筑卫生陶瓷协会副会长、磁灶商会会长吴声团说:"磁灶的外墙砖销售量大,但产品的附加值并不高,企业的生存之道,一是转型升级,二是外扩发展。"2008年国际金融危机之后,磁灶陶瓷企业走的正是一条"有进有出"的道路。进的是先进设备和技术,出的是资金和厂房,以此创新产品,提升质量,扩大规模,抢占市场,求得企业生存与发展,将企业做大、做强、做优、做久。高星陶瓷建材有限公司董事长吴友俊目光犀利,很快在平和县置厂,占地150多亩,投资1.5亿,生产防腐地砖。万利集团也在漳州的南靖县开办新厂,占地1100多亩,建设12条黑磁太阳能集热板生产线,2011年企业在韩国成功上市。华泰集团继研发干挂陶板产品并大批量生产之后,又与山东省科学院合作,成为国内第一家陶瓷太阳能面板产业化生产企业。华泰集团董事长吴国良认为:"传统陶瓷产业走到今天,必须求新求变,寻找突破,顺应国家产业政策导向,这样企业才能走得更高更远。"磁灶的企业家们,正是以"敢为天下先,爱拼才会赢"的精神品质干事创业、跨越未来的。

四

2010 年,磁灶镇又迎来了一个历史性的重大发展机遇。5 月,磁灶镇被泉州市确定为小城镇综合改革建设试点镇。这是挑战,更是发展的难得机遇,磁灶镇党委、政府深入动员和发动,认真分析镇情,找出差距和问题,明确工作的基本思路,按照上级的统一部署,缜密制定出实施方案。坚持以经济社会发展为目标,以产业转型升级为核心,以基础设施建设为重点,综合运用土地、资金、机制等优势和优惠政策及措施,努力建设晋江西北城市次中心,打造幸福新磁灶。

思路决定出路,措施关联实施。镇党委和政府领导,头脑清醒,思路敏捷,决心也很大。特别是积极响应省委、省政府发出的打好"五大战役"的重大号召,组织完成了总体规划的修编工作,制定出专项规划和近期建设用地控制性详细规划,进一步梳理确定发展地位、发展方向和发展步骤。主动策划生成 48 个小城镇重点建设项目,总投资达 132 亿元,当年启动 34 个项目,完成投资 10.5 亿元。同时,细化了治污、绿化、交通整治、新村建设等任务指标,使小城镇战役及时打响、有序推进。2010 年,磁灶镇全年实现地区生产总值 39 亿元,同比增长 18.4%,工业总产值达 117.2 亿元,同比增长 17.8%,财政总收入 3.42 亿元,同比增长 14.2%,固定资产投资 8.89 亿元,经济指标稳中有升、趋势见好。

在访谈镇领导时得知,在"五大战役"中,镇党委和政府重点从 4 个方面入手。一是抓征地拆迁,为陶东路建设和包装印刷基地建设打基础创条件。经过镇村干部的努力,于 2010 年底完成陶东路两侧及包装印刷基地共6500 余亩土地征收任务。其中,陶东路及其两侧征迁,只用一个月时间就完成征地 700 余亩,拆迁旧房 18.7 万平方米,迁坟 1650 余座;包装印刷基地还完成一期 3000 亩土地平整。二是抓道路交通整治,提升镇区品位和形象。主要对双龙路磁灶地段和延泽街部分路段进行整治提升,确保通往内坑陆地港和动车站道路畅通。同时动工建设 3.1 公里、6 车道的陶东路。三是抓旧街改造，打造磁灶镇中心居住区和现代商贸中心。启动总面积 5.7 平方公里的控制性详细规划、11 项专项规划，打造占地 300 亩的商业中心，建成 80 万平方米的城市综合体，推动占地 250 亩的行政配套和文化中心建设，加快 18.7 万平方米的安置房建设，保证 100 余户被拆迁居民按时搬迁入住。四是抓治污与绿化，美化优化镇村环境。以香埔山公园、梅溪上游河段为重点，开展治污和绿化工作，新增 50 家陶瓷建材企业签约使用天然气，查处违规排污企业 16 家；全镇先后植树造林 6000 余亩，栽种树种 14 个，种树 63 万多株，连续 3 年被晋江市评为"植树造林先进单位"。

五

2011 年 1 月，晋江市委、市政府根据发展的需要，又决定成立磁灶区域发展建设指挥部，下设办公室及发展策划组、项目招商组、征地拆迁组、监督指导组等若干组织，统筹和统一协调磁灶区域的建设与发展，成为继梅岭组团之后的全市九大组团之一。

磁灶区域指挥部的成立充分表明，市委、市政府把以磁灶镇为重点，包括紫帽镇在内的晋江西北部地区，纳入全市重点建设和发展的范围，摆到重要的日程上来。指挥部成立后，迅速研究磁灶的发展方向和发展定位，迅速梳理策划和生成一批重大项目，同时推进已有项目入驻和落地。经过全面考察与深入研究，市委充分肯定了指挥部的工作及其成效，并把磁灶区域建设发展的思路与目标确定为"三个一"。即：一个包括国家级包装印刷产业基地和建陶转型发展基地在内的现代产业基地，一个福建领先、全国有影响的大型现代物流中心和市场营销中心，一座宜居宜商的晋江西北部现代化新城。以"三个一"引领磁灶区域建设和发展，将使磁灶镇全面建设，进入到一个新的时代，跃上一个新的台阶。

"三个一"的目标定位，充分考虑到磁灶的历史、现实与未来，也紧密联系磁灶的特色、特点与特长。一个大型的产业基地，就是要保留和做强陶瓷产业，发展和做大包装印刷产业，这是做强实体经济，形成产业集群，完善产业链条,固本强基的需要。一个大型的物流和市场营销中心,就是要建设和发展现代物流业,培育新兴产业,弥补晋江物流业的不足;建设综合家居装饰市场,充分发挥磁灶区位、人才、资金优势,繁荣和发展第三产业。一个现代化的宜居新城,就是要改变磁灶有街无市、有市无街,城不像城、村不像村的乱象,建设成为功能齐全、设施配套、环境美化、安居乐业、带动力强的晋江西北城市次中心;就是要着力引进现代优势企业,大力实施"回归工程",极力鼓励"二次创业",全力推进旧街改造和新城建设,使磁灶重新焕发出创业生机,激发出社会活力,彰显出魅力和潜力。

产业城建两手抓,瓷都陶城火更红。磁灶区域发展建设指挥部成立以来,始终坚持项目带动,产城一体原则,充分利用各项政策法规,紧密结合磁灶实际,全面快速展开工作,使磁灶这片热土重新焕发出生机活力。2012年6月7日,全省拉练大检查一行百余人,路过陶东路,看到正在施工中的大型物流基地和海西家装市场中心,在现代商贸中心拐弯进入改造中的延泽街,驶进大埔新村和包装印刷基地,一批重点和重大项目"亮相迎检",规模、气势、项目、投量、环境、道路及配套设施,令省、市领导震撼和欣悦。产业转型快,环境整治好,镇区变化大,农村建设新,发展后劲足,充分展现了磁灶镇建设和发展的新气象、新希望,并为晋江市"五大战役"建设和"晋江经验"增辉添彩。

在推进"五大战役"和小城镇建设试点中,在构建"强镇富民、幸福磁灶"过程中,磁灶区域发展建设指挥部及磁灶镇党委政府,主要从以下几个方面努力,并取得初步成效:

一是抓道路建设,以大交通支撑起产业和城镇大框架。双龙路是晋江市区通往内坑及高铁车站的主要通道,由东向西贯彻磁灶,也是磁灶镇的主要通道之一。在市政府的大力支持下,投入上亿元进行全面拓改和提升,配套管线设施,安装路灯和进行高强度绿化,一条宽敞优美的大道穿行而过。陶城东路是配合包装印刷基地的道路,全长3.14公里,为6车道,连接于晋江高速公路出口,经过印刷基地、海西物流中心、镇中心区。陶城西路,连接陶城东路,通至天工陶瓷城,全长4.59公里,构成第二条由东向西的大通道,贯穿于镇区中部,计划投入 8000 万元进行拓改提升。同时还启动基地直通内坑火车站的连接线,全长 2.8 公里,拟投资 1 亿元,现已完成道路设计和征地拆迁,进入施工阶段。包装印刷基地共 11 条道路,采取 BT 形式投资建设,目前已有 6 条道路建成并投入使用。以大交通支撑起产业和城镇大框架、大发展,同时也拉近了与市区的距离,使磁灶的地理优势充分凸显出来。

二是抓延泽街改造,以大工程带动产城一体化建设。延泽街原来只是一条南北通行的公路,东侧邻近包装印刷基地,西侧是镇区和大埔村,处于双龙路和陶城东路之间,位置凸显而且重要,是产业配套服务的重要地段,也是城区繁荣的黄金地带,更是城镇中心区位的形象所在。指挥部成立后,经反复视察调研和多次论证征询,决定启动征拆迁和改造工作,经过缜密筹划和准备,于 2011 年 6 月正式启动,9 月进入实质性征拆迁工作,仅用 28 天就完成征地 520 余亩、拆除房屋 15 万平方米任务,创造了晋江征地拆迁新速度。在加快安置房、中心居住区、商贸中心建设的同时,依托延泽街项目,规划出 189 亩土地建设企业营销展示中心,按统规统建方式,拟引导 50 余家企业营销中心入驻,进一步吸纳税源,把企业的"根"留住。同时,加快印刷基地配套设施建设和延泽街临街立面改造,打造中心街区新形象,以延泽街为切入点,带动城镇核心区建设,促进市场繁荣,聚集人气、商气。

三是抓招商选资,以大项目引领磁灶大跨越大发展。一年多来,指挥部按照市委、市政府提出的组团工作"七个同步"和"自求平衡"的要求,抓紧招商选资工作。2012 年 3 月 23 日,与部分企业正式签约,确定了一批项目落地磁灶:由晋江知名企业 361 度兴建的大型物流中心,占地 850 亩,投资 30 亿元,建成后年创税收 6—8 亿元,目前已展开土地平整工作;由磁灶 5 家在外商会牵头联建的海西建材家居装饰交易中心"回归工程"项目,占地 550 亩,投资 30 亿元,交易中心和基础设施也已动工兴建;由成都万贯集团牵头的中国海峡国际五金机电交易市场项目,入驻磁灶,占地 520 亩,投资 25 亿元,将拉动 2 万人就业,引进商家 3000 家,年创税收 3

亿元。此外,新策划 2089 亩建设高端物流园区,首期供地 539 亩。继续引进特步品牌工业园、顺丰速递物流仓储中心、新亚国际电子商务运营中心、泰和皇家国际五星级酒店、福建物联网(晋江)基地等项目。随着一批大项目和好企业的入驻,以物流和市场业态为主的发展方式,将极大地推进磁灶产业转型升级,促进磁灶"二次创业",带动磁灶产业发展和城镇建设全面提速。

四是抓生态环境修复,以大动作创建宜居宜商新城镇。最近几年,磁灶还将以生态大整治、环境大修复、镇容大改变为抓手,创建文明健康、美好幸福新家园。按照小城镇建设规划,到 2015 年年底前,镇区人均道路面积达到 12 平方米以上,主干道实现亮化美化。镇区全面普及自来水,并新建一座污水处理厂,同步完善污水管网,污水处理率达到 70% 以上。按照村(社区)设点收集、镇中转载运、市焚烧处理的原则,解决垃圾处理问题,认真抓好镇容、村容卫生保洁工作,配齐专职卫生保洁人员。完成九十九溪磁灶段水系治理,同时加大陶瓷企业排污监控力度,建立镇村水系日常监管和保洁队伍。继续加大园林绿化力度,再掀造林绿化新高潮,提升香埔山休闲公园品质,搞好沿路、沿街、沿岸、沿线绿化整治工作。2012 年上半年,已完成陶东路、基地内道路沿线的高强度绿化,并继续完成 500 亩以上造林任务,同时确保新建小区绿地率达到 30%,努力使镇区人均公共绿化地面积达到 6 平方米以上,还磁灶一个蓝天白云、碧水青山。

磁灶作为晋江西北部城市次中心,按照"三个一"目标定位建设发展,特别是在 2012 年市委、市政府提出的"项目落实年""三产提升年"和"城市管理年"中,磁灶镇将全力以赴,加速推进,乘势而上,全面实现赶超。2012 年磁灶镇除全速推进包装印刷基地建设外,将以加快四大项目落地为重点,打造有影响力的物流基地和家居装饰市场中心。以项目为载体推动发展,以三产为突破口带动转型,以城市建设管理为抓手打造幸福家园。磁灶镇的领导表示说:"磁灶镇要充分利用泉州市小城镇综合改革建设试点的机遇与优势,用足各级优惠政策,创新工作思路和机制,全面推进经济和社会建设,重振雄风,再创辉煌。"对此,我们完全有理由相信:在市委、市政府的坚强领导下，在磁灶镇广大干部群众的共同努力下，一定会创造出一个幸福、美好的新磁灶！

（原载《晋江迈向幸福》，政协晋江市委员会编，九州出版社2012年10月出版）

壮哉，一区九园

美丽的海峡西岸，神奇的泉州湾之南，坐落在晋江这片古老而又新生的热土。

晋江——以占全省 5% 的土地，创造了全省约 9% 的工业产值，综合经济实力连续 17 年居全省县域首位，县域经济基本竞争力连续 10 年保持在全国第 5 至第 7 位之间。2010 年生产总值接近 1000 亿元，工业总产值超过 2000 亿元，财政总收入突破 100 亿元。在仅有的 649 平方公里的陆域面积上，抒写出令人赞叹的"晋江传奇"。

就在这个"晋江传奇"里面，晋江经济开发区的不断拓展、壮大与提升，不愧是一种创举，所形成的一区九园，更是晋江经济发展的重要支撑和持续腾飞的坚实后盾。

改革开放以后，"开发"二字频繁地出现在人们的脑海中，一时成了社会时尚和时髦之词。但对以"三闲"（闲人、闲房、闲钱）起步，靠"三来一补"（来料加工、来样加工、来件装配、补偿贸易）业务，发展起来的晋江经济模式，以及刚"洗脚上岸"的晋江个体经营者来说，对"开发"的理解和运用是比较晚的。直到 1991 年 6 月安平开发区在安海镇开工建设，1994 年 1 月安平开发区管理处正式成立，才开创了晋江经济开发区的历史。

之后，各乡镇也积极谋划出路，相关的开发区也应运而生。

2003 年，晋江市委、市政府再一次做出决定，扩大五里埔工业园区的范围，由原来的 8.5 平方公里，扩大到 20 平方公里，其他开发区也相应地扩容增量。这一来，晋江经济开发区的总规划面积达到了 40 平方公里，并初步形成了包括五里园、安东园、东海坡园的"一区三园"的发展格局。

2003年,晋江经济开发区被省政府批准为省级经济开发区。2006年,又经省政府批准、国家发改委审核公告,将包括五里园、安东园和东海坡园3个片区,正式整合命名为"福建晋江经济开发区"。至此,入区企业252家,总产值达110亿元,社会固定资产投入21亿元,年税收达4.5亿元,晋江经济开发区的综合指数已位居全国县辖经济开发区的前列。

然而,天有不测风云。就在经济开发区进入新一轮创业发展的关键阶段,一场由美国次贷危机所引发的全球性金融危机,如漫天飞雪飘落在2008年寒冷的冬季。

对于出口依存度高达60%的晋江企业来说,是从此一蹶不振陷入深渊,还是度过寒冬迈向春天?

面对危机,晋江人想出了各种化危为机的措施办法。

面对寒潮,晋江人想到了政企抱团取暖的最佳方式。

一个大讲堂,请来了众多国内外著名专家学者"坐而论道",问计于群贤。

一套好政策,把政府的信心与热情变成企业的底气和干劲,共同渡难关。

这场金融危机让晋江市委、市政府的领导和众多的企业家们,更加清醒地认识到企业必须转型升级,开发区必须拓展提升,做大产业,做强企业,创新科技,创立品牌。

2009年,市政府常务会、市委常委会,相继通过了《关于进一步加快晋江经济开发区建设和发展的若干意见》及《晋江经济开发区运行机制实施意见》两份文件,使开发区的拓展与提升工作有了政策性的依据。

业绩喜眉梢,发展风正劲。正值晋江开发区全面拓展提升之时,2010年,省委、省政府发出了"打响五大战役,大干150天"的号召,晋江市委、市政府借力奋进,乘势而上,全面部署了"开发区拓展提升战役"的相关工作,围绕"一区九园"的管理和运行模式,抓机制创新、抓项目落地、抓拓展新区,全面实现换挡提速,促使开发区建设进入到一个快速发展的新车道。

思路决定出路,出路突破重围。在开发区拓展提升中,晋江市委、市政府非常重视机制的运行与管理,不断在思考,不断在探索,不断在实践。只要是好的建议就会被采纳,只要是好的做法就会被吸收,只要是运作中有不足的就会被克服,实践的过程变成了论证和优化过程。

2011年初和2011年8月,市政府常务会、市委常委会又相继出台了《关于进一步优化经济开发区运行机制的意见》和《晋江市各区域发展建设指挥部所辖园区运行规则》两份关键性文件。把总体目标确定为"做强五里综合园,做精安东生态园,做大金井高新园和东石台资园,做专磁灶印刷园和安内装备园,做快英林服装园、深沪中小企业园和新塘工贸园",并形成"一园一品"富有特色的开发建设格局,提高站位,锁定目标,携手前行。

新的运行机制和管理模式,主要从4个方面入手:

一是整合拓展,促进资源合理利用。从2009年开始,晋江市对分布在各镇、街道的专业园区进行整合,形成了"一区九园"的发展格局。这一整合,使晋江经济开发区的总规划面积由40平方公里,一下子扩展到98.8平方公里,占晋江国土面积的15%。这一整合,很多企业留住了,产业相对集聚了,个性特色突显了,土地和资金盘活了,做大做强做精有了基础和保障,开发区更加充满生机和活力。同时启动围头湾填海造地工程,将新增陆地40平方公里,大大地拓展了发展的空间。

二是政企互动,加快产业转型升级。相继修改出台鼓励企业管理转型、技术改造、创立品牌和上市融资等一系列政策和措施,扶持和服务企业发展。并允许企业进行"二次招商",完善产业链,形成优势产业集群。恒安集团公司是最早倡导精益化管理和技术改进的,2010年在湿纸巾厂开辟第一条改造生产线,生产效率一下子就提升了37.11%,一年下来,整个集团节约增效达3500多万元。361度公司改制上市后,仅2010年就纳税6亿多元。据悉,目前晋江上市企业已达34家,并有40多家上市后备企业。

三是经营运作,实现滚动平衡发展。"组团"这一特定的名称,已成为晋江干部群众的流行语。近年来,晋江成立了九大组团和两个区域指挥部,每一个都是战斗堡垒和指挥核心,按照统筹和统一的原则,对某一个片区或区域的建设和发展,包括策划项目、规划设计、招商引资、土地报批、征迁补偿、资金平衡、施工监督、社会公益等工作进行全面有力的运作推动,自求平衡、滚动发展、持续运作、竞相迸发。在组团的统筹和统一指挥下,开发区的各个园区全面换挡提速,企业和项目主的积极性得到充分的调动和发挥。

四是属地管理,充分授权责利对应。市委、市政府统一成立经济开发区领导组,对经济开发区工作实行高度集中统一的领导。各区域发展建设指挥部根据经济开发区领导组的总体部署,按照属地管理、镇区互动、充分授权、责利对应的原则开展工作。园区所在的镇(街道)作为园区开发建设主体,全面负责园区征地、开发、建设和管理工作,落实属地管理各项责任。经济开发区则为各园区提供政策支持和业务指导,确保各园区运作的规范化和制度化。各园区根据《中华人民共和国公司法》的有关规定,组建具有独立法人资格的园区开发公司,实行市场化、公司化运作,大大地提高了工作效率和经济效益。

四大举措施行之后,总目标明确了,责权利明晰了,运行机制建立了,各方的积极性也被充分地调动了起来,各园区的工作呈现出竞相迸发之势,为高速发展的晋江,又积蓄了巨大的新能量。

面对开发区的新一轮发展,时任泉州市委常委、晋江市委书记尤猛军强调说:"不断完善和创新管理机制,充分盘活项目用地,努力形成优势产业链,仍是今后开发区工作的重中之重。要继续优化'一区九园''一园一品'布局,统筹推进招商引资、基础设施建设、生活配套和商住开发,努力把经济开发区打造成发展大产业、培育大企业、承接大项目的战略性平台。"

走进晋江市城市规划展厅,这是展示晋江建设新成就的窗口,一幅幅美丽的画卷,展现在四周的高墙上,让人宏观把握,耳目一新,心头震撼。

在开发区拓展提升专区里,笔者看到这样一组数字:策划生成项目525个,总投资204亿元,面积14.72万亩。截至2010年,已完成投资60亿元,启动项目348个,拆迁51万平方米,征地5.39万亩。

按照晋江市"十二五"规划的要求,到"十二五"末,晋江经济开发区将实现规模以上工业产值 1000 亿元、工业销售额 380 亿元、出口创汇 15 亿元、财税收入超 18 亿元的指标任务。

发展铁如山,攀登无坦途。向着远大宏伟目标,晋江经济开发区任重而道远。

让我们共同期待。

让我们一起祝福。

(原载《走进晋江——创造奇迹的地方》,福建省炎黄文化研究会、福建省作家协会编,海峡书局 2011 年 11 月出版)

晋江经济开发区发展纪实

　　晋江人自古以来受本土山海文化、中原文化和海外其他文化的影响，逐渐形成了开阔的思维、开拓的品质、开放的思想，培育出爱拼敢赢的精神。现今流行一首《爱拼才会赢》的闽南语歌曲，不仅唱出晋江人的心声，更流传到大江南北，成为开拓者的赞歌。

　　如今的晋江，以占全省 5% 的土地，创造了全省 16% 的 GDP（国内生产总值），综合经济实力连续 25 年居全省县域首位，县域经济基本竞争力连续 18 年保持在全国第 5—7 位之间。2017 年生产总值接近 2000 亿元，工业总产值超过 4800 亿元，财政总收入突破 210 亿元。晋江在仅有的 649 平方公里的陆域面积上，抒写出令人赞叹的"晋江传奇"，创造了"晋江奇迹"。

　　要了解晋江，或者说要解开"晋江奇迹"之谜，往往要从某一个侧面开始。那么，晋江经济开发区的建设与发展，不能不说是一个窗口、一条渠道、一份见证。

从无到有是一种挑战，它更需要慧眼与胆识

　　改革开放以后，"开发"二字频频出现在人人们的脑海中，一时成了社会的时尚之词。但对以"三闲"（闲人、闲房、闲钱）起步，靠"三来一补"（来料加工、来样加工、来件装配、补偿贸易）业务发展起来的晋江经济模式，以及刚"洗脚上岸"的晋江个体经营者来说，对"开发"的理解和运用是比较晚的。1984 年 5 月，在邓小平同志的倡导下，党中央和国务院做出了建立国家

级经济技术开发区的重大决策,并首批确定了大连、秦皇岛、天津等 14 个国家级经济技术开发区。"开发"和"开发区"的概念,才开始进入晋江乡镇企业家和个体经营者的脑海之中。

有人说,晋江最早搞开发,是从安海开始的。但安海人说,安海的开发是其他乡镇逼出来的。

早在 20 世纪 80 年代中期,晋江一下子出现了 3 个有全国意义的大型专业市场:石狮的小商品和服装市场、陈埭的鞋帽市场、磁灶的瓷砖市场。相比之下,有"文化古镇"之称的安海,怎么办呢?于是,就想到了用开发带动乡镇企业发展之策,整理土地,引进项目,开办工厂,搞活乡镇经济。

柯子江,安海早期的乡镇企业家。有一天,他发现集美立交桥下有个工程队正愁着没事做,就把他们调了过来,铲平许田的一个小山头,填了一片海滩地。

由于没有经过哪一级批准,镇政府的领导心里很不踏实,就对柯子江说:"你们就放手做你们的事吧,我们已经准备好了背包,随时去接受上级处理。"结果,一个月过去了,三个月过去了,半年过去了,什么事也没有发生,厂房却一天接着一天地建立起来。后来就有了桥头工业区和许田工业区。

新加坡大华侨黄加种,造过船,也填过海。有一次,他回到故乡安海,晚上睡觉前,他哥提来一只粗桶,让他夜里方便,但他实在受不了那股尿臊味。他还有个习惯,睡前要洗个热水澡,亲戚就用炒菜的锅烧来热水,结果不用打香皂,身上就已经很油滑了。后来,他只好去住侨联的招待所。但他并没有因此提前返回新加坡,而是在五里桥边,踩烂泥踏杂草,终于搞出一个安平开发区来。这年,他年仅 47 岁。

另一个大华侨,菲律宾"商业大王"施至成,在东南亚修建了很多超级市场——SM 广场。按理说,他应当在他的老家龙湖建商场,但他看上了青阳、石狮、安海的交叉点,于是就在福埔也搞了一个开发区,建成了现在的 SM 广场。

1991 年 6 月 6 日,泉州市安平开发区在安海镇正式开工建设,总规划面积 136.9 公顷。1994 年 1 月成立开发区管理处,为此晋江市政府派出的科级行政机构,行使镇一级的管理权限。

晋江的开发区建设,早期就是这样,从乡镇企业家和华侨开始的。

当然,在大开发的形势下,晋江的政府部门也是坐不住的。在看到一个接一个的开发区建设的同时,政府的领导也在不断地思考与总结,他们想到的并不只是眼前的利益,还包括今后的长期发展,想到的是政府的职能和作为。

1998 年的一天,市领导和罗山镇的领导一同来到一片荒野上。当时罗山镇分管规划建设的王金墩,把一行人带到一栋七层楼上,由于站高望远,大家放眼看去就是被称作"赤土埔"的地方,约有五里远,所以其也被称作"五里埔"。在大家看来,眼下这一大片土地,并不是什么坟地、杂草之类的东西,而是这一大片土地能孕育出巨大价值。

不久,王金墩被调到市国土局当副局长,专门负责五里埔的开发。没有办公地,就借一栋七层楼当办公室。一班人,一张图纸,一栋七层楼,一百万启动资金,一片荒地。但它即将诞生一个市级的开发区。

然而,事情并不是如想象的那么简单。因为五里埔涉及 3 个镇的 10 余个村庄,涉 3600 多个坟墓,有的还是明朝的。当迁坟公告在省、市级报纸上登载和下发各相关乡镇后,人们从四面八方拥来,这让王金墩和他的办公室一时难以招架。后来在各乡镇的努力下,才渐渐平静下来。

从有到大是一个过程,走过来确实很不容易

2001 年的下半年,开发区建设工作引起各级的高度重视,作为促进经济发展的重要抓手。时任泉州市委书记的刘德章,带着一班人来到五里埔工业区现场办公。这次,工业区的面积没有减少,反而扩大了,由原来规划的 5.8 平方公里增加到 8.5 平方公里。同时还增设了晋南出口加工区和安海湾工业园区,使开发区总面积达到 26 平方公里。

2002 年,晋江市委、市政府做出决定,再次扩大五里埔工业园区的范

围,由原来的8.5平方公里,再次扩大到13平方公里。首期就平整出企业用地3060亩,总投入达2亿多元。

2003年,五里埔工业园区的面积被再一次扩大到20平方公里,其他工业区也相应地扩容增量。这一来,整个工业园区的总规划面积就达到40平方公里,形成包括五里园、安东园、东海垵园的"一区三园"总体发展格局。

数字是枯燥无味的,但数字又是具体实在的,在数字的背后,往往紧随着艰辛和劳苦。但这对于工业园区的发展来说,对于王金墩和他的那一班人来说,又不能不说是一个个喜讯。

晋江是民营企业高度发达的地方,当时累计就有14000多家各类企业,在广东、江浙一带还有1000多家,这是晋江经济发展的基石和依托,也是开发区成功运作的希望所在。当时,市领导就树立了一种理念,在大会小会上,在出访活动中,在接见招待时,都不时地劝说企业老板、华侨商人,一定要把企业的生产基地或总部留在晋江,把"根"留在家乡。

开发区一班人并没有闲着,而是不厌其烦地四处奔走,深入企业动员招商。不久,亲亲和恒安等本地龙头企业就率先树起大牌入驻工业园区。紧接着,蜡笔小新、金冠食品等企业也先后落户。万事开头难,这对开发区来说,也总算是开了一个好头。

三力机车是晋江民营高科技企业,与山东国有企业泰山摩托车集团合作,也把基地落户在晋江。以生产摩托车和割草机系列产品为主,年产摩托车20万辆,并取得了欧盟的认证。

一批高科技规模企业的入驻,不仅提高了工业园区的知名度,更形成了良好的企业集聚效应。截至2003年,园区入驻企业突破200家,固定投资额达9亿多元,当年实现工业产值25亿元,创收财税1亿多元。这一年晋江经济开发区被省政府批准为省级经济开发区。2005年,又被列为省级经济开发区的示范区。

2006年,经省政府批准、国家发改委正式审核公告,将包括五里园、安东园和东海垵园3个片区,整合命名为"福建晋江经济开发区"。这时,入区企业已达252家,企业总产值达110亿元,社会固定资产投入达21亿元,年税收 4.5 亿元。晋江经济开发区的综合指数已位居全国县辖经济开发区的前列。

昔日的五里埔,已把目标指向国家级的现代化、园林式工业园区。

从大到强是一种跨越,信心和创新同等重要

随着开发区的壮大,工作量也不断在增加,开发区真有点喘不过气、忙不过来的感觉。晋江市委、市政府的眼光是敏锐的,思维是深邃的,决定对原先"一套人马、两块牌子"的行政运作模式进行改革,让开发区"单飞",专司其职,减负提速。

经过请示报批,于 2007 年正式成立福建晋江经济开发区党工委和开发区管委会,将开发区与灵源街道办事处区分开来,分别设立。

这一来,开发区如脱缰之马奋蹄疾驰,成效立竿见影。当年就完成征地 1700 多亩,项目用地报批 554 公顷,跟踪督办 13 个重点项目。全年完成总产值 140 多亿元,规模以上企业工业产值达 81 亿元,同比增长 41.6%,固定资产投资额达 20 多亿元。

然而,天有不测风云。正当开发区进入新一轮创业发展的关键阶段,正当开发区一班人干事创业如火如荼的重要时刻,一场由美国次贷危机所引发的全球性金融危机,如漫天飞雪在 2008 年寒冷的冬季飘落。

对于出口依存度高达 60% 的晋江企业来说,是从此一蹶不振陷入深渊,还是度过寒冬迈向春天?海内外的晋江人,一切与晋江有关联的人,都在拭目以待!

面对危机,晋江人想出了各种化危为机的措施办法。

面对寒潮,晋江人想到了政企抱团取暖的最佳方式。

一个大讲堂,请来了众多国内外著名专家学者"坐而论道",问计于群贤。

一套好政策,把政府的信心与热情变成企业的底气和干劲,共同渡难关。

190

危机来临时,晋江经济开发区与大多数晋江人和晋江企业一样,始终把危机当作转机,不仅相信危机总有一天会过去,更相信危机过后是发展的新机,从而更加注重在转机和新机中抢占先机。

2009年,开发区发展的转机和新机,终于幸运地到来。

"这场金融危机让我们清醒地认识到企业必须转型升级,开发区必须拓展提升。因此,还要继续解放思想,深入探索开发区的运作和管理模式,以大规划、大整合、大提升,谋求大发展。"这是晋江市委书记尤猛军在开发区工作会议上所做的强调。

两个月后,市政府常务会、市委常委会,通过了《关于进一步加快晋江经济开发区建设和发展的若干意见》及《晋江经济开发区运行机制实施意见》两份文件。开发区的拓展与提升有了政策性的依据。

为了加强开发区的领导力量,市政府领导重新调整分工,由市委常委、市政府常务副市长许宏程专门负责开发区工作,统筹协调开发区相关事宜。百忙之中腾出手来,这手是巨大的,也是有力量的。什么是关键?领导就是关键中的关键。

思路决定出路,出路突破重围。在开发区拓展提升中,晋江市委、市政府从三方面下手:

一是整合拓展,促进资源合理利用。从2009年开始,晋江市对分布在各镇、街道的专业园区进行整合,形成了"一区九园"(包括五里园、安东园、东石园、英林园、新塘园、金井园、安内园、包装印刷基地、深沪园)的发展格局。2011年,又正式启动创意创业创新园(简称"三创园")的规划建设。2012年,经泉州市委、市政府同意,经济开发区五里园纳入泉州国家高新区管理架构,成为泉州国家高新区分园区。同年7月,又拓展食品产业园、时尚服饰织造园、光电信息产业园3个专园区。2015年,光电信息产业园更名为"福建省(晋江)智能装备产业园",之后又纳入集成电路产业园范围。通过不断地扩展和整合,使晋江经济开发区的总规划面积由40平方公里,扩展到目前的83.44平方公里。这一整合,很多企业留住了,产业相对集聚了,个性特色突显了,土地和资金盘活了,做大做强做精有了基础和保障,开发区更加充满生机和活力。

二是政企互动,加快产业转型升级。相继修改出台鼓励企业管理转型、技术改造、创立品牌和上市融资等一系列政策和措施,扶持和服务企业发展。恒安集团公司是最早倡导精益化管理和技术改进的,2010 年在湿纸巾厂开辟第一条改造生产线,生产效率一下子就提升了 37.11%。一年下来,整个集团节约增效达 3500 多万元。361 度公司改制上市后,仅 2010 年就纳税 6 亿多元。截至 2017 年,晋江经济开发区共有入驻企业 859 家,其中投产企业 485 家、在建 147 家。目前,晋江上市企业已达 46 家,重点技术改造企业 127 家,2018 年上半年已投入技改资金 58.69 亿元。基本形成以纺织服装、制鞋、建材、纸品、食品、制伞六大传统产业为主,装备制造、高端印刷、光电能源 3 个新兴产业为辅,并有一批高科技项目落地建设、加速推进,即将成为新产业,成为晋江发展的新的增长极。

三是经营运作,实现滚动平衡发展。"组团"这一特定的名称,早已成为晋江干部群众的流行语。近年来,晋江成立了九大组团和两个区域指挥部,每一个都是战斗堡垒和指挥核心,按照统筹和统一的原则,对某一个片区或区域的建设和发展,包括策划项目、规划设计、招商引资、土地报批、征迁补偿、资金平衡、施工监督、社会公益等工作进行全面有力的运作推动,自求平衡、滚动发展、持续运作、竞相迸发。在组团的统筹和统一指挥下,开发区的各个园区全面换挡提速,企业和项目主的积极性得到充分的调动和发挥。

面对开发区的新一轮发展,晋江市委、市政府反复要求开发区,要不断完善和创新管理机制,充分盘活项目用地,努力形成优势产业链,使开发区真正成为带动发展、支撑发展的主轴。作为晋江经济引擎的开发区,正朝着园区布局合理、功能保障齐全、产业优势互补、生态文明高效的方向发展,努力建设成为晋江的工业新城,为晋江建设成为国际化创新型品质城市不懈努力。

发展铁如山,攀登无坦途。在习近平新时代中国特色社会主义思想的引领下,在由高速增长向高质量发展转变的新时期,晋江经济开发区将进一步弘扬"晋江经验"和"晋江精神",以创新为驱动,以高质量为目标,以高新技术为特色,努力为实现福建跨越赶超任务,为"五个泉州"建设做出新的更大的贡献。

（原载《晋江改革开放 40 周年见闻录》,政协晋江市委员会 2018 年 12 月编印）

晋江高铁新区征迁工作纪实

28 天,刚好 4 个星期,还不到 1 个足月。

但在 1000 多名参与晋江高铁新区征迁任务的干部脑海里,28 天就是 40320 分钟或是 2419200 秒,就是完成 2522 幢房屋、总计 157 万平方米并实现 100% 提前签约任务,就是一段精心苦干的"五加二、白加黑、超强度"的比拼日子,就是一节激情燃烧、集聚迸发、铿锵火红的奋斗故事。"晋江经验"就是以这样的干事创业激情和争分夺秒速度练就和锻造的。

大手笔谋划,勇气与智慧叠加,更需要责任与担当

福厦高速铁路客运专线,全程约 300 公里,中间穿越泉州沿海,泉州南站落地晋江市永和镇。晋江市委、市政府充分认识到高铁时代的来临,以及对于晋江的深远意义,充分认识到与其按部就班完成省里下达的任务,不如抢抓区域优势,主动融入大局,为晋江发展注入崭新活力。于是,很快规划出了晋江高铁新区的发展蓝图。

真正的决策是需要一番头脑风暴的。晋江已经有一个动车站了,高铁站的客流量将会怎样,能否带动区域发展,征迁工作能否顺利进行?这些问题不得不评估和预测。在一次研究会上,大部分人的意见却是相对集中,普遍认为高铁穿越、站房落地,那就是天上掉下来的"馅饼",对于处在高位发展、大盘运行的晋江来说,机遇贵如金,必须把握机遇、乘势作为,加快推进产城融合和城乡一体化,架好撬动发展的每一个支点,抢夺高质量发展的

每一次先机，为进入新时代、传承发展"晋江经验"再添一把火。

机遇往往与风险并存，做出一个决定，不能仅仅靠冲动和热情，必须权衡利弊。在晋江市委会议室里，就悬挂着一个牌子，题写的是：冷静、冷静、再冷静。其实，自 2011 年以来，全市以"大改大建"的姿态和气势，展开"九大组团、五大片区、两大体系"的阵容，党政干部一起上，先后拆下 1300 多万平方米的危房、石头房、棚户房，建成 65 个现代小区、21 个公园，完善一批交通、市政、医疗、文教等设施，大踏步地推进城市改造和旧村转型，成绩赫然耀眼，城市面貌焕然一新。

然而，"大改大建"也带来了不少问题，比如安置房源过剩、资金负担太重、干部太苦太累、群众信访量增多等。对于这些问题和风险，作为决策层不得不慎重思虑和掂量的，甚至有此担忧也是不难理解的。

按照设计，高铁沿线跨越晋江，全长 25.7 公里，其中高架路段约 20.3 公里，涉及 3 个镇（街道），共计 21 个村（社区），需征用土地 1788 亩，拆迁房屋 32 万平方米。任务重、时间紧、困难多，这些都是共性的。对于有"个性""敢拼爱赢"的晋江来说，困难不要紧，机遇更重要，首先考虑的是如何借机下"蛋"，如何抢"站"兴城，如何突破小局域做成大篇文章。

10 年前那场由国外刮进来的"金融风暴"，经济沉迷底谷，晋江的企业和晋江的经济也深受影响。但风暴使人清醒，困境教会坚强，晋江人从中懂得了危中有机的道理，学会了转危为机的本事，更知道信心如金、实干天成。在晋江人面前，困难并不可怕，可怕的是缺少迎难而上、攻坚克难的勇气、智慧和担当。

思想认识上的统一，是行动上最好的开端。"先谋而后动"是成功的基础，然后才是"三分天注定，七分靠打拼"。很快，在报请上级同意后，晋江做出建设高铁新区的决定，规划总面积达 10 平方公里。第一期的任务是征地 7857 亩，拆除房屋 2522 幢、共计 157 万平方米。晋江干成了不少的大事，每一次都是攻坚突围、勇智叠加、奋力作为的结果。这一次，依然有十足的信心和定力。

大兵团作战，组织指挥是关键，整体联动出战斗力

在城市改造和重大项目推进中，晋江善于组织"大兵团作战"，由此也积累了不少经验。但每一次征迁，都有不同的对象和特点，因地制宜、因情而变，才会有更大的胜算。

"选对将，赢一半。"2017年11月底，晋江市委做出决定，专门成立晋江高铁新区指挥部，指挥部的领导从四套班子里调任，并从工作实际出发进行搭配和分工。于是一个由7位市领导组成的指挥部正式成立并运行，还请出2位已退休的老领导担任监督组组长。在晋江常有不分"一线""二线"之说，晋江的干部都在"一线"上努力奋斗，而对于征迁工作和重大项目推进，那就是冲在"火线"上了。晋江还有一句话叫作：党政干部一起上，全域全员促发展。

根据征迁工作的实际需要，晋江高铁新区指挥部，还分别设立了项目办、综合组、业务组、规划组、报批组、安置组、拆除组、招商组、财务组、监督组等，分别赋予职权任务，实际展开指挥保障、统筹协调和服务管理工作。指挥部就像一部大机器，规划、报批、征迁、安置、建设、招商、财审、安保等工作同步联动运作，并很快高速运转起来。

"头脑强，还得腿脚硬。"选派征迁参加单位和力量组合编成至关重要。晋江市这几年大面积的和谐征迁工作，一条非常成功有效的经验就是：成建制任务包干，责任一贯到底。由于高铁新区线路长，涉及镇村多，新区面积大，指挥部随即建议抽调各镇（街道）干部，分批次进入，负责土地和房屋征收工作。

有着"上面一根针，下面千条线"之喻的基层镇（街道），经济社会发展的任务很重，每个镇（街道）都有二三十个重点项目在推进，抽出干部其实也都很难。但市委一声令下，13个镇（街道）和开发区，没有二话，毫不犹豫，坚决执行。各镇（街道）分别抽调40—55人组成"攻坚连"，在"异地他乡"展开一场"特殊战斗"。2018年春节刚过，各镇（街道）就迫不及待地

组建"先遣队""尖刀班",先行入驻各被征迁的村(社区),立马展开入户摸底等先期工作。

大难题破解,务实与创新并行,实事求是是活灵魂

征收土地和房屋,被基层称作是"最难的事",弄不好就会出现"钉子户""上访户",引发群体性事件。晋江的征迁工作,虽然平稳顺利,但也会遇到各种阻力,形成个别"卡壳事件"。总之,利益面前不会是风平浪静。高铁新区的征迁工作一旦启动,迎面而来的将是更多的未知数和风险性,毕竟面对的是号称"最难的事"。

明知是最难,关键看如何去破解?做过征迁工作的人都清楚,补偿方案对于征迁工作至关重要,它不仅是一座"利益桥梁",连接着政府与群众,更是征迁工作的基础,基础不牢就会"地动山摇"。一个好的补偿方案,是征迁工作能否取得成功的关键,晋江自 2011 年"大改大建"以来,形成了一套比较完备的补偿方案,并在"九大组团、五大片区、两大体系"的实践中不断充实完善,是征迁工作的基本遵循和主要依据,成为平衡各个方阵的砝码。

高铁新区的征迁工作是在"大改大建"几年后启动的,"几年"在日新月异的变化中不算短。眼下的晋江,房价走高、工资上浮、建材升值、土地增值等都是事实,更重要的是进入新时代,人民对美好生活的需求越来越强烈,教育、医疗、养老、就业、保险等短板正在加速补齐。这样,老方案就必须有所突破提升,必须与新形势、新发展、新要求相适应,必须用历史的眼光、发展的眼光、负责任的眼光来看待。新方案要与其他组团、片区平衡这是基本的和必要的,但要在平衡中不断发展充实,争取在更大的范围和层次上去平衡,因循守旧就会止步不前,更不是晋江的性格。

制定和执行补偿方案是指挥部业务组的头等大事,业务组反复调研、测算、讨论、修改,前后十几个来回,一时还是拿不出一份满意的送审稿来。这事也让指挥部的几位领导着急起来,于是领导们拨出时间坐下来与业务组的同志们一起分析讨论,帮业务组理清思路,肯定地提出要坚持实事求

是原则，适应新时代发展；要本着务实和创新要求，增强群众的获得感；并要求业务组拓展思维，在增减条款、升降标准、扩大范围、细化裁量、协商评估上多下功夫，这些意见着实让业务组人员豁然开朗，更提振了信心。

与以往其他补偿方案不同，高铁新区的补偿方案，除在房屋重置价、工业用房补偿标准、停产停业补助金、住宅搬迁费用等方面略做调升外，新增加优质教育资源配置、优质诊疗服务保障、参加城镇职工养老保险、免费参加技能业务培训等。同时，对学生因迁转学、养老服务保障、特殊人员安置等也做出贴心安排。业务组拿出补偿方案初稿后，指挥部马上组织各个单位、各类人员展开会审，广泛征求村（社区）干部和被征迁群众的意见建议，并多次进行修改完善。最后经市城建部门审核，提交市政府常务会议和市委常委（扩大）会议研究，并很快获得通过。

市委、市政府对执行和落实补偿方案提出了"三个坚持"的要求，就是要坚持一个方案守到底不走样，坚持一碗水端平不洒漏，坚持一把尺子量准确不偏差，确保以公正、公平、公开的品质和方式，争取民心，赢得信任，从而使最优化的补偿方案，为顺利征迁夯实基础、铺平道路。

大情怀为民，真心实意谋福利，得民心才能赢天下

征迁工作的焦点问题，就是如何做实、做细群众工作。一般群众看利益，征迁干部就得讲感情。讲感情，不仅要真心付出，而且要身体力行。具体说，就是要嘴上说、腿下跑、耐心听、牵手帮，有时还要肯花时间"磨"、下点功夫"融"。只要用心到位、用情深入，就能晓之以理、动之以情，最终坚冰融化、水到渠成。

征收方案这个"大剧本"解决了，接下来就得看"演员们"的功底和如何演出了。有几个例子可以从中窥见一斑：

林时就，罗山街道办事处副主任，在这次征迁中他担任第4组组长。他在一次上山丈量土地时不幸摔倒，手臂和小腿受伤，按说需要住院治疗。但他"哪有时间休息"，忍着剧痛坚持入户动员，亲自走到田间地头丈量。他

说:"我不到现地不放心,不能因为我让群众有半分一毫的损失。"他惦记着群众的利益,却忘了自己的伤痛。

王清渠,永和镇一名普通干部,周坑村征迁组队员。他的母亲重病卧床不起,很需要他照料陪护,但他毅然报名参加征迁工作。进村入户后开始忙碌起来,早出晚归是常有的事,他也就顾不上"小家"了,只好把照顾母亲的事全部托付给妹妹,自己全身心扑在征迁工作上,不让小组掉队拖后腿。他的母亲最终离开人世,在送走母亲的第二天,王清渠带着悲痛和悲伤毅然归队了。

曾海峰,磁灶镇妇联主席、征迁小组组长。她说:"征迁是考验,更是锻炼。"她带领一个小组进村,与男人们一样挑起一副重担。起初群众不理睬她,不让她进入家门。但她"敢缠能耗",一次不行,就来二次、三次,直到门能进去、话能说上。她怕狗,前几次狗吠强烈,来多了狗就不再叫了,还会温顺亲和地摇起尾巴,户主看在眼里,说:"这狗通人性,狗都同意了,我再不签就没有人情味了。"

晋江的征迁干部们坚信办法总比困难多,有付出才会有回报。在老年人安置问题上,指挥部安置组通过考察,选择一处停产不用的厂房,经过改造修缮,建成符合标准要求的养老院,让符合条件的老年人集中入住,并提供医疗服务、膳食保障、文化娱乐。老年人说:"以前担心没处去,现在依然有个家。"对于学生转学问题,教育部门提前介入、准确统计,并根据临时过渡分流情况,采取整体转学和个别转学相结合的安置办法,确保每一个需要转学的学生,有学校和班级接收,读书不会受到影响。

征迁中也遇到少数精神病或智障患者,对于这类人群的安置确实比较棘手。有的患病多年却没有持续治疗,有的因病租不到过渡的房屋,有的缺少家人陪护,有的甚至被当作包袱想甩给政府。怎么办?政府就要为民做主,群众有困难政府就得来帮忙。于是,一个司职认领、分流安置的方案出台了:在增加困难补助费,鼓励亲人自愿带走照料的基础上,根据涉及机关企事业单位的业务职能、工作性质和服务范围,实行对应认领、分流安置。西堡村一位姓蔡的精神病患者,因为间断治疗,病情恶化,几次把人放到村里都造成伤人事件,家里只得把他锁扣在幽暗的房间里。遇到征迁,全家犯愁,不知人往哪去、家往哪搬。指挥部了解情况后,按照方案协调市敬老院收治,并帮这家人在邻村租到一套房屋。这户顺利签约了,还送来一面锦旗。

征迁工作中,思想动员是惯常之法,帮难解困是善作之举。每个人的思想和行为都不是铁板一块,理解不理解、配合不配合、舒坦不舒坦、满意不满意,都需要以干部的真心换取被征迁群众的民心。征迁工作不能只盯着房屋是否倒下去,更要看到政府的形象是否树立起来,在拆迁过程中务必确保群众生活水平不下降,将来生活大变样,这才是初心,更是铁律。

大比拼机制,竞争与激励链接,党建是最强的力量

纵观晋江这几年大项目推动和大范围征迁,一个很重要的特点和经验,就是大项目到哪里,党建工作就覆盖到哪里,党员干部的表率作用就发挥到哪里。高铁新区的征迁工作当然也不能例外。在"大部队"进点入村后,晋江市委就批准成立中共晋江市高铁新区项目建设指挥部临时委员会,选任临时委员会书记、副书记、委员,明确临时委员会的主要职责,并批准在临时委员会下设立若干临时党支部,全面加强对党员的组织管理,在项目一线上筑起战斗堡垒,强化组织保障。

各临时党支部在征迁工作中,积极开展党小组竞赛活动,把党旗树起来,把党章戴起来,把形象亮出来,广大党员在征迁一线上经受考验、得到锤炼。永和镇马坪村党支部委员林文板,既是工作队员又是被征迁对象,开始签约时他第一个站了出来,他说:"在村里,群众看干部、看党员,我自己不签,村民就不会听我的,党员得用行动说话。"据统计,在高铁新区征迁中,共有164名党员干部率先签约,起到了很好的示范带动作用。

遇急流就会勇进,有激情才能迸发。在征迁工作中,要把压力转换成动力,把任务指标变成实际成效,建立竞争激励机制和监督考评机制是关键的招数。晋江高铁新区把竞争激励机制几乎运用到了极致。比如建立以成建制单位为主的分类分项进度排名竞赛,每天一次统计一次发布,并在相

关领导和一定层级内通报；建立微信群并运用微信在内部及时通告，反馈动态消息，开展互动、交流等活动；建立反相制约清单，发挥各项制度、纪律、规定的制约管束作用；实行分时段绩效考评，并与奖励措施挂钩，不搞大呼隆和平均主义，以实际成效论高低。高铁新区的这些做法，被简称为"大比拼"。大比拼出高速度，其实践运用充满艺术，又极富成效。高铁新区这一系列做法，得到干部和群众的认可与好评。不少干部欣慰地说："征迁嘛，就是这样：'痛'，并快乐着。"

当然，最好的激励是对征迁干部的关心和支持。征迁工作展开后，晋江市人大、政协以及商会、企业等及时组织看望慰问，并以各种形式、渠道支持和配合征迁工作，以实际行动营造浓厚氛围，凝聚强大合力。还有不少被称作"亲友团""姐妹伴""老人帮"等特殊群体和人士，也主动出面协助做好被征迁群众的思想工作，帮助化解各种疑虑，助力签约和搬迁，成为征迁工作组的好帮手。好事情弹奏出谐和音，同心圆汇聚成正能量，民心所至，力量无穷！

在征迁过程中，市委、市政府主要领导经常到指挥部检查和指导工作、解决重大问题，走访征迁工作组听取汇报、接访群众，勉励征迁干部。晋江市委明确承诺："哪里出政绩，哪里出干部。""只要干得好，就会用得好。"近几年，晋江任用干部，大部分是从重点项目和征迁"一线"上选拔出来的。政治引领激荡初心，风清气正催人奋进，良好的用人导向是激励广大干部干事创业的一个法宝。

在征迁工作最紧张激烈的时段，正值全国数十家大型媒体，以"壮阔东方潮，奋进新时代"为主题，集中采访报道"晋江经验"。晋江高铁新区指挥部，立即组织学习、观看，在百忙中组织党员干部座谈讨论，进一步系统深入地了解和把握"晋江经验"的内涵和实质，紧密结合学习实践省委书记于伟国《敢于担当善于作为，奋力推进新福建建设》的要求，更加自觉地用前人的创业精神激励干事创业的斗志，用过去的成就鼓舞今天的行动，用创新发展的新业绩创造新时代美好的未来。

"高铁新时代，晋江再提速。"这是一句醒目地写在指挥部会议室墙上的宣传语。它代表着 1000 多名参与征迁工作人员的心声,也代表着晋江市 200 多万人民的期盼。火红的 28 天燃烧着奋斗的激情,也必将释放出强烈的光和热。

(原载《星光》2018 年第 4 期;《晋江改革开放 40 周年见闻录》,政协晋江市委员会 2018 年 12 月编印)

援建记忆

　　从前知道四川省彭州市的人或许并不太多,但自 2008 年的"5·12"大地震后,汶川、北川、茂县、彭州等地名很快就进入到人们的视线中。国务院决定开展对口援建以来,彭州更是福建人民耳熟能详的地方,甚至"被纳入"福建省的又一个县级市。

　　彭州,地处成都盆地的西北部,属成都市直辖,距成都市区约为 40 公里。全市面积 1420 平方公里,人口 78 万,具有"六山、一水、三分坝"的自然地理格局。彭州也是古蜀文化的发源地之一,早在 3000 多前的西周时期,就有先民在湔江两岸繁衍生息,开创了湔江文化。唐垂拱二年(686 年)开始置彭州,并有"昔号小成都,繁华锦不如"之称,以及"天府金盆""蜀中膏腴"等美誉。

　　因大地震,彭州遭受巨大的损失,成为地震的极重灾区之一。被列为道观之首的阳平观也保不住自身的命运而被震塌,横架于湔江之上的小鱼洞大桥被扯断撕裂,具有法国风情的白鹿书院成为一片废墟,被称为"最牛学校"的白鹿小学也无法复课续学,龙门山国家地质公园、白水河自然保护区、白鹿森林公园、银厂沟大峡谷等风景名胜也只能关门谢客。上万间民房倒塌或破损,数千人伤亡或致残,大多数村民生活受到严重影响。一时间,彭州在悲痛之中,在无奈之中,在孤寂之中。

　　一方有难,八方支援;骨肉同胞,华夏血脉;震灾无情,人间有爱;万众一心,众志成城。一批福建的优秀儿女,发扬伟大的抗震救灾精神,响应党中央、国务院的号召,带着省委、省政府的重托,带着福建人民的期待,赶赴灾区,驰援彭州,奏响一曲无私奉献的抗灾援建英雄赞歌。3 年援建任务,2 年基本完成。900 多个日夜,33.4 亿元,140 多个工程项目,上万名援建工作人员,以及一批接一批的救援人员、支医人员、支教人员进入彭州,灾后的彭州,因有八闽儿女的拥入,喧闹起来、振作起来、活跃起来。

在 2 年多的日子里,在援建灾区的工作中,八闽儿女发扬"爱拼敢赢"的进取精神,围绕"树海西形象,建精品工程"的目标,以"有工期没有假期"的倒计时要求,冒着上百次余震的危险,顶着夏日酷暑和冬日严寒,踩着雨季的泥泞,每天忙碌在援建的工地上。同时,克服气候潮湿、饮食不适、水土不服等影响,放下家庭和个人的杂事烦事,全身心投入到援建工作中。有一首《工期》的短诗这样写道:"工期是一道无声的命令,它让我们风雨兼程;工期是一根时间杠杆,它叫我们忙个不停。工期啊工期,多少次把我们从梦中唤醒,多少次敲打着紧绷的神经。躁动的心潮,只有灾民的笑声能够抚平。"

通过 2 年多的艰苦努力,如今的彭州:中学、小学、幼儿园,在灾区中重建或新建,学子们重新背上书包,花朵般的笑脸灿烂开放。桥梁、街道、江堤、公路,支撑起城镇的骨架,奠定了灾后发展和腾飞的基础。一幢幢崭新村居,一片片社区楼宇,以及自来水厂、医院、文化中心、汽车站、农贸市场等配套公共设施,有力地保障着群众的生活。通过土地整合,打造出的蔬菜基地、苗木基地、食用菌基地、生物制药基地、服装基地、石化基地等,展现出现代化生产的前景,增添了灾后发展的后劲。乡镇结对子、学校手拉手、医院姊妹情、企业谋双赢的长效援建机制,由此建立起福建与彭州两地人民长远的深厚感情和真诚友谊,描绘着双方互惠共赢的美好明天。

有一种累被意志和毅力埋进心底,有一种甜以无私和坦然笑在脸上。在援建工作即将载入史册的时候,在援建时段即将成为经历的时候,让我们忘却曾经的艰辛和困难,忘却曾经的寂寞和孤单,站在新的起跑线上,笑往明天。

(本文写于 2010 年 11 月 15 日)

援建四川地震灾区记略

刚刚离开军营,又走进地震灾区,这就像是一种奇遇。好儿郎志在四方,走到哪儿都是奋斗的战场,好战士应该像块砖,哪里需要就往哪里搬。艰苦只是个过程,快乐才是最终结果。一年的援建时间很快过去了,回想起来,这不仅仅是一段工作经历,而是一种人生美丽。

地震周年——带队出征到彭州

我是 2008 年 12 月从晋江市人民武装部部长岗位转业到晋江市政协任副主席的,刚到市政协工作时,被派往一个片区参加民房拆迁后的统一选房分房工作。2009 年 6 月中旬,即四川汶川"5·12"大地震和全国 18 个省份灾后援建一周年后,时任晋江市委书记杨益民同志找我谈话,讲了晋江市采取一年轮换一批干部的方法参加四川灾后重建工作,并拟派我带领第二批干部进驻彭州市对口援建通济镇,征求我个人的意见。作为一个刚刚转业的军队干部,服从组织决定仍然是最重要的,市委的信任就是重用,个人没有什么可计较的。于是,我爽快答应了。市委组织部副部长还专门到我的办公室征求我个人的意见,以及对选派工作队员的意见。不久市委召开常委会研究援建人事,决定由我担任前方工作队队长,教育局戴庆阳副局长担任副队长,带领建设局秦海峰、财政局张斌强、广电局蔡崇克 3 位同志入川替换第一批援建的同志。经报省和泉州市相关领导批准后,我们立即启程前往彭州。出发之前,时任市长的尤猛军同志专门进行了动员,并提出了要求。7月30日出发这天,市委组织部部长、政协领导、相关局的领导都前往相送,并给予鼓励和支持。

初遇困境——不急不行的状态

我们第二批援建的工程有3个,建2个幼儿园和1个综合文化站,概算投资1150余万元,3个点在一条线上,相距有7公里远。本来任务早在2009年的4月初就下达了,其他工作队五六月就开工了,我们由于地块原因迟迟未能动工,加上已中标的施工单位只有少数人先进场,工程停着未动。另一个问题是水、电、路都是时断时续。8月份又是成都的雨季,给本来就已经晚做的工程,增加不少难度。怎么办?不能被动地等!不急起来、不紧起来,工程无法按时交付使用。于是,把办公室移到工地,人搬下去住在工地,没电就拉长线接,没水就请运水车送,没路就自己修简易路,没人就盯着去找去叫。加上工地上采取了防雨排水等措施,硬是把地基的基槽挖出来,把地基的混凝土倒下去,并通过了验收。所以,光讲“马上”是不行的,必要时要“马下”,就是把决心下下去,把措施下下去,其效果和成效才能出得来。这样一来,从施工队到我们工作队,才真正紧起来,进入到一个紧张的工作状态。

隔震制作——喜忧参半乐在后

由西南科技大学研究的隔震制作技术,到福建省前方指挥部推广。技术通过国家相关部门的鉴定,道理讲起来也都懂,但就是没有一个分指挥部和工作队愿意在工程建设中采用,原因是增加了工序也增加了投入。晋江市敢为天下先,也敢于先行先试,于是当即决定采用,成为全省唯一采用的一家。决心好下,可具体工作难做,设计要改,要到厂家参观见学,还要有一套具体的施工方案,安装后还要请专家验收评审,最后还要有专门的资料报告,真是给自己找来麻烦。当时主要考虑我们建的幼儿园是一个完整 9 班制的中心幼儿园,体量较大,若采用隔震制作技术后,可以提高抗震强度、减弱地震烈度,为了校园的安全,我们苦恼数个月,孩子们可以安全几十年,也算值!后来,安装完成后,通过了验收,由于采用了先进的隔震技术,成了参观的热点和新闻媒体采访的重点,让工地出了不少"风头"。

约谈企业——同挥萝卜和大棒

由于工程开工偏晚,加上采用了隔震制作技术,故工程进度偏慢。另一个原因就是施工方管理人员少,组织管理能力不强,一线班组的人员不足,造成工期拉长。照此下去,不能按合同要求完成施工任务,也将影响到校园按时交付使用。所以,我们决定约谈中标的施工公司,如不改进则进行严肃处罚。约谈之后,接着召开加快推进工程进度动员会议,分析原因,点评不足,各方表态,进行思想动员。同时,撤换了人员不到位的监理单位,在 3 个施工点各增派施工管理人员,建立质量、工期责任制,落实在岗在位考勤登记,实行奖励和处罚,制定周、月施工计划,每周召开一次现场工程例会,讲评、协调和安排工作。在此基础上,工作队按月计算工程量,及时调拨款项,施工企业增加资金投入,确保工程备料和工人工资发放,调动各方积极性,从而,在保证工程质量和安全的前提下,加快推进了工程的施工进度。

目标评优——把自己拴了起来

在援建的第一年里,福建省援建的项目中有几个被四川省评为"天府杯"优质工程,这给我们巨大启发和鼓励,作为 3 年内要拿出 1.2 亿元,加上捐赠 9000 多万元,总数达 2 亿多元的晋江市,不仅出的钱多,援建的工程也要做优,这样才能向市委、市政府和全市人民交代。因为我们所做工程从资金投入、体量范围、技术措施都符合条件,于是我们毫不犹豫地申报参加"天府杯"优质工程评选。这当然是一件好事,但随后具体问题又来了。首先,工地管理要规范,要达到文明安全工地标准和要求,企业要增加这方面的投入,而原先合同的标准只是合格,故需要补充合同。其次,每一个验收环节的标准更高,质量把关更严,验收的层次级别更多,组织比较复杂,有时要耽误几天工期。第三,申报的内业材料更多了,有时要协调彭州,有时要跑到成都,还要找到四川省建设部门和质检部门。最后,参选的项目多,竞争很激烈,结果能不能评上还是未知数。真是一个"参评",把自己拴了起来,现在想起来,只能说,为了这个目标我们尽力了。

一道挡墙——增加了百万投入

建校园是个百年大计,选址是项目落地的关键。我们援建的另一个幼儿园是思文社区幼儿园,也是属于思文中心小学直管的。建在哪呢,各方的意见不一,当地教育部门和小学的意见是建在小学边,便于统一管理和保障。话有道理,但是该地块是一个很长、很深的大坑,上下高差十几米,施工难、投入大。经过几番协调,最后还是采纳教育局和校方的意见,在大坑上建幼儿园。由于建小学占地,整块地一直到 2009 年的 9 月才腾出来。勘探、设计、清场、填土就用去了 1 个月时间。正式开工时,又遇到了一个大难题,就是 13 米的落差,又是回填的松土,怎么处理?一旦遇到大雨山体滑坡,楼体将连基下滑倒塌。为了防止这种可怕的结果,只有修建稳固的挡土墙。于是,调来设计单位、勘探单位,请来省和泉州指挥部领导,现场研究、定夺,最后确定采取双道重力式混凝土结构挡土墙,一算需耗资 100 余万元。最后建好了,幼儿园安全了,位于上方的小学也安全了,连同下方的 30 多户人家及几百亩土地也无忧了。很多人到现场一看,都说:"晋江的工程做得巴实。花 100 万,值!"

总平装修——把各方领导请来

一个工程质量的好坏,特别是是否好用、适用,除了结构做好之外,室外的平整、设置和室内的装修、处理也是关键。按说,抓工程建设,按设计方案施工就行了,没有必要改来改去。可是在实际施工中总会遇到一些具体问题,再说设计单位也不可能事无巨细、万无一失,所以适当的调整、改进和完善是必要的。为了把工程做好、做优、做到师生满意,在工程进入到总平和装修阶段时,我们特意请来学校领导、教育局领导、当地镇政府领导,以及施工方管理人员、监理人员等,一同对有关事项进行商议、确定。这取得很好的效果。比如,地板砖的质量和颜色,选校方最满意的;墙角及柱角全部磨成圆形的,防止小孩子叩碰到头;小便槽的喷水杆安在 60 厘米以下,以免水溅在孩子们身上;台阶高 16 厘米,方便孩子们一脚踩实;外围墙一半透空可视,一半留墙刷白,以便画一些孩子们喜欢的图案;地板砖内外整体铺平,不留错落,防止绊脚;等等。诚有则情真,心到则事成,一切为了适用和方便,一切为了学校和孩子。

春节逼近——牵挂着工人工资

2010 年的春节是 2 月 14 日,由于我们是来援建的,平时讲的是"有工期没有假期","五一"、"十一"、元旦和平时的周末都没有放假,但是传统的春节,大家都要求放个长假回去团圆。于是经过协商和请示,可以放假停工几天,回去过个年。这个消息一公布,施工队的人反而高兴不起来,因为他们还没拿到全部工钱,怎么回去啊,家里有老有小,等着拿钱买年货和发个小红包呢。眼看春节一天天逼近,工人的工资不解决,工地上会乱了套。这是一个不小的问题,更是一个敏感的问题,不出面解决真的不行。于是,我们将中标公司的老总"请"来,将工头和供货商也"请"来,一笔一笔清算,优先发放工人的工资,货款则按合同或一定的比例结算,让每个人都能领到工钱愉快回家过年,让每一笔货款都有个放心的说法,既考虑到公司年关用钱多,又照顾到一线班组的务工费。由于提前准备,加上工作细致,公司、工人、供货商等都比较满意,这时我们才放下心中的一块石头。2010 年 2 月 8 日上午,我们再一次检查工地留守人员情况,并送去一大袋糖果和部分年货,我们于下午 3 时从成都双流机场乘飞机返回到晋江,总算过了一个放心、祥和、团圆的春节。

牵线搭桥——唱起援建的长歌

我们的援建,是一个省份对灾区一个县或市,全国共有 18 个省份援建四川地震灾区。而我们晋江市主要对口援建彭州市的通济镇。由于后来有的援建项目做了调整,又因原本 3 年的任务要在两年中基本完成,所以援建的任务有所改变。一旦援建的工程做完,还必须考虑建立一个长效机制,创造一个双方共赢、互惠互利的模式,以便由输血到造血,由硬件到软件,由恢复到发展,全面援建,长效援建。我们福建走的是"学校手拉手、医院姊妹情、企业谋双赢"的模式,而且统一组织了 97 个单位的签约仪式。我们晋江做得早、做得多,舒华体育用品有限公司赠送给学校一大批学生活动器材;陈埭镇青年商业协会 3 年内每年支助通济镇教育 10 万元,用于奖教助学;市职教中心与成都化工职业学校结成对子;工业最强、经济最好的陈埭镇与通济镇结成对子;陈埭中心小学与通济中心小学结成对子。另外,有 13 家装备制造企业到彭州进行用工考察;通济镇现代农业基地到晋江市农产品加工企业视察,并商谈合作事宜。援建不仅仅是几个项目,而是经济、社会、行政、文化各个方面的,不仅仅是 2 年或 3 年,而是长期和长效的,是祖国大家庭的温暖,是民族团结进步的情谊,是携手奋进、长期合作、共同发展的欢歌。

工程移交——做一把金色钥匙

援建的工程都是交钥匙的工程,也就是除了提供地块之外,其他手续的办理和施工管理都由援建方负责,工程做完之后完整地交给被援建单位使用。一个工程一般要经过规划、立项、概算、选址、勘探、设计、评审、施工、验收、移交、报备、结算、审计等过程,要办理的手续在 40 个左右,所以很不容易。但移交使用是一件快乐的事,一方面是做完工程的成就感,另一方面是做完工程的轻松感,所以都会举行一个简单的交接仪式。在我们的援建中,共举行两次移交仪式,一次是 2010 年的 3 月,移交一个幼儿园和一个综合文化站;另一次是 4 月底又移交了一个幼儿园。两次移交都是好天气,各相关单位的领导和学校部分师生参加,为了有更好的象征意义,我们特意做了一把金灿灿的大钥匙,扎上大红布,交给通济镇和两个小学,镇政府和小学给我们赠送了锦旗,移交场上掌声如雷,镇领导的感激之情和同学们灿烂的笑容都埋进我们的心里,想起那一刻,心里总是甜蜜蜜、美滋滋的。

两份小礼——换来不尽感恩情

在彭州市援建,需要接触不少单位和人员。从不认识到认识,从熟悉再到友好,这里面有援建的感恩之情,也有平时建立起来的工作感情。都说友情是桥梁,熟人好办事,在异地他乡援建,我们很注意创造一种祥和、信任、真诚的工作氛围。加强来往,经常沟通,友谊相处,使援建工作更加顺利开展。临近春节时,我们从成都闽南商会那里,调来一部分由晋江厂家生产的"雅客"糖果,装在红色的礼品袋里,给熟悉的朋友送上一份精美的礼物,礼虽轻情义重,物不贵心意到,赢得很多笑容和谢意。2010 年 5 月,是大地震发生后的两周年,也是我们全部完成援建工程的时间节点,不仅我们高兴,被援建的单位也同样高兴。随着任务的完成,我们的施工队和部分工作人员即将先行撤离,为了表达我们的谢意,我们又联系晋江的七匹狼公司和东石的诚实伞业,由他们捐赠部分皮具和雨具,用作援建的纪念品。我们还在其中写上:"龙门山下赴使命,湔江水畔力耕耘。灾后重建结友情,闽山彭水一家亲。"感谢对晋江援建工作的支持,从而创造了和谐、感恩的氛围。其实,在我们的援建中,彭州市的领导和群众对援建工作者都是热情、恭敬的,每逢节日都会走访慰问,甚至送来泸州老窖、1573、国色天香等美酒,以及板鸭、山菌等食物。

委员来访——慰问之后的感叹

我到晋江市政协工作虽然时间不长，但由于长期在晋江工作，加上与单位的同事及委员们相处融洽，我带队到彭州援建。他们总希望能到灾区看望和慰问，这使我们在外援建的人员很受鼓舞和感动。先后有一些政协委员来到彭州，也看了通济镇的灾后重建情况，看了我们援建的工程项目。令他们惊讶的是，重建得这么快、这么好、这么全面。有的委员甚至认为比我们的家乡还好，不细看已经看不出灾区的样子。建好、建快这是肯定的，可每次我们都要尽力把其中的道理说明白，免得对我们的援建工作有误解，对党中央的决策有误解。一是说明灾后行动迅速，倒塌的残渣废物及时清理；二是说明灾后社会工作迅速恢复，市容市貌井然有序、管理有力；三是农村建设与公共设施建设抓得紧，全面启动并已初见成效；四是规划好、起点高，城乡统筹一体化发展，发挥大都市的辐射力；五是推动世界现代田园城市建设，更加注重保护青山绿水，建设文化、旅游、美食城市。几条一讲，委员们豁然开朗，都说援建的方式好，一方有难八方支援，中华民族是一个大家庭，我们都是兄弟姊妹。

集体散步——最好的心理调适

我们工作队住在彭州市区，工地在通济镇，两地相距约有 30 公里。我们大多数的时候是早出晚归，有时候遇到工地加班才会跟班住在工地上。夏季时，彭州的昼间比较长，晚上七八点天才黑。于是，每天吃过晚饭后，我们都会一起在大街上散步，绕了一大圈再回到宿舍里。刚开始我们去散步只是想彭州的气候比较潮湿，手腿不多活动易患关节炎。后来，散步多了，养成一种习惯，不出去走走真的有不舒服的感觉，这种感觉除了身体上的，还有心理上的。走在大街上，可以看看街景，看看游动的人群，放松一下紧绷、单调的心情；可以一起说说工作之余的话，交流一下思想和对世事的看法,吐故纳新,调整一下固有的情绪;可以打磨一些孤寂的时间,消弭一下低沉静默的心理,注入活跃、生动、新鲜的氛围和情愫。回过头来一想,我认为通过集体散步,使心理得到适当的调适,保持了健康的心理状态,也凝聚了集体的力量。

一餐热饭——省掉了两月时间

完成工程的现场施工,只是完成一项硬任务。但工程完工之后,还有很多软任务,比如峻工资料的整理和移交,工程资金的结算和审计等等。按照常规,一项工程的结算从申报到最后审结,需要3—4个月时间,如果资料不全的话还可能延长。我们的援建项目,既不能不审不结,也不能久拖下去。怎么办?吃餐饭!当然吃饭并不是目的,而是为了更好地沟通和解释,只要理解了,支持就会随后而来。于是,利用一个周末的晚餐时间,约来参与结算的有关人员,先是通报了一些援建的情况,再传达上级对援建项目结算的要求,最后提出我们的看法和想法。其实大家都是政府部门,也都是熟人,吃饭也是常有的事,但都知道这是一顿"鸿门宴",不来也不好。饭要吃,事情更要办,援建在外已属不易了。程序不能改变,规定不能破坏,但时间可以往前赶,参与结算的人加加班,这其实就是我们想要的结果。我们晋江工作队,做工程要做优质工程,搞结算也要搞出"晋江速度"来。本来需要三四个月时间,结果在一个半月内完成,足足省下了2个月时间。可见,前方与后方、和谐与和力的援建是多么重要啊!

援建感言——愿彭州更加美丽

进入2010年的5月,3年援建任务2年基本完成,许多援建的工作也提前进入收尾程序。省指挥部通知,要我们每一个参加援建的人员写一段50字以内的援建感言。这事我也想了很久,写什么、怎么写,感慨很多,也有感叹,而要写成文字,印在书上,总觉得提炼不出来。先是突破字数的限定写了一则 120 字的感言,写得像一首诗,内容是:"援建的经历是一种美丽,我们奉献着时光和财力,付出了汗水和别离。然而,收获楼宇林立,喜见路桥架起,笑迎校园童趣,结识朋友兄弟。同时,领略古蜀文明,触摸天府华丽,赏识悠闲乐趣,品尝美食霸气。援建、帮教、支医,四川、彭州、通济,深深地铭刻在生命的记忆里。"后来觉得长了一点,在一次《泉州晚报》要用时,我又改为:"援建是一种经历,更是一种美丽。辛勤的汗水折射出孩子们灿烂的笑脸和灾民们渴望的目光。艰苦的背后是奉献的欢乐。"报纸登出来,可我还在想,这话还没有完全表达我的心意。现在我想,管它什么感言啊,总之是千言万语化作一句祝福的话,那就是:"愿彭州更加美丽!"

(原载《晋江改革开放 40 周年见闻录》,政协晋江市委员会 2018 年 12 月编印;曾以《援建是一种美丽》为题,刊载于《晋江政协》2012 年第 2 期)

爱恋在奉献的事业里

——记第二届"十佳美丽晋江人"吴军川

在医院里,吴军川的妻子用力地抓住白色的被角,强忍着分娩前的阵阵疼痛。她虽然没有叫出声来,但从眼角上那两行泪水,就可以看出此时疼痛的强度。嫁给军人,她并不后悔,但孩子就要降生了,此时的她多么渴望握住丈夫的手;然而,丈夫因事不能请假回来。

妻子分娩,孩子出生,作为丈夫和父亲却不在身边,尽不到责任,这一直是吴军川难以解开的心结。在妻子和孩子面前,他总有一种亏欠和负疚感。他只有用加倍努力工作和一枚枚军功章来弥补和抚慰。

部队精简整编时,考虑到吴军川的家庭情况,部队领导照顾他调到离家乡不远的海防部队,使他能够经常见到家人和照顾家人。然而,部队有部队的事情,军中有军中的纪律,不是随便可以离队回家的。刚调回时,吴军川在连队当指导员、教导员,是直接的带兵人,整天跟士兵们打交道,妻子工作的事,孩子入托上学的事,他哪样也顾不了,帮不上忙,家中的担子全都落在妻子的肩头上。

要说带一个孩子并不容易,如果还要照看一个老人,那就更不容易了。吴军川的母亲年老多病,照看老人的事,吴军川也是心有余力不足,只好交给妻子来做。年初,吴军川的母亲做心脏搭桥手术,医生说不做不行,做起来又很危险,希望家人来配合,而此时吴军川正在参加演习,无法请假回来,只能由妻子一个人在医院里守护。直到现在,他的母亲还耿耿于怀,常常骂他:"吴(无)心肝。"

老人出院后,妻子既要忙老又要照小,半个月下来,身子消瘦不说,也患起病来。吴军川本想请个十天半个月的假,可眼下正是部队大比武阶段,自己休假了,手头上的事又得摊在别人的身上,甚至影响到比武成绩。无奈之下,吴军川与远在南京做生意的妹妹联系,干脆把老人送到妹妹家里,由妹妹照料。

有病的老人最怕出远门,吴军川的母亲也不例外,就是不肯走。吴军川挨着母亲的骂,好说歹说地做工作,最后还是下狠心将母亲送走。送行时,他微笑着面对母亲,想给母亲一个宽松快乐的印象,然而,母亲一走,他转过身去,一抹就是一把眼泪。

(原载《美丽晋江人》,晋江市文明委2012年3月编印;获"你在他乡还好吗"征文比赛三等奖)

焦急的那一刻

——记第三届"十佳美丽晋江人"谢高峰

　　妻子来部队探亲已经有些时日,眼看假期就要结束了,谢高峰仍觉得亏欠了她,就向领导请了个假,决定陪妻子到附近的 SM 广场逛逛,带上顽皮的儿子吃一次牛排。

　　SM 广场是一个综合性的购物中心,车水马龙,人来人往,热闹而繁华。刚走进大厅,儿子就按捺不住地脱手而去,好奇地东瞅瞅、西摸摸,妻子更是露出惬意的笑容……

　　闲暇时时间总像飞奔似的,快得很。谢高峰心想:这午餐,一家人要美美地吃上一顿。于是,就拉住儿子的手,走进一家餐厅。儿子很快在一张圆桌旁坐了下来,俏皮地拿出筷子敲打着餐桌,妻子一边劝说一边用湿巾擦去儿子脸上的汗水,等着热腾腾香喷喷的美食。

　　谢高峰点完菜,走到圆桌旁,刚要坐下,屁股就被一个东西顶住了,伸手拿起来一看,是一个黑色的手提包。妻子惊讶地看了过来,谢高峰则轻轻地拉开拉链,往里一瞥,是一沓沓崭新的钞票。这么多的钱,是谢高峰从来没有见过摸过的,吓得谢高峰赶紧拉上拉链。几秒钟过后,谢高峰才缓过神来,抬起头巡视着四周,想看看有没有找包的失主。

　　谢高峰想:这么多的钱,失主一定有急用;包丢了,也一定很着急。正在焦急中,妻子突然问道:怎么办?谢高峰这才想起部队中最常用的处事方法:报告。他拿出手机,熟练地拨通了单位领导的电话。领导说如果一时找不到失主,就回部队等吧。没等吃上一顿美美的团圆饭,谢高峰一家人便打的返回到部队。

再说那大意的失主黄先生,他是一位负责装修的小包工头,早上刚从银行里取来 12 万元,由于约好同行的朋友还没有到,他便先到餐厅里用餐。后来,那位朋友从一家店里打来电话催他,他就匆忙离开,由于平日里很少拿包,他把手提包忘在座位上了。直到选好了家装材料,要结账付钱时,他才想起早上出门时,手上拿了一个手提包。

丢了包的黄先生,一时像丢了魂似的,脸色煞白,脑子里空泛,竟然想不起把包搁哪了。他知道丢了钱是很难找回来的,也知道这 12 万元,是他一年多的辛苦工钱,更是他一家老小一年的生活费用。在万分焦急之下,他抱着一线希望报警求助。

谢高峰一直焦急地等待着,等待着那部手机响起来,他相信手机一定会响起来的。中午过后,手机果真响了起来,对方是当地派出所的,是帮助失主找包的民警。谢高峰兴奋了起来,压在他心头上的包袱终于可以放下了。此时的他,不是为拥有钱而侥幸,而是为归还钱而欣慰。

不一会儿,民警带着黄先生到部队来认领。见到身着军装的谢高峰,黄先生肃立着深深地鞠了个躬,之后,走向前紧紧地握住谢高峰的手,并激动地说:"刚好被你们拣到了,真是不幸中的万幸啊!"

(原载《美丽晋江人》,晋江市文明委 2012 年 3 月编印)

让美丽在家乡绽放

——记第五届"十佳美丽晋江人"吴金程

　　说起磁灶大埔村，人们都会竖起大拇指，那是因为大埔村的村民住的是别墅，见的是公园绿地，老人还有免费的敬老院，幼儿园、小学都是新的，村民收入是全市平均数的2倍。现在的大埔村，是泉州市美丽乡村的示范村，也是全国美丽乡村创建的试点村。

　　然而，这个村的美丽蝶变，与一个人有关，同时也是这个人的最大心愿。这个人就是现任村党委书记、村主任吴金程。

　　土生土长的吴金程，走出校门时正值瓷砖大生产、大销售，他同许多年轻人一样走南闯北，到成都、云南等地去推销经营，而且生意一度红红火火。可是，当他回到家乡一看，到处是烟尘垃圾、荒田野地，大多数村民还是贫穷潦倒，住破屋旧厝，老人无人照顾，小孩到处乱跑。看到这些，吴金程不禁心酸，更自感惭愧，就立志回乡创业，用自己的双手改变家乡的落后面貌。

　　大埔村全村5000余人，办厂烧砖的多，推销经商的多，外来工也有3000余人，人多混杂，社会治安一直不好。吴金程看在眼里急在心里，在他的游说下，大埔村募集了30多万元，成立治安巡逻队，他自荐当了队长，实行昼夜巡逻。打这以后，社会秩序明显好转，群众治安满意率明显上升。也正是得到群众的认可，1997年，吴金程经推选当上了村总支副书记、村主任，成了村里的领头人。

　　治安改善了，但村道堵塞，污水横流，1000多个茅厕零乱分布，脏乱差现象依旧存在。吴金程一上任，便下决心改变这种状况。他首先抓规划，于

1998年委托天津规划设计院进行整村设计,次年形成了旧村改造实施方案,并被列入泉州百村改造之中。2000年启动第一期旧村改造,80户村民率先住进了新房。2006年又启动第二期,又有68户村民搬进新家。之后,旧村改造如期推进,累计建成安置房13幢、共504单元,店面100间,别墅及跃层住宅151幢。吴金程的目标是:建设高质量、高品位的现代化新农村。

磁灶曾因大量烧制瓷砖造成空气、水、土地等严重污染,大埔村也不例外。实施节能减排和污染整治,改善生态环境,成为一项重要而紧迫的任务。2003年,吴金程开始书记、主任"一肩挑",在他的带领下,班子思想统一,干部模范带头,在努力完成生产企业煤改电、电改气的同时,坚持一手抓环卫保洁,一手抓绿化工程。组建一支18人的环卫队伍,垃圾全部实现转运焚烧;修建12座水冲式无公害公厕,实行禁止放养家禽;开展植树造林活动,先后修建5处公园绿地,占地达100余亩,全村绿化率达80%以上。同时还加强精神文明建设,制定村规民约,开展互助活动,健全基层管理机制,不断增强村民的自觉意识。

"村子好不好,就看两大宝。"吴金程和他所带的班子,把老人和小孩当成村里的宝贝,给予特别的呵护。2009年开工建设村敬老院,先后投资近1200万元,建成5层101间222个床位的综合配套大楼,供全村200多位70岁以上老人免费入住,并成立基金会规范管理。其他老人则定期定额发放生活补助,老人们过上了安稳、幸福生活。近年来,大埔村还先后投入700多万元,修建村幼儿园和小学,孩子们不仅有学上,而且能上好学。

"能够带领群众致富,才能算是好干部。"增加村民的收入,是提高幸福指数的必要条件,吴金程心里明白,也有这样的担当。他上任后就积极清理村财资产,设法盘活集体土地,壮大集体经济实力。一方面大力支持市、镇的重点项目落地入驻;另一方面积极利用扶持政策,抢抓发展先机。在推进新型城镇化的过程中,又积极服务企业转型升级,实行社会治理改革创新,不断提高服务村民就业创收、创业创新能力水平。2014年全村人均收入已达 3.2 万元,村财收入也超过 450 万元,大埔村以实力彰显出魅力。

18 年的"村官"路,吴金程这一路走来实属不易。但不管是困难还是成就,吴金程总是像面对群众那样,脸上挂满笑意!

(本文写于 2015 年 6 月)

奋斗也是一种美丽

——记第五届"十佳美丽晋江人"白晓闯

孙中山先生曾经说过,奋斗这一件事,是自有人类以来天天不息的。陶行知先生则把奋斗概括为万物之父。而在晋江消防大队白晓闯看来,奋斗也是一种美丽。

白晓闯,1982年出生于河南禹州,现为晋江消防大队四级警士。自18岁入伍起,就当了消防兵,一干就是15年。曾经的少年稚气已被打磨成成熟老练,警营的教育训练也锻造出他坚毅刚强的性格,时光岁月赋予他一副宽厚的肩膀和一张黛色的脸庞,壮美的青春就在这"水"与"火"的交战中成长。翻开白晓闯的日记本,里面这样写着:我的岗位是火灾救援,只要有警情出现,我就会不遗余力地冲在一线,不管是遇到危险还是艰难。这是他真诚的心声坦露,也是他朴实的工作自勉。

刚入伍时白晓闯和许多新兵一样,刚刚走出校门,没吃过什么苦,3个月的新兵训练期,几乎把他们累趴下了。但白晓闯用心中的理想信念支撑着,他比别人吃更多的苦,要求更加的严,训练成绩也一直排在前列。当他走进消防大队的展厅时,被墙上挂满的各种表彰锦旗、荣誉镜框,以及英模人物的感人事迹激励着。原来,他所在的消防大队是一支特别能吃苦、特别能战斗的队伍,是一个功绩显著、荣誉满满的单位。由此,他更加抱定决心:既然来当兵,就要当一个出色的好兵。

消防队员干的是最苦、最累、最险的活儿,大到地震、泥石流、洪水、火灾、交通事故,小到戒指卡手指、捅马蜂窝、解锁开门,不论是悬崖峭壁,还是高楼大厦,不论是火海还是冷库,哪里有危险事故,哪里就会有无畏的消防官兵。15年来,不管是当普通士兵,还是作为一名四级警士,白晓闯每次出警都冲在最前头,哪里最危险最艰苦,他就往哪里闯。他常自誉地说:我的名字就是我的性格,晓得为谁闯、怎样闯!他先后参与处置"7·25"润达复合厂火灾、"8·23"紫帽油罐火灾、银利大厦高层建筑火灾、"2·20"恒强鞋厂重大火灾、"10·17"磁灶民房坍塌事故、罗山铭兴家具商场火灾、"10·30"亿昌鞋厂火灾、"5·21"美龙鞋厂重大火灾、"6·12"凤竹火灾、"8·27"金井长城油库火灾、"11·22"海绵复合厂火灾、"11·20"美明达鞋材厂火灾等现场救援行动。每一次,他都有出色的表现。

在"6·12"凤竹火灾施救中,面对罐体随时可能爆炸的危险,白晓闯临危不惧,带领战友深入火场内部进行扑救。就在锅炉内油管爆裂开来的一刹那,白晓闯用身体遮挡,并迅速将身边的陈树健战友往后顶,自己的双臂却被飞溅出来的热油严重灼伤,后被送往医院救治。根据他的表现,上级给白晓闯记了二等功。在"11·22"海绵复合厂火灾救援中,白晓闯深入着火建筑内,搜救出 8 名被困工人,并成功疏散 20 多名群众。当大火扑灭后,他自己却累倒在地上,被战友扶回。这次他又荣立了三等功。15 年来,白晓闯在火灾中先后施救和疏散被困群众千余人,挽回经济损失上亿元。

要想临危少流血,就要平时多流汗。作为一名消防队员,不仅要有勇气,更要有强健的体魄和精湛的技术。不管是以前当新兵,还是现在成了老兵,白晓闯都坚持体能、技能训练,始终保持良好的技术战术状态和饱满的精神心理状态。他不仅多次参加省总队组织的军事比武,为单位争得荣誉,还多次被抽调去当教练,直接把知识、技术和经验传授给战友。

白晓闯还是一个讲感情、有爱心的军人。父母在老家,虽然无法贴身照顾,他也经常关心问候。妻子、女儿在驻地,相聚时一小家其乐融融。他还长年参与照顾附近一名孤寡老人,捐助青阳晓聪小学 2 名家庭困难学生。2012 年白晓闯被评为"第四届郑忠华式的消防卫士",2014 年又荣获"全国公安消防部队优秀共产党员"称号。

面对今后有什么打算的问题,白晓闯的回答简单又坦诚:只要部队有需要,我就干好每一天!

（本文写于 2015 年 6 月）

女汉子勇斗劫匪

——记"泉州市见义勇为先进集体"李丝棉等

　　劫匪蒙着面举起枪,突然冲进银行,一边胁迫着控制住柜员,一边狂抢保险柜里的现钞,然后跑上预备的小车,一溜烟逃离现场。这是很多警匪大片抢劫银行时少不了的画面。真是无巧不成书,这个画面全景、全程地在现实生活中上映,而且惊怵有余,险象环生。

　　时间回溯到 1999 年 12 月 25 日,眼看元旦节日就要到了,人们正在筹备着过新年。这个节特别有意义,是个千禧之年,迎的是一个崭新的 21世纪。位于晋江市池店镇的农村信用社新店分社,一时也忙活了起来。作为农村信用社,面对一定区域的客户,面对乡村的群众,当然也得讲信用。要过大喜年了,来取款、存款的人比往常多了起来,坚守岗位、搞好服务,这是信用社和每个职员应尽的责任。这天,时间过了下午的 5 点,到了收柜关门的时刻,就在这时,危情出现了,而且来得那么突然,没有半星半点的先兆。

　　5 点 10 分左右,分社的营业员开始进行清算、结账。一沓一沓的现钞在营业员的手指间"哗哗"地溜过,账单发票一张一张地叠起整平,这是营业员每天营业后必须做的工作。按照分工,也为了安全起见,复核员李丝绵先是锁上柜台的通勤边门,并走向营业厅,准备去关闭营业厅的大门。就在这时,一名男性突然扒门强行窜入,从随身携带的挎包中拿出一把黑如墨炭的手枪,用力地顶住了李丝绵的腰部,并伸出一只手紧紧拽住李丝绵的衣领,将其逼至通勤边门,然后把冰冷的枪口对准李丝绵的太阳穴,威胁她说:"把钱拿出来,不然的话就开枪了!"李丝绵被这突如其来的举动搞蒙了,但她又马上定了定神缓过气来,她知道她所面临的是一个穷凶极恶的劫匪歹徒。她先是装着惊讶与疼痛,在歹徒揪住她的衣领时,突然"哎呀"一声尖叫,提醒正在清点账目的两个同事,而后又用自己的身体阻挡着歹徒,防止歹徒从通勤边门冲入柜台,直接去抢钱。

正在柜台内清点账目的营业员苏秀玉和陈梅芬,被李丝绵的尖叫声惊了一下,应声抬起头,便看到了眼前这个情形,知道此时遭遇劫匪了,而且是持枪抢劫。说时迟那时快,老营业员苏秀玉,马上给身旁的陈梅芬使了个眼色,陈梅芬心领神会地赶紧把放在柜台上的现钞,全部拨入抽屉内,并立即上锁。歹徒一边揪着李丝绵,一边用猎猎的目光盯着苏秀玉。苏秀玉佯装着要去打开柜台的门,却俯身一个箭步冲向安装在柜台边的报警器,果断地摁下示警按钮。急促的警铃突然响了起来,持枪的歹徒一时也傻了眼,不仅动作迟钝,慌乱而不知所措。这时,苏秀玉又趁机拨通了派出所的报警电话,成功地报了警。在一旁的陈梅芬见状,也快速跑到后门,利用窗口大声向外呼喊:"捉歹徒啊!捉歹徒啊!"李丝绵则趁歹徒分散精力和惊慌之时,挣脱歹徒控制,抓握歹徒持枪的手,防止歹徒朝人开枪。

描绘且容易,当事者则难。3个女汉子,在持枪歹徒面前,不瘫不倒、不乱不软、机智敏捷,是多么的不易啊!在瞬间的惊慌之后,歹徒见行动已彻底暴露,目的已彻底难成,只好以逃离为妙,遁形以求生。于是,他使尽气力,抽身拔腿,夺门而出,仓皇逃走。这时,3个女汉子也不甘示弱,一起追出大门外,高呼"捉劫匪",终因力不从心、速不过人,没能抓住歹徒,让劫匪像野鼠般仓皇跑掉。事后,她们还愤愤地说:"只因事出突然,又歹徒手中有枪,不然的话,凭我们3个人,一定把歹徒逮个正着!"

劫匪虽跑掉了,有些遗憾,但这并不是她们的能力范围。在这场劫与反劫的斗争中,她们是英雄,是赢者。因为她们捍卫社会公义,维护了国家和人民的利益,赢得了广大群众的赞誉。2001年1月,李丝绵、苏秀玉、陈梅芬被授予"泉州市见义勇为先进群体"荣誉称号;2002年4月29日,晋江市委、市政府分别授予李丝绵、苏秀玉、陈梅芬"晋江市见义勇为者"荣誉称号。李丝绵还荣获"泉州市劳动模范"荣誉称号和福建省"五一劳动奖章"。让我们记住她们的名字和事迹吧！

（原载《正义礼赞》,晋江市见义勇为协会 2015 年编印）

热心肠的好好人

——记"福建省见义勇为先进分子"郑聪明

什么是好人呢？这个问题在群众的心目中自有标准。像晋江市青阳街道莲屿社区郑聪明这样的人，就算是一个吧！

郑聪明，1968年2月出生。他虽然文化程度不高，但为人坦率随和，"古意"直率，很有人缘。平常帮街坊邻居扛个煤气罐，搬个家具桌椅，修个龙头灯盏，问个话带个路等琐事杂活儿，样样乐意，也都能干。左邻右舍的人都称他是一个"热心肠的好好人"。

都说好人有好报，这是人们对于好人的一种期许。但天有不测风云，人有旦夕祸福，命也有不尽人意之时。2005年9月10日这天，对郑聪明一家人和整个莲屿社区来说，是一个悲哀与不幸的日子——因为死人了，死于沼气中毒。

沼气，一种混合的气体，主要成分是甲烷。甲烷是天然气、煤气的主要成分，吸入后便会引起急性全身性中毒，轻者头晕面赤，重者昏迷、呼吸困难、大小便失禁，如抢救不及时则会因呼吸道麻痹而死亡。

9月初，闽南的天气依然炎热，气温居高不下。10日这天下午的3点左右，虽过午后，但艳阳高照，还不适宜户外作业。郑聪明的对门邻居庄金泉夫妇，勤劳有加，顶日作业，在烈日下掀开腌制咸菜的池盖，想抓紧淘净清洗，以便再腌制一池，拿到菜市场上卖个好价。结果，两人均被池中未能及时挥发的沼气呛倒，瘫软无力地滑落池中。

庄金泉的母亲在门口纳凉，正好看见此状，赶紧跑出门外急呼："救命啊！救命啊……"

此时的郑聪明,刚好在附近的一个商店里买东西,他一听外面有人在喊救命,顾不上拿走自己买下的东西和收起店主找回的余钱,箭也似的向声音的出处冲去。庄金泉的母亲由于连续呼救,已经是上气接不着下气,浑身颤抖无力了,她指着腌菜池说:"人在里边。"郑聪明跑过去一看,庄金泉夫妇倒在里边,已经奄奄一息了。

　　由于腌菜池有2米深,顶盖密封了一大半,直接用手去拉是够不着的。庄金泉母亲在一旁说:"要找把梯子把他们搬上来。"可是这时去哪儿找到梯子呢?情况十分危急,时间容不得郑聪明多加考虑,他看一下周围也赶来了几个人,便对他们说:"来不及了,我下去救人。"便奋不顾身跳下池去,想用托举的办法,把人救上来。有一人得救了,但在托举第二个人时,郑聪明自己也无力地瘫软下去。等到把人救上来时,郑聪明已经不省人事了,最终因沼气中毒抢救无效而致身亡。

　　郑聪明舍身救人献出生命的消息传开后,在莲屿社区及附近街坊引起了强烈的反响,大家为他的义举而感动,也为他献出生命而惋惜。出殡时,不少民众自发地去为英雄送行,以泪水向英雄道别:好人,一路走好!

　　当年,郑聪明获评"福建省见义勇为先进分子""泉州市见义勇为先进分子""晋江市见义勇为先进分子"荣誉称号。

　　　　　　　　　　(原载《正义礼赞》,晋江市见义勇为协会 2015 年编印)

勇擒贼犯的士官

——记"晋江市见义勇为先进分子"钱名春

"自古名山僧占多",说的是一些寺院、庙宇都喜欢建在山川名胜之地，即所谓的"风水宝地"。晋江有一座舜帝庙，就坐落在罗裳山南麓，很切合"曲径通幽处，禅房花木深""万籁此俱寂，但余钟磬音"那样的写照。

舜帝是我国远古时期的三皇五帝之一，为虞、姚、陈、胡、田、孙、袁、陆、车、王等 10 姓的始祖，距今已有 4000 多年的历史。舜帝以孝感动天、惩腐纳谏、提倡农耕、施仁教化、躬行礼乐、举贤禅让等德行而被视为"东方圣人"，故香火袅袅，朝拜者众。

然而，越是隐秘的地方和人多的地方，越是小偷和劫匪喜欢光顾的地方。尽管始祖在上，他们仍旧胆大妄为，伺机对虔诚的香客们下手。当然啦，人在做天在看，法网恢恢，终究有那么一天，小偷和劫匪必被捉无疑。

时间定格在 2008 年 5 月 19 日，当天傍晚 6 时许，驻罗裳山上的晋江某部队三级士官钱名春，晚饭后顿感肚子疼痛难忍，便请了假沿山边的小路欲往山下的卫生所看病取药。走着走着就到了舜帝庙的后侧，此时天刚要黑下来，一辆摩托车从小路那头开了过来，又拐进旁边的一片小树林，并很快停车熄火。两名男子(犯罪嫌疑人石胜福和司机)鬼鬼祟祟地低声说话。钱名春发觉两人的形迹可疑，便赶上前去探看，发现其中一人(石胜福)手上拿着一个女式挎包，正在翻看里面的东西。对于舜帝庙附近经常发生偷窃和抢夺案件的事，钱名春早有耳闻，眼前出现的情景，凭借直觉和经验，他判定是刚刚作案得手的抢夺犯，在隐藏和分赃。

这时，他没有犹豫，冲上前去便大声质问："干什么的？"这雷一般的声音突如其来,两名嫌疑人见是穿军装的,惊悸着颤抖了起来。由于做贼心虚,骑在摩托车上的那个人(司机),立马扭动电门开关,启动摩托车想驾车跑掉。钱名春一个箭步冲上去,一把拽着了正想搭上车的另一名嫌疑人(石胜福),并顺势将其撂倒在地,压在自己的脚下。眼见同伙被抓,欲乘摩托车跑掉的嫌疑人(司机),手持安全帽向钱名春砸过来,钱名春出手一拨一挡,又抬起右脚用力踢去,当下就把这人也踹倒在地。这个嫌疑人见势不妙,也顾不上同伙了,爬起来拔腿就跑。钱名春望见远处有两名战士正要走过来,就大声呼叫他们去追,但由于离得远,又天黑地形复杂,被其跑掉了。另一名被控制住的嫌疑人(石胜福),此时却耍出花招,拿出那个女式挎包对着钱名春说:"解放军大哥,放了我吧,这包里的东西全归你。"钱名春岂能上当受诱,他随即拿出手机拨打 110 报警。此时,无计可施的嫌疑人,突然用力相搏,挣脱钱名春的控制,惊兔般奋力逃窜。训练有素的钱名春立即追了上去,在猛追 200 多米后,又将嫌疑人擒住。直到罗山派出所民警赶来,将嫌疑人带回审查,钱名春这才离开现场。

2008 年 12 月,钱名春获评"晋江市见义勇为先进分子"荣誉称号。

(原载《正义礼赞》,晋江市见义勇为协会 2015 年编印)

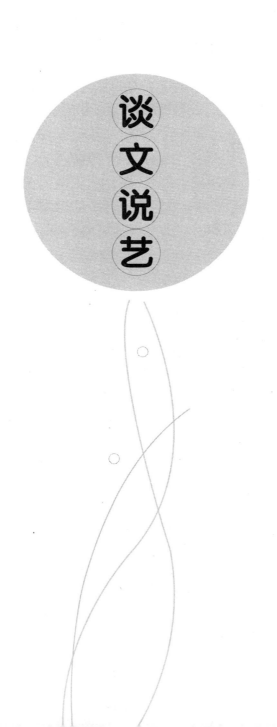

谈文说艺

关于"晋江文学现象"的拓展问题

　　20 世纪 90 年代以来,在晋江经济社会快速发展的同时,以晋江市及其周边一批中青年作家为先锋,掀起一场文学活动和文学创作高潮,形成文学活动频繁活跃、文学平台持续稳固、文学人才梯次相接、文学作品不断涌现、文学景象生机蓬勃的局面,对经济社会发展和人们的精神生活产生深刻影响。这种状况被省内、国内文学界称为"晋江文学现象"。

　　综观产生"晋江文学现象"的主要原因有以下几个方面:

　　一是在经济社会快速发展的同时,晋江广大人民群众对文化、文学这一精神层面的认知和需求越来越紧迫和越来越高。这是"晋江文学现象"产生和发展的基本动因。

　　二是在晋江有一批文学老前辈,在国内甚至国外有重要影响力,在晋江的文学新人中产生重要的楷模和榜样作用,也为"晋江文学现象"的产生和发展,打下了良好的基础。

　　三是在晋江新一批中青年作家、文化文学工作者,在市场经济大潮中,坚守文学阵地,脱俗创新,挑大梁担重任,不断探索和作为,充当了文学改革的弄潮儿。

　　四是政府机关、群众团体、企业法人、社会有识之士等,热心支持文学繁荣发展,并在互动中互惠双赢,形成良好氛围,在"晋江文学现象"发展过程中起到了推波助澜作用。

　　五是省内、国内文学界及文学同仁,对有着厚重文化历史积淀和处在改革开放前沿的晋江十分关注,特别是对晋江的文学活动、文学创作和文学新人倍加青睐,及时培育。

对于一种文学现象,不仅仅要关注它,总结梳理它,更主要的是要使这种现象,良性发展并充分发挥出积极的效应作用。关于"晋江文学现象"的进一步拓展问题,粗谈几点看法:

第一,全面梳理,系统总结。要专门组织力量对"晋江文学现象"的产生原因、发展过程、内涵实质、结构框架、影响作用和创新拓展等问题,进行全面系统的梳理并总结,使之真正成为理论与实践相结合的、不断传承与继续发展的具有系统性、示范性、指导性的文学成果。

第二,发挥优势,好中更强。要在现有成果、人才、平台、资源等基础上,进一步培育和壮大、繁荣和发展晋江文学,这也是我们共同的责任。要通过文化文学部门、组织团体和广大作家、文学爱好者的共同努力,使晋江文学与晋江经济社会发展的步伐相协调,与满足人民群众的文化需求相一致,打造和固强晋江文学"板块"。

第三,内联外扩,激发活力。要加强与省内、国内一些文学团体、机构、组织及知名人士的联系,注重在交流互动中提升,在学习借鉴中超越,走开放创新、竞争发展之路。尤其要借助侨乡的优势,向港澳台地区及东南亚拓展,在海峡西岸文化文学交流与合作中当先锋、打头阵。

第四,精心打造,主动作为。当前的"晋江文学现象"不能停滞不前,不能自生自灭,也不能自流发展,而要进一步精心打造,做到不断进取、主动作为。特别是中青年作家、文学爱好者,要有压力和责任意识,积极投入其中,形成整体,凝聚力量,并勤于创作,多出精品和成果;政府部门、群众团体、企业家和有识之士要进一步支持和推进,创设更好的条件和氛围;上级文学组织、报刊单位及友情人士,要进一步扶持发展,广开绿色通道,发挥牵头引领和桥梁纽带作用。

(本文写于 2008 年 2 月 20 日)

关于"晋江诗群现象"

　　金猴闹元宵,绿意涌春潮。今年春节与元宵节期间,晋江文化领域喜事多多、硕果累累,影响到海内外,震撼了整个中国。一是五店市闹元宵上了中央电视台,2分钟时间打响了晋江文化品牌;二是晋江养正中学代表队参加"中国谜语大会"大比分获金奖,3名学生星耀央视舞台;三是基层镇(街道)、村(社区)民俗活动频繁,闽台文化交流活跃,年味十分浓厚。今天,就在元宵节之后,晋江又增添一大喜事,众多来自海内外、省内外的著名文化专家、学者、编辑云集晋江,共同畅议"晋江文学现象",共享晋江文化成果,共推晋江文化发展。在新年开始之际,帮助晋江文化、文学界理清思路、查找不足、出主意想办法,探讨深化发展的新路子、新目标。借此机会,谨代表晋江文化部门和单位、文学创作者爱好者,以及广大人民群众,向关心、支持晋江文化和文学发展的各位领导、各位专家学者及编辑们表示诚挚的问候和衷心的感谢!

　　晋江的文化发展,特别是"晋江诗群现象"的形成,有许多原因与特点,不少同志在刚才的研讨中已经从各个侧面做出分析或概括,讲得都很有见地,这里我也从个人的视角作简单的补充。总的看,晋江文学繁荣的原因,主要有以下几个方面:一是有悠久的历史和丰厚的积淀,二是有良好的持续不断的文脉传承,三是有各个时期和时段一些突出的代表性人物的带领和带动,四是有一支有活力、肯吃苦、善学习的创作人才队伍,五是有一种凝聚、团结、友善、互助的文学氛围和所构建的平台,六是有党委、政府和工作部门的高度重视和大力支持,七是有省内外一些著名报刊和一大批专家学者的信任、培育、帮助和激励。可见,"晋江文学现象""晋江诗群现象"的形成与发展,不是偶然的,是各种因素综合、各种作用力交织的结果,从这个意义上说,晋江文学、晋江诗群是幸运的。

从"晋江文学现象"所得到的启示,我个人认为要处理好以下几个关系:一是公益与功利的关系。搞文学、做文化不能过于功利,要多在纯文学上下功夫、做实事。二是个人与群体的关系。坚持个人创作为主,但个人离不开群体,就像鱼离不开水,集体的氛围与平台非常重要。三是自由选题与重点专题的关系。一个时期推出若干重点和专题,有利于倒逼创作、带动氛围、汇聚作品,形成导向性影响力。四是个人或体裁单本与集丛系列的关系。一般来说个人的、单本独类的影响力有限,有条件的要适时推出丛书系列,做全、做强、做大。当然,"晋江文学现象""晋江诗群现象",同样不可避免地存在一些问题和不足,比如各种类型和体裁发展不平衡,有的还有差距和短板;近期以来具有重大影响力的精品力作还比较缺乏,特别是获全国性的大奖作品还罕见;新生力量的培养还缺乏计划性、针对性和有效性,力度还不够等。所以,晋江文学要打响全国性品牌,任重道远,还需不懈努力。

关于县(市、区)地方单位,抓好文学发展工作,我认为要从以下5个方面入手,或说要关注以下5个方面的问题:一是抓文学工作要像抓工程项目那样,重谋划、重运作,做到有计划、有内容、有人员、有保障、有责任、有评估。二是抓文学工作要像抓教育、抓医疗、抓社保那样,敢花钱、看长远、顾民生,不能急功近利、急于求成。三是抓文学工作也要善于抓班子、带队伍、筑平台,积极构建一个有位、有为、有责、有力的发展机制和保障机制。四是抓文学工作更要重视联系实际、联系群众、联系生活,不断满足广大人民群众的文化和精神需求。五是抓文学工作,还必须坚持问题导向,不断开拓创新,不断开阔视野,既遵循普遍规律又重视个性特色,努力打造区域特色品牌。

我希望晋江的文化人、文学创作者和爱好者,以更大的热情、激情、真情去创作更多更好的作品,为繁荣发展晋江文化事业和塑造"晋江文学现象"的新风貌做出更多的贡献。同时也希望在座的各位专家学者及编辑们,多写晋江,多发晋江作者的作品,一如既往地关心和支持晋江文化、文学发展。

（本文写于 2016 年 2 月 25 日）

走在《星光》大道上

说起与《星光》的结缘,要从 10 年前算起。那是深秋收获季节的一个晚上,时逢晋江市文化馆举办一个文学活动晚宴,并邀请石狮一些文学爱好者和《石狮文艺》编审人员,我也参加在其中,加入被邀之列。既然是晚宴,来的就都是客了,于是"酒逢知己千杯少",在一番你来我往的敬酒之后,晚宴随即摆成两大阵营的对决,以酒会友,酒赋歌咏。也就是从那时起,我认识刘志峰、吴谨程等一批晋江诗人,开始认识《星光》这本富含创作韵味、充满青春活力、展现开放特质的文学刊物。

石狮那方富甲宝地,是我人生的一个转折点,也是我文学创作的方向标。《石狮日报》(早期为《石狮消息报》)、《石狮文艺》是我笔耕的主要田园。我早期的一些诗歌、散文、小言论等作品,主要见之于这一报一刊。也因为这个缘故,我认识了蔡天温、李国宏、吴永雄、蔡白萍、高寒、郑养正、阿财及不幸故去的郑伯洋等一批石狮的文学才人。记得部分诗人的照片、感言还专版登载在临近春节的《石狮日报》上,共同感悟诗歌真谛,见证新年喜悦。2003 年 12 月,在《福建文学》主编黄文山的推介下,我顺利地加入福建省作家协会,成为文学大家庭中的一员。

石狮市是从晋江辖区内划分出去的,血乳交融,传承无异,文脉固然也相通。文学爱好者亲如兄弟姐妹,交往甚密而且频繁。"晋江文学现象"中也有石狮文学爱好者的靓丽身影,晋江文学的崛起,也有他们炽热的贡献。所以,两市文学作者常来常往,相互促动,相得益彰。而我,恰巧身在其中,被他们如抬轿般高高托起,有如轻飘浮动的感觉,享受着特别优厚的礼遇,以致在两地文学的道路上一路轻松走来。

2005年初,也有一个春天的故事,我从石狮调往晋江。虽然两地相距不算远,但却是一个人生的跨越,从守卫海防前线到地方工作。在文学创作上也迎来一个春华秋实的新景象。我于2006年出版第一本诗集《爱意情怀》,2008年出版个人散文集《敞开胸襟》,2010年出版游记专集《成都走笔》;一些作品还在《文艺报》《星星诗刊》《福建文学》《福建日报》等报刊上发表。实现这个跨越,出现这种新景象,很重要的一个方面是得益于《星光》这本刊物。几乎每一篇文稿都首先见之于《星光》上,首先与《星光》的读者见面,首先过滤于《星光》的编审们。可以说,是《星光》为我提供了抒发的舞台,激发了我创作的欲望,滋长了爱恋之情,使我倍感走在《星光》大道上的挚爱、勇气和力量。

通过《星光》这个舞台,更让我欣喜的是,使我更加深入、亲近地接触到许谋清、刘志峰、黄良、郑丽玲、吴谨程、颜长江、林文滩、郑君平等一大批文学才子,认识林锦山、黄荣钦、傅梓溪等摄影大家,认识洪伟辟、龚子猛、苏世习、吴松茂、吴明哲、叶海山等书法诗词名人。通过《星光》这个舞台,还与许多报刊编审、专家学者、外地文联等有了广泛的接触与交流,并在与他们的接触中,更新思想,扩大视野,增长知识,提升创作力,在学习和积累中进步与升华。在《星光》之下,晋江的文学爱好者以及关心《星光》刊物的仁人志士,更是我的新朋老友,也都是我学习的榜样、创作的源泉、前进的动力。

走在《星光》大道上,仰望天空,群星闪烁,金光耀眼。我愿是其中的一颗星或一缕星光,融入遥远的银河天际。

(原载《星光》2011年第1期"创刊百期典藏")

有一种情结在《星光》

在晋江这片改革开放的热土上生长起来的文化综合期刊《星光》,已经走过 40 年闪光的历程,如今带着丰硕的成果迈向新时代、奋进新征程。作为《星光》的见证者、参与者、拥戴者,我无不为之喝彩,为之高歌,为之欣喜,并为之祝福。

40 年,人正青春、物正壮实,血气方刚、活力涌现。40 年,作品如山、硕果累累,情深似海、爱恋绵绵。如今,作者万千,读者泱泱,在国内外产生了重大影响。一本刊物,绘制出一张时代的画卷,成为晋江这座创新城市甚至是闽南这一地域的亮丽名片。如今,我手捧《星光》犹感沉甸,翻动书页尽赏其香,一种特殊的情结就在《星光》上。

我与《星光》结缘已有 10 多年,见证了近半的时光,成为忠实的读者、热心的作者、呵护的拥戴者。我每读一期都有新的收获,每发一文都有新的回报,所以也成为我爱不释手、形影难离的心头"宝贝"。在她创办 40 周年之际,我不得不说 3 句话:第一句,她是一个舞台。是发表文学作品、吸收文化精华、交流文学思想的舞台。在这个舞台上,我们都是演员,也是观众,每一剧都是生动的表演,都是美丽的画面,都是人生精彩。在这个舞台上,我们逐渐成长成熟,不断舞出人生豪迈。第二句话,她是一个乐园。是集聚名家名师于一身,充满质地和厚重感。是汇合初角新生、交流文学心得、碰撞思想火花的爱情角。在这里百家争鸣、百花齐放,任凭风浪高,远山自有静处;任凭舞翩翩,琴瑟各自喧嚣,每一场都是盛筵。第三句话,她是一座殿堂。是土生土长的宏大建筑,并能与高贵、典雅的圣坛相比肩。多少人进进出出，多少人翘首相望，多少人惊动情感，而更多的是情牵难断、流连忘返。这里有着艺术的熏陶、文化的滋养、风雅的提炼，不断厚积着人生的高峰，不断涤荡着灵魂的洁点。

因为有《星光》，我读到了不少佳作名篇；因为有《星光》，我刊发了不少拙作文章；因为有《星光》，我结识了不少文朋诗友；因为有《星光》，我的文学爱好得以荡漾，兴趣越来越宽广；因为有《星光》，我的人生一定因精神和情感的富足而风雅、而悠然。

有一种情结就在《星光》。40 年了，我愿为她做好"嫁衣裳"，把她装扮成一位脉脉含情的"美丽新娘"。

（原载《星光》2018 年第 1 期"创刊 40 周年专号"）

《蓝鲸》寄望

《蓝鲸》创刊 30 周年,我以怎样的心情赞美她,又以什么曲子歌颂她?

一群年轻人,面对大海的欢唱,面对天空的仰望,面对大地的怀想,汇聚成闪烁的光芒,于是有了"诗和远方",有了一处追寻创作艺术、表达思想情感的乐园。

勇于腾风斗浪,又有着搏击长空的梦想。《蓝鲸》汇聚起青春的力量,寄托着未来希望,为着今天和明天歌唱。

30 年的《蓝鲸》人风雨兼程,矢志不移,情牵不断,呵护着《蓝鲸》成长。从无到有,由小到大,越变越强,一步一步走向峰巅。

作为《蓝鲸》的一员,《蓝鲸》是我起步的护栏,是我绽放的花园,是我仰慕的殿堂。我心怀感恩,铭记《蓝鲸》的滋养,同时也祝愿她行稳致远,祝愿她果实丰硕,祝愿她花好月圆。诗,是我内心勃发的力量,有诗的生活就会有美丽陪伴。

新时代的站位,新思想的引领,文化事业将迎来大繁荣、大发展的历史性机遇。硕大喜静、能跃善舞、爱扑远逐的《蓝鲸》,一定能够在文学的大潮巨浪中,飞舞出水道千条、浪花万朵,飞舞出生命光彩和人生豪迈。

谨此作小诗以抒怀:"《蓝鲸》创刊三十载,诗文佳作百花开。我当举杯去祝贺,高歌唱响向未来。"让我们在《蓝鲸》的激励下,昂首阔步奔向更加辉煌灿烂的明天吧!

(本文写于 2017 年 12 月 27 日,原载《蓝鲸三十年》)

追　寻

——读《他们在追寻什么》有感

　　洪辉煌和许谋清两位先生都是晋江人,一位是政务官员,一位是著名作家。他们生活中是挚友,工作上有联系,学艺上常交流,观点上能交锋,所以用"对话"的形式合著成书,并且不是一本两本,如今已是第4本,难得有偶,难能可贵,令人钦慕。在此,我们首先要对两位先生第4次合作的新书《他们在追寻什么》的出版发行,表示诚挚的祝贺!

　　《他们在追寻什么》洋洋洒洒58篇,23万余字,版式设计、编排装饰,精美极致,特色明显,加上书名诱惑力强,令人想象和追寻,一拿到手就想看个究竟,弄个明明白白。打开书,写作对象涉及不少,不仅有一些大家、大编、大人物,也有不少泉州和晋江籍的、身边所熟悉的文化人。应当说,这本书的一个明显特点是:描绘出一批文坛的众生相,讲述了一群文友的新奇事,坦言着两位作者的心里话。见人、见事、见理、见智,既摆龙门阵娓娓道来,又议论风生妙笔点缀,有很强的可读性和吸引力。

　　从内容上看,这本书从一群文化人他们在追寻什么的一些具体事例、生活习惯、个性特点、所思所为、潜表信息说开去,让读者从一个例子、一个事件、一个动作,甚至一句话,看到这群文化人的特殊或说是个性的追寻,了解或感悟他们到底在追寻什么。读完这本书,我发觉这群文化人,他们更多地排除了个人和生活中的功利,追寻的恰恰是现实生活中的另一种境界,涌现的是人生中或生命里的另一道风景。这就是人们常说的文化人的所谓清高或怪脾气。作者在书中所探究的追寻,包括人生信念、价值观、目标追求和生活态度等,反映的都是那些原生态的、未经雕琢装饰的东西,是这群文化人的本源、本性和本真,读来原汁原味,又不失鲜活感。

这本书从写作手法上和语言运用上,也是值得称赞和推崇的。总体上文字简洁精练,写法清新活泼,平淡中见奇、朴实中见智,看似间歇性画龙,实意是妙笔点睛,让人在阅读中思索、在追寻中探寻。洪辉煌先生文法自然,词语流畅,理性较强,叙述有序;许谋清先生结构新奇,言语生动,跳跃性强,有趣有味。篇名上醒目的,如《平凡之凡》《无缘之缘》《成功与成长》《寿星就是福星》《从猪血到墨汁》《凭感觉说话》;富有哲理的,如《感悟生命》《人生有几个可以成就事业的十年》等。用语上有意有趣的,如在《人生有几个可以成就事业的十年》中写道:"就一只酒杯,它比大海还要深,酒淘尽千古风流人物。"在《不叫官名叫阿佳》中说:"你是晋江最高的官,为什么?因为晋江最高的是山,比山高的是树,谁管树呢,你阿佳啊!"在评价女作者高寒的小说时这样写道:"在她的作品里面,我们会品到浓浓的生活味道,汗臭味、茶香味、男人味、女人味,而不是香水味。"在《亦工亦文》中形容黄亦工是:"黑如老酱瘦如铁。"还有,把《民刊年选》比作"民间接生婆接生的孩子",等等,妙趣横生、活灵活现。在描绘或说是刻画写作对象上,也是粗中有细,讲究真实到位。如写黄良、刘志峰、黄荣钦等人物时,就有板有眼,耐人寻味,让读者一下子就抓住了人物的个性与特点。书中主要是写人物,以及对人物的印象,尽管是一个侧面,但都很准很实,不刻意和铺张,往往以少胜多、以点制面,抓本质、抓特色,用聚焦和特写的手法摄取人物的形象,从中也可窥见作者在人物素描方面的文学功力。

这本书也是对泉州、晋江文化的有益贡献。它把那么多有个性的泉籍文化人推到面上,把那么多文朋好友之间的友谊与情趣摆列出来,把那么多好文风、好作风、好品格点化传扬,承上启下,继往开来。两人的多次合作与友谊,本身就是典范,就是楷模。所以,我们要学习他们的精神,感谢他们的贡献。最后,也期望他们写出更多更好的作品来!

（原载《福建日报》2012 年 9 月 25 日）

细细读来沉甸甸

—— 读《洪辉煌作品自选集》之感

　　近日来细读了《洪辉煌作品自选集》一书，在祝贺和欣喜之余，也颇有感触。书名题为自选集，除了表明"没有自己的书"之外，我想这个"自"字，同时也蕴含着谦逊、内敛之意。"文如其人"这是一句古语老话，也是一个中的之词，洪辉煌先生生于晋江，职于泉州，官至厅级，一边"政客"，一边文人，抑扬有制、捭阖有方，"自"字必然有深意。仅凭多年来有所接触，他给人的印象和感觉就是：文化底蕴深，谈吐有鸿儒，赞叹求真切，举止平和范，家乡情意浓。

　　读《洪辉煌作品自选集》后，一时不知从何处下笔，经过认真揣摩后，才领悟出书中自有黄金屋、书中自有颜如玉，才感慨其精读细考深研之可贵，才感知其对文学大兴致和对家乡大情怀。此书果然沉甸甸，细细读来赞喊喊。全书共计73篇，分为文艺评论、序和前言、散文随笔三大部分，近28万字，不仅厚重，还有沉重之感。

　　第一部分是文艺评论，有21篇。这一部分忠实地表达出作者阅读的审美感受。同时，也大胆地评说出自己的理论见解和文学观点。比如在开篇之作《浅谈茅盾的现代作家论》中，尽管只是"浅谈"，但还是大胆地加以肯定、赞扬和扩展、深化。茅盾先生是一位从事文艺理论批评工作，并做出重要贡献的杰出文艺工作者。敢于对现代作家专论进行评论，不亚于"班门弄斧""关公面前耍大刀"，足见作者对茅盾本人，以及对茅盾所论及的庐隐、冰心、鲁迅、王鲁彦、徐志摩、许地山等现代作家的熟识与把握，正如文后简评中汪文汉所言："是能站在时代的高度，严肃认真地冷静分析，能抓住作家最基本的特征,做到了既无引经据典的唬人架势,又没有四平八稳的油腔滑调,而是把精到的见解渗透在具体事实的阐述中,尖锐而不苛求,持平而不圆滑。"成为"锐意开拓研究的新课题,给人以先声夺人之感"。同时,也使作者洪辉煌先生"受宠若惊"一番。又比如,洪辉煌先生与许谋清可谓是知交,两人共同创作撰写了5部书,彼此的思想观念、理论观点、创作意愿、艺术追求容易碰撞出火花,有求同存异,有异中见奇,故在评论上有独到眼光和优势,易于深刻透彻,甚至驾轻就熟。仅在文艺评论这一部分中,洪先生就对许谋清创作的作品或主编的作品,如《负债功勋》《女女过河》《黑墙上的刻痕》《郭文梯传》等进行评说,从主题立意、创作手法、构思脉络、故事铺叙、把握原则等方面入手,翔实精到又情理兼容地深掘宽拓,引人鉴赏、给人启迪,从中悟出创作技法,赏到文化艺术之美。在《许谋清散文的气象》一文中,对一贯以小说家著称的许谋清的散文,加以评说,为其"正名",让人看到才情双修、文史兼备、技智皆全的许谋清。当然,在这一部分中,还对刘志峰、高寒、李伟才等泉州籍作家给予肯定和赞赏。

第二部分是序和前言,有23篇。如果说搞评论有如"剥花生",那么这一部分就是"为他人作嫁衣"。正如洪辉煌先生自己说的,为人作序、为书写前言是件苦差事,有时还吃力不讨好,先要自己读几遍不说,思考和下笔还要不少时间,甚至数易其稿,方能恰如其分。然而,为人作序、写前言,往往是两相情愿的事,苦乐当自得。序和前言,往往要宏观总揽和微观把握,序以引路、言以启示,评说融入其中,推介渗透其里,做到概览有度、贴切相宜,不言过其实。这部分序与前言,与洪辉煌先生的职业工作和文化造诣有关,洪先生在运用和把握上恰如其分,不难看出篇篇用功用情用心,皆出自精读细研、思索考究,坚持从文本出发,结合工作、生活、性情、才艺等实际,力求有骨有肉有灵性,力求开篇见人见言见思想,形成点睛之笔,追求妙笔生花。在《有感而发》为陈弘的《纱窗女魂》作序时,洪辉煌先生是几经推辞,最后"盛情难却"而为之,文中洪先生先是自叙描白、抒写心境,再到真实感悟、道出个中,既有赞赏也有寄望,既有肯定也有激励。而在成文之后,又感"意犹未尽",马上续写了《从体验直感到理性阐析》一文,加以深化和充实,从感性升华到理性,从中也体现出严谨、真诚的治学、作文、为人的品格与境界。文如其人、更见其魂,正如洪辉煌先生所说:"文艺的别名叫创作,其真谛是奉献,尤其影视创作是一种成活率很低的亏损艺术,需要有更高的人文品格要求。"洪辉煌先生的序和前言,还有一个特点,就是为不少泉州籍的作者而写的,如蔡芳本、蔡宗伟、洪伟辟、吴清标、许金界等,这对于培养和推介本土作家,推动泉州文学创作和文化繁荣,起到不可低估的作用。可谓用心良苦、德高望重、师范长存,令人钦佩。

第三部分是散文随笔,有29篇(含附录)。本书中洪辉煌先生的散文随笔,涉及面广,题材多,篇幅长短也不一。由于散文之散、内容之新、语言之畅、篇幅之短、意趣之美,使人更爱读,具有更强的可读性。正如洪先生所言:"散文的特点是真实。在那里,你不能虚构编造,必须写真人真事,抒真情实感。"在这一部分中,洪辉煌先生先是带人走进菲律宾,让人感受乡情浓似酒,也叫人潇潇洒洒地吃一回海鲜,遇到圣周过个喧嚣节,再到巴萨逛市场,最后难忘地在苏毕游目骋怀、仰望故乡。这部分中,洪辉煌先生还不忘写人,不管是古人还是今人,都赋人物以灵肉和情感,从中汲其"真性情",听其"讲故事"。如现代文学史上较有成就的散文家陆蠡在泉州的故事,清代雍正年间永春历史上首任知州杜世丁的儒官政绩,在蔡其矫诗歌研讨会上初识的邵燕祥印象,动荡岁月中歪打正着的姚建年及其同学校友,被误读的许谋清越咀嚼越有味道,走出故乡奔进省城的刘志峰,和颜悦色儒雅沉静的刘家科,还有号称智者的陈泗东、著名作家王祥夫等。山川文物是散文的发源地之一,在洪辉煌先生的这部分散文中自然也离不开对地理山川的描绘和赞赏,特别是对家乡的紫帽山、围头湾、府文庙等的寄情与记趣。当然,洪辉煌先生喜欢阅读,在走近名人的惊心阅读中,读出人生、读出哲理、读出艺术世界。对于慧眼人来说,在一些老旧的照片中,哪怕是一封旧时信件、一副历史名联里,同样能读出爱意情愁,读出新颖的味道。这就是散文的美学,也是洪辉煌先生散文的魅力。

读完《洪辉煌作品自选集》,给读者的启示起码有3点:一是读书要广纳博采。读书是一辈子的事情,好读书应是文人的天性,只有挤时钻空、广采博览,方能用时不恨少,厚积而薄发,进入书的海洋,并在这一海洋中捞到所需的"鲜货"。在这方面,洪辉煌先生给我们做出了榜样,他说:"虽然职业的选择打断了继续研习提升的通道,但无论在何种工作岗位我都保持着读书思考的习惯。"从他的作品中不难读到他厚实的理论基础、深邃的文史底蕴和娴熟的文学创作修养,并能觉察到闪烁着睿智思想的辉光。二是为人要平和实诚。不管是生活中的洪辉煌先生,还是作品里的那个"我",都能见到平和实在、乐观助人、诚实待人的影子。在为人作序写前言也好,或为人作品评价评说也好,他都是以诚相见、以实求真、据实论说,不搞阿谀奉承,不搞假大空。他说,作品中的我,就是生活中的我,必须把自己的灵魂真诚地呈现在世人面前,接受严格的监督评论,不容许在作品里掺杂使假、逃避责任。他为人为文的信条就是书后的这一句:"真诚乃为文之道、为人之本。"三是作文要用心入情。好的作品总是离不开"人",更离不开"情"。这个"情"字,一方面是作者本人之情,另一方面是作品中主人翁之情。创作过程总是"难为情"的,感情、爱情、真情、深情、冤情、假情,字字重千钧,只有真正用心去写作、用心去揣摩、用心去构思、用心去表达,才能创作出好的作品来。通观洪辉煌先生的作品,入情入理于作品之中,用心贴心于字里行间,故有较高的可读性,有较强的感染力,总是能捕捉到思想微光、时代脉点、哲理名言、修辞警句,读他的作品,能让人心随动、情随行,达到愉悦身心的效果。

感谢洪辉煌先生,愿他继续带动我们在文学的道路上奋力前行。

(本文写于 2017 年 12 月 27 日,原载《晋江文评》2018 年第 1 期)

一杯香醇的思乡美酒

——读《王勇诗选》有感

在一次同车上，偶然从志峰兄那里得到一本菲律宾作家王勇的诗选。后被我放于茶桌上数日，直到端午节放假时间我才读了起来，但一读就是半天，足足读了两遍。在读第二遍的时候，我就认真地品尝和思考。该诗选总的说给我的感受有4点：

一是以浓烈的乡情抒写香醇的诗篇。翻开《王勇诗选》，一股浓烈的乡土味、思乡味迎面扑来，诱人进入梦乡怀故之中。在整本诗选中，写乡土人情、写思念之情的作品占据了近三分之二的分量。诗人的根在这方，人在他乡，记忆中的人和事，成长中的风和雨，思绪中的浪和涌，无不时常激荡在心间，攥握在手中，最后行云在稿纸上。如《听说》中："在咱乡会的大厦我看见了您/慈祥的微笑遥远且亲近/高高地挂在粉白的墙壁上/不可及，唤您只在心里。"寻根问祖、思人怀乡，真切而且真情。又如《古厝》中："咱家的古厝/老跟大地话家常/对每株小草每寸泥土/有着不渝的情感/人会走，可古厝不会走/且活过了好几代/哑默的门，守着明天。"这正是诗人对家乡古厝的理解与怀想。在诗选中有许多是抒写故人、故乡、故事的诗篇，由此也可见诗人对故土的热情、热爱和热恋。

二是以流畅的诗句表达心中的诗意。现代诗，应当是可读可诵的诗，应当摒弃生硬艰涩，避免让人读不上口、赏不达意。诗人在诗选中比较好地解决这个问题或者说比较明显地追求平易流畅，使诗朗朗上口。如《网》中："在异国的码头/你装满乡愁的眼里/一半是过去的辛酸/一半是未来的彷徨。/在海外撒网、垂钓/当你奋力起杆/才发觉，提起的是/自己赤裸的灵魂。"又如《春雨》中写道："两朵陌生的云/在天空有缘相撞/顷刻间化成雨水/分不清你我/溶入泥中/孕育着千百个春天。"

三是以丰富的阅历提炼精美的诗句。文学的素材来源于生活,诗歌也不例外,是有感而发,是有情而吟,是从生活中捕捉出那些美感丽质来。如《落日》《叶》《海螺》《牛的独白》等,就写得惟妙惟肖。以及那几篇题写诗人、书法家、画家、版画家的特色与深度,都来自对生活、对人物的具体把握。从诗选前的多幅名家的题词、多个序言中,也可想象诗人对于诗的热爱和文学的追求。

四是以形象的语境提升诗歌的质感。诗是形象的语言,是跳动的旋律,是意象的空间。直白和平叙不是诗。在诗选中,诗人比较好地把握了这个诗的特性,在保持流畅的同时,不失意象空间和跳跃情绪,使书写出的文字归于诗。如《伞》中写道:"窗下的伞/若秋后的残荷/摇曳着如汗如泪的雨。"又如《小站》中写道:"有一个小站/轨道伸延长长的心事/一种因摩擦而燃烧/因维持方向而平行的感情。"这里都充满着想象力和诗性诗意。

当然,这仅仅是笔者粗读中的一些肤浅感受,表不及里。但愿诗人写出更精更美的诗句,我们期待着。

（本文写于 2009 年 5 月）

祝贺《摇篮血迹》出版

　　首先,向颜纯钧、洪群两位作者表示敬意。对你们合著的《摇篮血迹》影视剧本集的成功及出版表示祝贺。向福建省电影家协会和晋江市文联为这个剧本集的出版和举办这次座谈会所做的努力表示敬意。

　　颜纯钧教授和洪群老师,都是晋江人。其创作实践、教学研究、作品成果,以及处世为人、魅力风范,在福建省内乃至全国范围都具有一定的影响力,是一个时期文学和影视创作的佼佼者和代表人物。《摇篮血迹》剧本集,厚厚一册,540多码,洋洋洒洒640多万字,细看两人的影视剧本一览,共有电影剧本8部、电视剧本5部达68集。看起来两眼昏花,听起来令人咋舌,真是令人赞叹不已,这是晋江的骄傲,是福建的骄傲!

　　从刚出版的这本剧本集,我们可以看到他们一路艰辛的创作经历、不懈追求的奋斗精神和充满激情与自信的人生态度;可以看到他们在文学创作尤其是影视作品创作上的娴熟技法、功底和素养,特别是对人文历史、人物塑造、故事演进、语言运用的驾驭与把握;可以看到他们对家乡的情有独钟和对闽南地域文化的熟悉了解,彰显出他们对于故乡的情结与情怀、关心与偏爱;可以看到他们以真挚的友谊、充分的信任、共同的爱好和互补的心智合作共事,把友情化作创作的动力,在共同奋斗的道路上结出硕果。总之,不管是对文学的追求、对家乡的热爱、对人情世事的处理,他们都是我们学习的楷模,都是晋江文学的宝贵财富,都是文学爱好者应当尊敬和追崇的。

　　这本剧本集的出版,增加了晋江文学的分量与积淀,提升了晋江影视作品和题材的影响力,是晋江文学建设与发展史上的一件喜事,必将鼓舞晋江文学爱好者的创作热情,促进晋江文化艺术的进一步繁荣和发展。借此机会,我也建议广大的晋江文学爱好者、文艺工作者,把握文学和文艺发展的大好时机,加倍努力、勤奋躬耕,创作出更多更好的作品、精品。同时也期待各位领导、专家、编辑和嘉宾,一如既往地关心、关注、关爱晋江文学发展、文化繁荣,给晋江创作队伍予更大的鼓励和支持。

最后,祝颜纯钧教授、洪群老师,祝各位领导、专家、编辑和嘉宾,身体健康、生活快乐,祝新年硕果累累。

（原载《晋江文评》2016 年第 1 期）

在爱情的春天里

  刚刚从北京参加全国青年作家创作会议回来的刘志峰,近日又整理出版了《生活经典》诗集,可喜可贺。志峰是工作上的拼命郎,是生活中的大忙人,也是文学圈子里的旗鼓手。在文学的道路上,志峰笔耕不辍,诗心不改,矢志不渝,其为人与写作影响和激励着一大批文学爱好者,为诗歌繁荣和文学发展倾心致力,默默奉献。

  生活是生命律动的过程,更是生命生动的表现,生活的丰富多彩汇聚成文学的不竭源泉。之所以能成经成典,那是经过历练之后用心感悟的结果,那是打开智与慧之门后的创作结晶。"我是一个对生活感激不尽的人。""所有的人都会读我的诗,赞叹这一诗中的美好主题。""稍静一静吧,爱情虽老,我们却还年轻"。在《生活经典》这本册子里,志峰用生活做底色,以青春的笔触抒写爱情"经典",让爱情这朵文学不落之花,绽放在春天的季节里,展现出迷人的绚丽与斑斓。

  爱情是文学的主题,也是《生活经典》的主题。志峰站在青春突兀的险巅上,以一种放纵空茫而又率性具象的个性,甚至是反叛的情绪审视和对待爱情,诗风跳跃而不是循序,含蓄而不是直白,深沉而不是浅薄,展现出深邃多重、无拘无束、丰富多彩的美感。"冬天来了,我的女孩,现在,除了适从冬天,你不要做其他事。""有时爱情也要放荡一回。我这个叫作楼兰的人,来自情殇的原野,生命颓废的地域。""初识你的时候,你才是一个发育中的少女,如瀑的长发遮着一半脸,有点羞怯。现在你已经趋于丰满,好似自由王国的蝶,飞来飞去。""让你爱我赤裸的身体,剥去华丽的外衣的那种朴素和粗俗。让你爱我的烟酒味。让你爱我眉宇之间的酷。""可是不能容许你的拒绝。谁也无法阻止我做一个爱情的暴君。""爱情对我来说，就是一场无休止的征战。我把最后的胜利视为生命，就像一个把荣誉看得很重的军人，在失败即将来临的时候，用爱情的最后一颗子弹击毙自己。""谁说我在爱情的泥沼中泥足深陷？我的爱情早已尘埃落定，我早已洞穿爱情的黑暗，找到了人类情欲的光明。""如果生生世世做你的情人，除了我，还有谁能染指你的欢心。""我愿意加入到寂寞的爱情队伍中，进行爱情的长征，一条路，走到黑。""爱情是我的天堂，我在天堂里燃烧。"这是《生活经典》中志峰的诗带给我们的无比惬意。

　　春天是季节的次序，充满着生机、变数与躁动。春天从冷漠的冬天走来，通过收敛得到生发，通过蕴藏赢得绽放。同时，春天还是年轻的性格、爱情的向往、生活的趋求，也是志峰喜欢表达的诗情。当爱情与春天交织，生活就会丰富多彩；当爱情与青春碰撞，生活必然擦出熊熊火花。"春天不醒，春天是锁门的链。而我们坚持作为睡春的恋人。""我们越过一个冬季表达对春天的欣羡，怀揣着一份热烈的期待，春天在找寻谁的祝福。""请你用心认真地听我说：这些春天里的花繁叶茂，这些经过精心策划的爱情故事，我一直努力着，想表露自己对爱情的漫漫追求。""那来自春天的消息，总是叫我难眠，叫我费猜。""春天拉开生活的序幕，我们收割生活的秋天。"这是《生活经典》中志峰的诗带给我们的美丽画面。

　　《生活经典》在创作技法上，也有其独到之处。比如灵动的意境、跳转的诗路、率性的表达、幻化的情结、悖逆的情绪等，都是值得品味和赞赏的。读完刘志峰这本诗集，还有一种期待，那就是愿他的诗作像爱情那样甜蜜，像春天那样绽放。

　　（本文为刘志峰诗集《生活经典》序，香港风雅图书出版有限公司 2014年1月出版）

晋江骄子

——刘志峰、许谋清新著读后

一

书是财富，准确地说是精神财富。最近刘志峰在不经意间一下子出版了两本书：一本是《晋江胜迹》（与粘良图合作），另一本是《我认晋江是故乡》。刘志峰出过十几本专集了吧，我们知道创作和出版一本书都是很不容易的。这两本，特别是《我认晋江是故乡》这本，是他一二十年来从事文学工作的积累，是他笔耕不辍、挑灯熬夜、付出心血的结果，更是他对文化艺术生活和闪耀跳跃文字的挚爱。

读这两本书，给我的第一个感觉，就是乡情心曲凝成结。一个作家，他写作的出发点和归宿点，总是离不开养育他的那方热土，故乡是永不离弃的情愫，是枝繁叶茂下的根源。也可以这么说，你对故乡有多亲近、多热爱，决定着你创作的宽度和高度，因为那片充满想象的天空任你驰骋，那一砖一瓦的景色总在记忆的深处盘旋，那一张张熟悉而又陌生的笑脸总在心底荡漾。所以说，不管你走多远，故乡总是你背后一道抹不去的风景。爱我们的故乡吧。不管是美丽还是简陋，或是一般般，她就像我们的母亲，值得几生几世的感恩。刘志峰本来就是晋江人，这两本书写的景、说的事、言的人都是晋江的，或直接与晋江有关。我以为，这一个"认"字，含义深刻，不背祖而认，真了解而认，升情感而认，懂感恩而认，为彼骄傲而认。这种动情入理升华的认，有感情、有温度、有心音。

读这两本书,给我的第二个感觉,就是纵横捭阖有维度。纵横构成坐标,捭阖由表及里,说的是有层次、有深意。我大致概括为3句话:整体写晋江,独特汇成书,本质在服务。一是整体写晋江。《晋江胜迹》这本书,写的是晋江的名胜、文景、遗存、古迹,大多数是我们所熟悉的,或听说过,或看过相关资料,这里值得我们珍惜的是,范围广泛,内容全面,材料真实,史证可鉴,对于深度了解晋江是很有帮助的。作者之一的粘良图,曾是博物馆人员,本身就是晋江地情史情专家。二是独特汇成书。纵观《我认晋江是故乡》这本书,体裁、内容广泛,散文、随笔、序言、后记都有涉及,以特别显特色,写人写景、是文是论、有史有证,在时间和空间上,构筑起超越文学品质本身的另一处高地,展示另一方风景。从中还可以看出刘志峰在文学方面的交往交流、活动组织、文史见证的脉络和历程。三是本质在服务。读一本书不仅看其文字,领略文意,还应当超越文本读出其本质核心和鲜明主旨。读《我认晋江是故乡》这本书,我们能从作序、后记、写人记事中悟出他的为人、性情和风范。在这方面我说他是文学的引导者、连心桥、伯乐家,本质就体现在为晋江文学服务,为晋江文化人服务,充满大爱。

　　读这两本书,给我的第三个感觉,就是骄子之爱在晋江。这两本主要内容是写晋江,典藏晋江的名胜,叙说晋江的人事,字里行间充满着对故乡晋江的深情与热爱。刘志峰很早就写诗,成果成就也早,又从教书匠到文化馆,从晋江迈向省城,角色多次转变,但文学之心更圆、情感更重、动能更强。如果要对其评论的话,刘志峰是"晋江文学现象"的重要贡献者,是晋江诗群的领军人,是晋江文坛的好管家,同时也是泉州和全省文学领域的著名人士。他的创作思维、工作领域、活动范围,充满着开拓和进取特征,总有一股正能量的精神气,在他的身上涌流。我相信,他的每一项文学成果和每一次工作成效,都是艰苦努力、劳心费神造就的。所以我说,刘志峰首先是个大忙人,然后还是个爽快者,晋江文坛因为有他而骄傲。"骄子",这里引申为值得骄傲的才子,所以把"晋江骄子"的名号给刘志峰,以此表彰他。

二

　　晋江还有一位值得骄傲的才子，叫许谋清。这位许先生或称呼许老师，年轻时由晋江上北京，老一点又回到晋江，当起市长助理，特别是把一家子的文化人带回晋江。他写了不少小说、散文等文学作品，今天又见到这本厚重的《彩色的风》，这是一本散文随笔。他的作品我爱读，感觉有鲜活人物、有历史背景、有跳跃节奏、有较大格局；他的散文能读出美感，也能读出小说味。这本书主要内容也都是写晋江的人和事，是晋江改革发展历程的片段记录，是晋江社会人文状况的点线写照，读来可以使人更深刻地了解晋江、关注晋江，且在记忆深处打上晋江的烙印。许谋清先生写了多部小说，也成为当时的尖锐和独特指向，人们都看好他、期待他。但他是个多面手，书法、绘画、影视、讲座等也都有涉及，成效也不错，还办起个展，是个杂家大家。然而也有一些人认为他应当走"正道"，就是专注于写小说，集中精力写出精品力作，特别是为故乡晋江写出有重大影响力的题材，在晋江创造奇迹的进程中，写出小说或影视精品，让经济物质的创造力与精神人文制高点，在新时代奋进中叠加激荡，迸发出奔腾的火花，让晋江文化响起来、亮起来。其实我也在期待，期待他写出更多的"彩色的晋江"，再来一个"为世界写晋江"，助力晋江步入国际化轨道，迈向世界大舞台。

（本文写于 2018 年 12 月 2 日）

王燕婷散文印象

今天在这里举行"晋江文学现象"之女性文学座谈会,重点推出4位晋江女作家的作品分享与品评。举办这样一次活动,匠心独特,意义非凡,必将进一步凸显和丰富"晋江文学现象",推进晋江文化和文学的繁荣发展,鼓励更多的本土作家尤其是女性作家勤奋创作、力出精品、勇攀文学高峰。

女性文学,有着独特的含义,它不像儿童文学那样,专指写儿童的作品领域。而是指以女性作家为创作群体,对其文学创作活动及其创作成果的研究和探寻,是区别于男性文学及其他文学的专门的、独特的文学分类。今天,有重点地推出晋江4位比较著名的女性作家及其作品,进行集中的分享与品评,有小说、诗歌、散文、诗词和文评,内容丰富,特色鲜明,形式灵活,是近年来晋江文学活动的又一次"聚餐",而且是"大餐",弥补了"晋江文学现象"的一个空白,又点亮一处星光,可喜可贺!

王燕婷是地地道道的晋江人,所以能写出原汁原味、醇美甘甜、数量颇多的乡愁文章来,能够带你走回梦中常见的故乡,带你步入一个过往时代的门槛,从而充实人生的回忆,找到生活的起点与元素,其意义比文本更华丽、更动人,成为一道独特的风景。最近她刚出版一本叫作《拥抱,在风起时》的散文集,我拿到这本书比较晚,但很快浏览一遍,个别也重复着看,对其创作心迹、文意有了更多的了解,看后切实让人耳目一新,倍感赞叹,应当给予褒扬和点赞。关于对王燕婷散文的评介,在本书的序言中及其附录部分,作家出版社原总编辑、著名评论家张陵和晋江市作家、文评专家郑君平、李锦秋,从宏观和微观上都有全面深刻的评说。留给我的也只能谈几点重复的、粗浅的看法，权当是"王燕婷散文印象"吧。

印象之一：家乡情怀，生活底色；原汁原味，难能可贵。每个人都有故乡，每个人都有童年，每个人都有记忆中的那些故事，这最容易成为创作的起点和素材的，有时想不涉及都不行，"乡愁"是创作的原动力，是一股涓涓的细流，有时也会集成塘水，甚至一倾而下、奔腾万里。王燕婷的选择和视角是对的，从家乡、家人写起，从最熟悉的地方入手，有了捷径，手到擒来。王燕婷也是聪明的，因为每个人都有回忆的功能和心理，过往那些幽怨和琐碎最能打动人，遗忘的重拾就是更新的获得，得而快、满而足。在这本散文集中，王燕婷书写最多和最好的，就是关于乡愁的那些篇章。这一点，郑简在附录的文中概括性写道："大凡闽南风物，一砖一瓦，草长莺飞，家长里短，无不自然而然地化为一个又一个的话题，在她的文字里铺陈开去。除尘拜佛敬天公挲上元丸，古井石埕八仙桌雕花眠床，我们所熟视无睹的寻常物事，在她眼里，维系着难以割舍的追思怀祖的情愫，渐次呈现。"我想，除了那些乡愁的故事之外，散文集中反映日常生活、看似日常琐事的串街走巷、商场购物、相处与人的言谈举止、察言观色、心理揣测，也写得有底色、有滋有味，展示出一个女性的特长和优势。

印象之二：眼光独特，平中见奇；细腻入微，可读性强。人们的记忆总是模糊的，要从平静的泥潭里打捞上来，需要有诚心和好眼力。在习以为常中看到不同寻常，在司空见惯里发现别有洞天，这是一个作家的扎实功力。汪曾祺能从小小的韭菜花里，延伸出祖国大地饮食口味的差异，还牵引出丰富的文化内涵；朱自清能从见到过的无数次父亲的背影里，看到父爱的深沉与伟大。这都不是靠运气，而是靠作家的修炼和功底。在王燕婷的散文中和笔尖下，也能看出一双平中见奇的慧眼，读到一种体味人生、感悟生活的心语。王燕婷的散文中还有一个明显特点，就是细腻深入，于细微处引人入胜。比如在《当古厝长满了草》一文中写道：高过肩膀的野草，摇曳着吞没了门前的土埕和水井。屋顶瓦片上灰黑的苔痕，是未凝的墨迹。石墙泛着微黄，方砖斑驳成惨淡的红。丛生的藤蔓夹杂在野草的细须里，从屋檐的角落垂落。大门上的锁，被蛛网封锁，以及小阁楼上的亭子，被几条坚实藤蔓盘踞,等等,都能看出写作的细微、耐心和精到之处。

印象之三:铺叙自如,形散神聚;言简语美,悦目赏心。散文的散就在于铺和叙,能否做到铺叙自如,又收放有度,是写好散文的一项基本功。同时,是否做到形散而神聚,又是散文成功与高下的标准。在这本散文集中,王燕婷做到了这一点,或者说在铺与叙、散而聚方面,她有比较强的把控能力,知道是否成篇的质的与标准。比如开篇的《拥抱,在风起时》,就相比了4次拥抱的情形。在《逛街去》一文中,也写了与先生、大侄女、二侄女、儿子不同的逛街情形。从而使题有深意、文有内容,有更多的厚重感,而非单薄的呻吟。在散文语言运用方面,注重词语的提炼、精确的运用、美意的抒写、流畅的表达,是王燕婷写作的一个明显特点,也是散文成功的基本点。这方面,女性作家尤其像王燕婷这样学文从教的,应该有优势,也应当展示出来。情真、意深、言美、易读,应是王燕婷散文的一种追求。比如在《家有明镜》的最后写道:"太公躺下了,属于他的生命之门悄然掩闭;那一刻,一个家族的灵魂之光被点燃,属于一个家族的荣耀之门被开启了。"这是一种凄美。还有,在《做一个水当当的闽南女子》中,写留守的闽南番客婶,在祈盼中耗尽青葱岁月。在那似水流年里,挣扎到老获个叶落归根的团圆。多少企盼空落,多少真情被辜负,在无尽的深夜里孤独蚕食着她们苦痛的灵魂。而无论怎样,她们都是静默地坚守,随时等待远航的心。"在《晋江,我们的家园》中写道:"清晨,当第一缕阳光倾泻在石鼓山上,听寺庙钟声悠扬,品一杯甘醇的清茶。信步八仙山上,翠湖晨曦,曲溪梦泉,小桥流水淙淙,细草高树绿意饱满,清新洁净之感足以涤荡心间久蓄的尘埃。"如歌倾诉。词美、句美在此集中确有不少。

印象之四:用心会意,情理相融;凡人凡事,给人启迪。对于散文来说,往往是一篇文章可以看出一份心情,一本文集可以读出一个人的心境,文如其人大体就是这个意思。在王燕婷的散文集中,我能看出她写作的用心和动情,看出她铺摆递进之中的立意、用意,看出她于情理之中的哲思与感悟。通常来说,作文有起、承、转、合的笔势与架构,王燕婷的散文大致相同,她已经注意到了落笔之时的"点睛"和收尾之时的"闪亮",并在一些凡人凡事、琐碎杂陈中抽丝剥茧，找到能引起共鸣的因子，从而给人以启发与启迪。先说开头句，如《拥抱，在风起时》用"昨夜雨疏风骤，辗转难眠"开句，《当古厝长满了草》用"那天午后，天空有些阴霾"牵引，《埕上丝瓜》用"大埕是闽南古厝的标配"点题，《跳火群》用"再也没有什么景象比火焰更加壮观"破题，《待月西厢》则用"待月西厢下，迎风户半开。浮墙花影动，疑是玉人来"这样的诗词润篇饰题。还有不少，不需再举。再看结尾的处理，也不一般。如《深井》结尾句："闽南古厝的深井，红砖绿瓦青石，色泽鲜丽，敞亮开阔，铸就了闽南人宽广包容的品格，那方明亮的天空，更引领着闽南人向着更光明的远方，无畏地前行。"在概括中升华。《新妇》的结尾句："她们是飞翔在凡间的妙音鸟，高仰着头，身姿无比轻盈，在时代赋予的广阔天空里，她们要飞了。"一份赞美与期许。《榕之厝》的结尾句："期待它爆裂的一刹那，伴着天地间最嘹亮的唱颂，它混着黄土的根须定然会带着耀眼的红，红得像繁衍生息在梧林的子民呈给这片土地赤忱的心。"在振奋的唱颂中唱颂。《水水姿娘》的结尾句："清泉淙淙，淌过干裂的河床，春风微拂过枯草的荒野，巧笑嫣然的水水姿娘轻盈盈地游弋凡间。"语尽而意悠悠，神话般的收住。读王燕婷的散文集，可以读到往日的那份乡愁，也可以读到今天的崭新气息。

"感恩生活在这里，她给我无数的灵感。如果我从心间流淌出来的文字，真正能将她的美显现出那么一点点，那么我的文字终是找到了意义。"（《出走的意义》）这是王燕婷的心声和自述。让我们祝福她，也期待她！

（原载《泉州文学》2018 年第 6 期、《晋江文评》2018 年第 3 卷）

初读《台海英雄传》有感

　　吴绵普自称文凭不高，年纪偏大，其实在我看来，他勤学好思、厚积薄发、笔耕不辍、著作颇丰，是一位令人钦佩的老先生。在我的书柜里，就有他的《闽台民俗礼仪集》《话说李五》《威略将军传》等著作。他是晋江市历史文化研究学会副会长，是文史学者、民俗人士、草根作家，尽管年龄已过 70线，但学研心思保持年轻态。

　　吴绵普先生，出生于晋江市龙湖镇的吴厝村。这里是施琅的故乡，是郑芝龙、郑成功屯兵演武、搏海斗浪的重要基地，是吴英的同族后裔。这里还是台湾海峡的中部，与台湾一水之隔，并有着血脉相连的历史和文化渊源。所以，"台海"在他的脑海里，就是一湾民族之海、血缘之海、情感之海，就是一湾改朝换代之海、战火纷飞之海、历史创伤之海，更是一湾民心凝聚之海、民生福祉之海、民族复兴之海。

　　于是，他遥望历史天空，追溯过往英雄，以波翻浪滚之情，泼墨挥洒描绘出百年长卷——《台海英雄传》长篇历史传记小说。这本厚重的章回体长篇小说，洋洋洒洒 80 万字，时间跨度百余年，涉及人物上千个，共有 108回，围绕海峡纵横捭阖，讲述一个宏大的历史故事，描述以郑芝龙、郑成功、施琅、吴英为主人翁的一批台海英雄豪杰。

　　郑芝龙，是明末平国公、清初同安侯，福建总兵，开台先驱之一；郑成功，明末清初军事家，被封延平王，驱荷复台的民族英雄；施琅，同安副将、总兵，福建水师提督，被封靖海侯，追赠太子少傅；吴英，台湾总兵、同安总兵、莆田总兵、四川提督、福建水师提督，御赐"作万人敌"，封"威略将军"。

四大人物,生死百余年,都是铁血将军、蹈海击浪的勇士豪杰,都是显赫一时的历史名人。他们每一个人本身就是一个传奇的故事,4个人沟通、串联起来,就是一部百年风云历史画卷,就是一部丰厚的台海军事史、英雄史。

如果按书名拆解,吴绵普先生就是紧紧围绕台海这一区域性舞台,按照历史事件递进时序,绘就出人物、情节、语言、场景等色彩斑斓的历史画卷。小说中,英雄故事波澜壮阔,人物形象栩栩如生,情节内容紧密相扣,叙述言语平和自然,通过章回演绎,通过事件转承,让沉寂落寞的英勇壮举频繁再现,让渐渐远去的精气神重新回归,读来宛如一架洪钟,从遥远处传来,缓缓敲醒我们沉睡的长眠。

《台海英雄传》这部长篇小说,其难得之处还在于:创作者吴绵普先生,是以今人之手,传承古体章回体式和语言,以人物和事件为主要线索,叙述铺陈、沟通串联成传记式的历史小说。采用这种写作手法,比较符合传记式历史小说的时空境界,比较符合表达历史人物和内容需求,这似乎可以概括为"以古法写古事"。而运用这种方法,没有一定的笔力功底,不下一番苦功辛劳是难成其就的。这正是这部长篇历史小说难能可贵的地方,也是吴绵普先生令人钦佩之处。

我还以为,阅读和欣赏这部长篇历史小说,要以大历史观为视角,从宏观上把握真实的历史事件,不拘泥于小说中的某个细节、某些人物、某种用语,用"小说的视域""小说的心境"读这部长篇小说,这样就能摆脱"历史"的过分纠缠,走出"真实"的思绪陷阱,从中赏识"故事"的艺术魅力。

时逢福建文化部门正全力打造"福建长篇小说的板块和品牌",我想吴绵普先生的《台海英雄传》恰逢其时、当有所盼,为海峡两岸文化交流、"海丝"深度合作、文化繁荣发展做出应有的贡献。希望有更多的伯乐相马、慧眼识珠,从各方面给予鼓励和支持。也期待着这部《台海英雄传》长篇历史小说,能够正式出版,顺利传递到更多的读者手中。

(本文写于 2017 年 4 月 26 日)

追风逐雅读童趣

前不久突然收到一本题为《追风》的书，是永和镇西坑小学编著的小册子，内容大多是在校小记者们的作品。30 多码，30 余篇目，看起来并不怎么起眼。但顺手翻了翻之后，却觉得有新意更有韵味，于是，我便仔细而又认真地品读了起来，直到有感而发的地步。

每个人都有自己的童年，童年的故事不尽相同。但是，现在的孩子们是幸福的，拥有着健康成长的环境和快乐学习的时光。就像西坑小学这 36 位小记者一样，利用课余时间采访、写作、考察、实践，在课堂外更加广阔的空间，追逐风雅，寻思梦想，享受欢乐。通过各种有益、有趣的活动，积累能量，锻炼能力，提升素质。在小记者站里，收获成长和快乐，分享喜悦与幸福。

读完这本小册子，我仿佛走进西坑小学，来到这群统一着装、身披红带的同学们中间。听到校长那洪亮的口令，迅速排列着整齐的队伍，集体朗诵着誓言般的诗句，高唱着雄壮有力的歌曲。在综合楼前，看五祖拳耍出年少，听鸣奏曲伴唱童谣；在逢春楼里，绘出七彩生活片段，剪成花儿一样的笑脸。高高的国旗迎风招展，欢乐的笑声充满校园。

就在学校的运动场上，小记者们乘上"快乐大巴"，去畅游无边的"科海"，去幻想"超时空"的存在。或许他们跟着课本游江南，或许他们背上行囊入田园，或许他们穿着晋江鞋去逛北京城。但不管他们走到哪里，他们都会觉得园博园的风景最美，科技馆的科技真酷，老师和同学们能逗！

瞧，"女诸葛"竟把"卖西瓜的老爷爷"读成"卖爷爷的老西瓜"，引来一堂哄笑。号称"国球手"的同学，无论多么险恶的来球，只要经他手中的球拍一调整,便能化险为夷,变得和平起来。"女高音"能唱出不亚于专业歌手水准的歌曲,让人"流连忘返"。真是班级里有"三宝",啥事就都难不倒。这就是我读懂的西坑小学,这就是一座通过省级验收的标准化学校。

在这本小册子中,有一些短文意趣风生、有韵有味,读后不仅让人有返童之感,更让人有赏识之快:假如我当上小小的城市管理员,我要从扶老帮幼、扫街捡物、疏导摆摊做起,用爱心去管理;环保意识强,垃圾也能变成砖,走进工厂一看,是现实而不是想象;肃立在英雄墓碑前,许下如炮声的誓言,未来需要我们接班;从发出无聊的邮件到亲手种下小小的树苗,绿化了一个假期,也美化了整个心灵;选自己渴望的手机还是买妈妈想要的裙子,纠结中让少小的心灵读懂人间的大爱;"骑猪"这样难以想象的故事令人发笑,却让暑假像没有年轮的树一样永远不老;"斗蚊"故事就如同亲身经历,一种胜利后的满足让人整晚舒坦安眠。童言虽无忌,但童言也是有趣的。

为人师表的老师,是学生们忘不掉的人物、讲不完的故事、写不完的题材,在小学生的眼里更是这样。请看:老师的眼睛会说话,眼睫轻轻一挑,就是无数个问号;眼角微微一扫,调皮蛋儿一个也逃不掉。老师的眼睛是知识屋、瞭望角、金钥匙、连心桥。老师啊,您是天底下最美的人,您像和煦的春风温暖着顽皮的心灵,您像红红的蜡烛燃烧着自己,却让我们放射出绚丽与璀璨。芬芳的气息萦绕在花间,潇潇雨声呢喃青春依恋,园丁们的汗水融进了花魂,化作万紫千红的动人诗篇。当我们背上行囊远去,我们怎么能忘记,老师还在远处等着我们的消息。从几篇诗作中,我还能感觉到西坑小学师生关系的密切程度与和谐氛围。

我没有到过永和镇西坑小学,但"不认识,聊着聊着就认识了"。我真诚地期盼着,西坑小学在新的一年里,不断焕发异彩,攀登新的高峰。也祝愿老师和同学们一年更比一年好!

(原载《晋江经济报》2013 年 7 月 8 日)

以幸福眼光看晋江
——写在《晋江迈向幸福》出版之际

　　2012 年 12 月正值晋江撤县设市 20 周年，此时此刻晋江人笑得很甜，倍感自信与自豪，因为晋江市国民生产总值突破 1300 亿元，工业总产值超过 2700 亿元，财税收入达到 160 亿元，城市居民收入接近 2.5 万元，农民可支配收入达 1.5 万元，近 2000 万平方米的居民住房正在兴建之中，一些公共设施正在加紧完善，经济强市名居前列，城市建设日新月异，居民幸福感显著增强。

　　就在年初，晋江市政协文史委就敏感地察看到市委市政府的新目标和人民群众的新期待，决定编著《晋江迈向幸福》一书，真实记录近几年来晋江人为"幸福"而奋斗的足迹与历程，展现新姿新貌，进一步激励人心，凝聚合力。经过大半年的努力，这本书终于结集成册，正式出版。

　　晋江是泉府首邑，自古以来人杰地灵，商贾繁茂，雄称海内外。"泉南佛国""安平商人""晋江人文甲诸邑""温陵甲第破天荒""明代六相九尚书""涨海声中万国商""东方第一大港""天下无桥长此桥""十户人家九户侨"以及民族英雄郑成功、抗倭名将俞大猷、收复台湾主帅施琅等等。这些美丽的故事都描绘在晋江历史的长卷里，并且熠熠生辉、光彩照人。

　　改革开放以来，晋江人以"敢为天下先，爱拼才会赢"的创业精神，在这片古老的土地上，借助侨乡优势资源，率先在商海大潮中扬帆起航。用"三闲"（闲人、闲房、闲钱）起步，靠"三来一补"（来料加工、来样加工、来件装配、补偿贸易）业务，从"五小"（小商品、小作坊、小额投资、小笔业务、小范围合作）做起，不断做大、做强、做活、做精企业。从土地流转、集股经营、招商引资、改制放权、创立经济名镇,到园区开发、创立品牌、上市融资、实行精益管理,再到组团战役、经营运作、转型提升、拓展提速、打造经济强市。晋江,一步一个脚印,一步一个台阶,奋起直追,奋力攀登,奋勇作为,成为拥有1.6万多家民营企业、120多项国内外驰名品牌商标、40余家上市企业的工业强市。综合经济实力已经连续19年位列福建省首位,全国百强前十位,在仅有的649平方公里土地上,创造出"晋江模式",形成了"晋江经验",书写着"晋江传奇",为世人所瞩目。

近几年来,晋江在科学发展、跨越发展的引领下,实施"产业提升,城建提速"发展策略,主动融入环泉州湾规划发展的大局,打响"五大战役"(产业、城建、民生、开发区、小城镇),推进"五个工程"(产业、城建、民生、生态、党建),以"九大组团"的运作模式,以"以人为本,为民造城"的崭新理念,以"一线工作法,实行七个同步"的工作步骤,激发创业热情,汇聚发展合力,凝聚民心士气,加速发展步伐,创造新优势,勇当排头兵。"晋江速度"令人刮目相看,"晋江经验"在全省弘扬,"晋江精神"在实践中不断凝练提升。

如今的晋江:北面,雄伟的晋江大桥、壮阔的跨海大桥横架于晋江流域之上,世纪大道穿城而过,快速通道穿越池店南北片区,与机场相连,滨江海口高楼林立,逐渐成为新的城区,号称泉州的"陆家嘴";南边,沿海大通道蜿蜒穿梭,渔村小镇、滨海新城、港口码头、濒海沙滩,已经连成一片,形成繁荣发展的黄金地带;西面,快速路、高速公路、高速铁路、国道、省道,纵横驰骋,交错成网,出口加工区、包装印刷基地、物流园区、陆地港区、紫帽山旅游风景区,片区相连,互簇相拥。晋江,工潮汹涌、商流澎湃、活力无限。晋江,医保、社保走在前,教育免费已率先,慈善养老受褒扬。晋江,日新月异,变化惊人,城乡一体化快速推进,一座幸福城正在崛起。

党的十八大提出要在发展平衡性、协调性、可持续性明显增强的基础上,实现国内生产总值和城乡居民人均收入比2010年翻一番,确保到2020年实现全面建成小康社会宏伟目标。一个美丽中国和幸福小康未来正深入人心、激发干劲。中央电视台下基层问民生,将"幸福"话题交给百姓,在全国引起热议,并产生巨大反响,更给人们以启示。晋江人自从制定"十二五"

规划起,就把打造"幸福晋江"作为奋斗的目标。全市一城,全面动员,全民努力,围绕科学发展主题和转变经济发展方式主线,主动打响"五大战役",奋力推进城乡一体,在更高的起点上实现又好又快发展。

为及时反映干部群众的心声,记录晋江人奋斗的足迹和场景,展现晋江城乡的新貌与风采,一群文人作者以"幸福"为题,聚集晋江,考察晋江,书写晋江。以政协文史委为主办单位,以文史爱好者为写作主体,并特邀部分省内知名作家、媒体记者热情参加,以纪实性文体为主,生动反映近几年来晋江市委、市政府解放思想、科学决策、统筹运作、奋力作为的新举措、新机制、新变化、新成就。以文史工作者、作家、记者等各自独特的视角,诠释"晋江经验",解读创新内涵,用思想文化成果,向党的十八大和晋江撤县设市20周年献礼。

在采写过程中,作者们深入晋江,走访机关单位和基层群众,踏进生产企业和开工工地,亲临其境、亲身感受、亲密接触,掌握第一手材料,潜心思考,用心书写,真实反映晋江迈向幸福的过程与期许。有的以现状开头,有的以故事入文,有的从历史写起,有的由感受生发,城市规划、产业发展、道路交通、生态环境、教育医疗、医保社保、社会管理、人文精神等,一道道出题,一题题破解,一篇篇成文。一人一个视角,一篇一个侧面,传达幸福信息,挖掘幸福源流,展现幸福美景。

尽管晋江还处于新兴城市之列,依然有这样或那样的不足,但这片古朴的土地充满生机,涌动活力,孕育神奇。在庆祝晋江撤县设市20周年的同时,爱拼会赢的晋江人,又擂响了"二次创业"的战鼓,上下同心,政企互动,谋转型、稳增长、调结构、创新业、保民生、添后劲。我们坚信,在晋江市委、市政府的坚强领导下,在全市人民的共同努力下,一座现代化的幸福新城,必将崛起在晋江南岸,晋江的明天一定会更好!

(本文写于 2012 年 12 月)

重整行装再出发

——写在"晋江经验"大型系列报道之时

2018年是全面学习贯彻党的十九大精神的开局之年，同时也是我国实行改革开放40周年。由中宣部主导策划的"壮阔东方潮，奋进新时代"大型主题采访、系列报道"晋江经验"。崛起的新晋江，一时刷新媒体，唱响大江南北，飞向海内外。人们称赞：厉害了，晋江！晋江切实值得骄傲。

然而，"三分天注定，七分靠打拼，爱拼才会赢"这歌声明快而响亮，更充满着创业道理。作为爱拼、善拼的晋江人，此时不能沾沾自喜、夜郎自大。成绩只是代表过去，希冀才能开创未来。在大型专题报道未尽之时，晋江市委就专门召开学习会议，提出要更加感恩、更加珍惜、更加冷静、更加努力，围绕"政治过硬、本领高强、机制通畅"三大要求，提出了40条即查即改方面的措施。成绩面前不能盲目乐观，热潮之后需要冷静思考，只要永不止步、奋斗不息，晋江必将迎来下一波的滚滚洪流。

在改革开放40年的基础上，如何再创晋江新的奇迹，谱写"晋江经验"新的篇章？从众多的启示中，我认为还要把握好以下4个方面：

一是适应新时代，更加明确前进的方向，把"晋江经验"融入新时代伟大征程的奋斗中。必须认真贯彻落实党的十九大精神，按照"四个全面"战略部署和"五位一体"总体布局的要求，牢固树立"五大发展理念"，坚持以人民为中心，打好打赢"三大攻坚战"，更高质量地实现全面小康，为"新福建"和"五个泉州"建设多做贡献，努力推进现代化建设，实现强国目标和民族伟大复兴。

二是把握高质量，更加重视产业转型升级，把做实做强做优实体经济作为重中之重的任务。更加重视产业布局和产业结构调整,坚持创新驱动和品牌推动发展战略,注重人才培育和科技应用,努力实现传统产业转型升级,扶持和发展高新技术和智能化产业和项目,争创产业优势、品牌优势、产品优势、营销优势、成本优势和研发优势,做实做强做优实体经济,实现高质量发展,继续当好"排头兵"。

三是对接国际化,更加重视城市品质提升,主动把晋江推向世界舞台,让其在更大格局中发展。坚定走全市一城、产城融合、民生优先发展之路,更加重视在内提升城市品质、在外提升城市竞争力。继续扩大与港澳台交流合作,更加积极主动对接"一带一路"建设,发展对外贸易,打通国际通道,为经济发展注入活力。利用赛事活动,以赛促产、以赛兴城、以赛惠民,坚定步伐走向世界、走向未来。

四是提升幸福感,更加重视改善民生,把满足人民对美好生活的需要作为始终的价值追求。坚持以人民为中心的发展理念,高度重视补齐民生短板,不断提高社会保障能力。坚持社会公平正义,维护法律尊严和保障个人权益,建设平安和谐社会。发展社会公益事业,助力扶贫济困,关心老幼生活与扶持弱势群体。发展文化事业,不断丰富市民精神文化生活,增强市民获得感、优越感、幸福感。

（本文写于 2018 年 7 月）

"晋江戏曲现象"与乡村记忆文化点滴谈

晋江是一座千年的古邑,历史厚重,文化积淀很深,是泉州古城文化之都的重要基石和主要渊源。从 1300 年的科考历史来看,晋江一共出了 1853 位进士,其中有 11 位文武状元。晋江先人中,有蔡襄、蔡清、陈紫峰、王慎中、张瑞图、林外、吴鲁等一大批历史名人,以及有众多的名著流传存世。这些有人有物的要件,见证和构成了有形的历史文化,并随着不断挖掘、保护不断显现出来,彰显出独特魅力。同时,还有一种同样重要的、无形的文化遗存,那就是我们常说的"非物质文化",这一部分的保护、传承、弘扬其实很不容易,也就显示出其的重要性。传统文化内容上的"四梁八柱"也好,区分为物质和非物质遗存也好,反映的是一个国家、民族,一个地域、地区的软实力和历史的厚重感。文化不仅仅是一张靓丽的城市名片,一张跻身幸福殿堂的身份证明,更是一个上升到城市建设有品有位、生活有质有量、文明素质上层次档次的衡量器。

改革开放越深入,我们就越认识到文化建设的重要性,并逐渐把文化提升到与经济、政治、社会、生态并列,形成"五位一体"的发展战略。通过加强文化建设,打造文化强国,增强文化软实力,提升民族文化自信,促进文化大繁荣大发展,满足人民对精神文化的需求。纵观中华民族五千年的文明史,维系整个民族传承的纽带,就是中华文化。可以说,文化是基因,文化是根脉,文化是灵魂。由此可见,文化的巨大力量和重要性。文化有源头、有传承,但更要有创新、有发展,一味地因循守旧、循规蹈矩是没有出路的。处于当今新时代、担当新使命的两大课题,就是传统文化的传承弘扬和现代文化的创新发展。同时,两大课题并不是孤立、对立的,而是相互配合、相互融合,需要双轮驱动,共同发展和进步。

晋江不仅是经济强市,全国县域第五、全省第一,而且也是一个文化强市。文化历史丰厚,文物数量不少,非物质文化遗产内容广、级别高、传承好。戏剧歌舞组织多、队伍强、舞台多、活力强、影响广,更主要的是群众百姓喜闻乐见,社区村庄遍地开花。"晋江文化现象"越来越被重视,越来越值得被研究和借鉴。在"晋江文化现象"中,就有"晋江文学现象""晋江诗歌现象"等说法,今天又欣喜地看到"晋江戏曲现象"。我想,它既然作为一种专门的文化现象,一定有它的形式和内容,有它的数量和质量,有它的震撼力和影响面,有它的普及性和推广度。其实,晋江的南音、高甲戏、嗦啰嗹、布袋戏,以及舞狮、香龙、拍胸舞等,就经常演出,很受群众喜爱,既有市场也有效益。在晋江,戏曲形成一种文化现象,产生一种群体效应,成为一种导向风尚,是名副其实、实至名归的,是值得去总结、梳理、挖掘、提升和推广的。当然,作为晋江,特别是戏曲门类,也要不断地借鉴、创新、丰富、发展,政府和社团组织也要不断地鼓励、扶持、帮助。还需要从事这方面工作的编剧、导演、演员和组织者们,坚定持守、艰苦努力、心无旁骛、勇攀高峰,在戏曲这一艺术领域里创佳绩、出精品、做贡献。

随着文化的不断发展和繁荣,各种分类、分工越来越细。特别是近几年来,随着我国实行乡村振兴战略的实施,乡村文化越来越被重视,挖掘、展现、重塑、提升、引领、服务等项目繁多、层出不穷,更接地气地惠及广大乡村和百姓,为美丽乡村、幸福乡村注入新气象,增添新活力。2018年,国家制定并颁发了有关乡村振兴的实施意见,各省、市也制定了配套的细则、规划、计划。比如泉州就制定了乡村记忆文化发展的专项计划,并作为项目、工程来推动。文化也是民生,文化的需求也是对美好生活的向往,只有把物质的丰饶和文化的丰富结合起来,才是全面的小康社会,才是健全、圆满的生活追求。当前,抓好乡村记忆文化的建设和推广工作,一是要加强规划指导,防止一拥而上,搞短视效应的形象工程;二是要因地制宜,防止东拼西凑,搞离乡脱俗的高大上项目;三是要广泛宣传发动,防止一厢情愿,搞脱离群众的一头热;四是要创新形式方法,防止呆板套用,搞唯利是图或劳民伤财。要善于引才用才、育才兴才,以才生财、才财相济,促进乡村记忆文化可持续发展。

"晋江戏曲现象"与乡村记忆文化是有直接关联的。民间艺术来自民间,并服务于民间,为群众百姓喜闻乐见。在晋江,尤其是在乡村,凡有喜事、好事、大事、礼事都会搭台演戏、载歌载舞,以示庆贺,而且每年累计达到数千场。有需求就有市场,有市场就有活力,有活力就有希望。我想,这就是民间戏曲的生存土壤和发展空间,这就是"晋江戏曲现象"的实际展现。同样,民间故事、传说,又是戏曲创作的鲜活素材和内容来源,丰富着戏曲的创作,延续着戏曲的生命力,如大家熟悉的《陈三五娘》《十五贯》《梁三泊与祝英台》等,就来源于民间的传说,成为妇孺皆知、百看不厌的好戏大戏。

在 2019 年全国"两会"期间,习近平总书记在与全国政协文化艺术界、社会科学界联组讨论会上强调:一个国家、一个民族,不能没有灵魂。人民是创作的源头活水,要扎根人民,以精品奉献人民,用明德引领风尚。要求广大文艺工作者要有信仰、有情怀、有担当,要讲品位、讲格调、讲责任。我们要在习近平新时代中国特色社会主义思想的引领下,大力发展和繁荣社会主义文化,不断满足人民对美好生活的需求,提升广大人民群众的获得感、幸福感。愿晋江戏曲,演出更加生动精彩的活剧!

(本文写于 2019 年 4 月 12 日)

读史偶拾

晋江先人闯南洋

晋江有着"十户人家九户侨"之称，其实这"侨"字的背后原本联系着一个"穷"字。早期晋江土地贫瘠，又长期被禁海，只能"望洋兴叹"，过着穷困潦倒的日子。先人们因穷思变勇闯南洋，最终成为漂泊异乡的"番客仔"。

南洋，是南部太平洋的俗称，通常指中国南海及其周边沿海和岛屿国家。晋江位于东海中部，拥有天然的海港，先民们"习于水斗，便于用舟"，从事泛海远洋源远流长。据清代蔡永兼的《西山杂志》记载，早在隋初就有东石人导舟远航渤泥（今加里曼丹岛北部文莱一带）。之后因"往来有利"，便竞相率船航海，发展与南洋国家及地区的往来。

唐朝时，晋江就拥有后渚、石湖、深沪、围头、安海等港口，其船舶可远行南洋诸国，不少波斯、阿拉伯和叙利亚的商人，也前来贸易。唐末宋初，"晋江王"留从效治理泉州 17 年，不仅扩城安民，发展手工业，还不断"招徕海上蛮夷商贾"，将"陶瓷铜铁，泛于蕃国"，使泉州成为对外贸易的巨港。

北宋元祐二年（1087 年），泉州始设船舶司，晋江商船活动范围广阔遥远，海商已远及南洋诸国。现存于莆田的《祥应庙碑记》载，北宋间泉州"舟经三佛齐王国（印尼苏门答腊）……往返曾不期年，获利百倍"。

南宋时期，北方辽、金王朝割据，战乱频繁，晋江虽偏安于一隅，但封建官僚巨贾大量占置田产，使许多农民因此失去田地，这些无地农民和沿海渔民不得不随商船渡海谋生，不少人成为侨居者。宋末元兵入泉，晋江民众更是纷纷逃难，避居于吕宋（菲律宾古国之一，今吕宋岛马尼拉一带）、爪哇、文莱等地。

进入元代,晋江治所泉州一度升为行省,泉州港跃居世界重要港口之列,海外交通空前繁荣,对外贸易达90多个国家和地区。据周致中的《异域志》载:"自泉州发舶,一月可到爪哇","流寓于其地之粤人及漳泉人,为众极繁"。汪大渊在其《岛夷志略》中说,爪哇东部(今帝汶岛),"昔泉之吴宅,发舶稍众,百有余人,到彼贸易"。地处海交要冲的"龙牙门"(新加坡),亦"通泉之贸易"。

明朝时由于实行"海禁",市舶司也被取消,海外贸易大受抑制。然而,"海者,闽人之田也"(顾炎武语)。不少民众仍冒死出海,或以贸易谋生,或以异域为家。尽管泉州港日渐衰落,但安海港的私商贸易却十分活跃,更成就了不少安平富商巨贾。

明代最著名的海上活动,当属郑和七下西洋。明永乐十五年(1417年),郑和第五次下西洋时,曾在深沪石壁山一带安营扎寨,掘"日月井",筑"三保街",凿"饮马槽"。不少晋江人还受雇充当水手、船工、杂工等,保障郑和的船队下西洋,立下了汗马功劳。

明朝后期,郑芝龙成为海商武装集团领导人,统领海上船队和水师,纵横于东海和南海之间,成为一支搏海逐浪的重要力量,为经略海洋和发展海上贸易开辟了领域,奠定了基础。其子郑成功于明末清初接棒之后,实行"通洋裕国""以商养军"的策略,构建了覆盖东西两洋的贸易网络,并在与清廷抗争和驱荷复台中发展壮大,为早期中国海上交通和维护通洋权益做出了巨大贡献。

清初,由于朝廷再次实行"禁海"和"迁界",迫使沿海居民背井离乡、漂外谋生。据《安海志》载:"丙申(1656年)毁镇""辛丑(1661年)迁界"之酷举,使"贸于海者,相率辗转寓南洋一带,以谋生路,后为侨商"。龙湖前港的《温陵钱江施氏族谱》载:"若夫倭寇时之离异,迁界时之散处……或往粤省、暹罗、吕宋等处。"《金井李氏族谱》亦载:"清初战争日繁之时,兄南弟北……奔走吕宋外夷。"

早期晋江侨居人口以东南亚为最,尤其以菲律宾为多,并涌现出了不少晋江籍的风云人物。如明永乐三年(1405年)晋江华侨领袖许柴佬奉明成祖朱棣的圣旨,荣膺吕宋总督,长达20年。出生于菲律宾的晋江华人扶西·黎刹,带头反抗殖民统治,被菲律宾尊称为"国父"。晋江华侨后裔罗曼·王彬,为菲律宾的独立而斗争,成为菲律宾的民族英雄。

晋江先人在闽南洋这一艰苦卓绝的历史进程中,演绎出了一幕幕震惊时世的生动活剧,为"海上丝绸之路"写下了悲壮、丰富的历史篇章,当为之记赞!

(原载《晋江经济报》2016年8月26日,《闽南日报》2016年10月14日转载;收入《海丝晋江》,李伟才主编,海峡文艺出版社2017年6月出版)

唐诗传世的故事

今天，我们能读到这么多的唐诗，是非常幸运的！这要感谢古代众多圣贤的不懈努力。正是他们的心血映红了诗坛的天空，照耀着诗国的万水千山，让激昂跳跃的文字和满怀情绪的诗行，在泱泱大国的浩瀚文明中弘扬传承，在历朝历代的琅琅书声中吟咏诵读。

唐朝共传 20 帝，历经 290 年，大致可区分为初唐、盛唐、中唐、晚唐 4个阶段。唐朝既是历史的朝代，更是诗盛的朝代。唐朝到底有多少诗篇，只能用"不计其数"来作答。就是按照一定的标准来评判衡量，也是"数以万计"。那么，今天我们所能读到或看到的唐诗究竟有多少呢？它又是怎样流传下来的呢？让我们从以下几个人物及其故事中，回顾这段历史。

胡震亨，明朝文学家、藏书家，浙江海盐人，家中藏书万余卷于"好古楼"，被时人称为"博物君子"。胡震亨 18 岁中秀才，29 岁中举人，先任合肥知县，在任 5 年大修水利，改革官粮运输，政绩显著。后任定州知州、兵部职方司员外郎。在即将去德州上任时，他却主动辞官乞归，一心回家专研诗文，他要编出一本最全的唐诗集。

唐诗在胡震亨之前，经历了唐、宋、元三大朝代和连绵不断的战火硝烟，尽管已有各种各样的集本，但这些集本都零乱不全，就是当时号称最全的《唐诗记》，开篇就把唐高祖李渊的一首诗给漏记了。唐诗及其各种集本还经常佚失，并愈演愈烈，据胡震亨估计，到他所处的年代唐诗已失传过半了。他的估计并非空穴来风，先来看看几个例子吧：号称"孤篇压全唐"的《春江花月夜》，它的作者是"吴中四士"之一的张若虚，他留下多少诗作呢？

仅为 2 首。"白日依山尽,黄河入海流"和那篇著名的《登鹳雀楼》的作者王之涣,又留下几首呢?共 6 首。号称"诗仙"的李白,一生作诗上万首,留下的也只有十分之二左右。他死后由其族叔李阳冰汇编成《草堂集》,共 10 卷,然而失传了。李白的《大鹏赋》与《鸿猷赋》曾让一代辞赋霸主司马相如和杨雄汗颜,《大鹏赋》幸运地流传了下来,但《鸿猷赋》却淹没在悠悠的历史中。有着"诗圣"之称的杜甫,一生作诗无数,但他 40 岁之前的诗作大多失传了,留下的 2000 多首诗,大多是后半辈子写的,而他仅仅活到 58 岁。王勃、孟浩然、李商隐这些伟大的诗人,也都编有多卷诗集,但大多散佚了,今天我们能读到的只是其中的一小部分。

慨叹之余难免滋生遗憾。在这种情况下,像胡震亨这样的有识之士,弃官从文,倾心编集,几乎花费毕生精力和全部家当在抢救这些文化成果。胡震亨曾信誓旦旦地说:我要编一部最全的唐诗集,不要再有遗漏,不要再有散佚,要让后世子孙都能读到它。他说到也做到了。

明天启五年(1625 年),胡震亨回到家中,就这样信心满满地干了起来。而且还说:我不但要收集最全的唐诗,还要整理出个人的小传、评语,让他们名垂后世。明崇祯八年(1635 年),也就是整整 10 年之后,一部巨著问世了,胡震亨将它取名为《唐音统签》,共有 1033 卷之多,确属当时最全的唐诗集本,堪称中国古代私人编书的王中王。此后,胡震亨还用了 7 年时间,写完研究李白和杜甫的《李诗通》和《杜诗通》两部大作。而此时,他已经是 74 岁的老人了。《四库全书总目》称:"诗莫备于唐,然自北宋以来,但有选录之总集,而无辑一代之诗共为集者。明海盐胡震亨《唐音统签》始搜罗成帙,粗见规模。"

《唐音统签》面世了,但唐诗的编纂工作,还远没有结束,或者说是真正意义上的开始,又一个书生才人接踵而来,他就是一脚跨两朝的钱谦益。钱谦益,江苏常熟人,明万历三十八年(1610 年)进士,授编修,后任礼部尚书。顾炎武、郑成功都曾是他的学生,他还是明末东林党的领袖,当时颇有影响力。清朝入关后,他降了清,官复原职,成为在"守义为人"方面颇有争议之人。有趣的是,在他 59 岁时,迎娶 23 岁的名妓柳如是为妻,引发一段爱情故事。83 岁时病死家乡，葬于虞山，在他死后 34 天，柳如是也自缢身亡。这段不求同日生但求同日死的悲泣故事，被今人拍成电影观赏。就是这样一个人物，曾经雄心勃勃要编一本最全的唐诗集，轰轰烈烈地搞了很多年，估计已编了上百卷，只因朝代更替和世事多变，加上一场大火洗劫，最终半途而废。尽管如此，钱谦益的成就和努力，仍然不可低估。

季振宜，江苏泰兴人，著名藏书家、版本学家、文学家。他 17 岁中举，18 岁进士，年少联捷登第实属罕见，历任浙江兰溪县令、刑部主事、户部员外郎、广西道御史、浙江道御史。他酷爱藏书，江南的几大藏书楼的藏书最后几乎都归了他，就连《富春山居图》的一半和王羲之的《兰亭序》摹本也是他收藏的，故号称"藏书天下第一"和"善本目录之王"。他的藏书以及所编的《季沧苇藏书目》在中国文化历史上留下了浓墨重彩的篇章。清康熙二年（1663 年）季振宜得到了钱谦益未编完的唐诗稿本，然后又重新编了起来，这一编又过去了 10 年，而这年距他辞世仅仅 1 年。他编纂的《汇编全唐诗》共收录 1895 位诗人的 42931 首诗，计有 717 卷，是当时最全的唐诗集本，堪称恢宏巨著。

那么，全唐诗至此算是编完了吗？还没有，还有人要编更全的唐诗集。为什么呢？正如清代的纪晓岚所言："求诗于唐，如求材于山场，各肖其人之学识。自明以来，诗派屡变，论唐诗者亦屡变，各持偏见，未协中声。"也就是说受选者偏狭的影响，在收录时各持己见，也都不够完整和全面。想再编全唐诗的这个人，就是当朝的皇帝康熙。康熙在下江南巡视时，找到江南织造的曹寅，也就是写《红楼梦》的曹雪芹的爷爷。这位皇帝要曹寅领头编出一本全唐诗，并把存于内府的胡震亨的《唐音统签》和季振宜的《汇编全唐诗》等交给曹寅。清康熙四十四年（1705 年）曹寅督率十几位翰林官，在扬州城开始了修纂工作。一年后，一本御制的《全唐诗》送到康熙的面前，康熙一时兴起，提笔为这本书作序。他在序言中写道："朕兹发内府所有全唐诗，命诸词臣合《唐音统签》诸篇，参互校勘，搜补缺遗。"这本御制的《全唐诗》，收录唐诗 48900 多首，涉及作者 2200 多人，成为今天人们沿用的蓝本。

唐诗是我国优秀的文化遗产，是诗歌题材、内容、创作和成就的巅峰，它颠沛离奇、编了再编的流传故事,本身就是一部教科书。今天,我们应当十分珍惜和认真阅读。唐诗现今存世足有 5 万首之多, 读 5000 首并不为多,也仅为十分之一。精读 500 首,背诵 50 首,当为起码的文化底线。

(原载《晋江政协》2015 年第 3 期)

妈祖海神与施琅用兵

妈祖海神的历史与文化渊源

"妈"和"祖"原本是闽南话中对前辈妇女的一种称呼,但这里所称的"妈祖"则演绎成信众对于"海上女神"的尊称。

妈祖原本是一位渔家姑娘,死后才被敬为海神。妈祖原姓林名默,宋建隆元年(960年)三月二十三日出生于福建省莆田市湄洲湾畔的贤良港。妈祖的高祖林圉,五代时仕闽。曾祖林保吉,仕于后周,显德元年(954年)任统军兵马使,后鉴于天下纷乱,弃官归隐。祖父名孚,官至福建总管。妈祖的父亲林愿,宋初官都巡检,母亲王氏,生有一男六女,妈祖是家中小女。据传,在妈祖即将降生的傍晚,见一颗流星从西北天空射来,顿时海岛上红光四射,父母察觉此婴必非等闲之人,遂关爱有加。因其出生至弥月都没有哭声,故取名为:林默。

林默自幼聪明过人,8岁入私塾读书,有过目不忘之能。长大后不满封建婚姻,誓言不嫁,又懂医术疗法,能防疫消灾,常行善济世,受人称颂。北宋雍熙四年(987年)九月初九,她在一场海上搭救遇险船只时头部被桅杆击中身亡,年仅28岁。后来,人们在岛上的山峰建起庙宇,常年敬奉祭祀,有的也将妈祖造像供于船上,以祈求航行平安,最终将妈祖奉为"海上女神"。

纵观妈祖由人变神,有其产生的内在和外在原因。

一是航海业及海上贸易的发展。湄洲湾亦称"兴化湾",北连福州的平潭、马尾,南接泉州的秀屿、后诸、围头,东临台湾海峡,周边海域广阔,海湾港口密布,近岸岛屿众多,是海上捕捞、海上航运和对外贸易的天然区域。自宋代以来,我国的海上生产及对外航运贸易有了较大的发展,海上遇险和施救事件也就屡见不鲜。到了元代,由漕运连接到海运,由东南沿海扩大到了京津地区,甚至到了东南亚岛国。面对波涛汹涌的大海,祈求出海平安,谋求航海安全,就成为航海人及其亲属的强烈信念和愿望,这就使妈祖的信仰随之迅速扩散和传播开来。自南宋起,例定舟内载海神航行,朝夕拜祈。元代实施"南粮北调"政策,起初官方造船将国家粮食直接由江南粮区海运到直沽,后来改雇用民间舟舶包运,有私商兼任海上运输,对妈祖的信仰进一步扩散并传播开来。南宋开禧元年(1205 年)的"紫金山击金"和"合肥解围",也是以妈祖的精神作用来鼓励士气的。郑和七下西洋,亦祷于妈祖庙,并在船队中安放妈祖神像。明万历年间,高澄前往琉球,他在《使琉球录》一书中记载:"船摇荡于暴风雨中,篷破、杆折、舵叶失、舟人号哭,祈于天妃,妃云立即换舵可保平安。在巨浪中舵叶重二三千斤,由于神庇,力量倍增,平素换舵须百人以上,今日船危三数十人举而有余。"明清时期,大量汉人向南洋群岛进军,均舟载妈祖神像随行,使妈祖信仰传播到了东南亚。

二是历代朝廷的不断加封与推动。妈祖死后,湄洲岛及其周边的人,为了追思这位临危不惧、救死扶伤的大海女儿,就在湄洲岛上建起庙宇进行祭拜,这就是最初的妈祖信仰与妈祖庙。南宋宣和四年(1122 年),领事路允迪奉使高丽国,船在黄水洋遇风暴,恰好此船上水手从莆田雇来,危难中祈祷妈祖,终于转危为安。返国后,其奏请朝廷,宋徽宗于是赐顺济庙额,妈祖庙及妈祖信仰从此获得朝廷的认可。南宋绍兴二十五年(1155 年)首封妈祖为崇福夫人,这是对妈祖最早的褒封。次年,莆田人陈俊卿为当朝丞相,他笃信妈祖,于是奏请朝廷封妈祖为灵惠夫人。之后,妈祖一路倍受朝廷加封。直到清同治十一年(1872 年)再次加封时,由于封号字数过多,再转不足以昭郑重,只加上"嘉祐"二字,这时总长已达 64 字。自南宋宣和四年(1122 年)至清同治十一年(1873 年),4 个朝代共有 14 位皇帝先后对妈祖敕封了

36次,从"夫人""天妃""天后"到"天上圣母",已达到难以复加的地步。清康熙五十八年(1719年),妈祖和孔子、关帝等一同被列入清朝地方的最高祭奠,规定地方官员必须亲自主持春秋二祭,行三跪九叩礼,列入国家祀典,使妈祖成为万众敬仰的"海上女神"。

三是民间信仰及传统文化的融合。首先是宋代崇道促使妈祖信仰与统治威权的结合。宋太宗赵匡胤建立宋王朝政权后,他的身边总有位华山道士张持的身影。为了巩固自己的皇位,把君权与神权结合起来,崇道风气越演越神化,宋太宗惧怕天下人对他得皇位而不服,编造所谓"一担两天子"的神话故事。而妈祖短暂的一生也正处在这样充满道气的时代,由此造就了妈祖其生前死后不少浓厚的道教色彩。如广为流传的"窥井得符""灵符回生""神授铜符"等,都是妈祖得到神助,变成神女的传奇故事。明代《三教搜神大全之天妃娘娘》把妈祖列入诸神之中,与西王母相提并论。明代《太上老君说天妃救苦灵验经》中,又把妈祖说为"北斗降身",纳入庞杂的神仙谱系,提高妈祖信仰的深信度。其次是元代崇佛促使妈祖与佛教的结合。蒙古贵族长期崇奉藏传佛教,元世祖忽必烈统一中国后,便以藏传佛教喇嘛教为国教。之后元代诸帝出于统治需要,对佛教崇奉至极;而出于漕运海航保泰的需要,对妈祖也是崇奉有加。甚至水旱之灾,也离不开祈求妈祖庇佑。元代黄渊的《圣墩顺济祖庙新建蕃釐殿记》中载:妈祖,即普陀大士之千亿化身也。第一次将妈祖赋予佛教中观音之角色。明代《三教搜神大全》中的《天妃娘娘》也有不少佛典故事。民间也有传说妈祖母亲梦中吃了南海观音的优钵花而怀孕。连妈祖显灵先兆的红灯、红火、神鸟、黄雀、粉蝶等等,也都与观音显身大多相似,难怪人们将妈祖称为"南海女神"。再次是清代崇儒促使妈祖与儒家文化的结合。自汉代接受董仲舒"罢黜百家,独尊儒术"的主张以来,历代封建统治者都把儒家学说作为他们维系统治的一个重要工具。宋、元、明3个朝代,妈祖信仰与儒文化结合没有明显的切入点,但到了清代,官方所提倡的儒家思想是宋明理学。在这个时期,社会正处于一个新旧文化撞击的动荡时代,儒学的发展也处于一个新的历史转折点,必然会对妈祖信仰产生重大影响。清光绪年间的《天后圣母幽明普度真经》

一书,在宣传儒家道德规范的同时,也将妈祖信仰与儒家文化相提并论,反映出两者结合的一些基本思想。儒家学说的核心内容是"仁政",极力地推行忠、孝、节、义、信,而在关于妈祖的传说中,几乎都能找到这些道德规范的原型。妈祖出生底层,热爱劳动,贤能有节,是大多数民众的偶像,很容易成为社会的风尚,更是统治者极力树立的标杆,这也使妈祖信仰与儒家文化结合成为一种必然。

施琅对台用兵中利用妈祖海神

施琅,生于明天启元年(1621年),卒于清康熙三十五年(1696年),字尊侯,号琢公,福建晋江衙口人。早年,施琅是郑芝龙的部将,清顺治三年(1646年)随郑芝龙降清。不久又加入郑成功的抗清义旅,成为郑成功的得力助手及重要将领。后因与郑成功发生矛盾,酿成其父、弟被郑成功诛杀。施琅再次降清后,先后担任同安副将、总兵和福建水师提督。清康熙三年(1664年)清廷指派施琅率兵攻取金厦,取得胜利,为"进攻澎湖,直捣台湾"做了准备。清康熙六年(1667年),孔元章赴台招抚失败后,施琅即上《边患宜靖疏》,次年又写《尽陈所见疏》,他分析双方力量,指出台湾"兵计不满二万之众,船兵大小不上二百号",之所以能占据台湾,实赖汪洋大海为之禁锢。而福建"水师官兵共有一万有余,经制陆师及投诚官兵为数不少",只要从中挑选劲旅二万,足于平台湾。施琅还主张剿抚兼施,从速出兵征台,以免"养痈为患"。施琅这一主张,遭到以鳌拜为首的保守势力的压制,甚至裁其水师之职,留京宿卫长达13年之久。清康熙二十一年(1682年)十月,清政府平定"三藩之乱"后,施琅终于在李光地等大臣的力荐下,复任福建水师提督之职,加太子少保衔回到厦门。他一边整军备战,一边研究攻台之策,历时数月。清康熙二十二年(1683年)六月十四日,施琅亲率水军由铜山出发,首先攻克了郑氏集团在澎湖的守军刘国轩部。之后,对占据台湾的郑氏集团施以招抚,在大军压境之下,郑克塽听从刘国轩的劝告,不战而降清。同年八月十三日,施琅率领舟师到达台湾,刘国轩等带领文武官员迎接。施琅入台之后,自往祭郑成功之庙,对郑氏父子经营台湾的功绩作了高度的评价,并称收复台湾是为国为民尽职,自己对郑成功并不怨仇。对此,郑氏官兵和台湾百姓深受感动,赞扬施琅胸襟宽广,能以大局为重,冷静处理公义与私怨。战后,他还积极吁请清廷在台湾屯兵镇守、设府管理,为收复和统一台湾做出了重大贡献。

施琅在收复和统一台湾的过程中,与妈祖海神结下不解之缘,力捧妈祖信仰,并运用于护佑渡海作战,扩大了妈祖的影响力,进一步推动了民间对妈祖的信奉。至施琅治军用兵之时,东南沿海信奉妈祖海神已有600多年的历史,可以说在民间乃至官方和军中已经盛行。施琅十分了解闽台民众对妈祖的敬崇心理,巧妙运用妈祖神威为水师鼓舞士气,利用神佑增强作战信心。在军队驻扎、练兵和作战中,在战前、战中及战后,与部下一道数次声称得到天妃默助与保佑,把妈祖视为出兵征台的保护神。以例为证:

涌泉济师。清康熙二十一年(1682年)十一月,施琅为了攻取台湾澎湖而将征兵大军驻扎于莆田的平海卫,驻地为沿海盐碱地,因此寻找淡水水源相当不易。然而,据《靖海纪襄壮公传》记载,施琅将军"替朕命,十月公至军练兵整船,泊平海卫,以需大举。卫地斥卤,旧唯一井,仅供百家,以迁界,泉涸多年,军中艰于得水。公就井拜祷,甘泉立涌,足供万灶炊。因勒石曰:师泉,异也"。

护佑兵演。康熙二十年(1681年)十月,施琅抵任后不久,就于十一月十六日在厦门举行祭祀活动,求神明保佑。在蟳埔巡检操练时,到顺济宫抽得上上签,以签激励士气。两年后凯旋之时,又到顺济宫亲授"靖海清光"匾额,以示报恩。在平海湾演兵时,出海乌丘洋,遇大风大浪,最终化险为夷,于是便有"灯光引护舟人入澳"传说。据说演兵出海之后,大风骤起,海浪滔天,但最终舟人顺利进入湄洲澳,安然无恙。人问:似此风波,安得两全?众答:昨夜波浪中,我意为鱼腹中物矣,不意昏暗之中,恍见船头有灯笼,火光晶晶,似人揽厥缆而径流至此。妈祖神佑至屯军养兵始,对妈祖的信奉由此窥见一斑。

澎湖助战。澎湖之战是施琅征台的关键性战斗。在《敕封天后志》中就有"恍见神妃在左右","梦见天妃告之","见天妃衣袍透湿，左右二神两手起泡"等记载。施琅在《为神灵显助破逆请乞皇恩崇加敕封事奏折》中这样描述："臣在澎湖破敌，将士咸谓恍见天妃，如在其上，如在其左右，而平海之人俱见天妃神像是日衣袍透湿，与其左右二神将两手起泡，观者如市，知为天妃助战致然也。"

请封扩建。施琅收复台湾后，上奏清廷建议奉台湾民间信仰的妈祖为"天后"。清康熙二十三年(1684年)清廷准奏，并改台南宁靖王府为大天后宫，派满族大臣礼部侍郎雅虎致祭。雅虎一行也到泉州和湄洲祖庙致祭，使原先的泉州天妃宫改成天后宫。施琅为报答神恩，又对天后宫进行了重修和扩建。清雍正四年(1726年)，皇帝又御书"神昭海表"匾，由台湾镇守总兵林亮迎至台湾天后宫敬悬。乾隆时清廷又颁旨改官祀，信奉妈祖的天后宫称谓逐渐普及。

妈祖生命仅为28年，其短暂的一生也未曾留下什么著作，更谈不上有什么思想体系。然而，她热爱劳动、热爱群众、见义勇为、扶危济困的情操和品德，却凝聚了平民百姓的向善力量，体现了中华民族的传统美德，形成一种普世的精神追求，最终被塑造成为一位慈悲博爱、护国庇民、扶危济困、集祥纳福的女神。宋代状元黄公度："传闻利泽至今在，已死犹能效国功。"宋代学者陈宓："但见舳舻来复去，密俾造化不言功。"元代诗人张翥："普天均雨露，大海静波涛。"明成祖永乐皇帝诗题："扶危济弱俾屯亨，呼之即应祷即聆。"如此众多的诗文既是妈祖精神的高度概括，又是妈祖教化功能的积极推动，使之成为独特的妈祖文化，并成为中华传统文化的一部分。时至今日，在崇尚社会主义核心价值观和维护祖国和平统一的进程中，妈祖文化仍有不可或缺的运用和借鉴意义。

（2019年1月获第5届全球妈祖文化征文大赛三等奖，曾刊载于《晋江政协》2015年第1期）

从罗山说罗隐

　　罗山,一个乡镇级的行政区划名,最早起用于 20 世纪 50 年代,现为晋江市的一个街道办事处,辖 15 个社区,总面积约 25 平方公里,常住人口 8 万余人。以罗裳村为基点的区域,宋代属开建乡仁孝里,元明清主要属二十八都,1930 年属一区称"罗裳镇",1951 年属八区称"罗山乡",1958 年建罗山人民公社。"罗山"之名来源于区内的罗裳山。罗裳山由数个山峰组成,最高点海拔 239 米,与清源山、紫帽山、朋山并称为古代泉州的四大名山。至于罗裳山的来历,传说是因罗隐游历此山时,有衣裳丢失在山中,被指"罗隐丢衣裳的山"而得名。

　　那么罗隐是何许人呢?是唐末被称为愤世诗人和出语成谶的人。罗隐出生于唐太和七年(833 年),原取名为横,字昭谏,号江东生。属今浙江富阳籍,祖父罗知微曾任长乐郡福唐县(今福清市)县令,父亲罗修古曾参加唐开元礼科考试。罗隐从小受家庭诗书熏陶,聪颖勤学,自唐大中六年(852 年)起 10 余次参加进士考试都不及第,遂改名为"隐"。罗隐诗文才气过人,但由于好讥讽世事、抨击时政,屡屡得罪权贵,最终不被重用,甚至流落民间行乞。黄巢起义后,他避乱隐居于九华山,直到唐光启三年(887 年)55 岁时归乡依附于吴越王钱镠,开始涉足官场。历任钱塘令、镇海军掌书记、节度判官、盐铁发运副使、授著作郎、司勋郎中、迁议大夫、给事中等职。五代后梁开平三年(909 年)卒于杭州,享年 77 岁。

　　罗隐在长安城备考期间结识了不少闽籍文人,其中就有陈黯、王肱、萧枢、林颢等晋江人。从罗隐的《陈先生集后序》一文推测,罗隐是在唐咸通五年(864年)后入闽拜谒文友,并游历山川名胜。在晋江,除了与儒生们吟诗作对外,还游览了罗裳山、深沪壁山、清源山等地,并留下遗迹与传说。在罗山,就有关于画马石的传说。明代何乔远在《闽书》中就记载:画马石在晋江罗裳山玉髻峰下,相传唐末罗隐乞食山下,人侮之,隐乃画马于石,每夜出食人禾,追之则复入石。山下人乃改礼焉,隐画椿系马,马不再复出。如今,这方长4.02米、高2.35米的画马石,依旧靠山面海、坐西朝东,屹立在罗裳山的玉髻峰下,成为世纪大道旁的一处景观,并与泉州的东西塔、洛阳桥和紫帽山的凌霄塔、金粟洞等被载入《中国名胜大词典》。

罗隐容貌丑陋,加上风餐露宿,衣衫褴褛,有时就如同乞丐一般,但他出语成谶,能掐会算,因此被编成"罗隐公何累累,乞食身皇帝嘴"的顺口溜在闽南一带流传。罗隐在晋江时还深受佛道思想的影响,特别是对"符箓派"颇具心得。相传其在深沪时不仅题写了"壁山"二字崖刻,还因被蝇蚊所困而施展道术,使寓居的庵内从此蝇蚊绝迹。在清源山东麓也有罗隐因乞碗不成,出谶语使碗窑村烧瓷不成器的传说。故《泉州府志》载俗传罗隐出语成谶,虽未必尽然,但黄滔赠隐诗云:"三征不起时贤议,九精终成道者言。"

罗隐一生诗文颇丰,现留世的诗歌有500多首,著有《歌诗集》14卷和《江南甲乙集》《淮海寓言》《谗书》《外集》《东安镇新筑罗成记》等。由萧枫主编的《唐诗宋词全集》收录罗隐诗116篇,全日制义务教育学生必读丛书《唐诗三百首》收录罗隐的《蜂》和《西施》两首,由李汉秋、刘彦成主编的《中国历代名诗名词鉴赏辞典》收录罗隐的《雪》《蜂》两首。

罗隐一生经历了从晚唐文宗至哀宗7个朝代,目睹并身历唐王朝从衰败到灭亡的过程。《旧五代史·罗隐传》中称他的诗名于天下,尤长于咏史,但多有讥讽。由于罗隐10余次参加进士科考屡遭失败,使他产生愤世嫉俗的情绪,并在诗文中演变成嘲讽的笔调和批判的风格。他所作的《谗书》"乃愤闷不平之言,不遇于当世而无所以泄其怒之所作"。鲁迅先生在《小品文的危机》中说:罗隐的《谗书》,几乎全部是抗争和愤激之谈,以及皮日休和陆龟蒙的小品文,并没有忘记天下,正是一塌糊涂泥塘里的光彩和锋芒。他们三人都是科举和仕途上多坎坷的现实主义诗人,但罗隐的小品文比皮日休、陆龟蒙更胜一筹。

罗隐的诗歌同他的小品文一样明快、犀利。伟人毛泽东就十分喜爱罗隐的诗,尤其是罗隐的咏史诗,如对《筹笔驿》《西施》《华清宫》《帝幸蜀》《马嵬坡》《王浚墓》《焚书坑》等就多有偏爱,多处作了圈点。毛泽东喜爱罗隐的咏史诗,是因为诗里充满着辩证的唯物史观,而不是人云亦云。诗中或有消极和低沉的情绪流露,但他的消极,不是醉生梦死、沉湎于声色酒肉的颓废,也不是超脱尘世、遁入空门的虚无,而是一个才华横溢的诗人受到压抑后的呻吟,是他对世事沉浮客观冷静的观察,这一点也是难能可贵的。

罗隐的才气名声很大,连他后来的顶头上司钱镠,也赞誉他是“黄河信有澄清日,后世应难继此才”。这话还被《吴越备史》的作者写进《罗隐本传》。罗隐确有一些精警通俗的诗句脍炙人口,成为经典传诵。如“时来天地皆同力,运去英雄不自由”“如今赢得将衰老,闲看人间得意人”“春色常无处,村醪更一瓢”“平生四方志,此夜五湖心”“今朝有酒今朝醉,明日愁来明日愁”“只知事逐眼前去,不觉老从头上来”“西施若解倾吴国,越国亡来又是谁”“我未成名卿未嫁,可能俱是不如人”“采得百花成蜜后,为谁辛苦为谁甜”等。罗隐的诗,平实中使思想和艺术完美结合,诗艺达到较高的水平,爱好者可多去品赏与拜读。

(原载《晋江经济报》2016 年 5 月 6 日)

泉州通，陈紫峰

　　宋代儒学集大成者朱熹，成为闽学开宗人物，被世人尊称为朱子。明代晋江人蔡清，传承了朱子理学，创立了清源学派，形成"天下言《易》，皆推晋江"之势，影响甚为深远。蔡清之后，"无愧师门者，琛一人而已"。他的《四书浅说》和《易经通典》亦被称为"闽学之精"。

——题记

　　明代中期，在闽南一带流传着"泉州通，陈紫峰"这样一句民间谚语。这个"通"字意含深刻，不仅指陈紫峰能通四书五经，也通本地的人文民俗及风水地理，还指他的学识、为人和名望在当地几乎家喻户晓、妇孺皆知。可见，陈紫峰当时在闽南泉州一带的影响力和知名度。

　　陈紫峰，原名陈琛，字思献，自号为紫峰，出生于福建晋江的涵口村。陈紫峰自幼受家族崇文重教的影响，既聪慧勤学，又善于独立思考，深得乡人喜爱。少年时先得乡里举人诸葛骏蒙引，直到20岁时才师从李聪。这个李聪，字敏德，号木斋，明弘治三年（1490年）登进士，被授予翰林检讨、雍王府长史。《泉州进士录》中称：聪为举子时，经术行义，入仕后以刚正举其职。每启王以讲学法祖，近贤远奸，不纳，遂乞归养。明正德元年（1506年），以违限落职，但乡人重之，称曰李古先生，著有《易经外义发凡剔要》《鉴断》若干卷。陈紫峰师从李聪后，才学和文章一直得到李聪的好评，曾称其文章"光辉射牛斗，雄壮倒昆仑"。后来，李聪把陈紫峰介绍给了蔡清，陈紫峰欲拜蔡清为师。蔡清当时已是个大儒,对陈紫峰的文章也赞不绝口,自言不敢为师,称:"吾得此人,为友足矣。"

蔡清,字介夫,号虚斋,31岁中进士,官历南京文选郎中、江西提学副使,著名理学家。蔡清治学严谨,一生力学六经、诸子及史集等书,对理学家程颢、程颐、朱熹等人的著作研读尤精。并在泉州的开元寺结社专门研究《易》学,陈琛、张岳、李廷机、林希元、王宣、易时中、林同、赵录、蔡烈等都是其中的成员。该社共有28人,故被称"清源治《易》二十八宿"。以蔡清为中心人物的泉州清源学派,先后出版论著90多部,影响遍及全国,并获得"天下言《易》,皆推晋江"的赞誉。

陈紫峰师从蔡清后,学问果然大有长进,对朱子理学进行了全面深入的研究,阐明和发展了朱子理学。作为蔡清的得意门生,陈紫峰继承了蔡清的理学思想,讲学论道皆渊源蔡清而上溯朱熹,其学问、道德、文章尽得蔡清真传。蔡清曾对陈紫峰说:"吾所发愤沉潜辛苦而仅得者,以语人常不解。子已尽得之,今且尽以付子矣。"果然,陈紫峰30岁著成《正学编》,32岁著成《四书浅说》和《易经通典》,确实是青年才俊,大气早成。据王慎中在《陈紫峰先生传》中介绍说:陈紫峰25岁拜师蔡清之前,专注朱熹之学,后来蔡清在李聪处看到他的文章,因欣赏他的根器与学问,才"讲为师弟子"。明代何乔远在《闽书》中也评介陈紫峰是:"破名利两关,言峻行古。"并说蔡清死后,"无愧师门者,琛一人而已"。由于陈紫峰名贯家乡,事传遍野,故被谚称"泉州通,陈紫峰",或为"第一通,陈紫峰"。

一个"通"字概括了陈紫峰的学识与影响,简明扼要也不过分。陈紫峰著有《四书浅说》《易经通典》《正学编》等,是关于四书五经的著述,也成为明代理学的重要学说。南宋著名理学家朱熹将《大学》《中庸》《论语》《孟子》四书,以及《易经》《尚书》《诗经》《礼记》《春秋》五部经典,合称为"四书五经",列为儒家最主要的经典著作,也成为历代科考取士的主要教材和中国传统文化必读之物,尤其四书堪称东方的"圣经"。朱熹在程颢、程颐兄弟等人注释的基础上,进一步编定和注释,最终成为朝廷框定的官书,更为民间热学之物,影响广泛深远,同时奠定了程朱理学的极高地位。蔡清则是当时公认的福建朱子理学第一人,他师从丘浚、何椒丘等人,跟从闽侯官人林纰学《易》,先以新学小生自处,后致力于程朱理学之书,以"不谬原旨而后阐精发微"为原则,既笃守朱子学说,又能订正前人传习,具有很强的思辨能力和学术修养,并将朱子理学推进到一个较高的水平。在蔡清的带领下,晋江《易》学异军突起影响全国。而在蔡清之后,尽管有数人列为齐名,但首推陈紫峰,有"陈琛最著"之说。

陈紫峰的《四书浅说》和《易经通典》,分别在蔡清的《四书蒙引》和《易经蒙引》的基础上进一步发挥,而且行文由浅入深,通俗易懂,极大地弥补了蔡清著书言辞陈旧的不足。陈紫峰的族弟陈让在评论《四书浅说》时说:"文庄《蒙引》得圣学精深,间有意到而言或未到,及其所独到,则可以发文公未发。紫峰《浅说》得圣学之光大,意到则言无不到,及其独到,又可发文庄未发。"陈紫峰对四书五经的阐释,更好地满足了士子登科需要,因而常被作为教科书之用,在当时几乎到了科考者人手一册的地步。他的《易经通典》也较好地发挥了朱熹和蔡清的易学思想,以卦析理,以理论事,以事求证,条理清晰明了,"非高而弗道,论事明而畅,说理简而达,津津可诵。亦非华而或诡,颖悟独超,志虑纯一,吞吐天然,发词人巨工所未发"。陈紫峰"精深理奥,皆能阐明圣道",在当时确实颇具影响力。

《易》学是在天人相应的学术思想指导下,研究万事万物运动规律及其相互关系的学问。其基本原理包括变易:事物的运动变化;简易:执简驭繁,在多样性中求统一;不易:在多样性变化之中守常制恒。陈紫峰先生继承朱熹与蔡清的理学思想,发挥他对自然现象和社会现象的辩证思考及朴素的唯物思想认识,大胆提出自己的观点和见解。在他看来:"理"是阐述太极及客观世界自然法则的"物之理","理"不是具体的事物,而是事物中的万古不易者,"至一者,理也",并且认识到,物质世界是运动不息的,运动产生矛盾,事物在矛盾中转化发展;天地万物彼此之间及物各自体皆有"通感",亦有感而不通者,此自然之机而相生之本,日月之屈伸相感,寒暑之屈伸相感,皆感应自然之常理也,何假于思哉。他还认为,天下之事未有不由积渐而成,今日阴消阳长,固可喜矣。至于阴长阳消,宁不有凶乎。阴阳对待者,造化之体,所以立。阴阳消息者,造化之用,所以行。一阴始生固甚微,必足智以见机,足明以防微,遏滔滔之势于涓涓之始,止燎原之焰于星星之微;一阳复初,其气尚微,苟不有以养之,则其气不固,而来春必无力矣。陈紫峰还有很多精辟的论述为前人所未发,比如反对男尊女卑,反对苦守贞节,强调知行并进,大胆讨论社会改革,以及爱民保民思想,务实事功思想,反映出学者的本真,也闪烁着哲理的光辉。

通观陈紫峰在世界本源、理气观、理一分殊观等世界观方面,在格物致知、知行观等认识论方面,在可知与未知、道法与易理等辩证思维方面,都表现出对朱熹理学既依循传承又补证创新的特点,并以其对理学的坚守与传播,较好地维护了朱熹理学在闽的地位。其对理学的不懈探析和丰厚的论著,也确立了他在福建理学发展史上的地位。故如张岳所言:"士大夫无贵贱之分,称理学者,必曰陈紫峰也。"

《紫峰先生文集》共 13 卷,内容包括诗、序、记、书、论、呈、歌、赞、说、志、铭、疏状、祭文等,是一部杂体文集,由张岳选稿,毋德纯、成子学、丁自申分别作序,卷首收录其子所撰的《紫峰先生年谱》。序言中称:"读其古诗,元风尚则,末习聿祛,迥迥乎晋魏之选也;近体五七言,声毗律古,各适其职,飒飒乎盛唐之调也。"序、记、书、疏、歌、说之类文章,序言中也称其追崇先秦、两汉,"盖文章道学统同一贯,性情道德涵养一原,气节音韵融浑一真,其遗教流风可使愚者明、懦者立"。陈紫峰的《四书浅说》《易经通典》《正学编》《紫峰先生文集》,于清乾隆年间被收录于《四库全书》。故后人称:"海内识与不识,莫不知有紫峰先生,而与田父野老塾师游,若不知有紫峰也者,胡然乎?"

陈紫峰还是个大孝子,极为重视孝亲敬祖,也被传为佳话。陈紫峰 18 岁时父亲去世,他将父亲的灵柩临时安放于地上,迟迟不入葬归土。为陪伴母亲和给父亲守灵,他多年不赴科考,直到 33 岁时,才在蔡清的帮助下,将他的父亲和祖母一同安葬入土。次年,34 岁的他才中举,但为了侍候母亲又不赴公车,直到明正德十二年(1517 年),41 岁的他才登进士。次年任刑部山西清吏司主事,后又任南京吏部考功司主事、江西按察司提学佥事。在任上他依然心怀孝亲,并志在正学,多次托病企归,数遇提职改任也不赴,于明嘉靖二年(1523 年)返回家中,实际在外为官仅为 5 年。

陈紫峰不求官而爱学,在当时就传为家喻户晓的故事。他辞官后,专于研读经书和经常讲学传授,在家乡设学馆,开讲所,大力宣传理学,以对抗当时风靡全国的王阳明的心学,培养和造就了不少学生。泉州境内的开元寺、百源古庙、水陆禅寺、紫帽山金粟洞及一些书院、私塾,都成了他常来常往讲学之地。明代成子学写道:"泉南陈先生结屋紫帽峰下,乐道著书,挥远世故,人士环集如云,有足资者逐千里裹粮往从之。"可见,其影响甚广。

这个陈琛自号为紫峰,意指当地最高的一座山——紫帽山的山峰,事出是有因的。其一,他家祖屋坐东面西,家门口是一片沃野田园,正面就是高耸的紫帽山山峰。传说他出生时山峰的照影正好覆盖到他家的祖屋上,这个传说自然给他留下了深刻的印象。其二,紫帽山是泉州的四大名山之一,高耸雄伟、风景秀丽、人杰地灵,是人们敬重景仰之地,能以绿为清色净野,又以峰为人生追求,足见这个陈琛立志之高远。其三,陈琛对紫帽山情有独钟,他将祖母、父亲、母亲都安葬于紫帽山中的秀林山,自己在秀林山中一座庵内一住就是 11 年,并且写下了不少文章对紫帽山加以赞赏。他生前就择地备坟,去世之后也被葬于秀林山。足见这紫帽山之巅峰,是他一生全部的寄托和难以割舍之地。

陈紫峰不仅在位为官时能体恤民生,隐退弃职后也常怀故乡之情,出财出力造福乡里,在家乡也传为佳话。比如积极倡议整治晋江六里陂。这个六里陂地处晋江流域及九十九溪汇流的要口,贯穿当时晋江沿岸 6 个乡里的陂塘,关系到"内积山之源流,外隔海之潮汐",影响到周围数十里的农田灌溉,属当时沿江最大的水利工程。一遇雨汛,就是农田被淹、人畜受灾、生穷积贫。陈紫峰目睹其害,便上书《论六里陂水利书》给县尹张克轩,力促六里陂整治,使沿江和海埭一带乡里得到较好的保护。再如古时的泉州有一条沿海边绕行的晋江南路,这条路起自泉州府南门外的八里亭,沿海岸南下 20 多里地,一直到达石狮海边,只因为不是官府往来的通道而不被重视,因常年失修,连徒步都很艰难,极大地影响沿海群众的出行。陈紫峰主动走访各乡里,收集群众的意愿,并呈文给泉州太守,论述修筑这条沿海道路的重要性,并亲自参加修筑规划和具体工作。晋江南路修通后极大地方便沿海群众捕鱼、经商和出行,节省了从府城到石狮的时间,人们无不开口称赞。为此,陈紫峰还亲自撰写《修晋江南路记》,以颂之。

陈紫峰卒于明嘉靖二十四年(1545 年),时年 69 岁。或许是他过于喜欢紫帽山的缘故,辞世后也被家人葬于紫帽山的秀林山中。他的好友张岳为之作墓志铭,并在祭文中称其:"有避世之深心,而非玩世;无道学之门户,而有实学。"成为后人认识紫峰先生为人与为学的确论。据历史记载,泉州府官方也曾在秀林山中建造一座祭祀陈紫峰的墓祠,并在泉州府文庙再建专祠,以方便人们祭祀。陈紫峰的生平被载入《明史·儒林》。1987 年陈紫峰纪念馆在家乡涵口村落成,1992 年陈紫峰故宅被列为晋江市级文物保护单位。2016 年 7 月,《陈紫峰文集》由《晋江文库》整理出版工作委员会重新组织校注,并成套出版。

(原载《晋江史志》2017 年第 1 期)

海商巨霸：郑成功

　　提起郑成功这个名字，闽南人一般都会了解。他是明末清初的风云人物，是反清复明的斗士，是政治家、军事家，是驱逐荷兰、收复台湾的民族英雄，是开发台湾的第一人。近来还有一些学者认为，他还是中国海权思想的创立者、实践者，是世界被压迫民族反殖民统治的先驱者，他对中国和世界都做出了巨大的贡献。研究越是深入就越是具体，理越辩就会越明，这就是众说纷纭、兼听则明，多一个角度，多一种视野，多一份见识。

　　元明两朝间，中国东南沿海出现了几位大海商：元代航海世家澉浦杨枢，泉州太守阿拉伯人蒲寿庚世家，太仓朱清、张宣世家，徽州王直世家等。明末清初郑芝龙、郑成功世家，雄踞台湾海峡，拥有大量商船，是航海贸易家族，其财产、势力都在前几代几个航海家族之上，并且以商养军，全盛时可动员兵力达30万人，与日本以及欧洲国际重商主义者进行交易协约，其年贸易收入上百万银两，而且与岸上官府也有联系，郑氏父子都被朝廷封赏，海商巨霸持续达60余年之久。

　　郑成功，郑芝龙的长子，原名森，号大木。明天启四年(1624年)七月十四日(公历8月24日)出生于日本九州的平户市，祖籍福建南安石井村。明崇祯三年(1630年)十月，7岁的郑成功随前往迎接的堂叔父郑芝鄂乘船回乡读书。清康熙元年(1662年)五月初八(公历6月23日)病逝于台湾台南，安葬于州仔尾。

　　如何认识郑成功呢？这里还是引用一段评价吧：1997年7月15日，习近平同志在福建省暨泉州市各界纪念郑成功收复台湾335周年大会上的讲话中说:"郑成功不愧是我国历史上一位杰出的民族英雄。他的历史功绩在于以大无畏的英雄气概,克服种种困难,把荷兰殖民者从台湾赶走,使台湾摆脱了外来侵略者的统治,阻止了西方外来势力对中国的侵略,维护了中国领土的完整,在中国历史上写下了光辉的一页,永远值得后人纪念。"

当然,研究郑成功还可以从经济入手,因为郑成功也是一个海上巨商,是明末清初独踞东南沿海的武装集团首领,是古代"海上丝绸之路"上的闽商骄子。俗话说,兵马未动粮草先行,养兵千日才能用在一时。郑氏集团的兵员最多时能号召 30 万人,不仅平时要吃要喝、要武器装备,打仗还要跟着补充和保障,这钱、粮、武器装备从哪里来呢? 没有一大笔家当那是万万不能的。由此可见,郑成功之所以能成功,还是要有钱。能解决这个巨大的现实难题,充分说明:郑成功是一个有经济头脑、注重集资筹款、懂经商会理财的将才,是一个巨贾富商的大老板。

一

说郑成功的故事,必须从他的父亲郑芝龙说起。同样的,研究郑成功怎样成为海上巨霸,也绕不开郑芝龙这个人物,因为这关系到他的海商集团的源头和基础,也可以说是郑芝龙留给郑成功的一份不可估量的家传遗产。

郑芝龙,字曰甲,号飞黄,小名一官,福建南安石井乡人。据石井《郑氏本宗族谱》记载:"石井郑氏先世自光川固始县入闽。至北宋靖康年间,始祖隐石公,乃由莆田移居泉之南安县杨子山下石井乡,遂世为南安人。"又载:"隐石公传至九世郑西庭有子二:长士涛、次士表。郑士表即郑芝龙之父。士表字毓程,娶徐氏、黄氏。子五:芝龙、芝虎、芝麟(殇)、芝凤俱徐出,芝豹黄出。"据称,芝龙状貌奇伟,气宇轩昂,习拳棒,有臂力,胆略过人。由于从小生长于海边,就经常到海边游玩,比较熟悉大海、水性和驾驭舟船。家乡是海湾良港,商贸往来多,芝龙见生意红火,早就想涉足一些海上运输和贸易,以补家用,承担起家中老大的担子。有一年,郑芝龙偕同胞弟芝虎、芝豹到广东香山澳门投奔舅父黄程。黄程在澳门经商,留下芝龙在身边协助商务。芝龙在澳门学会经商,并通晓西班牙、葡萄牙等国语言。不久,黄程有批货物托泉州府李旦运往日本贩卖,派芝龙随船押货东渡日本。货物贩完后,芝龙决定留在日本闯荡事业,他先是卖鞋,后当裁缝,逐渐站稳了脚跟。在九州平户市,他借住于闽籍华侨翁昱皇家中。这个翁昱皇也是泉州城里人,早年赴日本做生意,娶了个日本女人为妻,就定居在了日本,后生有一女,这个女子取个日本名叫田川氏。郑芝龙在日本谋生时,起初借住在泉州老乡翁家,并与田川氏一见钟情彼此好感,翁家对郑芝龙这个乘龙快婿也十分满意。明天启三年(1623年)翁家就为郑芝龙和田川氏操办了婚礼。

不久,田川氏便怀孕了。一天她到海边散步观景,突然腹部疼痛即将临产,就靠在海边一块巨石旁,不一会儿便产下一个男婴。翁家喜出望外,就将他取名为"福松",这个男婴就是后来大名鼎鼎的郑成功。那块产婴时依靠的巨石就被称作"儿诞石",当地人立碑作为纪念。这一天,是明天启四年(1624年)七月十四日。

郑芝龙在日本娶妻生子,但并没有放弃海上的生意,而是更加意气风发、干劲倍增,决心干出一番大事业来。郑芝龙先是在泉州富商李旦的手下当通事(即翻译),并被收为义子,成为与荷兰人贸易的重要助手。在经商中,他又结识了在日本经商的漳州海澄县商人颜思齐,并同他结下了亲密的关系。这个颜思齐在当时就是一个走私商兼海盗身份,经常出入于福建、台湾与日本之间的海域,是17世纪著名的海上武装集团的领导人。这个集团集中了一批在日本从事海上贸易的闽南青年,是很强的一股商帮力量。明天启四年(1624年),他们利用中秋节密谋推翻德川幕府,占领长崎。但事情败落,知道官府要缉捕他们,便立即驾船逃跑,直达台湾避难。在台湾他们一面垦荒,一面到闽粤沿海继续买卖。一年之后,也就是明天启五年(1625年)九月,颜思齐因病去世,郑芝龙继承了这个海上武装集团的领导权,从此开启了郑氏海商武装集团的时代。这也成了后来郑成功掌权领军的历史背景和渊源。

郑芝龙掌权当老大后,除了继续做海上运输和贸易生意外,还找到一条特大的、利好的生意,那就是向台湾移民,引渡人员到台湾开垦。这一招很厉害,既扩大势力,又有源源不断的生产来源。据《南明野史》中记载:"崇祯间,熊文灿抚闽,值大旱,民饥,上下无策,文灿向芝龙谋之……乃召饥民数万人,人给银三两,三人给牛一头,有海舶载至台湾,令其芟舍开垦荒田为生……以衣食之余,纳租郑氏。"《鹿樵纪闻》又载:"崇祯中,闽地大旱。芝龙召集流民,倾家资,市耕牛粟麦分给之,载往台湾,令垦辟荒土,而收其赋,郑氏以此富强。"郑芝龙将福建沿海一带数以万计的民众移往台湾,采取一些鼓励开垦的措施,从中获取了巨大的经济利益,由此积蓄了大量的财富,并使台湾快速发展起来。据明崇祯十七年(1644 年)的统计,当时台湾居民已有 2.5 万余户,人口超过 10 万人,到清顺治七年(1650 年),仅台南就开垦荒地达 9800 余甲(1 甲约等于 11 亩)。

郑芝龙于明天启七年(1627 年)接受明朝招抚,当上了福建副总兵。后来,他率军剿灭了东南沿海各路海盗,并在铜山、澎湖、金门、湄洲等地,多次打败荷兰殖民者的入侵,既维护了东南沿海的安全,同时也垄断了东南沿海的海上贸易。据史书载:"自就抚后,凡海舶不得郑氏令旗者,不能往来。每舶纳入三千金,岁入千万计,芝龙以此富可敌国。"郑芝龙在当时明朝廷实行"海禁","片板不许下海"的情况下,能够纵横海上数十年,建立起一个庞大的海商武装集团,利用移民台湾获取巨大利益,并借助归顺明朝廷获得的权力,打击其他海上势力,独霸东南沿海,积累庞大家业。这些财力和家业,之后又沦落到郑成功之手,成为郑成功养蓄军队、购买武器、制造船舶,并与清廷抗衡的资本。

二

郑成功 7 岁从日本回到家乡石井读书,15 岁便中秀才,成为一介书生。明崇祯十四年(1641 年)娶董氏为妻,次年八月赴福州参加乡试,十月董氏生下长子郑经。明崇祯十七年(1644 年)入南京太学拜著名学者钱谦益为师,并以"大木"为其字。清顺治二年(1645 年)八月,22 岁的郑成功,在父亲郑芝龙的引领下去朝见南明的隆武帝。自明朝最后一位皇帝崇祯自杀后，福王朱由崧在南京称帝，建立南明王朝，年号"弘光"，但第二年就被清军剿灭了。清顺治二年(1645年)，唐王朱聿键在郑芝龙等人的扶持下，于福州称帝，年号"隆武"。这个隆武帝见郑成功少年英俊、气宇非凡，就在谈话中询问郑成功一些时局政事，只见郑成功对清军所作所为十分气愤，并且坚定地认为只要举起复明的大旗，联合南方各抗清义军，利用山险地形攻守并举，形势自会扭转变化。隆武帝听得很高兴，便赐予"朱"姓，名曰"朱成功"，此后，人们便称郑成功为"国姓爷"了，这件事对郑成功终身以复明为宗旨起了重要的作用。

清顺治三年(1646年)，隆武帝戎服登舟、御驾亲征，携部众沿闽江经延平(今南平)抵达建瓯，准备西进江西，反击清军入侵。郑成功心怀知遇之恩，为复兴明王朝，追随隆武帝，开始了义无反顾的抗清生涯。清顺治三年(1646年)三月，郑成功在延平向隆武帝上疏条陈说："据险控扼，拣将进取，航船合攻，通洋裕国。"建议："大开海道，兴贩各港，以足其饷。然后选将练兵，号召天下，进取不难矣。"这一上疏，高瞻远瞩，意义深长，被后人称为"延平条陈"。隆武帝闻此良策，倍加赞赏，即封郑成功为忠孝伯、招讨大将军，并赐尚方宝剑。

隆武帝虽然力图中兴，但却是个"光杆司令"，完全靠郑芝龙等几个人的实力。郑芝龙早已心怀异志，暗中与清军私通往来。在得到清军攻取江浙的消息后，更意识到拥立隆武帝抗清未必能成气候，闽粤早晚也是保不住的。而他广置的田产和500多间的庄舍，以及十几年积攒的家业肯定会因抗清而不保。正当郑芝龙在犹豫时，清招抚重臣洪承畴以"闽粤总督"的头衔诱劝郑芝龙，并向清将博洛献策说："唐藩虽然称帝，但兵马钱粮出郑芝龙之手，不如密书赂彼，许以王爵，俱彼自弃暗投明，福建可不劳一兵。"这个洪承畴正是由于出此计策，博得"福建开清第一功"之称。

清顺治三年(1646年)六月，清军进逼福建，郑芝龙下令撤军，清军长驱直入。隆武帝见势危急，匆忙欲逃向江西，但未到汀州就被清军抓获，并被杀于汀州。清军进入福州后，郑芝龙决意投降。当郑成功得知父亲郑芝龙要降清、接受招抚之事后，十分吃惊，力劝父亲郑芝龙，阐明闽粤地形有利，只要举起抗清大旗，"选将练兵，号召天下，形势当有可为，绝不可中了清军的诱降诡计"。郑芝龙也是有识之人，他信天主教，通葡萄牙、荷兰、日本等国语言，长期经商擅长盘算，为保住郑氏家族及财产，宁可委曲求全。当然，他也过于相信清方的"以诚相待"，最终接受了招抚。他要郑成功一起降清，郑成功在郑鸿逵的帮助下，离开安平到了金门岛。郑芝龙带着几个儿子抵达福州。降清之后，郑芝龙很快被挟持到了北京，从此这一海上枭雄失去了自由，成了笼中之鸟。面对这一切，郑成功无奈之下，只能表示将来父亲如有不测，做儿子的只有"缟素报仇"了。

清顺治四年（1647年）二月，清军抵达郑成功的家乡安平、石井一带。据说郑成功的母亲田川氏就是被清军侮辱后自杀的。此时，郑成功正在金门岛上，得知家乡被清军攻掠、母亲惨遭不幸后，立即领兵回救，但为时已晚。从此，国恨家仇使他立下"必报此仇"的誓言。他到孔庙前焚烧儒服，决心弃笔从戎，举起复明的大旗，抗清到底。由此，又揭开了东南沿海长达10多年抗清斗争的一幕。

郑成功树起抗清义旗后，原郑芝龙麾下的一些不愿降清的部将，如洪旭、黄廷、林习山等人，立即响应，并将队伍拉到南澳，投入郑成功的麾下。当时，抗清义军一般都掌握在故明旧臣或士绅手里，没有太大的战斗力。不论是黄道周、张煌言、金声，还是夏完淳父子，都没有形成太大的气候。但郑成功的义军不同，能够南征北讨。这除了郑成功的带兵才能和人格魅力之外，还有一个重要的原因就是郑芝龙降清时，并没有带走旧部，基本上还是"兵舰齐备，补给充足"，还是一支训练有素的"郑家军"。起兵不久，郑成功就指挥这支队伍，辗转在金门、厦门、泉州、漳州和广东的潮州一带，先后在泉州桃花山击败清提督赵国祚，并攻下同安等县城，围困海澄和漳州，部众从最初的3000人，一度达到10万人。郑成功起兵之后，在沿海攻城略地，一方面抢占地盘，一方面掌控着东南沿海地区的运输和贸易，从而不断壮大这个海商武装集团的实力。至此，清廷才真正感到郑成功非等闲之辈，这支队伍是一个巨大的威胁。但此时，清军正面临湖南、云南、贵州及两广反清势力的抵抗,不可能抽出更多的兵力来对付郑成功及其所部,同时也由于郑军大部分在海岛上,一时不好对付。这使郑成功有了一个较为稳定的发展机会和生存环境。

三

"海洋浩淼,非船无以利远涉。"清顺治三年(1646年),郑成功起兵后,迅速重整郑氏船队。明崇祯九年(1636年)郑芝龙独占东南沿海的制海权,受其控制的大小船舶达万余艘之多,直接拥有3000多艘。到清顺治三年(1646年),"楼船尚有五六百艘"。据记载称:十一月,芝龙降清北上,国姓与洪旭、施琅等乘二巨舰,收兵南澳,"海中洋舶皆统于郑彩"。清顺治七年(1650年)八月,郑成功率部突入厦门,诱杀郑联,收其战舰兵卒。继而杨朝栋等率全队舟师来降,郑彩亦将兵船悉交成功节制。十月,"成功差洪政招闽安、铜山、南澳诸岛,咸听约束",即建五军,"每军大小船一百号"。次年三月,郑鸿逵将金门之船只交付成功。由此,原属郑芝龙的人和船,遂由郑成功收拢继承。

郑成功在海上贸易方面,继承父志,以商养战,且不断发展。开设了五大商十大行。五大商分别设在京都、杭州、苏州、山东等地。十大行分别名为"仁义礼智信"为海路五行,总部设在厦门,每一字号下,各设有船12只,计60艘通贩东西洋。据日本学者岩生成一的调查,清顺治七年(1650年)入日本长崎港的70艘中国船中,来自郑氏势力范围内的福州、漳州、安海的占59艘,约占80%,而且几乎年年如此。前往东南亚的平均约20艘。至清顺治十二年(1655年),郑成功的船队已具强大实力,拥舰"千百号"。

以"金木水火土"为陆路五行,总部设在杭州。分支机构遍布于沿海各城市和港口。商人的本钱也是郑成功提供的,每次领取5万或10万两白银,月息一分三厘。同时,对往来日本、东南亚与大陆、台湾的商船征"饷",西洋船1000两,东洋小船500两、大船2100两。然后发"牌",当时出海的商船都挂有郑成功发给的牌照,上面印着"石井郑府"字样,非"国姓牌"不能行。据专家估算,郑成功每年海上贸易所获取的利润超过 100 万两白银。郑成功还自制银币,上刻"朱成功""国姓大木"等字样。海、陆五商由户官郑泰担任总监督,以六官监察其经营活动,设"裕国库",主管为张恢;又设"利民库",主管为林义。五商十行的设置是郑成功"通洋裕国"海贸的机构,也是其集团财源的主要渠道,同时也是郑军打探政治、军事情报的谍报网、情报中心。难怪郑成功的部将黄梧在降清后的"平海策"条陈中说:"郑氏有五大商在京师、苏、杭、山东等处,经营财货以济其用,当察出没收。"

与此同时,为了掌握制海权,郑成功在此基础上积极通过大规模造船等活动,使其船队的数量不断增加,实力迅速壮大起来。郑成功要求大量造船,而且造大船,不断扩大船队。清顺治八年(1651 年)底开始围攻漳、泉时,"洋税复旧制,能食兵"。他还大开海道,于清顺治八年(1651 年)十二月,"令兄泰造大舰",最大的船载重量可达 1000 余吨,自制大船以利通洋。随后在厦门"以仁义礼智信五字为号,建置海船,每一字号下,各设有船十二只",计 60 艘通贩东西洋。到清顺治十二年(1655 年)船队具备了强大的实力。郑军所部也发展到 72 镇,控制着泉州、漳州、兴化 3 府,拥兵数十余万人,并改中左所为思明州,厦门成为郑成功的军政指挥中心,成为东南沿海抗清的主力,不久得到永历帝赐予的"延平王"的册封。到清顺治十三年(1656 年)"造战舰三千余艘……连樯八十里,见者增栗"。随着浙东、温台、舟山、崇明等海岛的相继收复,形成了"上居舟山,以分北来之势,下守南澳,以遏南边之侵"的局势,真正控制了东南沿海。到清康熙元年(1662 年)郑成功逝世时,据称有"水陆官兵四十一万二千五百名,大小战舰五千余号"。连当时的传教士也慨叹"国姓握有大量船舶,由他指挥的强大海商武装力量所树立的威名,足使邻近海岸一带为之震动"。

在对外贸易上,郑成功也以其强大的船队为后盾,保障海运安全,确立其霸主地位。如对马尼拉、大员、巴达维亚等处以卑鄙手段贸易的西班牙和荷兰人,其态度十分强硬。清顺治十二年(1655 年)郑成功给巴达维亚总督的信中说:"诸如巴达维亚、台湾和马六甲等地是一个不可分割的市场,而我是这个地区的主人,不准你们侵占我的地位。"郑成功还下达了"禁航令",严禁中国商船前往巴城、台湾以及马尼拉进行贸易,"由是禁绝两年,船只不通,货物涌贵,夷多病疫"。至清顺治十四年(1657年)六月,荷兰人不得不表示"年愿纳贡,和港通商"。据记载为:"年输银五千两,箭十万支,硫黄一千担。"清朝的郁永河在其《伪郑逸事》中说:"成功以海外弹丸之地,养兵十余万,甲胄戈矢,罔不坚利,战舰以数千计,又交通内地,遍买人心,而财用不匮者,以有通洋之利也。"

郑氏海商武装集团一直处于与清廷对抗的军事状态中,需要消耗大量的人力、物力和财力,有战争就有高的投入代价,因此不得不采取特别的行为来充实自己的实力,以完成抗清斗争。有学者认为,海上商业利润的收入是郑氏海商武装集团的重要经济来源。并估算出在较长时间内,这个集团仅海外贸易一项,每年获利平均约250万两白银。军队总数鼎盛时达18万人,每年开支约在300万至360万两之间,按平均计算,商业利润占其军费总额的75%。当然有人认为郑成功军队的军费来源主要有3个途径:一是以厦门为主的对外贸易船只的进口税,二是台湾对外贸易船只的进口税,三是郑氏自行经营的海外贸易收入。

四

自清顺治十三年(1646年)郑成功起兵抗清后,队伍不断壮大,最多时达到20万人之多,所活动的区域主要在闽粤沿海四府,这四府地方粮饷仅足养一万之兵,若要养一二十万大军,军需就成了大问题了。郑成功是费了很大的精力考虑这个问题的,其中一条主要的经济措施就是通过经营海上贸易,获取利润来补充军需,即以海养商、以商养兵、以商助战,从而长期抗击清军,并完成收复台湾的壮举。

只有建立一支强大的船队,发展先进的造船业,才能为郑成功全力拓展海商武装集团经济命脉,以及海上贸易活动提供强有力的保证。这一时期,郑成功的海商集团贸易非常活跃,"从日本长崎至琉球群岛、东京、安南,以及东南亚各地,包括柬埔寨、暹罗、北大年、柔佛、马六甲、爪哇、西里伯群岛和吕宋,其中尤以同日本、东京、暹罗的贸易最为密切"。对外贸易的活跃刺激了交通运输的发展,使作为海上舟楫往来、物资交流集散地的安海、厦门、南澳、沙埕等地得到了开发建设。其中,安海、厦门及后来的台湾安平等相继成为郑成功海上交通网络的中心基地,成为继福州、泉州、梅岭港之后,国内外重要的贸易港。

安海港。位于泉州南部围头湾内,港内多深湾僻澳,海流平稳、深阔,是一个天然的避风良港。由于水陆交通方便,宋元时就已成为泉州港的主港之一。明初一度与漳州的月港并为福建私商"泛海通番"的活动中心。明末,郑芝龙以其为军事据点和对外贸易的海上基地,不但"开通海道,直至其内,可通洋船",而且开辟了一条由安海直抵日本长崎的航道,使之逐渐成为中国东南海外交通贸易的中心港口。仅明崇祯十四年(1641年)就有22艘郑氏船舶由安海直达长崎。郑成功接手后,更是把安海港作为其海上贸易的中心港口,仅清顺治十二年(1655年)三月,由安海驶向各地的商船就达34艘之多。当时,安海"每一舶税三千,岁入千万计",收入相当可观。

厦门港。明朝时厦门称"中左所",曾是月港的外港。郑芝龙进入厦门活动时始得发展。明崇祯六年(1633年),"洋艘弗集于澄,监税归于厦岛",后来厦门港逐渐取代月港成为重要的商港。清顺治七年(1650年)中秋节,郑成功佯装拜访族亲郑联,施计杀死郑联,巧夺厦门。之后他潜心经营厦门,使之成为政治、军事、经济的中心,成为抗清的基地。厦门港由于码头多且有相当规模的港口设施,由此成为海内外商品流通的主要集散地,成为当时中国远东、东南亚各国贸易交通的中心港。有日本学者认为,郑成功"屡屡遣商船到我长崎贸易,购我国的铅和铜等,到吕宋、安南、暹罗等南方诸国出卖,以补军费不足"。这时期海外贸易的不断发展,奠定了厦门港后来成为国际贸易大港的基础。

台湾安平港。位于台湾西海岸南部,与澎湖岛对峙,是台湾岛进出之门户。港口地质优良,水深港宽。荷兰人占领台湾后,在港口附近建城堡设商馆,采取一切办法招徕商船,使安平港成为远东、东南亚和欧洲三角贸易的中介。郑成功收复台湾后,充分利用安平港,加强对外贸易往来,大批中国大陆的货物运往安平港(大员港),并由此运至巴达维亚,再由巴城销往东南亚和欧洲,促进了台湾贸易发展。清顺治十八年(1661年)至清康熙二十二年(1683年),安平港遂成为继厦门之后国内外贸易、交通的中心,其兴盛奠定了它在中国近代海上交通中的重要地位,以至于"清人之统治及日人之占据等,均以此为出发点"。台湾安平港的利用,为郑氏海商武装集团带来了巨额利益。

五

郑成功海上通商贸易,为反清复明提供了坚实的物质基础。清王朝见郑成功的军队越来越强大,而且纵横海上,不敢贸然派兵围剿。于是,就想出一个阴险毒辣的办法,就是利用郑芝龙作为筹码,挟持、威逼郑成功接受招抚。双方就此展开了和议。郑成功也很好地利用这个时间和空间,不断发展壮大,争取更大的利益,积攒更大的资本。

这个时期,郑成功加速造大船,并不断壮大船队,认为"我师所致力者,全系水师"。于是到各地广泛取材,扩充造船地点,通过专门采购、收购、控市等办法,或取材于浙江台州温岭,或于永安等地购买木材,装排顺抵闽江口沿海,或让部属"把持行市,不许寸木市卖",或取材于东山、云霄,甚至于从暹罗进口。但其大量木材主要是通过闽东沿海,从闽北山区中获得的。至于油、麻、铁等造船材料,或"资于海滨各澳",或令私商到各地甚至国外采购。所造之船也趋大型化,"巨船""大舶"皆有,而且技术不断改进,排水量、载重量增加,更便于远航和作战。无怪乎清军哀叹自己的船战舡狭小,仅容数人,而面对郑军之船,"视大船如望高山",怎能与其对垒,决胜于江海之上? 同时,武器装备也不断精良,据杨英《先王实录》载,大龙贡船上的龙贡(火炮)"重万斤,红铜所铸,教放容弹子二十四斤,击至四五里远。由于水师是郑军的主要军事力量,郑成功还注重航海人员的培训。在其舟师中,大部分是郑芝龙旧部,尤其以漳、泉、潮、惠一带沿海渔民居多。他们熟悉海上生活,又有数十年海上生活斗争经验,一向倚海为长城,出没波涛之间。尽管如此，郑成功对水师的选拔训练还是非常严格的，不但要求胆大，而且必试于"摇舡"。具体条件是："求惯海之人，能押风涛，而耐劳苦"，能"托身寸板，跬步摇舡"。在此基础上培养海上作战指挥人才，并对船上的工种专业进行细致的分工定责，以此形成较强的战斗力，以便长期与清军抗衡。

当时的清王朝认为，郑芝龙"久经归顺"，有郑芝龙等人在手，郑成功必念及亲情，最终走上和议之路。郑成功则利用和议，寻机发展壮大。他与清廷的接触总共有 4 次。由于清廷在处理郑芝龙的问题上，有背信弃义之嫌，所以郑成功是有提防的。所以顺治皇帝在给浙闽总督刘青泰的敕谕中特地提出："若成功等来归，即可用之海上，何必赴京？"借以解除郑成功的顾虑。郑成功答以"今骑虎难下，兵集难散"。清廷看到和议有希望，随封郑芝龙为同安侯，封郑成功为海澄公，并派满洲章京硕色会同黄征明等 4 名和议大员持郑芝龙手书来厦门见郑成功。清廷答应"以一府地方安插"，即划出一个府的地方让郑成功安插自己的部队。郑成功则提出要划出 3 个省的地方，才能接受归顺。清廷当然是"妄行索地"，不能同意。最后让步同意以泉、漳、惠、潮 4 府让郑成功安插部众。但郑成功又提出："兵马繁多，非数省不足安插，和则高丽、朝鲜有例在下焉。"始终坚持要 3 个省才能归顺，这使和议僵持，趋于破裂。直到清顺治十一年(1654 年)，清廷还派出内院学士叶成格等再次与郑成功和议，双方态度都很强硬，顺治在给郑成功的敕谕中说："尔若怀疑犹豫，原无归诚实心，当明白陈说，顺逆两端，一言可决。"这时，清方已发现郑成功"终无剃发受抚之意"，便采用经济封锁对策，企图把郑军困死以致不攻自破，故于清顺治十三年(1656 年)下令禁海；又以清顺治十八年(1661 年)严令迁界，把山东、江苏、浙江、福建、广东 5 省滨海百姓内迁 30 至 50 里。但郑成功仍机动灵活，包括贿赂清军官兵，使通洋贸易继续运作，打破清政府的经济封锁。他在给父亲郑芝龙的复信中表明："万一吾父不幸"，成功"只有缟素复仇，以结忠孝之局耳"。可见，郑成功反清复明主意坚定，和议只是个幌子，借以拖延时日，练兵备战。于是，就有了"南下"和"北伐"之军事行动。

六

郑成功是作为隆武帝的封臣,举起反清复明大旗的。隆武帝于清顺治三年(1646年)九月二十八日被处死后,隆武政权灭亡。十一月十八日,明桂王朱由榔在广东肇庆称帝,改元为永历。此时的郑成功把希望寄托在南明的永历帝身上。清顺治七年(1650年),清军进攻广州,兵锋直指广东各地及广西,永历帝处境危险,求救于郑成功。由于永历帝是南明仅存的小朝廷,郑成功决定亲自率师南下勤王,以表报答"我家世受先帝厚恩"和他对明王朝的忠心。部将对他的举动持有不同意见,郑成功不听,主意已决。其实这个永历帝是不可能成气候的,小朝廷也失去了号召力。永历帝曾经希望得到在澳门的葡萄牙殖民者的支持,但澳门的官员只赠予火枪100支,并派兵300名充当侍卫,起不到什么作用。形势决定了郑成功的勤王只能无功而返。果然,郑成功及其部众刚出福建,就传来广州被清军占领的消息,原计划从虎门登陆,会师孙可望、李定国已经不可能了。部将陈豹、施琅再次劝郑成功停止南下,郑成功仍坚持南下勤王。部众到广东惠州的附近时,就传来厦门失守的消息。这本来是意料之中的事,郑成功决计南下时,施琅等就曾以厦门空虚,恐被清军偷袭告诫郑成功。厦门是郑成功的基地,失去了就没了立足之地。就这样,在全军将士的劝阻下,郑成功才不得不决定回师厦门。临行前他向南跪下,为不能见到永历帝而挥泪痛哭,表示回师是不得已而为之。

就在郑成功率军南下勤王之际,清顺治八年(1651年)三月,清福建巡抚张学圣、泉州守将马得功乘郑军南下,乘虚袭击厦门,"掠去黄金八十万两,银百万两"。造成郑氏家族和郑军巨大财富和军用装备的损失。郑成功以弃守罪杀了守将郑芝鹏,又以放走马得功之罪,迫其堂叔郑鸿逵脱离部属,由金门退隐白沙。四月,郑成功率军回攻厦门得胜,并以五月出兵海澄,击败漳州清将王邦俊所部,巩固了基地。

郑成功以厦、金为海上大本营,又以漳州府为陆上大本营,郑军的大部分贮物都放在海上著名的港口海澄的月港。当时月港由郑军的海澄守将黄梧掌管。清康熙四年(1665年)六月二十二日,黄梧突然暗引清军围海澄,并开城投清。使郑军损兵折将达2000多人,同时损失粮粟25万担、铳炮近万台、火药弹珠数十万斤,还有各种军器衣甲不计其数,多年积累的心血几乎毁于一旦。然而,郑成功并没有气馁、丧志,将部将整合在泉州的石井、金门、围头和漳浦的旧镇港、诏安和东山岛,以及广东的黄冈一带,继续在海上进行商贸和关税操作。又多次派郑泰等人到日本,将其家族存款取出,弥补造船和购粮之用,使郑军渡过经济难关,也使这支船队的大船扩大到三四千艘,具备了更大的实力。

从清顺治十四年到顺治十六年(1657—1659年)的先后3年里,郑成功连续3次出师北伐,其动机是想跳出福建,与农民军孙可望、李定国会师江南,承袭当年朱元璋的老谱儿,占领南京城,重建大明江山。其实,就在清顺治十四年(1657年),孙可望已率部向清廷的招抚大臣洪承畴投降了,并"献滇黔图,险阻设伏,曲折皆备"。由于他在西南征战多年,对李定国等部内情也很熟悉。李定国等农民军已在清军的兵锋之下。清顺治十五年(1658年),清廷开始调兵遣将,分3路进军西南,至清顺治十六年(1659年),清军攻下南明滇都昆明,永历帝也于这年二月逃亡缅甸。只是由于山河阻隔,郑成功并没能及时得到准确情况。他起兵的本意是想先奏请永历帝让孙可望、李定国出兵江南,三军会师后围攻南京城。可这些都是一厢情愿,结果是惨痛失败,损兵折将,无功而返。当然,北伐行动确是郑成功抗清军事生涯中最辉煌的时期,是他"复明"的最重要的举动之一。特别是第三次北伐时,他信心十足,发布讨清檄文,在张煌言的配合下,先后攻克长江下游的许多州县,攻占瓜州后兵锋直指南京。当年七月,郑军兵临南京仪凤门城下,郑成功率文武官员遥祭明孝陵,并写下"缟素临江誓灭胡,雄师十万气吞吴。试看天堑投鞭渡,不信中原不姓朱"的壮志诗篇。

其实,当时清军在西南已取得决定性胜利,全国基本上没有太大的军事行动了。郑成功的兵力主要是水师,沿长江而上,使清军措手不及,所以接连攻取一些沿海沿江城市,但驻守并不牢固。只要清廷腾出手来,调集兵力就是一场恶战,胜负难论。结果不出所料,郑军很快就在南京兵败,撤回福建了。张煌言也因战败被俘,随后被杀。北伐以失败告终,郑军元气大伤,在东南沿海逐渐失去强势,只好另谋发展了。于是,海峡的另一头台湾,进入到郑成功的视线。

七

　　决定战争胜负的因素很多,但粮饷供给占据重要位置。郑成功为抗清驱荷发动了各种大小战役战斗,或战或和,或胜或败,在许多情况下,都与粮食保障问题有直接关系,从粮食政策入手,研究其军事保障和经济运营有着特殊意义。纵观郑成功抗清复明时期的粮食保障,主要有3种方式。

　　收购及征粮。清顺治六年(1649年)之前,郑成功的军队处于草创时期,兵员不多,且郑氏拥有其父亲郑芝龙存蓄的厚重家底,可供收购粮食以维持军食。但郑成功为发展队伍,于清顺治六年(1649年)起,不断遣发将兵,分赴粤省沿海各地征粮。广东潮州一带"素称饶沃",郑成功一方面在那里试办军垦,另一方面分兵于潮属各县"征输"及"迫取正供",以此维持初创时约6万人的军队。据清代杨英《先王实录》载:清顺治六年(1649年)十一月,郑成功督师进入潮州,"驻师南洋,令搬运粮粟万余石……令督饷黄恺搬运回中左(厦门)积贮"。清顺治七年(1650年)正月,郑成功攻占潮阳后征输粮米;四月,"攻破揭阳县,迫取正供数万,俱乐输"。十一月,"传令各镇催完各寨乐输饷米,交忠振伯拨运,贮中左"。清顺治八年(1651年)正月,郑成功至南澳"统师勤王",三月十五日至大星所,攻下其城,"城中米谷令户科杨英分派官船运载"。同月,厦门基地被清军偷袭,军需被抢,郑成功立即班师回岛。至四月,就有"乏粮"的记载,可见粮食基础并不牢靠。

　　权借及派征。清顺治十年(1653年)至清顺治十一年(1654年)十二月,郑成功趁与清和议之机,大力发展兵力和扩大势力范围,同时积极派人到各处征粮措饷,以资兵食。仅清顺治十一年(1654年)十月,郑成功派出一支数万人的军队南下勤王,一次就发给出征官兵"粮米十(个)月",计达数十万石。说明粮食积蓄雄厚有余。具体的来源是:清顺治十年(1653年)七月,郑成功"驻揭阳门辟,征输行粮,各寨东输"。八月,郑回厦门,与清和议,目的在"将计就计,权借粮饷,以裕兵食"。遣勋镇到漳泉派征乐助兵饷;遣都督黄恺追晋南地方饷20万;遣前提督黄廷就云霄地方征米5万石;遣中权镇黄兴、前冲镇万礼等统领辖镇,进入龙岩地方,征饷20万;遣前锋镇赫文兴、北镇陈六御、右冲杨朝栋等辖镇往惠安、仙游等地方,征饷30万。清顺治十一年(1654年)三月,郑成功"以和议方就,乘势分遣各提督总镇就福、兴、泉、漳属邑派助乐输"。四月,郑成功自海坛班师回厦门,"遣前提督黄廷、前冲镇万礼率辖镇进入永定地方措饷养兵"。六月,"遣中提督甘辉同援剿左镇林胜等出师长乐等处,措饷养兵"。七月,郑成功闻报清廷设兵马入闽,即"分遣和提督总镇就漳、泉、福、兴等地方,征派助饷"。九月,"前提督攻破诏安溪南寨,以抗饷故"。十一月,"漳属十邑以次归附。是年计派漳属饷银一百〇八万"。十二月,郑驻厦门,"遣前锋镇赫文兴袭破同安县。援剿左镇等袭破南安县。中提督同北镇陈六御等袭破惠安县。由是安、永、德各县闻风俱下,是年计派泉属助饷七十五万有奇"。

略地取粮。清顺治十二年至十七年(1655—1660年)是郑成功军队鼎盛阶段,兵员迅速发展,所需粮食与日俱增,月需粮谷以10万石计;加上清、郑和议失败,"虏多阻我饷道",使粮食形势变得严峻。闽、粤两省措粮不足维持军需,为此运用海船优势,北上浙江产粮区以获得更多粮食补给。据杨英的《先王实录》载:清顺治十二年(1655年)六月,郑成功"巡驻漳州时因和议不成,虏多阻我饷道,又增兵入闽,故令福、泉、兴之兵尽抽回漳;传令各征饷"。"遣前提督黄廷统辖戎旗镇,左右先锋等十二镇由漳浦、诏安巡下潮州,驻兵征饷"。九月,"北上师阻风乏粮,就温、台取粮"。清顺治十三年(1656年)十月,郑驻三都,"令各镇征积兵粮"。十二月,郑进取罗源,"攻围宁德县,虏不敢出战,令各官兵散处取粮,各积足三个月,遂回扎三都"。清顺治十四年(1657年)正月,郑成功遣军在温州、福宁、牙城等地方取积粮饷。二月,"张英、万礼等师至温州金乡卫,即议攻城"。"清游击翟永寿等献城迎降。所报城内米粟甚多"。七月,兴师北伐前集议:"此番远征,当先积粮,尔等当计何处可以取积?"郑成功说:"处处俱皆输将,惟兴化涵头、黄石地方,大师未有经临,倚房未附,饶富贮积,可即取之。"清顺治十五年(1658年)正月,郑成功要求官兵积贮3个月粮食。四月,"与武卫林胜密议",先取许龙于澄海外围,后"亲自督师直捣其港,令各师沿路取粮,并令攻克澄海县"。五月,公布禁令,强调就地取粮,亦不得已而为之。至"沙关,风雨未顺,驻计十数日,官兵乏粮,议就温州界登岸,收复郡邑,取足粮食"。到达瑞安城时,"行令各官兵取足七个月粮食"。八月,北伐舟师过羊山,遇台风,损失船只粮食甚多。九月,郑成功招众将在舟山集议,"官兵船只破损,粮食不足,须溜入温台各港夺船取粮,再图进攻"。后又在象山、台州取粮,十一月至温州等地"就汛养兵派饷"。清顺治十六年(1659年)五月,北伐军进入长江,"官兵乏粮,到顺江州就泰兴县地方取粮"。颁告示:"本藩统兵十余年,历尽艰险劳瘁,实为杀虏救民,恢复大事起见,至于就地取粮,不得已以佐兵糈。"严令限制"官兵只准取粮,不准奸淫掳掠妇女,如有故违,本犯立即枭示,大小将领一体从重连罪"。七月初九,北伐军进泊凤仪门下,闻报"六合县盐船载米万余石,系解北京粮运,押官搬藏民家"。郑成功"委户都事杨英,搬贮在船候支"。八月,北伐军"回至狼山上沙。时粮运船多重载,不堪驶。委户都事杨英分派和中军船并各提督总镇船只运载,预作兵粮"。十月,郑成功返回到厦门。

清顺治十七年(1660年)二月,"遣前提督黄廷、左提督马信率后劲右冲等镇下揭取粮"。七月,郑成功驻浦城,"遣右武卫周全斌、提督亲军饶骑镇马信率左右虎卫镇、后冲、中冲、正兵、奇兵等镇北征,略地取粮"。八月,"宣毅右镇黄元统领仁武、义武二镇扎澄海(定海)、小埕、长乐一带地方,联络征饷"。同年十一月,郑成功移驻金门城。同时,令"后冲镇总领水师官兵,前往南下取粮。右武卫等师到潮阳县,进入和平贵屿取粮"。至此,也为日后进军澎湖、收复台湾做粮食准备。

清顺治十八年(1661年),郑成功由于得到何斌的献图,郑成功进一步了解到台湾"田园万顷,沃野千里,饷税数十万"。并称"数日到台湾,粮米不竭",遂决定"进平台湾"。在进军台湾的过程中,由于粮食携带不足,又遇多

315

日风暴船队受阻,郑军在缺粮的情况下,顶着风浪奋勇前行,终于于四月初一日在鹿耳门登陆。之后民援和征收并举,及时派发和补充军粮,累计达"粟六千石,糖三千余担"。之后郑氏以"台湾孤城无援,攻打未免杀伤,围困得其自降"为策略,迫使荷兰人就降,最终取得胜利,收复了台湾。

从以上到处征粮、征战的情形可以看出,粮食对于养兵和作战保障是多么的重要。郑军数十万人,军饷花费之多,征集如此之难,所采取的各种方式的粮饷保障措施,包括略地夺粮,也是作战之所迫。清廷也知道郑军取得粮饷的重要性,除阻堵粮饷道外,屡下禁令、迁界,企图杜绝内地商人给郑成功接济,但暗中的买卖难以断绝。清廷的进攻重点也是郑军的粮饷集中的要害地方,如清顺治八年(1651年)厦门基地被袭,郑军就损失"黄金九十余万,珠宝数百镒,米谷数十万斛"。清顺治十三年(1656年)六月策动郑氏得力部将黄梧以海澄降清,致"损失粮粟二十五万",使郑军不得不实施武力征取粮饷政策。自清顺治十三年(1656年)十月至清顺治十八年(1661年)四月东征台湾止,郑军共计出动兵力征粮24次之多,其中的清顺治十六年(1659年)五月,郑军北伐虽进入长江,但由于粮食储备不足,"官兵乏粮",只好忙于在顺江、泰兴、六合等州县就地征输兵饷,未能按预定计划和目标直捣南京城,终使北伐遭到失败,大军撤回厦门基地。

八

清顺治十八年(1661年),郑成功出兵东征收复台湾,创建新的基地,从而把他一生的历史推上最辉煌的阶段。

清顺治十六年(1659年),郑成功自南京败回后,开始反思自举兵以来的得失。即"念举十有余年,越在草莽,未尝复尺寸土,金、厦仅二孤岛,安能久居孤岛哉"!就在这时,有个叫何斌的老部下找到郑成功,他在台湾为荷兰人当通事,私下来厦门,向郑成功献策,认为"台湾沃野千里,实霸王之区。若得此地,可以雄其国,使人耕种,可以足其食……移诸镇兵士眷口其间,十年生聚,十年教养,而国可富,兵可强"。郑成功听后十分高兴,在进一步的思考后做出决定，认为台湾"田园万顷，沃野千里，饷税数十万，造船制器，吾民麟集，所优为者，近为红夷占据，城中夷伙，不上千人，攻之可垂手得者"。郑成功立即下令，全军进行战备，随时准备东征。

当然，台湾是中国的领土，被荷兰人侵占并遭到严重迫害。据《被忽视的福摩萨》一书记载：当时无数中国人被任意监禁、鞭挞和放弃。荷兰人在澎湖抓去1000多人，最后剩不足百人到达巴达维亚，最后仅存30余人。郑成功收复台湾是正义之举，况且台湾也是其父郑芝龙先前开发和待过的地方。这就使郑成功决意"平克台湾，以为根本"。

清顺治十八年（1661年）三月二十三日，午时，郑成功亲自统率战舰300艘，将士2.5万人，自金门的料罗湾出发开始收复台湾的历史性进军。将士们精神抖擞，"勿以红夷火炮为疑畏"，直奔台湾而去。但是，船队到达澎湖时，海上风暴骤起，惊涛骇浪无法前行，足足等了6天，军中已缺粮，在这危急关头，郑成功下令将士乘风破浪，向台湾进军。他说："本藩疾志恢复，现有舳舻数万，还恐孤岛难居？"终于顺利地由鹿耳门登陆。同时，由于是收复台湾，顺应民心，得到了澎湖和台湾岛上百姓的支持与帮助。据史书记载，郑军所到之处"各近社土番头目，俱来迎附"，南北土社也都"闻风归附"，出现了"男妇壶浆，迎者塞道"的场面。当地百姓主动为郑军送情报、当向导，提供粮食和军需。《被忽视的福摩萨》一书也不得不承认这样的事实："还有全体中国'侨民'约两万五千名壮丁做郑成功的后援，所以不到三四小时就实现了他们的目的，以致好些惊恐而绝望的台湾土人也都归附了敌人，与全部'华侨'都成了危害我方的人了。"由此可见，荷兰人是孤立的，收复台湾民心所向，得道多助。

郑军登陆后，展开了一系列的战斗。同时，郑成功力劝荷兰人投降，交出台湾。郑成功向荷兰首领揆一提出："台湾者，中国之故土也，久为贵国占领，今藩主既来，则地应归我也。"揆一凭借热兰遮城高墙厚继续顽抗，被郑成功以围困袭击的战术打败，最终双方签订了相关协议。其中规定荷方必须交出城堡、大炮，以及属于东印度公司的全部财产。但允许撤走全部人员和武器装备等。史料记载："自天启四年至永历十五年，荷兰据有台湾，凡三十八年,而为延平郡王所逐,于是郑国姓威名震寰宇。"郑成功自清顺治十八年（1661 年）四月初一日在台湾鹿耳门的禾寮港登陆,到清康熙元年（1662 年）五月初八日病逝,在台湾只有一年零一个月多点的时间,但他为祖国和民族立下了不朽的功勋。正如他在诗中写道:"开辟荆榛逐荷夷,十年始克复先基。"在郑成功之后,不论是郑经还是郑克塽,他们的主要使命就是秉承郑成功的遗志,保卫台湾、建设台湾。尽管后来被清廷招抚,实现台湾与大陆的统一,在领土归属上,也不违背郑成功的意愿。

九

清顺治十八年(1661 年)郑成功收复台湾后,把台湾当成生存与发展的基地,采取一些有效措施开发台湾、建设台湾和发展台湾。

第一,实行规范有效的行政管理。设立府县制度,改普罗文萨堡为承天府(今台南市),下设天兴(嘉义)和万年(今凤山)两县,改热兰遮堡为安平镇,在澎湖设立安抚司。与此同时,郑成功对闽、浙、粤成千上万因"迁界"流离失所的沿海居民,下令召集他们渡海入台;派部下洪旭、黄廷等人陆续载官兵眷属入台,其"官兵并眷口共计三十万有奇"。这是台湾历史上的第二次有组织的大规模移民,对开发台湾有着重要的意义。

第二,实行严格的土地私有政策。随着人口的剧增,出现了粮食供不应求的现象,"官兵至靠食木子充饥","多有病殁,兵心嗷嗷"。郑成功采取了一系列旨在发展农业生产的措施。及时颁发垦荒屯田和土地私有的谕令,内容大致为:(1)文武各官有总镇大小将领家眷,随人多少圈地,永为世业,以佃以渔及经商须取一时之利,但不许混圈土民(指高山族)及百姓(指汉民)现耕田地。(2)文武各官圈地之处,所有山林及陂池,具图来献,本藩薄定赋税,便属其人掌管,须自照管爱惜,不可斧斤不时,竭泽而渔,庶后来永享无疆之利。(3)各镇及大小将领官兵派拨汛地,准就彼处择地起盖房屋,开辟田地,尽其力量,永为世业,以佃以渔经商,但不许混圈土民及百姓现耕田地。(4)各镇大小将领拨汛地,其处有山林陂地,具启报闻,本藩即行给

318

赏,须自照管爱惜,不可斧斤不时,竭泽而渔,使后来永享无疆之利。(5)沿海各澳,除现有网位、罟位本藩委员征税外,其余分与文武各官及总镇大小将领,前去照管,不许混取,候定赋税。(6)文武各官开垦田地,必须赴本藩报明亩数而后开垦。至地百姓必开亩数报明承天府,方准开垦。上述谕令从政策上保证了垦荒拓地的全面进行,也调动了文武官员和百姓开垦土地的积极性,促进了农业生产的发展。

第三,实行灵活的对外贸易政策。主要采取3个措施:一是在靠近大陆的海岛,如厦门、金门、铜山、舟山、南日、沙埕等处设立收购、转贩据点,加强闽台联系,使大陆货物"聚而流通台湾",从而获得较多可资交换的物资。二是提供各种优惠政策,如航海自由、通商自由、运输自由、行动自由、建立商馆等,大力招徕各国商民前往台湾通商。三是采取一些强硬措施,促使安平港(大员)成为继厦门之后对外贸易的集散地,比如规定"除安平外,在其他各处不得交易",台湾的安平港逐渐成为中国近代海上交通的中心之一,以至于"清人之统治及日人之占据等,均以此为出发点"。

第四,实行寓兵于农的军事政策。郑成功规定士兵担负着耕与战的双重任务。郑成功入台初,除留勇卫、侍卫两旅守安平、承天二府外,其余诸镇按镇分地,按地开荒,插竹之社,斩为茅屋。对奔赴各地屯田的官兵,郑成功预发给6个月的俸役银,作为垦荒资金。屯田政策的实施,使耕地面积增加了一倍多,出现"田庐辟,沟浍治,树畜饶"的现象,"野无旷土,军有余粮"。

第五,实行民族团结互助政策,促进高山族地区生产发展。在经济发展中,注意保护高山族自耕农的利益,强调"不许混侵土民现耕地","如有违越,法在必究"。同时,派遣有经验的农民分赴各社,"教之以耕耘之法及栽种收获之术",并通过高山族同胞自身的努力,各番社发生了重大变化,到处是"嘉木阴森,屋宇完洁,不减内地村落"。

郑成功入台后,逾数月就与世长辞了,他的未竟事业,由其子郑经继承下来。郑经继续沿着郑成功的路线开发建设台湾,在行政管理体制上,继承其父的旧制,仿明朝设兵、刑、礼、工、户、吏六官。在社会建设方面则大力兴办教育,弘扬中华传统文化,提高人口文化素质。在经济发展上,大力发展对外贸易,巩固和提升台湾在国际贸易中的地位。郑经在原有基础上,更大规模、更加全面地筹划发展国际贸易,繁荣台湾经济,解决军民物质之需。他于清康熙五年(1666年)派商船前往各地,"多价购船料,载至台湾,兴造洋船、乌船,装白糖、鹿皮等物",贩至东南亚许多国家。清康熙十三年(1674年),又"差兵都事李德,驾船往日本,铸永历钱,并购买倭刀器械,以资兵用。户都事杨贤回台湾,监督洋船,往返暹罗、咬留吧、吕宋等地,以资民食"。同年,英国水师提督奉命东来,至台湾要求通商,郑经与之订立了安平通商条约,允许英商到厦门、安平经商。同时又与葡萄牙、西班牙、越南和菲律宾发展通商贸易。开鸡笼为商埠,允许侨商居住。命户官郑泰和水师一镇将江胜加强对外贸易的管理事宜。"凡物入界者,以价购之;转运毋竭,物价愈平。"因此,军民所需之布帛等物,得到了解决。可以说,在郑氏父子入台的22年间,对外贸易从未间断过,直到郑克塽降清的康熙二十二年(1683年)还发货往日本等地。当时的台湾以稻米和蔗糖两大作物为主,每年输出量达3000万担,比荷兰占据时增强了4倍,"岁得数十万金","凡中国各货,海外皆仰资郑氏,于是通洋之利惟郑氏独操之,财用益饶"。对外通商贸易,成为郑经时代财政收入的主要来源。难怪施琅在关于台湾弃留之争的奏疏中也承认当时的台湾已是"沃野土膏,物产利溥,耕桑并耦,渔盐滋生,满山皆属茂树,遍地俱植修竹、硫黄、山藤、蔗糖、鹿皮以及一切日用之需,无所不有"。

十

许多史籍充分表明,是中国武装力量最早到达台湾的。南宋楼吁撰写的《攻愧集》记载:"南宋乾道七年(1171年),泉州知州汪大猷,曾遣军民屯戍澎湖。"这是中国官方首次在澎湖驻兵。另南宋赵汝适撰的《诸藩志》载:"泉有海岛,曰澎湖,隶晋江县。"历史上,泉州府治下有晋江、南安、惠安、同安、安溪5个县。另有记载,元至元四年(1338年)间澎湖立巡检司,地隶泉州晋江县。陈信惠,晋江人,曾任澎湖巡检。明末清初,郑成功家族四代雄踞台湾海峡,军民主要是泉州人。郑芝龙、郑成功本身就是泉州人,郑氏四代以泉州为主要根据地,经营台湾海峡,是历史上最大的海商武装集团,最终收复台湾并建设台湾。如今,台湾每年四月都会祭郑成功,并视郑成功为开台圣王。也就是说,台湾与大陆的历史渊源,来自泉州,台湾历史的政治、经济、文化都与泉州有着不可分割的联系。而郑氏海商武装集团,在继承和发展的历史进程中,发挥着相当重要而且关键性的作用。

宋元时期,泉州就已成为"东方第一大港"了。后渚为泉州的北港,安海为泉州的南港,两港遥相呼应。石井则位于安海集市之南,"客舟自海至,州遣吏榷税于此,号石井津"。宋元时,安海是泉州一个联络海外的重要贸易口岸。世代相传、举族为业的经商传统习俗,养成了安海人勇于向外开拓、积极拼搏进取的性格,也构成了安平商人精神文化的显著特征。明代安平商人成为与徽州商人匹敌的著名商帮。"吾郡安平镇之为俗,大类徽州,其地少而人稠,则衣食四方者,十家而七。故今两京、临清、苏杭间,多徽州、安平之人。""安平一镇在郡东南隅,濒于海上,人户且十余万,诗书冠绅等一大邑。其民啬,力耕织,多服贾两京都、齐、汴、吴、越、岭以外,航海贸诸夷,致其财力,相生泉一郡人。"优越的地理环境为安海人民发展海上贸易提供了十分有利的条件。"濒海之民,多以渔盐为业;而射赢牟息,转贸四方;罟师估人,高帆健橹,疾榜击汰,出没于雾涛风浪中,习而安之不惧也。""安平一镇,尽海头,经商行贾,力于徽、歙,入海而贸夷,差强赀用。""民无所征贵贱,惟滨海为岛夷之贩,安平镇其最著矣。""安平之俗好行贾,自吕宋交易之路通,浮大海逐利,十家而九。""安平人喜贾,贾吴越以锦归,贾大洋以金归。"安平商人不仅兴贩大江南北,而且梯航海外,远贸东西两洋,足迹遍布日本、琉球、吕宋等地。安平商人将国内贸易与国外贸易紧密结合起来,形成自己的商业特色,尤其以海外贸易为世人所称赞。

古代安海港包括石井、东石、水头等澳口,安平与水头之间有五里长桥相通,是一个完整的大港湾,而安平镇是安海港的经济贸易中心。郑芝龙就是在这里长大的,他的经商之道深受安平商人世代习贾、举族为业的影响。郑成功又承袭了安平商人兼营国内外贸易的商业传统特色,又拓展海陆联系,分设海陆两路五商十行,不断壮大实力,也使安平商人的贸易网络和权商结合,有效地发展起来。这所以称郑氏海商武装集团为安平商人的突出代表,正因为安平商业文化孕育和造就了郑氏父子这样的豪杰人物。

马克思曾经对资本原始积累的残暴性进行了无情的谴责,"资本来到人间,从头到脚,每个毛孔都滴着血和肮脏的东西"。亦商亦盗,以经商行劫为生,是中世纪商人的本色。明清实施"海禁"是以东南沿海人民付出重大牺牲为代价的,以倭寇形式出现的各种海盗骚扰作乱,对社会生产力造成了极大的破坏,从而使资本的原始积累过程充满了血腥味。应当指出的是,泉州海商李旦是个和平从事海上贸易的自由商人的典型,不同于早期的汪直、汪迪珍等。郑芝龙与李旦、颜思齐有着直接的传承关系。郑芝龙"不攻城邑,不杀官吏"。所到地方,"但令取人,而未尝杀人,有彻贫者且以钱米与之"。"遇诸生则鬼以赈,遇贫民则给以钱,重偿以招接济,厚糈以饵向谍,使鬼神通,人人乐为之用"。郑芝龙虽然曾与其他海商集团火拼,或有劫掠海上商货以壮大自己的事情,但从未引倭入寇、危害地方,显然与勾结倭寇、出卖中华民族利益的汪直、汪迪珍之流有着本质的区别。从中也不难发现,这与安平商人崇商善道的文化有关。古泉州俗称"海滨邹鲁","晋江人文甲于诸邑,石湖、安平番舶去处,大半市易上国及诸岛夷,稍习机利,不能如山谷淳朴矣。然好礼相先,轻财能施,曷可少也"。安平商人中不乏弃儒从贾,"大多是持重守信的正当商人"。执义、取仁、崇信的优良商业作风和识时、明智、任勇的自我奋斗精神,是明清时期安平商人所反映出来的突出的商业文化特质。事实上,郑芝龙就抚后于安平署第开府筑城,经父子两代持续经营,安平成为郑氏海商武装集团的大本营,也是郑成功抗清复明的根据地,并在这里从事海外贸易,广开航道,使安平进一步繁荣发展,也厚植了安平的商业文化。郑成功收复台湾后,在台湾命一镇为安平镇,寄托其对故乡的眷恋,足见其对安平商业文化的认同。历史的事实,也充分证明他对安平商业文化的继承、发展和贡献。

十一

　　郑氏海商武装集团,从郑芝龙开始,中经郑成功,后到郑经、郑克塽,活动时间是明代天启至清代康熙中期,前后 60 余年。这一时期,在中国国内的重大事件就是改朝换代,腐朽堕落的朱明王朝彻底败坏,最终灭亡,充满生气的清王朝取而代之。国内经济,一方面是东南地区商品经济不断发展,内陆农业却天灾连连,出现极不平衡的状态。另一方面又是战乱不断,新王朝在对中原和江南的占领过程中进行了大面积的破坏,而后又采取了休养生息的措施,力求迅速恢复。总之,中国国内总的形势在激变和巨变之中,社会时进时退,经济时上时下。此时的世界也发生了从古代向近代的巨变:西欧虽然也出现政治上的变化,但随着它们对世界殖民与贸易的发展,以它们为主体的世界近代市场正在向全球经济体系化迈进。以中国为主导的东亚传统朝贡贸易圈已被纳入这个近代世界市场之中。中国东南地区的商人们已经在国内社会经济多元、市场不平衡的情况下,以与前来中国贸易的西方商人交易的形式, 与近代世界市场发生了以趋利为动机的互动关系。包括福建、广东、浙江、江苏、安徽、江西、山东数省在内的中国东南商人的互动行为,可分内层、中层、外层 3 种,并构成贸易带的形式。郑氏海商武装集团的活动背景,正是世界经济开始以海洋为交通手段,向全球一体发展,各大陆之间建立起了直接的海上联系,并由此向内陆文明中心挑战;近代世界市场中的主体商人在国家权力的资助和武装保护下, 向东方进逼。对于中国政府而言,这是机遇更是挑战,但无论是明朝还是清朝,仍以内陆文明中心观决策自己的一切行为, 只有东南商人积极地迎接这场挑战,参与近代世界市场的互动,把中国的海洋社会经济推进到一个蓬勃发展的时期。这其中最突出的就是郑氏海商武装集团。

　　郑氏海商武装集团 60 余年的活动,可以分为 3 个阶段:郑芝龙的海商集团时期,郑成功的据闽控海时期,郑氏开发台湾时期。郑氏以海上贸易活动为主,这种贸易所反映出来的海洋经济模式有三大特征:一是中介特征。

就是充当中国大陆一方与西方商人及东亚各国进行贸易的中介商团。郑氏的根据地主要在闽南厦、漳、泉和台湾,处在沿海贸易带的中段,是商贸繁荣的中心区域,也是其建立五商十行的基本条件。中介特征是郑氏集团赖以生存和发展的基础,也是获得巨额利益的主要手段与途径。二是政权特征。郑氏集团在3个发展阶段中都没有成立国家政权,但他们利用国家政权、依附国家政权或远离国家政权的特性明显地表现出来,为其从事海上贸易及其他贸易提供了重要保障和便利,从而争取到一定的时间和空间获取最大的经济利益,这种有着某种官商背景的形式,也是其他海商集团很难办到的。三是近代特征。郑氏集团的首领们委派宗亲和亲信担任商贸和经营要职的同时,采取了重商政策,给予商人垫资、贷款、低息及安全等方面的支持与保护,或采取贿赂官员、回扣分利以便通商,从而达到确保利益主导地位。如在"迁界""海禁"的情况下,仍靠打通商途经营取利。清代的《海上纪略》中载:"成功以海外岛屿,养兵十万,甲胄戈矢,罔不坚利,战舰以数千计。又交通内地,遍买人心,而财用不匮者,以有通洋之利也。本朝严禁通洋,片板不得入海;而商贾垄断,厚赂守口官兵,潜通郑氏,以达厦门,然后通贩各国。凡中国各货,海外皆仰资郑氏。于是通洋之利,惟郑氏独操之,财用益饶。"

郑成功始终以反海禁反封闭、求发展求富有为目标,争霸于台湾海峡,远涉东南沿海地区。从郑氏海商武装集团的开基人郑芝龙开始,就是明末时期东南沿海海商中涌现出的反"海禁"的风云人物,他纵横海上数十年,建立起一个庞大的武装集团,又借助归顺明廷所获取的权力,打击和铲除其他海上势力,不断壮大自己的势力,扩展海外贸易,积累了巨大的财富。到了郑成功,更是坚定不移地反海禁,力图保全郑氏家族奋斗几十年所赢得的庞大家业。郑成功曾说:"夫沿海地方,我所固有者也;东西洋饷,我所自生自殖也。进战退守,绰绰余裕,其肯以坐享者,反而受制于人乎!"考察郑成功一生的奋斗史,不难看出他深受儒家熏陶,素怀忠君报国之志,在艰难困苦的环境下同清廷周旋了数十年,足可显示出他忠贞不屈的品格,但是究其内在原因,还是要争取尽可能大的天地,以保障尽可能多的商业自由和商业利益。郑成功海商武装集团的存在和强盛,主要依靠发展海上贸易积累雄厚的财力,以此建立并维持强大的海陆武装,长期同占据统治地位的清政权争锋抗衡。

如果借助西方学者威廉·麦尼尔关于资本主义产生于"军事—商业复合体"的观点,进一步探讨中国资本主义萌芽问题,郑成功的海商武装集团的历史意义就不能被低估了,应当认识到它所具有的特殊历史意义。麦尼尔认为:市场原则凌驾于君权和指令性社会结构之上,是欧洲资本主义萌芽发展壮大,并最终将封建社会逐出历史舞台的必要条件,他认为欧洲封建社会的裂变发生于11世纪左右的"军事—商业复合体"的萌芽。近代中国落后的关键并不在于没有发达的市场经济,而是市场原则始终无法突破君权和指令性社会结构。相比郑成功的海商武装集团,是中国古代典型的"军事—商业复合体",它最初由海盗性质的武装商船发展起来,最后割据台湾,在其实际控制区域建立地方政权,具有"准政府"的性质。在其后的事业发展中,政治、经济、军事三者之间相互支撑、扩张,形成反馈回路,这同欧洲所发生的情况和性质是一致的。也就是说郑氏海商武装集团崛起的背景与欧洲有些类似,即长距离贸易和政治分裂。它主要同远距离的东南亚、日本进行贸易,用巨额商业利润来支撑政治、军事的运作,有别于中国历史上大多数政治与军事集团依赖农业税的现象。国内政治方面,李自成起义、北方女真族的崛起使明朝廷被迫放弃强硬措施,实行招安政策,使郑氏势力乘机发展壮大。透过政治、军事对抗的表面现象,从社会转型的角度看,郑氏海商武装集团是向传统指令性社会结构发起强有力冲击的一股社会力量,是中国历史上最典型的市场原则的代表。

从社会进步的视角,考察郑氏海商武装集团就会得出,其实它具有当时西方资本主义发展的若干本质特征。西欧是当时世界上资本主义萌芽最早出现的地区,在14—16世纪中,西欧的资本主义得到了长足的发展,其一般规律是:资本主义萌芽首先从手工工场开始,进而发展海上贸易,开拓海外市场,抢占海外殖民地。在当时特定的自然社会条件下,发展海上贸易、开拓海外市场,是实现资本积累的最佳途径,而为此必须建立一支支持和保护海上贸易的强大的海军。近代资本主义的先锋国家荷兰、英国、西班牙莫不如此。当然,郑氏海商武装集团最终覆没的真正原因就在于:中国古代社会内部自发的市场原则,在企图突破指令性社会结构的尝试中遭到的重要失败。尽管如此,郑氏海商武装集团的出现至少说明:在没有外部力量介入的情况下,中国在特殊的地理区域内(东南沿海一带),也能自发地产生出一定规模和一定程度的资本主义。

(原载《海丝晋江大商人》,周伯恭主编,海峡文艺出版社 2016 年 11 月出版)

哀声荡正气

泉城晋地,人杰地灵,才俊辈出。自唐贞观八年(634年)欧阳詹"温陵甲第破天荒"起,至清光绪十六年(1890年)吴鲁殿试一甲一名夺魁止,共高中文状元8人、武状元3人,进士1853人。这些贤人学士,如灿烂之花朵,绽放在历史的天空。

吴鲁,是幸运的。他生于清道光二十五年(1845年),5岁时开始读书,29岁举拔萃科,30岁时朝考一等,被授予刑部七品京官,45岁中顺天乡试,47岁高中状元,成为福建科举时代的最后一位状元。吴鲁宦官30余年,历任翰林修撰、督学、主考、提学使、资政大夫等职,一生勤于文教事业。清宣统三年(1911年),他辞官返乡,次年逝世,终年68岁。他所著的《蒙学初编》《兵学经学史学讲义》《教育宗旨》《国恤恭记》《读王文成经济集书后》,特别是《百哀诗》《正气研斋汇稿》《遗诗》《纸谈》等著作,为后人留下一笔可观而且丰厚的历史文化遗产。

吴鲁,是不幸的。在他的一生当中,社会正处于兵戈震荡之中,清廷加速衰败直至最后消亡。清道光二十年(1840年)和清咸丰六年(1856年)先后两次爆发鸦片战争,清咸丰元年(1851年)至清同治三年(1864年)太平天国农民起义,清咸丰十一年(1861年)兴起的沸沸扬扬的洋务运动,清光绪二十年(1894年)爆发的中日甲午海战,清光绪二十六年(1900年)爆发的八国联军入侵北京,甚至清宣统三年(1911年)的辛亥革命。在他所处的年代,清道光三十年(1850年),道光皇帝去世;咸丰20岁继位,31岁去世;同治5岁继位,19岁去世;光绪4岁继位,38岁去世;宣统3岁继位,只当了3年皇帝。朝廷的实际权力掌控在守旧、腐化、惧事、无能的慈禧手里。作为一名文官，吴鲁纵有一心归主，纵有万丈豪情，纵有权柄在手，也改变不了腐败衰退的清朝政府，更抵挡不住滚滚向前的历史洪流。面对宛如溃堤垮坝的时势，吴鲁也只能哀声慨叹，吹胡子瞪眼睛，以跺脚之气愤，抨击无能庸者，揭露腐败贪婪，针砭时弊诟病，继而忧心烦恼、无人搭理、滋生闷气、积郁成疾，最后伤身耗体、一命呜呼。

吴鲁，是尽责的。作为一介书生，当京官、吃皇粮、拿俸禄，孝忠尽责是理所应当的，吴鲁也确实做到了这一点。他当主考官时，赞扬文章"不染时风"；当提学使时，出访考察东洋学务，倡导"洋为中用"；管教育时，极力推行小学基础教育，提出振兴学校的纲领，他重视人才培养，强调以兴学育才为要务；当朝官强调要勇于"变通"，革旧布新，救国图存。他所著的《百哀诗》共156首，咏啸的是八国联军攻破津门，血洗京城，太后挟帝奔西安，守军抵抗不力，联军长驱直入，所造成的悲惨场面，以诗句描绘出一幅强敌入侵的战争画卷，以诗讽喻，以诗为剑，以诗言志。《正气研斋汇稿》共6卷，是吴鲁从事文教工作和时事政策的讲演、议论和见解，是他思想、观点、论政和工作举措的集中体现，是重要的历史资料，也是研究吴鲁为官参政的重要史料。

吴鲁从清光绪十六年(1890年)高中状元，至清宣统三年(1911年)闰六月辞官返乡，在京在朝为官二十一载。亲身经历了洋务运动、戊戌变法、中日海战、八国联军入侵等重大历史事件，看到了清政府的日益腐败衰退，看到了救国图强的爱国思想萌动。在他辞官之后不久，辛亥革命运动爆发，最终推翻了清朝的专制统治，结束了中国长达2000多年的君主专制制度。就在资产阶级民主革命的浪潮声中，他带着哀思，荡着正气，携着期盼，病逝于闽南家乡，成为见证清廷衰败和消亡的一位历史老人。

（原载《泉州晚报》2012年7月5日，获"李惟斯·中远杯"纪念吴鲁状元逝世100周年爱国主义征文大赛散文组优秀奖）

政研笔记

信心是金

　　面对当前这场国际金融危机，以及由此造成的对经济和社会建设的影响，中央和省领导反复强调要坚定战胜危机和困难的信心，这不仅仅是一句勉励和鼓劲的话，更是化解危机的实实在在的良策。

　　信心是什么？信心是正视实情并不为之所惧、积极应对并能持续运作、敢破困境并能开创新局的坚韧毅力和巨大勇气。信心是一种强大的精神力量，并强烈地影响着物质力量的形成、发挥和功效。面对危机和困难，如果我们失去信心，必然心慌意乱精神萎缩，必然意志松懈失去斗志，必然行动迟缓错失良机，最后被危机折服，被困难压倒。

　　面对这场国际性的金融危机，我国政府也立足国情，及时拿出数万亿元，用于加强基础设施建设和拉动国内需求。特别是一系列稳定金融市场、扩大内需举措、扶持中小企业发展、强农惠农政策、促进企业转型升级等政策措施，应运而生相继出台，对于摆脱危机克服困难，实现平稳较快发展，将起着巨大的作用。各级政府的坚定信心和利好政策，带动了企业经营和发展的信心，也带动了广大群众生活和消费的信心。大部分企业临危不惧乘机而上，甚至负重经营绝地求生，表现出越是艰难越向前的顽强意志，坚持不停产、不裁员、不减薪、不降税，肩负起企业应有的社会责任。广大群众也没有被危机吓倒，没有因一时的困难而悲观，铆足劲参市、消费和应对，坚信天塌不下来，风波总能过去。

　　可见，信心是金，甚至比金子更重要。信心是力量的源泉，可以凝聚人心，可以产生举措，可以生成动力。只要我们万众一心，高举中国特色社会主义伟大旗帜,认真贯彻落实科学发展观,全面贯彻党的路线方针政策,坚定信心百折不挠,我们一定能够战胜任何危机和困难,阔步向全面小康社会目标奋进。

(本文写于 2008 年 7 月)

把握机遇走前列

随着海峡两岸形势向积极的方向发展,大陆与台湾的交流与合作如潮涌现,各种商机也纷至沓来。这对于突破目前的经济下行困境和保持经济平稳较快发展,不能不说是一个机遇。

机遇是公开的,也是公正的。但机遇更多地留给有准备的人,留给有勇气的人,留给有创意的人。面对机遇,我们不能盲目,不能等靠,不能被动,而要善于发现机遇,敢于抓住机遇,甚至学会创造机遇。

要善于抢先出手。就是主动去"请过来""领过来""招过来"。充分利用"五缘"优势,发挥港澳侨亲作用,借助天时地利人和之力,把台湾的资金、项目、人才、科技、管理经验等,及时"抢"过来,为我所用。

要勇于捷足先登。就是鼓励和推动一些优势企业和优秀企业家、创业人才,拿出胆识和魄力,抢先登陆台湾,跨过海峡去融资置业、销售经营、培育人才。既发挥自身优势,抢占商机和市场,又学习他人经验,扩充和壮大实力。

要敢于敞胸露怀。就是动员和发动一些企业,打破门户封闭,敞开胸怀见真心,主动与一些台企联手合作,采取资金融合、项目合作、携手置业、合力营销等方式方法,形成优劣互补之势,借力发展,融合发展。

在群龙争雄的情况下,泉州要在海西两个先行区建设热潮中求先行走前列,就务必珍视眼前的难得机遇,正视身边的竞争对手,敢于从人群中"挤"出来,捷足先登抢先出手,敞胸露怀融合发展。就务必有过人的胆识、先人的举措、超人的创意,积极寻对策找路子,及时定目标布计划,敢闯敢试有为运作。只有这样才不会坐失良机抢到先位，才能够脱颖而出站列人前。

（本文写于 2009 年 2 月）

建言也当慎言

建言也应当慎言,这是一个老掉牙的问题了,尽管是这样一个老生常谈的问题,然而不"谈"则不以为快。

近期,从报纸和广播中看到和听到一部分委员的提案和发言,为他们的敬业精神和强烈的履职尽责意识所感动。然而也被极少数所谓的"惊世骇俗"之言所激愤。比如,在某个孤岛上建立"裸游场",实现与"国际接轨"问题。难道说只有"脱完扒光"的旅游才算与国际接轨吗?又比如,尽快恢复使用繁体字,保护中华文化问题。那么试问,国人还要不要再留长发、裹小足、穿长袍呢?再比如,将人民币改为"中华元"问题。那港元、澳元、台币又属哪家之币种呢?凡此种种,皆有失于偏颇,更让人觉得有"抢风头"之嫌疑。

鄙人以为作为政协组织,政治协商、民主监督,广泛联系、广泛团结,广开言路、广纳群言,哪怕是不益言辞、反对意见,也当容允和许可。但作为一名委员,应当把有限的时间和心思,用在最有用和最有益上,建良言、提良案、献良策,不能浪费公共资讯资源而不顾,更不能扰乱公众视听图己利。应知危言耸听、谣言惑众、空谈误国。

积极踊跃地建言献策是政协委员的基本职责之一。然而,建什么样的言,献什么样的策,是应当讲究的,绝不能不假思索地海口狂言,不经调查地满口糊言,不曾琢磨地信口开言。更不能为出名挂号、为争夺报角、为激荡视听,去追求惊世之语,去狂呼骇人之言。倘若如此,那就有违委员的光荣之职,有背民众的热切期望。

做到慎重建言,建有用有益之言。一要深入学习。就是要认真学习领会党的基本理论、基本纲领、基本路线和基本方略;学习法律法规,把握政策规定,不断提高政治思想水平,增强决策处事的能力素质。二要深入群众。就是要密切联系群众,坚持从群众中来到群众中去,倾听民声,收集民意,深入实际了解掌握情况,实事求是反映问题,说广大群众想说的话,办广大群众急办的事。三要深入研究。就是要把握大势,立足全局,统筹各方,善于抓住事物的本质,分析矛盾的主要方面,解决工作中的轻重缓急,科学合理地提出具体问题,确定目标措施,研究解决办法,努力推动落实和发展。

(原载《晋江政协》2009 年第 1 期)

民议与民意

民议,一般指民众百姓的议论、反映、诉求等。可以是一个人、几个人或一部分人,甚至大部分人的言语表达。而民意,则是经过必要的集中、筛选和提炼,具有普遍性、客观性和急迫性的反映、诉求、意见和建议,代表比较广泛、集中、紧迫的民众百姓声音,而且应当是言之有物、议之有事、举之有措、行之有法。

民议可以是自发和松散的自由表达,但民意应当是相对集中和深刻的具体反映。两者既有联系,也有区别。民议可以是民意的来源和内容,民意里也往往带着民议的痕迹和内容。但是,个别的、一般性的民议不能简单地当作重要的民意来处理。民议当经过分析、综合、筛选和提炼,使之具体化、合理化,才能真实地反映民之情,倾诉民之声,体现民之意。

比如在一些公众场合,一部分人针对某个事件、问题提出各自的看法和意见,这些看法和意见必须经过去伪存真、由表及里的认真思索提炼,才有可能成为真正意义上的民意。再如时下高速发展的网络博客,反应快速、容量巨大,而且仁者见仁、智者见智,这些观点、看法、意见,也只能是民议,同样必须经过筛选提炼,才能集中大多数人的正确意见和建议,反映和代表客观真实的民意。

政协委员大多来自社会各界、各层,具有人才聚集、联系广泛的优势和较强的代表性。由政协委员反映和提供的社情民意,可以快速直接地进入政府部门和机关,有效地发挥辅助决策、推进工作、敦促落实的作用。因此,搞好社情民意的搜集工作,提高反映社情民意的质量,跟踪社情民意的反馈情况,对于开展政协工作,发挥委员积极性,具有重要意义。

作为一名光荣的政协委员,一方面要善于从民议中搜集和提炼出民意来,使自己所提供的社情民意,能够更多、更快、更有针对性地反映出广大人民群众真实的心思意愿。另一方面,也要善于在自己所提供和反映的社情民意之后,倒过来倾听人民群众的反映和反响,从而不断改进工作方法,增强能力素质,提高反映社情民意的质量。

(原载《晋江政协》2009年第1期)

把"促进"作为政协工作的基本要求

　　2006 年 2 月颁布的《中共中央关于加强人民政协工作的意见》,在充分肯定人民政协自成立以来,为建立和巩固新生的人民政权、促进社会主义革命和建设、推动改革开放和社会主义现代化建设,做出了重大贡献的同时,也明确要求人民政协必须"坚持科学发展观,把促进发展作为人民政协履行职能的第一要务"。在新的历史时期,人民政协必须适应新形势和新任务的要求,在进一步巩固和发展团结和民主的基础上,坚持把"促进"作为人民政协开展各项工作的基本要求,充分发挥人民政协的优势和作用,大力促进各项建设事业又好又快发展。

　　一、"促进"是两大主题形成的最终结果

　　团结和民主是人民政协的两大主题,这是由人民政协的性质所决定的。《中国人民政治协商会议章程》在总纲中明确指出:"中国人民政治协商会议是中国人民爱国统一战线的组织,是中国共产党领导的多党合作和政治协商的重要机构,是我国政治生活中发扬社会主义民主的重要形式。"广泛的团结和充分的民主是人民政协产生和发展的历史根据,也是人民政协继往开来的方向和使命。团结和民主两大主题密不可分,只有实现紧密的团结,发扬民主才会有可靠的保证;只有广泛地发扬民主,团结才会有坚实的基础和力量。但是,团结不是"一团和气",民主也不是"人云亦云"。团结是前提,民主是关键,促进则是检验团结和民主实际效果的度衡器,是团结和民主的最终目的。当前,政协的组织制度不断完善,团结和民主已有较坚实的基础,人民政协应当把"促进"作为政协工作的基本要求,在团结和民主的基础上,围绕发展这根主轴,做好各项"促进"的工作。通过政治协商、民主监督、参政议政等职能作用的发挥,促进科学决策和各项工作有效落实,促进经济社会又好又快发展。

二、"促进"是履行职能的本质要求

《中国人民政治协商会议章程》在"工作总则"中明确指出:"中国人民政治协商会议全国委员会和地方委员会的主要职能是政治协商、民主监督、参政议政。"同时指出,政治协商是对国家和地方的大政方针以及政治、经济、文化和社会生活中的重要问题在决策之前进行协商和就决策执行过程中重要问题进行协商。民主监督是对国家宪法、法律和法规的实施,重大方针政策的贯彻执行,国家机关及其工作人员的工作,通过建议和批评进行监督。参政议政是对政治、经济、文化和社会生活中的重要问题以及人民群众普遍关心的问题,开展调查研究,反映社情民意,进行协商讨论,提出意见和建议。纵观上述三大职能,其根本的目的和要求,就是要集中智慧、广纳群言、统一思想、汇聚力量,促进各项工作有序有力有效开展。人民政协要履行好这三大职能,必须围绕中心、服务大局、搞好监督、反映民意,切实把促进发展作为履行职能的第一要务,在履行职能中常常以"助力""助推"方式发挥"促进"作用,在做好"促进"工作的过程中真正履行职能、做出成效。

三、"促进"是经常性工作的依据所在

人民政协履行职能和政协委员履行职责的主要形式和途径是各种会议和经常性工作。各种会议主要有全体会议、常委会议、主席会议、常委专题座谈会、专题协商会、秘书长会议、专门委员会会议等。经常性工作包括提案工作、委员视察工作、专题调研工作、港澳台侨工作、对外交往工作、文史工作、学习工作等。各种会议虽然有各自的重点和议题,但都应在团结和民主的基础上,围绕中心、大局和社会关注点,正确履行政协职能,积极有效地发挥"促进"作用。各项经常性的工作,也同样要紧贴"促进"的目的和实效来开展,把出发点和落脚点放在"促进"上。提案、视察、调研等工作更要紧紧围绕工作中心和重点,立足大局和全局,着眼社会焦点和热点,直面

各种困难和矛盾,精心组织,提优案、报实情、讲真话,及时提出管用的意见和建议,促进相关工作的落实和问题的解决。联络和交往工作也应本着团结统一、达成共识、协调关系、汇聚力量的原则,促进内部团结稳定,促进外部交流合作,促进国家和平统一。文史工作也应发挥存史、资政、团结、育人的作用,促进文化大发展大繁荣,促进社会主义精神文化建设和核心价值体系构建。

四、"促进"是加强自身建设的动力源泉

《中共中央关于加强人民政协工作的意见》明确提出,要以促进党派合作、突出界别特色、发挥委员主体作用和加强机关建设为重点,全面推进人民政协的自身建设。人民政协要围绕"促进"求作为,按照"促进"要求抓管理、练内功、聚能量,不断加强自身建设和发展。各民主党派和无党派人士是人民政协的重要组成部分,必须加强各党派和无党派人士的团结与合作。这种团结与合作,更主要的是围绕中心工作和大局事务,进行民主协商和充分协商,促进科学决策和工作取得实效。界别是人民政协组成的显著特色,是保障社会各界有序参与政治的重要民主渠道,人民政协做好"促进"工作,就是要广泛联系各界,汇聚民智、集中民力、形成共识,使党和政府的决策成为人民群众的自觉行动。政协委员是人民政协履行职能的主体,也是各项事业建设的重要力量,必须加强委员服务和管理,促使委员自觉遵守政协章程,本着"团结、民主"和"促进"的原则要求,积极履行职责,发挥委员作用。政协机关是政协组织的活动平台,是服务和保障政协工作有序开展的组织机构,必须加强思想建设、组织建设、制度建设和作风建设,不断提高组织领导水平和服务保障水平,确保人民政协作用的正确发挥,确保人民政协更好地履行新世纪新阶段的历史使命。

(原载《晋江政协》2010 年第 4 期)

关于政协协商民主建设的认识

我们说，2015 年是全面深化改革的关键之年，是全面依法治国的开局之年，是全面完成"十二五"规划的收官之年，其实也是全面加强协商民主建设的重要之年。今年（2015 年）的 2 月 9 日，中共中央印发了《关于加强社会主义协商民主建设的意见》，对新形势下开展政党协商、人大协商、政府协商、政协协商、人民团体协商、基层协商、社会组织协商等做出全面部署（被称为"6+1"协商民主体系）。

6 月 25 日，首先颁布了中办印发的《关于加强人民政协协商民主建设的实施意见》。7 月，中办、国办又印发了《关于加强城乡社区协商的意见》。联系 4 月 30 日中央政治局审议通过的《中国共产党统一战线工作条例（试行）》，年初通过的《中共中央关于加强和改进党的群团工作的意见》，以及 5 月召开的中央统战工作会议，7 月召开的中央群团工作会议等。这一系的政策、措施，充分说明党中央对协商民主建设的高度重视。

协商民主是在中国共产党领导下，人民内部各方面围绕改革发展稳定重大问题和涉及群众切身利益的实际问题，在决策之前和决策实施之中开展广泛协商，努力形成共识的重要民主形式。当前，我国正处在全面建成小康社会的决定性阶段。面对改革开放进程中利益格局深刻调整的新形势，面对社会新旧矛盾相互交织的新变化，面对市场经济条件下思想观念多元多样的新情况，面对世界范围内不同政治发展道路竞争博弈的新挑战，加强协商民主建设，有利于扩大公民有序政治参与、更好实现人民当家做主的权利，有利于促进科学民主决策、推进国家治理体系和治理能力现代化，有利于化解矛盾冲突、促进社会和谐稳定,有利于保持党同人民群众的血肉联系、巩固和扩大党的执政基础,有利于发挥我国政治制度优越性,增强中国特色社会主义道路自信、理论自信、制度自信、文化自信。

人民政协是社会主义协商民主的重要渠道和专门协商机构,是国家治理体系的重要组成部分。人民政协以宪法、政协章程和相关政策为依据,以中国共产党领导的多党合作和政治协商制度为保障,集协商、监督、参与、合作于一体,是各党派团体和各族各界人士发扬民主、参与国是、团结合作的重要平台,是适合中国国情、具有鲜明中国特色的制度安排。充分发挥人民政协作为协商民主重要渠道和专门协商机构的作用,有利于广纳群言、广谋良策、广聚共识,有利于促进党和政府决策科学化、民主化,有利于更好实现人民当家做主,有利于化解矛盾、促进社会和谐稳定,有利于推进国家治理体系和治理能力现代化。

认真贯彻落实《关于加强人民政协协商民主建设的实施意见》精神,就是要统一思想,明确要求,紧密结合实际,推进政协协商民主广泛、多层、制度化发展。一是要求人民政协要坚持团结和民主两大主题,推进政治协商、民主监督、参政议政制度建设,不断提高人民政协协商民主制度化、规范化、程序化水平。二是要求人民政协始终围绕中心、服务大局,坚持协商于决策之前和决策实施之中,切实提高协商实效。坚持民主协商、平等议事、求同存异、体谅包容,努力营造良好协商氛围。三是要求人民政协不断加强能力建设,注重提高政治把握能力、提高调查研究能力、提高联系群众能力、提高合作共事能力。四是要求人民政协发挥政协党组的核心领导作用和机关工作部门的协调保障作用,以经常性工作为基础,推进政协工作不断创新和发展。

(本文写于 2015 年 9 月)

话说政协民主监督

政治协商、民主监督、参政议政三者被合称为人民政协的三大职能。但在实际运用中,一些委员对民主监督这一职能,认识还不够清晰到位,运用还不够有力有效。这里做些简单阐述,以便进一步深入学习和研究,从而达到强化政协民主监督的目的。

一、政协民主监督的性质与意义

《中国人民政治协商会议章程》指明,人民政协的民主监督是在坚持四项基本原则的基础上,通过提出意见、批评、建议的方式进行的政治监督。既是参加人民政协的各党派团体和各族各界人士通过政协组织对国家机关及其工作人员的工作进行的监督,也是中国共产党在政协中与各民主党派和无党派人士之间进行的互相监督。这种监督不同于人大、政府专门机关和司法机关的监督,也不同于一般的社会监督,有着自己特定的含义与要求。可从以下4个方面来理解:一是人民政协的民主监督是我国监督体系的重要组成部分,是宪法、法规和政协章程规定的权利;二是人民政协的民主监督是政治监督,是协商性、建设性、呼吁式的监督,是发扬社会主义民主的重要形式;三是人民政协的民主监督是以政协为平台,政协各参加单位和委员有组织、有计划、有序化的监督;四是人民政协的民主监督是开放性的、合作式的监督,过程公开,成果可资利用。

人民政协的民主监督,是建立在共同思想政治基础上,具有较高组织层次、能够体现民意民声、有着广泛影响力的监督形式,在我国政治生活中和民主建设上,都具有不可替代的重要作用。开展以批评、评议和协商建言为主要形式的民主监督,其工作目标就是人民政协所承担的调动一切积极因素、化解消极因素,团结一切可以团结的力量,维护和发展安定团结政治局面,以及推进和落实"四个全面"战略布局这一政治使命。为此,人民政协开展民主监督,要坚持"四个有利于",即:有利于帮助党和政府及时听取各方面意见,科学做出决策决定,凝聚共识,形成合力;有利于及时发现工作中存在的问题,纠正错误做法,有效地改正和推进工作;有利于督促所属单位和工作人员依法办事、遵规守纪、尽职尽责;有利于政协组织内部,围绕共同目标和任务,相互监督取得相任,相互帮助共同进步,营造团结的政治局面和舒畅的工作氛围。

二、政协民主监督的内容与形式

政协民主监督的内容包括5个方面:国家宪法与法律、法规的实施情况,中共中央与国家领导机关制定的重要方针政策的贯彻执行情况,国民经济和社会发展计划及财政预算执行情况,国家机关及其工作人员履行职责、遵守法纪、为政清廉等方面的情况,参加政协的各单位和个人遵守政协章程和执行政协决议的情况。围绕中心、服务大局这是人民政协开展各项工作的基本原则,在履行民主监督职能时,同样要遵循这一原则。为此,在实际履职活动中,要围绕国家和地方政府的工作中心、重大工作和事关发展大局问题开展民主监督,要围绕涉及群众切身利益问题和重大民生问题开展民主监督,要围绕社会关注的热点和焦点问题开展民主监督。同时,不断拓展民主监督领域,全面助推政治、经济、社会、文化、生态等各项建设。

政协民主监督的主要形式有:政协全体会议、常委会议、主席会议向党委和政府提出的建议案,各专门委员会提出建议或有关报告,委员视察、委员提案、委员举报、大会发言、反映社情民意或以其他形式提出的批评和建议,参加党委和政府有关部门组织的调查和检查活动,政协委员应邀担任司法机关和政府部门特约监督员、评审员等。民主监督的形式是政协履行民主监督职能、开展民主监督活动、实现民主监督目标的必要途径和有效方法。一方面要充分运用并不断完善已有的民主监督形式,使民主监督寓于履行政治协商、参政议政职能之中,寓于政协开展的各项经常性工作之中;另一方面要适应我国民主政治建设和政协事业发展的需要,改革和探索出新的民主监督形式,强化民主监督作用,增强民主监督实效,推动政协民主监督深化发展。

三、政协民主监督的机制与措施

政协的民主监督虽然不是"说了算、能拍板",但求说真话、讲实情、论道理,靠"说得对"来树立监督的威信;虽然不是直接决策,但能围绕"协调关系、汇聚力量、建言献策、服务大局"发挥重要作用,也必然会影响决策并作用于决策。为此,政协的民主监督应力求在制度规范的基础上,长久有效地发挥作用。对政协而言,一要建立运行机制,对民主监督的范围、内容、方式、计划和程序等做出明确规定,使民主监督有章可循、依规办事、有序实施、健康运行;二要建立保障机制,确保政协组织和政协委员信息通畅、资料翔实、知情明政,确保民主监督情况及其成果能够跟踪落实、及时反馈、取得实效;三要建立约束机制,在确保委员提出批评、进行举报、发表不同意见的自由和民主权益基础上,要强调目标、原则、立场、态度的正确把握,以及用语、举止等文明规范;四要建立激励机制,对在履行民主监督职能中有突出贡献的委员和自觉接受监督、虚心采纳意见、积极改进工作的党政部门予以表彰和奖励。对党委政府而言,要积极支持政协开展民主监督的履职活动,认真听取来自政协的批评和建议,自觉接受政协组织和政协委员的民主监督,并在知情环节、沟通环节、反馈环节上建立健全制度,畅通民主监督的渠道。党委和政府的监督部门,以及新闻媒体单位,要加强与政协的工作协调与配合,努力提高民主监督的质量和成效。

四、政协民主监督的探索与创新

2015 年 6 月,中共中央办公厅印发了《关于加强人民政协协商民主建设的实施意见》,指出:"人民政协是社会主义协商民主的重要渠道和专门协商机构,是国家治理体系的重要组成部分。"该意见还强调:"人民政协协商民主是在中国共产党领导下,参加人民政协的各党派团体、各族各界人士履行政治协商、民主监督、参政议政职能,围绕改革发展稳定重大问题和涉及群众切身利益的实际问题,在决策之前和决策实施之中广泛协商、凝聚共识的重要民主形式。"特别是明确地提出:"适时制定民主监督的专项规定,完善民主监督的组织领导、权益保障、知情反馈、沟通协调机制。重视发挥协商会议、视察、调研、提案、建议案、大会发言、反映社情民意信息、委员举报等在民主监督中的作用。"同时要求:"政协各种协商活动特别是专题议政性常务委员会会议、专题协商会、协商座谈会等,增加民主监督内容,加大民主监督力度。政协办公厅(室)和专门委员会应开展监督性的视察和专题调研。参加有关部门组织的调查和检查活动。政协可应有关行政执法部门邀请推荐特约监督员。密切与党委和政府监督机构以及新闻媒体的联系,加强工作协调和配合。总结推广专题民主监督、民主评议的做法。"由此可见,随着"三化"(人民政协制度化、规范化、程序化)建设的不断推进,民主监督的内容和形式必将进一步充实与拓展。

联系当前实际,贯彻民主监督的各项要求,要在以下4个方面下功夫、抓落实。一是要深化认识民主监督的新地位。确立民主监督的职能定位,把握民主监督的目标任务,树立说实话、报真情、建净言、献良策的履职品格,强调提意见、作批评、看效果特点要求,通过民主监督形成共识、纠正不足、推进工作,从而展现政协工作面貌和履职风采。二是要不断拓展民主监督的新渠道。通过专题协商会、工作座谈会、情况通报会,以及视察调研、提案办理、民主评议、行风检查、委员接访等行之有效的形式,有针对性地发扬民主、提出意见、开展监督。三是要积极探索民主监督的新形式。扩大特约监督员的范围,让更多的委员对口担任党政部门的特约监督员、审计员、评议员、督察员,直接行使民主监督权力;举办政协专题协商会议,就重大问题和重点工作进行询问、评议,提出意见和建议;与媒体深度合作,开辟政协民主监督专栏,公开监督形式和内容,结合社会监督与舆论监督等,发挥民主监督效应。四是要创新创立民主监督新机制。要在总结经验做法的基础上,按照改革创新要求和协商民主建设要求,有重点地在选好主题定计划、调查研究做准备、严密组织增实效、提交成果促整改、跟踪问效抓反馈5个环节上,形成制度规范,确保政协民主监督职能有效履行,作用充分发挥。

(原载《晋江政协》2015年第2期)

搞好政协文史资料工作的几点看法

政协文史资料工作是各级政协组织一项基础性、经常性、长期性的重要工作,是在政协组织的统一领导下,由政协文史资料委员会牵头协调,以政协委员及其所联系的群众为主体,突出统战工作和政协组织特色,围绕重要历史进程中的重大事件、人物、问题、资料、史实等内容,进行征集、研究、编撰、审核、出版、发行、保存等工作。2007 年 11 月,政协全国委员会发布了《关于加强文史资料工作的意见》中指出:"近半个世纪以来,各级政协征集和出版了大量有价值的文史资料,在社会上产生了广泛影响,为巩固和发展最广泛的爱国统一战线,为坚持和完善中国共产党领导的多党合作和政治协商制度,为推动社会主义革命、建设和改革开放事业做出了特殊贡献。"在新的历史条件下,政协文史资料工作必须适应新形势新要求,积极探索新路子新方法,主动谋求新成效新发展。

一、充分认识政协文史资料工作的重要意义

政协文史资料工作是在周恩来同志的亲自倡导下开展起来的,全国政协于 1959 年 7 月 20 日率先成立了文史资料研究委员会,随后各级政协也相继成立了文史资料工作机构。50 多年来,政协的文史资料工作取得了丰硕的成果,在存史、资政、团结、育人等方面发挥着独特的作用,并得到广大政协委员和社会各界的高度赞誉,成为政协组织的一项重要职责。然而,随着各级党政机关、大专院校及民间文化团体中,史学研究机构的成立和研究的深入,随着文化产业的兴起和文化市场的繁荣,使一些委员和少数单位对政协开展文史资料工作的意义认识产生偏差, 主动参与的热情不高,积极配合和支持的意识不强，以及开拓创新的力度不够，故在不同程度上影响了文史资料工作的开展。政协文史资料是历史当事人、见证人、知情人、考究人亲历、亲见、亲闻、亲阅的第一手资料，不仅具有统一战线和政协组织的特色，也同样具有明显的社会服务功能，是人民政协事业发展的客观要求，更是社会主义文化建设的重要组成部分。搞好政协文史资料工作，对促进社会主义核心价值体系形成，推动社会主义文化大发展大繁荣，丰富史学研究和史料收集内容，推进各党派团结和民主政治建设，促进各族各界文化交流和思想共识，汇聚包括海内外同胞在内的爱国统一力量，以及加强政协机关全面建设，发挥政协委员主体作用，活跃政协组织文化氛围等，都具有十分重要的意义。因此，各级政协组织要充分认识新形势下加强文史资料工作的重要性，切实把文史资料工作作为政协的一项重要职责，主动纳入领导班子的重要议事日程，积极研究、妥善解决工作中的实际问题，在健全机构、理顺机制、人员调配、经费安排和改善工作条件等方面为文史资料工作的发展提供保障和支持。

二、积极构建政协文史资料工作的力量体系

政协文史资料工作要认真贯彻党和国家，特别是全国政协关于文史资料工作的各项指示精神，在各级政协组织的统一领导下，充分发挥文史资料委员会的统筹协调作用和政协委员的主体作用，以政协文史委员和特邀文史委员为骨干，密切联系党政机关中文史研究部门、高等院校历史研究机构、民间文化团体、文化传媒企业，以及有关编审、印刷、出版、媒体制作等单位和人士，形成主干突出、人才齐备、联系广泛、力量综合的文史资料工作队伍，为开展文史资料工作奠定强劲的人才基础。政协文史资料委员会设在机关中的办公室是常设机构，专司统筹协调工作和日常事务工作，必须认真履行职责，通过制定工作规划、编制征集方案、调配征编人员、加强对外联系、开展研究征询、组织出版工作等，积极有效地发挥职能作用。政协文史委员和工作人员，要增强使命感、责任感和光荣感，发扬吃苦耐劳、勤奋工作、刻苦钻研、精益求精的主人翁精神，树立大局意识、协作意识、责任意识和创新意识，在文史资料工作中求作为、做贡献。政协组织要高度重视文史资料工作队伍和人才队伍建设,选调德才兼备、年富力强、具有文史专业知识的干部不断充实文史资料工作队伍,采取各种有力措施加强业务培训,提高文史资料工作队伍的整体素质。同时要关心和爱护文史资料工作人员,注重培养和使用,充分他们调动工作积极性,并创造良好的成才环境和必要的工作条件。

三、正确把握政协文史资料工作的重点内容

政协文史资料工作要以邓小平理论和"三个代表"重要思想为指导,深入贯彻科学发展观,高举爱国主义、社会主义旗帜,牢牢把握正确的政治方向。要始终坚持为建设社会主义核心价值体系和推动社会主义文化大发展大繁荣服务,为建设全面小康和谐的社会主义现代化国家服务,为完善中国共产党领导的多党合作和政治协商制度,促进祖国和平统一服务。重点突出爱国统一战线和政治协商民主特色,以及亲历、亲见、亲闻、亲阅的特点,正确发挥存史、资政、团结、育人的社会效益。按照全国政协关于加强文史资料工作意见的要求,当前政协文史资料工作的重点是:在继续做好新中国成立前史料征集的基础上,广泛征集中华人民共和国成立以来政协委员及其所联系的各方面人士的史实史料。按照征集为主、抢救优先、充分利用、服务社会的要求,加大力度开展对重大历史事件亲历者和重要代表人物的史料征集工作。同时,还强调要结合实际加强对各民主党派、无党派民主人士、工商联的文史资料征集工作,以及加强对少数民族地区、港澳台地区、海外华侨华人等史料的征集工作。总之,随着征集重点、对象、区域、时间的不断变化和我国社会主义现代化建设的加快推进,政协文史资料征集的内容要因情而变、乘势而上、循新而为,紧密结合中国特色社会主义的伟大实践和政协工作的历史发展,结合各级政协组织文史资料征集工作的实际情况,科学编选内容,制定总体规划,有序组织实施,努力征集出版一批具有统战和政协特色、反映新时代史实、符合史籍征集惯例、发挥社会效益明显的文史资料,不断推进政协文史资料工作持续稳步发展,积极有效地履行政协文史资料工作职能。

四、努力创新政协文史资料工作的方式方法

当前的政协文史资料工作,进入到一个历史的新时期,面临着市场经济的冲击,科技迅猛发展的推动,社会转型时期的考验等,必须积极探索并建立起适应新时期新特点的文史资料工作新机制,创新文史资料工作的方式方法。只有这样,才能更好地发挥政协的政治优势和组织优势,汇聚各民主党派、各界人士和各相关社会团群的力量,更多更好地征集出版优秀的文史资料,不断扩大读者群和市场覆盖面,努力提高文史资料的经济效益和社会效益。为此,要在创新机制上积极求作为、主动谋发展。一要在选题上更加广泛灵活。可以由政协组织统一规划定题,也可以由征集者、撰写人根据题材自由选题。还可以将一些民间团群搜集到的适合政协文史资料要求的内容收编入题,从而扩大选题范围。二要在队伍上多方紧密合作。以政协文史委员为主力骨干,充分发挥委员及其所联系的群众的积极性,同时广泛联系社会各界、群众文化团体、史料研究机构、社会爱好人士等,形成强大的文史资料工作队伍,壮大征集、编撰力量。三要在出版方式上多种形式并举。采取专辑、丛书、单行本、简装印刷,以及影像制作、电子文本、网络空间利用等出版和发行,并逐步实现专题化、系列化、系统化,不断扩大读者面,增强文史资料的实际效益。四要在保管方式上适应科技进步要求。采用纸质、电子(如视频、光盘、拷贝硬盘)等进行储存,以及以政协文史委为主,结合档案馆、图书馆、博物馆等进行储存和保管,并实现信息互通、优势互补、资源共享。五要在征集运作上适应市场经济特点。既要重视精神激励,又要实施一定的物质奖励,使成就与利益挂钩,经济效益与社会效益结合,充分调动文史资料工作人员的积极性和主动性。六要在经费保障上及时排忧解难。要走开、走活资金保障的路子,多方筹措,多渠道保障。采取政协年度总经费统筹、申请财政专项拨款、相关单位集资合资、发行收入再利用、政协委员个人赞助、社会力量热心捐赠等,加大文史资料工作的经费投入,提高经费保障水平。

(原载《晋江政协》2010 年第 3 期)

在加强意识形态工作中彰显政协作为

我们党的意识形态,就是始终坚持马克思主义。就是要形成以马克思主义为指导,中国共产党领导下,走中国特色社会主义道路,实现民族伟大复兴,这样一种全民族的意志、观念、目标和导向。习近平总书记在党的十九大报告中,明确提出牢牢掌握意识形态工作领导权这一重大任务,并做出一系列战略部署,深刻反映了我们党对意识形态工作规律的认识和把握。必须认真学习贯彻党的十九大精神,进一步加强党对意识形态工作的领导,不断巩固马克思主义在意识形态领域的指导地位,巩固全党全国人民团结奋斗的共同思想基础。对于政协而言,就是要做好以下几点:

第一,坚持正确的理论武装,牢固确立马克思主义指导地位。今年刚好是马克思 200 周年诞辰和《共产党宣言》发表 170 周年,中央召开了大型纪念活动,中央电视台播出了《不朽的马克思》等。要借助机会掀起学习马克思主义理论的新高潮,紧密结合学习党的十九大的新思想、新精神,用先进理论武装头脑,更加自觉地坚持马克思主义,强化"四个意识",抵御各种错误思想侵蚀,进一步巩固意识形态主阵地。

第二,高举中国特色社会主义伟大旗帜,筑牢共同的思想基础。要教育机关干部和政协委员,充分认识进入新时代的历史方位,认清满足人民对美好生活新期待的伟大转折,坚定走中国特色社会主义道路,增强"四个自信",以振兴民族、实现复兴梦为目标,不忘初心,砥砺前行,团结奋斗。在伟大斗争、伟大工程、伟大事业、伟大梦想中,做出我们这一代人的努力,体现出和做出政协组织和政协委员的担当和奉献。

第三，把握正确的宣传舆论导向，用好管好政协的话语权。一是要加强党建工作，以党建引领各项工作发展，管好党员干部，做好表率作用。二是要加强宣传工作，严格文电把关审核，掌握舆情信息动态，教育和引导委员正确使用微博、微信，不信邪、不传谣、不蛊惑。三是要加强委员履职培训，提高委员履职素质和能力，树立服务大局、为民履职理念，提高协商参政质量效益，做到懂政协、会协商、有情怀。

第四，凝聚正能量、画好同心圆，开创政协工作新局面。要认真学习新修订的《中国人民政治协商会议章程》，适应新时代的新要求，全面贯彻落实和认真思考谋划政协工作，以创新求作为，以作为促发展。要围绕团结和民主主题，发挥各民主党派和人民团体的优势，广泛听民意、聚民心，搞好提案、协商、议政等工作，当好党委政府的参谋助手，汇聚起更加广泛的正能量，画好同心圆，为建设国际化创新型品质城市做出积极贡献。

（本文写 2018 年 6 月）

加强党员委员管理，提升政协党建工作水平

　　一个时期以来，政协委员中的中共党员，主要依靠所在单位的党组织进行管理，政协党组织对大部分委员中的中共党员的管理处于"挂空挡"状态，不能很好地发挥党员委员的优势和作用，不能通过党员作用的发挥提高政协履职质量和水平，此种状况必须加快改变。本文就县（市）级政协加强党员委员组织管理问题谈点个人看法。

　　一、加强组织管理，实现"两个全覆盖"

　　中办印发的《关于加强新时代人民政协党的建设工作的若干意见》中明确指出："要加强政协党的组织建设，做到哪里有政协委员哪里就有党的工作，哪里有党员哪里就有党的组织，哪里有党的组织哪里就有健全的组织生活和党的组织作用的充分发挥，实现党的组织对党员委员的全覆盖、党的工作对政协委员的全覆盖。"这是政协党建工作的时代性创新，更是对政协党组织和党员的更高要求，必须坚决贯彻落实。实现以上"两个全覆盖"，首先必须在健全组织关系、强化组织管理上下功夫。一是健全组织。应在县（市）政协党组统一领导下，在界别中成立"界别党支部"，实行统一登记党员，划分党小组，成立党支部。界别召集人是党员的可以选任党支部领导，也可另行选任。界别中党员数量不足的应当"并界"或"跨界"成立党支部和划分党小组。每位党员在不脱离所在单位组织关系的基础上，参加在政协界别中成立的党支部，实现"一方隶属，双重组织生活"，并且做到党员一个不漏、支部应建尽建。二是落实制度。要按照党支部制度要求开展组织活动，不能只有组织机构没有组织内容。在具体方法上应结合政协重大活

动和界别履职活动有序有效进行，坚持计划性与灵活性相统一，抓好"三会一课"制度落实，要突出政协特色和履职实际，坚持有目的、有主题、有实效地开展组织活动。三是挂钩联系。按照"党的工作对政协委员的全覆盖"的要求，除加强对政协工作的统一领导、落实党的工作责任制外，还应建立政协党组成员联系民主党派、界别、联络组制度；建立党员委员与党外委员结对联系制度；实行政协党务与履职事务兼任并轨，实现党的工作和政协工作双向融合推进，切实做到"支部建在界别上，委员聚在党旗下"。

二、加强思想管理，发挥党员模范作用

抓好学习是政协党建工作的一项基础性任务，也是对政协委员的必然要求。政协党组要把理论学习摆在更加突出的位置，坚持和创新学习制度，以政协党组理论学习中心组学习为引领，主席会议集体学习、常委会会议集体学习、委员学习培训等相配套，形成内容丰富、方式多样的学习制度体系，推动实现以党员领导干部为重点的学习全覆盖。一是认真学习贯彻新思想。要深入学习习近平总书记新时代中国特色社会主义思想，学习习近平总书记关于加强和改进人民政协工作的重要思想，系统掌握党的基本理论、基本路线、基本方略，把握核心要义、精神实质、实践要求，持续在学懂弄通做实上下功夫，做到学思用贯通、知信行统一，自觉把思想和行动统一到党中央的决策部署上来，确保党的路线、方针、政策在政协工作中，得到全面有效的贯彻落实。二是突出讲政治、把方向。要强化政协党组织在政协工作中的政治领导力、思想引领力、群众组织力、社会号召力，坚持人民政协的性质定位，坚持团结和民主主题，高扬新时代中国特色社会主义旗帜，不断增强"四个意识""四个自信"和"两个维护"，主动管住、管严党员委员，充分发挥党员委员在政协工作中的作用，牢牢把握政协工作的正确方向，不断推动政协工作高质量、新发展。三是带头增团结、树形象。委员中的中共党员，要发挥先锋模范作用，带头坚持党的领导，贯彻党的决策部署，积极宣传党的主张，围绕党的中心工作履职尽责。要充分尊重和支持各民主党派、无党派人士和人民团体开展民主协商工作，按照懂政协、会协商、善议政的要求，带头增强政治把握能力、调查研究能力、联系群众能力、合作共事能力,自觉把党员的高标准严要求和模范带头作用,带到政协的工作中来,体现到履职实践中去。

三、加强履职管理,不断增强履职实效

政协委员来自各民主党派和社会各界,履行着政治协商、民主监督、参政议政重要职能。政协委员不仅是一份荣誉,更是一种责任,要充分发挥人才密集、信息密集、智慧密集的优势,充分发挥专门协商机构和民主重要渠道作用,围绕党委政府中心工作和重大任务,凝聚民心、汇聚合力,画好同心圆,积蓄正能量,助推新发展。一是要提振奋进精神。委员中的中共党员,要以饱满的精神状态和良好的纪律作风参加政协的各项履职工作,主动团结并带动其他委员深入学习研究、认真调研考察、积极梳理对策,通过会议协商、提案办理协商、视察监督协商等形式,及时建净言、谋对策、献良计,助力问题解决和助推工作发展,切实增强协商议政实效。二是要强化角色转换。委员中的中共党员,有的来自机关部门和单位,有的甚至担任"一官半职",往往有较大的影响力。首先要以普通委员的身份参加各种履职活动,遵循政协协商民主的程序和要求,遵守各项制度、纪律,立好站位、当好角色、树好形象。其次要以党员的高标准严要求,在积极性、主动性、创新性上下功夫,把委员和党员两个角色紧密结合起来,在政协平台上唱出委员好声音,展现党员好风采。三是要增强能力素质。委员中的中共党员,要带头学习贯彻习近平总书记新时代中国特色社会主义思想,尤其是学习习总书记关于加强和改进人民政协工作的重要思想,认真学习新修订的《中国人民政治协商会议章程》和相关工作规则,带头按照懂政协、会协商、善议政、守纪律、有情怀的要求加强修炼、修养,创新勇为地开展履职工作,在学习中实践,在实践中提高,不断增强当好委员的能力素质,锤炼共产党员的党性修养。

四、加强联合管理,激发委员履职热情

中共党员在政协中占有一定的数量比例,是县(市)政协组织中的一支骨干力量。由于党员身份特殊,其言行举止、态度形象、效益效率都不同程度地影响着其他委员,影响着政协工作的有效开展。因此,必须采取有力管

用措施,加强对党员委员的管理,激发党员委员履行政协职能的积极性和主动性,并以此带动和激发全体委员履职热情,提高履职实效。一是要认真落实党员委员的"双重管理"。党员委员要严格参加双重组织生活,正确处理好隶属与纳入、管理与被管理、本职工作与委员履职的关系,在原属单位与政协工作"双向双轨"中,充分发挥党员作用,强化党建引领,贯彻落实党的组织和党的工作在政协工作中的"两个全覆盖"。二是要建立双向互动联合管理机制。党员委员所在的单位,要认真考察推荐委员人选,支持党员委员在政协中发挥作用,并提供必要的履职保障,配合政协党组加强对党员委员的管理。政协党组和界别党支部,要将党员委员纳入组织管理,围绕政协工作主题开展组织活动,落实组织制度,严肃组织纪律。三是完善考评反馈和奖优罚懒措施。政协党组和界别党支部要及时将党员委员的履职工作和实际表现,及时反馈给所在单位的党组织。党员委员所在单位在其因事不能参加政协重要会议和重大活动时,也应及时提供缺席、请假的相关情况说明。政协党组对党员委员的履职工作和参加组织活动、发挥党员作用等情况,应及时进行通报讲评和鼓励表彰,充分调动党员委员履行政协职能的积极性,形成和发挥政协党建工作的独特优势,凝聚起党内和党外的整体力量,不断提升政协工作水平,推动政协工作高质量创新发展。

(原载《泉州政协》2019 年第 1 期)

守护城市记忆，彰显晋江魅力

时下人们习惯讲"乡愁"，今天我们在这里论"记忆"。晋江是千年古城，历史积淀丰厚，文脉源远流长，习俗传承广泛，民风古朴优良，是一座有底蕴、有传统、有故事的城市。今天我们以"守护城市记忆，彰显晋江魅力"为题，共商优秀传统文化保护、传承、弘扬、发展，共谋开拓、创新、奋进之举，为建设美丽的共同家园，献良策、助发展、谋未来。体现从事这方面工作的部门、工作人员和政协委员的责任担当和美好愿望。

今年（2017年）初，市委、市政府把"守护城市记忆"确定为"为民办实事"项目之一，分别由3位市领导领衔组织实施，在座的市直相关单位和部分镇街领导，负责推进落实。市政协根据委员的意见，顺势而为，召开主席会议研究并报市委、市政府同意，把《守护城市记忆，彰显晋江魅力》确定为今年首场专题协商内容，经过各单位的努力和准备，今天在这里召开专题协商会议，目的是推动这项"为民办实事"工作的进一步落实。

自从1992年联合国启动世界记忆工程以来，我国的不少城市实施了"城市记忆工程"建设，北京、天津、广州、大连、厦门、青岛、无锡、常州等地的守护工作很有特色，也很有成效。近几年来，晋江市在城市更新改造和推进新型城镇化过程中，就非常重视城市记忆的保护工作，注重保护传统建筑，保留闽南元素，保存文化遗产，营造绿色文化，构建生态文化体系，守住了城市的根，守住了文化的魂，让广大市民望得见山、看得见水、记得住乡愁。晋江作为海峡两岸的门户和广大侨胞祖籍地，在传承和弘扬传统文脉的同时，注重融入现代元素，努力将城市记忆转化为文化产品、文化产业，依托产业发展激发传统文化的活力,以文化为纽带唤起了广大侨胞台胞的民族自豪感、文化自信心,为构筑两岸之间强大的民族向心力和凝聚力做出应有的贡献。

几年来,市委、市政府出台了《关于加强文化建设与保护的实施意见(试行)》《晋江市历史文化风貌区和优秀传统建筑保护管理暂行规定》,制定和公布《晋江市文物管理员管理规定》,为晋江市文化遗产保护工作提供了有力的支持。落实各级文保单位"有保护范围、有保护标志、有记录档案、有专人管理",并给予各级非遗传承人工作补贴(国家级每人1万元、省级每人5000元、泉州市级每人3000元);对全市非遗资源进行全面系统记录,建立档案和数据库。五店市获评国家AAAA级旅游景区。大力扶持传承单位,建立木偶、高甲、南音、水密隔舱、闽台灯俗等国家级非遗传习所;引导、支持民间社团开展传承活动;推动传统诗词进校园、进社区、进军营警营,推进非遗进校园,举办"百场木偶戏进百校"、非遗夏令营、校园灯谜赛、中小学生南音演唱演奏比赛等活动,使"晋江记忆"成为对青少年进行传统教育和爱国主义教育的重要载体。做好草庵、紫帽山、五店市等项目的规划建设,启动晋江市的中国传统村落保护发展专项规划,还启动包括东石玉记商行、陈埭涵口古民居在内的几个片区的规划、建设工作。编辑出版《晋江文化丛书》、《大美晋江》丛书、《海丝晋江大商人》、《履痕寻踪——晋江宗教览胜》等,展示出晋江市深厚的文化积淀和城市记忆。借助报纸、电视、电台,开辟微信、微博、微网络等,加大晋江城市记忆的宣传力度,扩大了社会影响力。通过这些工作,守护了我们的城市记忆,彰显了晋江魅力。

当然,在取得可喜成绩的同时,也还存在一些不足,主要是:一是专业人才显得不足。现有专业人员不足,按比例在专业技术职称、队伍结构、知识结构、能力结构、年龄结构上还不能完全适应守护城市记忆工作的要求。二是展示手段相对单一。更多局限于"文化遗产日"集中突击搞一些活动,城市记忆宣传的持续性、常态化不够。虽然注意到借助网络、微博、微信等载体,但量小面窄,未能面向不同的社会群体,开展有针对性的宣传活动。三是开发利用比较滞后。城市记忆方面的商品转化率低,产品档次不高,尤其是在非物质文化遗产与特色旅游商品的结合上，还没有叫得响的品牌，还没有形成产业化、园区化的发展基地和培育一批相应的龙头企业。

事实说明，一座城市的形象是否美好，取决于这座城市在物质、精神和政治这3个领域的文明程度。决定一座城市文明程度的一个很重要因素，就是这座城市的文化。晋江是千年古邑、文化之都，海滨邹鲁，人杰地灵。具有濒海地理、台胞祖籍地、侨胞侨属故乡，这3张坚实底牌，要特别重视做好"三海、四古"这篇大文章。

"三海"：1.海洋。晋江是沿海、濒海地区，面对东南，海洋意识、海洋生产、海洋属性很浓。有121公里海岸线，和950多平方公里的近海面积（以12海里计），有一个半左右的海上晋江，演绎独特的海洋文化。2.海峡。与台湾、金门一水之隔，又有很深的历史、文化、民俗、血亲、产业等渊源，是对台的"桥头堡"，有100多万台属同胞，近年有上百对婚配姻亲，成为"两岸一家亲"。3."海丝"。晋江也是"海上丝绸之路"的源头起点，不仅有纵横捭阖于东海、南海的巨贾商人、海商船队，还有成千上万移居海外的侨胞、侨民，生活于"海上丝绸之路"上，是丝路的开拓者、守护人。

"四古"：1.古厝民居。近年来以五店市为代表的传统古民居，以及梧林、塘东、灵水等传统民俗乡村。反映出明清时期的建筑风格、特色、艺术、生活品质，演绎明清的建筑文化和生活状态。2.古城故事。晋江始置于唐开元年间，距今近1300年，历经唐、宋、元、明、清、民国等，历史、文化、名人、风物等方面都留下丰厚遗产，演绎众多故事，成为巨大积淀。3.古邑风化。从"市井十洲人"到"满街都是圣人"，是商海潮、文化潮、开放潮的激荡与融合，成就东亚文化之都，阿拉伯传奇故事、摩尼教遗址及佛、道、儒等信仰并盛，成为多种文化的大熔炉。4.古艺传承。除古建筑、古陶瓷等文化艺术外，还有众多的、特色的非物质文化传承。悠悠南音聆听唐宫高雅乐声，纤纤木偶演绎人间爱恨情仇，唢呐锣鼓奏出心中悲欢离合。当然，也有人从另外侧面，概括为"五古丰登"。

从政协协商民主的角度上，我谈4点意见：

一要培育社会共识。近年来，随着城市的不断改造与扩容，城市记忆的不少内容正在逐渐消失,这是一种无可挽回的损失。因此,很有必要培育一种社会共识。要让大家认识到,一座城市最响亮、夺目的"名片",就是城市历史人文特征。城市的历史记忆和文化遗产具有不可估量的价值。要用特殊的方式来呈现已经消失和正在消失的城市记忆,以见证城市生命的由来与独特的历程,使我们的地域气质和人文情感可触可感,这不仅可以引导市民热爱家园、凝聚发展合力,还可以凸显晋江的差异化优势,提升城市知名度,在实现社会效益的同时实现经济效益。只有形成这样一种共识,才能上下齐心、左右协调,将守护晋江城市记忆的工作做得有声有色。

二要明确印迹重点。城市记忆涉及方方面面,最大的物质遗产就是一座座各具特色的建筑物,以及各类公共设施、园林古迹、名人故居、老街老店、古树古井等等。口头的非物质遗产属于文化范畴,比如典章制度、语言文字、故事传奇、民间艺术、风俗习惯等等。不管是哪一类遗产,它们都有自身的特殊记忆和印迹。应该从城市史和人类学的角度来审视城市记忆,从晋江的历史命运与人文传衍的层面上进行筛选,把必须留下的记忆坚决守住,进而在呈现和利用上下功夫。具体地说,凡是对晋江城市发展、城市形象、人才培养、都市生活、市民素质、文明传承、风俗习惯等产生过积极影响或正在产生积极影响的那些城市记忆,无论是物质的还是非物质的,都应该把它确定为重点,并尊重它的完整性与真实性。要运用多种形式,或保存原物,或采用实物模型、记事石碑、遗迹标志、记述文字、影像图片等,将晋江记忆的印迹凝固下来、呈现出来,让它在岁月的流逝中永恒地见证晋江城市的独特历程。

三是加强传承弘扬。要坚持收集整理和抢救,重视保留与保护工作;要坚持扶持人才、培育人才和保留人才政策,让优秀传统文化进部门、进单位、进校园、进家庭,深入市民生活和工作中。要坚持与市场、与产业、与生活的融合发展,不断创新传承与弘扬的途径与方法,在开发利用和发展培育中传承弘扬,保持旺盛生命力。结合我市当前工作,提出以下6条建议:1. 保持城市建筑的风格与特色,以五店市、灵水社区、塘东村、梧林社区为重点和样板,打造更多的传统文化乡村,守住闽南古大厝、古建筑、古街区的特色,记住晋江的元素、颜色,留住乡愁。2.实施生态文明城市战略,坚持"五大发展"理念,严格生态环境保护,加强城市公园绿地、文化休闲场所等建设,有选择地注入古代名人、晋江元素、文化图标等主题或内涵,同时积极创建全国文明城市。3.不断丰富和提升城市文化内涵,做好"三海""四古"文化挖掘整理工作,广泛开展多元文化交流合作,大力宣传晋江文化、晋江精神、晋江奇迹,彰显晋江城市魅力,增强文化软实力,增强文化自信心。4.加强文物与非物质文化保护,深化文保工作,积极参加"申遗"活动,搞好本土文化的传承弘扬工作,做好优秀传统文化向各领域"进入"和"融合"工作,重视培训本土专家和专业人才。5.配套和完善城市公共文化设施,加强城市文化场馆建设与管理,加强和完善农村和社区文化保障,积极推进文化设施开放共享,不断满足各种阶层、各类人士的文化需求。6.大力扶持文化传统产业、文化创意产业、文化高端产业的发展,不断提高文化生产力,同时加大文化惠民为民力度,广泛开展大众文化服务活动,不断增强市民文化方面的获得感,提升幸福指数。

四要建立长效机制。晋江城市记忆的寻找、筛选和呈现,不仅是一项技术含量很高的系统工程,而且是一项持续性工作。所以有的城市直接把它称作"城市记忆工程"。考虑到这项工作与文物、文化、园林、城建、规划等部门的工作有一定的重叠性,需要建立一套制度、一个班子、一项规划来推动落实。要把"城市记忆工程"纳入市政府的工作范畴,明确工作分工,制定工作规则,建立工作标准,进入考评内容。同时,要广泛动员社会力量参与,积极协调相关部门共同推进,形成爱城、护城、建城、兴城的良好氛围。让晋江这座崛起的新城,更富魅力,更加美好,真正成为本地人留念、外地人羡慕的幸福康城。

(本文写于 2017 年 4 月 28 日)

凸显"东亚文化之都"的晋江品牌

国庆长假刚过,各项工作迅速展开,晋江这座充满活力的城市,像加满油的车子,又飞快地跑在经济社会全面建设发展的高速路上。根据市委、市政府对市政协在年内开展"泉州东亚文化之都"重点课题调研的要求,市政协以《凸显东亚文化之都的晋江品牌》为开篇专题,邀请部分省内外著名文化专家、学者和本地文化单位负责人、文史委员等,共享泉州获得首个"东亚文化之都"的盛誉荣光,共掘"东亚文化之都"的深刻内涵,共商凸显"东亚文化之都"晋江品牌的措施对策,为繁荣晋江文化和创建文化强市献计出力,为泉州获得首个"东亚文化之都"争光增彩,为弘扬中华文化和扩大文化交流做出更大贡献。

在这次会上,太湖文化论坛副秘书长、作家出版社总编辑张陵同志进行了文化专题的讲演,大家还观看了有关文化部举办的"东亚文化之都"评选过程的录像。进一步加深了对弘扬中华文化、增强文化意识、扩大文化交流、提升文化素质的认识,也进一步加深了对泉州文化渊源、泉州文化积淀、泉州文化激情、泉州文化希望的认识。通过听、看、议等,长见识、理思路,励人心、鼓士气,对晋江乃至泉州文化的大发展大繁荣充满豪情、振臂攘拳、信心百倍。

泉州是古代"海上丝绸之路"的起点,有"市井十洲人"的写意;泉州还是"满街都是圣人"的都城,有"海滨邹鲁"的美称。泉州是国家第一批历史文化名城之一,名震海内外,声播五大洲。今年(2013年)8月26日,由文化部主持的"东亚文化之都"终评会在北京拉开序幕,来自全国12个省市的

19个申报城市,有10个入围。包括西安、苏州、杭州等古都和历史文化名城,有的还是副省级城市,经济实力也在泉州之上。面对强劲对手,泉州人的文化自信和坚定决心令人动容,赢得好评,最终突围获胜,当选中国首个"东亚文化之都"。泉州获此殊荣,实至名归,当之无愧,令海内外3000万泉州人振奋不已。9月28日,"东亚文化之都"授牌仪式在韩国的光州举行,泉州与日本横滨、韩国光州一道接过纪念牌,正式成为"2014年东亚文化之都",并共同签署了协议书。3座城市将以"东亚意识、文化交融、彼此欣赏"的理念与目标为基础,为构建亚洲文化共同体和增进文化交流而努力,共同为开启东亚文化兴盛之门做出贡献。

在接下来的一年时间里,以及今后文化发展的道路上,泉州不仅要展现出深厚的文化魅力与风范,更要展现出超强的现代文化发展活力与面貌,同时要兑现评选过程中许下的诺言:投入9亿元资金,举办112场主题活动,以及一系列重大展示与对外交流。言之凿凿,掷地有声,承诺考验着泉州人的诚信度与执行力。晋江作为古代泉州的首邑,作为泉州文化的生力军,作为泉州经济发展的排头兵,在分享荣耀的同时,更要勇于担当,主动对接,奋力作为,努力贡献。同时,也要以此为契机,乘势而上,全面推进文化强市建设,努力打造智造名城、环湾新城、幸福康城、生态绿城、人文之城,争取早日实现全面建成小康社会目标。

晋江的文化建设有着得天独厚的条件。一是历史文化积淀深厚。晋江自唐开元六年,即公元718年置县至今,已有1295年的历史,也是全国18个拥有千人进士的县(市)之一。中原文化、海洋文化、闽越文化、华侨文化、宗教文化等多元相融、交相辉映;郑成功、施琅、朱熹、曾公亮、欧阳詹、俞大猷、张瑞图、吴鲁等著名历史人物为晋江留下了深厚的人文积淀;南音、掌中木偶、高甲戏等民间文艺蜚声海内外;还拥有124个各级文物保护单位,其中省级10个、国家级5个;入选国家级非物质文化遗产名录的有6项、省级9项。二是文化品牌和活动多。先后获得"全国文化先进县""全国体育先进县""全国文物工作先进县""首批全国现代民间绘画之乡""中国民间文化艺术(戏曲、灯谜)之乡""全国武术之乡""全国游泳之乡"等等。侨乡灯谜、戏曲展演、南音演唱、文化三下乡、"海峡杯"男子篮球赛等活动每年举行,诗歌节、企业文化节、旅游文化节、广场文化表演、书画摄影展、台胞台属返亲活动等屡见不鲜。据不完全统计,晋江每年举办的各种群众喜闻乐见的文化活动达5000多场次,全市103个民间文化社团和根植于农村的22个民间职业演出团体活跃在农村和社区的文艺舞台上。三是公共文化设施加快建设。近几年来,随着城市建设的加快,公共文化体系建设也得到加强,市文化中心、戏剧中心、基层文化工作站、农家书屋等逐渐建成并投入使用。"三创园"国际文化创意设计研发中心、中国包装印刷(晋江)产业基地两个项目入选省文化产业十大重点项目;洪山文创园、五店市传统街区分别入选泉州重点文化产业园区、文化产业重点项目;恒盛、艾派两家企业入选首批泉州市文化产业发展十佳企业。在晋江,文化创意产业方兴未艾、势头强劲。四是经济实力起支撑作用。晋江县域经济基本竞争力已居全国第5位,经济综合实力处于福建省首位,今年地区生产总值预计可达1370亿元,财税总收入可达180亿元。目前,上市公司有41家,还有8家在天津所挂牌交易;有"国字号"品牌130项;规模产值超200亿元的产业集群5个,其中制鞋业超800亿元、纺织服装业超600亿元。仅今年,文化事业就投入经费1.22亿元,强劲的经济实力支撑和保障着文化事业的发展。

2012年,为深入贯彻党的十七届六中全会和各级关于推动文化大发展大繁荣的精神,晋江市制定了《全面提升城市文化软实力的实施意见》,提出了实施核心价值体系建设工程、文化创作生产精品工程、公共文化服务惠民工程、文化产业提升工程、对台对外文化交流工程、体制改革和人才队伍建设工程,共六大工程。确定了推进文化建设的基本要求,提出了到2020年,建成文化事业繁荣、文化产业发达、文化英才荟萃、传统文化与现代文明有机融合的文化强市目标。2013年9月,当泉州获得"东亚文化之都"的消息传来后,晋江市委立即召开常委扩大会议,组织传达学习,及时提出贯彻意见。市委要求全市要进一步解放思想,抢抓机遇,大力弘扬晋江文化,积极开展文化交流合作,以文化的大发展大繁荣促进晋江创新转型;要主动对接和配合泉州有关"东亚文化之都"的各项活动,精心策划、认真组织一批富有晋江特色的文化艺术精品,打响品牌,形成效应,搞好互动与交流;要统筹运作,强化文化设施建设,每年策划生成一批新项目,同时加快现有文化重点项目建设,打造文化集聚区,构建和完善公共文化服务体系;要理顺体制,进一步明确市与镇(街)以及相关部门的管理职责,提升文化工作的管理水平;要注重融合,坚持以文强市、以文惠民、以文兴城、以文促业,促进文化与产业、城市、民生、企业的相互融合和共同繁荣。同时,还要求政协党组牵头,组织文化建设方面的课题调研,提出好的意见建议,让晋江文化在东亚文化交流中彰显魅力、放射异彩。

文化创造价值,文化提升产业,文化塑造形象,文化提振精神。抓文化就是抓发展,就是抓民生,就是抓城市品位和生活品质。在晋江经济持续稳定发展的同时,要更加重视文化建设,大力推动文化大发展大繁荣,构建好公共文化服务体系。在泉州"东亚文化之都"实施和推进的过程中,要精心策划,整合力量,注重效应,凸显晋江的文化品牌,彰显晋江的城市魅力,提振晋江的人文精神,在国际交流和交往中博采众长、相得益彰、共同繁荣。我相信,在大家的共同努力下,通过"头脑风暴",集思广益、集中智慧,就能够找到打开"东亚文化之都"大门的"金钥匙",就能够找到书写晋江文化建设升级版的"彩绘笔"。

(本文写于 2013 年 10 月 8 日)

重塑乡村记忆文化　助力乡村文化繁荣发展

　　我国是一个特大的农业国家,农耕文化文明历史悠久、积淀深厚,农业农村的记忆文化根植大地、镶嵌乡里、传承延绵。中华人民共和国成立后,在巩固和发展"三农"的同时,逐步建立起工业体系,走出了一条工业化、城市化、现代化之路。特别是改革开放 40 年来,工业突飞猛进,城市持续扩容,现代化水平不断提升,"三农"工作稳步发展,社会生产进入到一个由满足基本生活需求到满足更加美好向往转变的新时代。然而,在快速发展中也夹带着"成长的烦恼",农业和农村改革发展滞后,比如"空心村"增多、生态遭到破坏、组织结构不稳定、传统文化遗失、人们的思想观念改变等等,这就需要补齐发展的"短板",吮吸传统的营养,继往开来、创新伟业。近年来,中共中央和国务院陆续出台乡村振兴战略意见和规划,旨在补齐农业农村发展的短板,如期全面建成小康社会,向"两个一百年"的奋斗目标迈进。本文针对工业化、城镇化推进过程中和农业农村自身发展过程中,乡村记忆文化的遗失、失落、缺位等现实问题,提出"重塑"的观点与方案,目的在于推动乡村振兴战略有效实施,促进乡村文化繁荣发展。

一、在思想认识上要深化 3 种意识

　　乡村是具有自然、社会、经济特征的地域综合体,兼具生产、生活、生态、文化等多重功能,与城镇共生共存、互促互进,共同构成人类活动的主要空间。从我国悠久农耕历史和农业农村发展现实看,乡村兴则国家兴,乡村衰则国家衰。重塑乡村记忆文化,助力乡村文化繁荣发展,在当前必须深化 3 种思想意识。

一是深化乡村振兴意识。我国人民日益增长的美好生活需要与不平衡不充分发展之间的矛盾,在乡村表现最为突出,我国仍处于并将长期处于社会主义初级阶段的特征很大程度上也表现在乡村。全面建成小康社会和全面建设社会主义现代化强国,最艰巨最繁重的任务在乡村,最广泛最深厚的基础在乡村,最大潜力和后劲也在乡村。为此,要认真贯彻落实中共中央、国务院《关于实施乡村振兴战略的意见》和《乡村振兴战略规划(2018—2022年)》,切实把思想和行动统一到党中央、国务院的要求上来,切实把乡村振兴与繁荣作为光荣使命与责任担当。

二是深化反哺农村意识。我国农村是改革开放的起点,更是改革开放的支撑。农业是国民经济的基础,农村经济是现代经济体系的重要组成部分。在推进工业化、扩大城镇化、走向现代化的进程中,广大农村承载重大压力,做出重大牺牲,出现滞后态势。发展起来的工业化和扩大出来的城镇化,必须坚定不移地实施反哺农业农村政策,为乡村振兴发展和乡村现代化建设添劲助力,在共建共进共享中协调平衡发展,实现整体推进,按照"产业兴旺、生态宜居、乡风文明、治理有效、生活富裕"总要求,努力建设社会主义新农村。

三是深化以文化人意识。中华文明根植于农耕文化,广大乡村是中华文明的基本载体,重塑乡村记忆文化,深入挖掘农耕文化蕴含的优秀思想观念、人文精神、道德规范,结合时代要求在保护传承的基础上创造性转化、创新性发展,有利于在新时代焕发出乡风文明的新气象,进一步丰富和传承中华优秀传统文化。重塑乡村记忆文化,可以再现乡村旧风貌,讲述乡村老故事,展示乡村古习俗,传承乡村好传统,让人们从中得到感悟与启迪,受到熏陶与教育,达到以文化人目的,透过"乡愁"之意增强"乡恋"情结。

二、在规划建设上要把握3个结合

凡事预则立,不预则废。预,就是指思想上的准备和计划上的筹谋,落实到行动上就是要做好规划和设计,定好方向和目标。重塑乡村记忆文化,总体上可从自然与社会、有形与无形、硬实体与软实力三大层面上进行重构。为此,在规划设计和建设指导上要把握好 3 个结合。

一是与村容村貌整治相结合。乡村房屋、道路、水电、公共场所等设施是乡村存续和发展的基础,也是村容村貌的直观反映。同时,乡村的基本设施是乡村记忆文化的载体和重要部分。在新农村建设和村容村貌整治过程中,要统筹保护好历史文化名村、传统古村落、少数民族特色村寨和特色建筑景观,努力保持村庄的完整性、真实性和延续性。要在规划建设上,保留、保护、再现、体现乡村原有的特色风貌,尊重原住居民生活形态和传统习俗,形成特色资源保护与村庄持续发展的良性互促机制。

二是与文化文明活动相结合。乡村是广大农民群众主要的生活聚集地,是个体的"家"和集体的"村"。因此,离不开具体的物质和文化生活需求,并在长期的生产和生活活动中形成和积淀出有特色的地域文化和乡村风俗。在重塑乡村记忆文化工作中,一要充分尊重、加强保护;二要帮助挖掘、搜集整理;三要引导传承、合理利用。要与农村文化建设和文明创建活动紧密结合起来,发挥活动载体和平台作用,利用文化下乡、节日活动和民俗喜庆等时机,寓教于乐、以文化人,使乡村记忆文化融入现实生活中。

三是与生产生活需求相结合。贯彻落实乡村振兴战略,必须按照"产业兴旺、生态宜居、乡风文明、治理有效、生活富裕"的总要求抓好各项建设。重塑乡村记忆文化,必须有利于生产发展、产业兴旺,有利于传统文化传承、生活质量提高。因此,在重塑过程中,要贴近生活、服务发展,克服形象工程,防止劳民伤财,坚持从实际出发,从广大农民群众的生产生活需求出发,做实乡村记忆,传承优秀文化,丰富文化生活。让乡村记忆文化在乡村振兴中,充分发挥出凝聚人心、教化群众、淳化民风、激励进取的作用。

三、在措施方法上要强调四方合力

乡村振兴战略在文化文明发展目标上的要求是:乡村优秀传统文化得以传承和发展,农民精神文化生活需求基本得到满足。要重塑乡村记忆文化,实现乡村文化振兴目标,必须充分调动政府、社会和群众等各个方面的积极性,加强统筹协调,汇聚发展合力,为重塑乡村记忆文化提供有力保障。

一是政府政策鼓励支持。重塑乡村记忆文化,各级党委、政府是关键,要充分发挥主导性作用,及时把关定向、引领推动。山东省早在 2014 年就启动"乡村记忆工程",加强乡村物质和非物质文化保护工作。泉州市为贯彻落实乡村振兴战略,规划实施 19 项行动方案,组织开展"乡村记忆文化项目建设三年行动",由财政补助,率先建设 50 个乡村记忆文化示范村。各级党委、政府务必抓住历史机遇,增强责任感、使命感,细化规划方案,有序组织实施,以实际行动和实际成效贯彻落实好乡村振兴战略。

　　二是村民群众积极参与。重塑乡村记忆文化,广大村民群众是主人,必须发挥主体性作用,积极参与到重塑工作和乡村振兴中来,实现共建共管共享,着力提升乡村文化生活的质量和水平。要提高对重塑乡村记忆文化的认识,积极参与古村落保护、古建筑修复、微景观改造、传统技艺传承、传世器物收集展示等具体工作和相关活动,积极配合、主动融入,不当局外人。政府部门要深入动员、强化引导,帮助村民群众解决实际困难和问题,让广大村民群众在乡村全面振兴和重塑记忆文化中,发挥一举之力。

　　三是社会组织发挥作用。改革开放以来,各种社会组织、民间团体、非公文化单位蓬勃发展,在各领域、各行业中发挥着重要作用。重塑乡村记忆文化,社会组织和民间团体要找准定位、明确目标、发挥作用。要充分释放社会组织、民间团体、非公文化单位的功能作用,发挥它们在自立、自主、自营、自律、自创方面的优势和作用,坚持政府宏观政策引导、社会组织市场自主运作与乡村群众自觉自愿相结合,有序有为有效地推进乡村记忆文化的重塑工作,让"乡愁"永驻、文明相传,让田野更淳朴、乡村更美好。

　　四是名人贤士领头带动。从传统文化保护、传承和利用的现实情况和事例中可以看到,一些社会名流、贤士达人发挥着独特的和重要的作用。这些名人贤士具有兴趣、知识、技术、资金等方面的优势,是重塑乡村记忆文化中的人才,是不可小觑的力量。各级各界要尊重和支持他们,让专业的人做专业的事,让兴趣爱好成为事业的导向和动力,让慈善之心转化为务实之举。重塑乡村记忆文化,是为大多数人服务的普惠的公益项目,但其实现的途径、方法和方式,也可以由市场机制运作,以微利收效,做到功利合一。

四、在形式内容上要构建"四位一体"

重塑乡村记忆文化,具体说来就是要结合我国乡村特点和文化特色实施农耕文化传承保护工程,深入挖掘农耕文化中蕴含的优秀思想、道德精神、古训家风,充分发挥其在教育引导、熏陶点化、传承弘扬中的重要作用。因此,在表现形式和具体内容上要着重构建"四位一体"的体系载体,同时不断创新和丰富乡村记忆文化的底蕴内涵,推动乡村文化繁荣与振兴。

一是保护修复固定设施。要加强古村落、古建筑、古景观等固定载体的保护与修复,划定乡村建设的历史文化保护线,切实保护好文物古迹、传统村落、民族村寨、传统建筑、民俗古迹、农业遗迹、灌溉工程等体现乡情乡景乡韵乡愁的记忆文化。根据实际情形,实施完整保护、片区式保护、部分保护和个体保护,必要时采取移动式保护和零星构件保护,最大限度地发挥古迹遗存的利用价值,从长远和大局出发,认真细致地搞好保护和传承工作。

二是搜集筛选移动物件。相对于固定文物和遗迹而言,乡村中遗存着大量的、散落的、珍贵的、可移动的农用或家用古旧物件,这些古旧物品器件,直接且真实地反映着农业、农村、农家、农民的生产生活,同样是重塑乡村记忆文化的重要内容。要紧密结合重塑工作和实际需要,发动村民群众参与,通过收集、捐赠、借用、租用、购买等形式,集中收藏、集中展示、集中保护。同时,应以建馆、设厅、布场等为主导形式,加强保护与利用。

三是激活扩大活态传承。要大力支持农村地区优秀戏曲曲艺、少数民族文化、民间文化项目、民间体育项目、节庆民俗活动等传承发展,进一步完善非物质文化遗产保护制度,实施非物质文化遗产传承发展工程。要注重发现和培养农村本土文化人才和能工巧匠,激活和扩大活态传承,在政策、资金、市场、人员等方面给予应有的支持。要努力培养一支懂文艺爱农村的文化工作队伍,积极开展志愿服务活动,持续不断地巩固农村文化阵地,活跃乡村文化生活。

四是推动项目创意创新。重塑乡村记忆,要吸取城市文明及外来文化优秀成果,在保护传承的基础上,创造性转化、创新性发展,不断赋予时代内涵。要尊重乡村群众首创、敢创精神,坚持传统性与时代性、群众性与代表性相结合,努力推陈出新、创作精品、提升质量。要注重打造乡村特色文化产业,发展传统工艺产品,促进文化资源与现代消费需求有效对接,推动乡村文化与旅游产业深度融合,盘活乡村文化资源,搞活文化业态,努力实现乡村文化可持续发展。

本文主要参考材料:

(1)《中共中央、国务院关于实施乡村振兴战略的意见》

(2)中共中央、国务院印发《乡村振兴战略规划(2018—2022 年)》

(原载《泉州政协》2018 年第 4 期)

党员和委员如何在续写"晋江经验"中发挥带头作用

今年(2018 年)6 月中旬,中宣部组织人民日报、新华社、中央电视台等中央和地方主流媒体 30 余家、150 多名记者,到晋江开展"壮阔东方潮,奋进新时代"——庆祝改革开放 40 年"晋江经验"大型主题采访活动,这是晋江历史上少有的,也是十分难得的,对晋江来说是重大的机遇,令全体晋江人骄傲。从 6 月 12 日起,一些媒体开始报道有关晋江的新闻,到月底就有 250 多篇。7 月 8 日,中央主流媒体开始连续重磅报道"晋江经验",掀起一股宣传"晋江经验"的热潮。报纸头条、重要评论、新闻联播、焦点访谈等各种形式都有,可以说是全方位的立体宣传。晋江更出彩了。

作为晋江人,我们要了解什么是"晋江经验","晋江经验"是怎么来的,对我们自己有什么启示,作为党员干部在新时代续写"晋江经验"中如何发挥作用,等等。

一、什么是"晋江经验"和"晋江经验"是怎样来的

1."晋江经验"是海内外全体晋江人打拼出来的。1978 年(党的十一届三中全会)我国开始实行改革开放,尤其从农村承包土地开始,一系列改革开放的政策开始出台并实行。晋江是全国著名的侨乡,资金、技术、人才、设备、物资有渠道进来,于是爱动脑、能吃苦、想致富的晋江人,就利用闲房、闲资、闲散劳动力这"三闲"起步,卖商品、搞加工、办工厂,从无到有、从小到大、从弱到强,以"敢为天下先,爱拼才会赢"的闯劲和勇气,经过市场的洗礼,一步一步发展起来,从数家到一群,从一群到全产业链,形成差异和特色,筑牢了 6 个传统产业,由此壮大县域经济。从陈埭的"乡镇企业一枝花"开始,逐步形成规模,创立品牌,推动上市,民营经济不断壮大和旺盛。晋江1991年跻身全国百强行列(第55位),1992年撤县设市,1994年经济实力跃居全省首位,2001年跃居全国百强县市的第10位。

2."晋江经验"是习总书记任福建省省长时总结提出的。习近平总书记在福建省任职时7下晋江,对晋江极其重视和关爱。2002年,他率队到晋江调研,总结并提出了"晋江经验"。有关内容还先后发表在《福建日报》和《人民日报》上,成为晋江实践探索和不断发展的工作指导,也有利于其他县域经济发展的借鉴。"晋江经验"的核心内容,体现在"六个始终坚持"和"处理好五大关系"上。简单地说就是:始终坚持发展社会生产力,始终坚持以市场为导向,始终坚持在顽强拼搏中取胜,始终坚持诚信经营质量第一,始终坚持立足本地优势,始终坚持加强政府引导和服务,以及正确处理好有形通道与无形通道、中小企业与大企业、发展高新技术产业与传统产业、工业化与城市化、发展市场经济与建设创新有为政府之间的关系。"晋江经验"充满科学内涵,至今仍有重大指导作用和指导意义。

二、在"晋江经验"指导下的实践探索

从2002年至今的16年时间里,晋江飞速发展、日新月异,从全国百强县(市)第10位到第5位,从小镇到新城,基本实现"民富市强"。一是综合实力显著增强。2017年地区生产总值(GDP)1981亿元,是1978年的1366倍;财政总收入212亿元。二是发展质量更加优化。目前有市场主体16万多户,民营企业5万多家,2个千亿元产业、6大传统产业、7个新兴产业;上市公司46家,中国驰名商标42件,9个品牌入围中国500家最具价值品牌。三是城乡面貌脱胎换骨。城镇化率提升到66%,实行全市一城发展规划,中心城区拓展到109平方公里,拆迁1300万平方米,建成65个现代小区、21个公园,有50个"美丽乡村"。四是社会建设成果明显。已建和在建一批学校、医院、养老项目。获"全国双拥模范城""全国文明城市""国家园林城市""国家生态市"等称号,成功获得2020年第18届世界中学生运动会举办权,城市影响力进一步增强。五是民生福祉大幅提升。市民收入大幅提升,城乡居民人均收入3.7万余元(城镇4.58万元,农村2.18万元),不断完善和提高各种保障。率先实行高中免费入学。全市慈善募捐已超30亿元，扶贫帮困力度大。平安指数快速上升，市民幸福感、获得感显著增强。

总的说，晋江目前可以说是：经济实力不断增强，城市越来越美，社会保障逐步提升，文化建设不断丰富，生态环境健康发展，群众百姓幸福感强，治安状态不断改善，党员和干部队伍作用好。对于晋江来说，"晋江经验"是全市人民的宝贵财富，是进行时，没有终点，也永不止步，必将成为晋江城市的"座右铭"。

三、党员干部如何在续写"晋江经验"中发挥作用

媒体的热宣传之后，我们必须冷思考。7月18日晚，市委召开常委扩大会议和理论学习中心组学习，常委们逐个发言，谈体会，刘文儒书记讲话并提出明确要求。刘文儒书记要求全市党员干部要把握大势、把握机遇、把握未来，变动力为压力、变机遇为作为，做到"四个更加"，即更加感恩、更加珍惜、更加冷静、更加努力。要重整行装再出发，认真研究思考"四个怎么干"（面向新时代的征程上怎么干、站在"晋江经验"新起点上怎么干、面向国际化要求怎么干、面对高质量全面发展怎么干）。要马上行动不迟疑，善于对标找差、补齐短板，拿出实实在在的成绩，不断创新发展进入新时代的"晋江经验"，再创晋江新奇迹。

党员干部（包括政协委员在内），如何在续写"晋江经验"中发挥作用呢？主要的是要做到以下几条：

一是讲政治，不忘初心、维护核心。讲政治是首要的要求。初心就是不忘为党和人民的利益而奋斗。维护核心就是强化"四个意识"。对基层来说，就是要抓好党建，发挥党建引领作用，抓好党建促发展。尤其是村级党组织刚换届，要加强党委支部建设，坚持民主集中制原则，形成基层战斗堡垒，在各项建设中发挥核心领导作用、团结带动作用。很经典的话说：村看村，户看户，社员看干部；火车跑得快，全凭车头带。现在又强调：领头羊、奋蹄马、头雁作用。

二是谋全局，统筹发展、全面发展。发展不仅是硬道理，也是第一要务，不发展就是死路一条。在新的时代，要不断满足人民对美好生活的新期待，

从大思想、大方向上讲,就是要坚持"四个全面"战略布局、"五位一体"总体布局、树立"五大发展理念",统揽"四个伟大"、打赢"三大攻坚战",而这些,在基层要活学活用,转化为思路、转化为项目、转化为行动、转化为实实在在的工作成效。

三是勇创新,激情干事、担当作为。这也是晋江精神和"晋江经验"很重要一个思想内涵。新时代的发展特点,就是在前人的基础上再发展,就是高质量地全面发展,就是跨越赶超发展。对一个新的班子来说,甚至对每一个党员干部来说,没有强烈的创新开拓意识是不行的,没有敢担当勇作为、善作善成的品质是不行的,没有起早摸黑、奋起直追的舍命拼命精神是不行的。守正要出新,决不能守陈复旧。习近平总书记说:幸福是奋斗出来的。我们的事业和目标,不是轻轻松松、敲锣打鼓就能成功和达到的。

四是有情怀,工作利民、发展为民。基层党员干部与群众百姓面对面、眼对眼,走群众路线,有群众情感,倾听民声、善解民意是一个优势,也是最基本的要求。要沉到一线与群众百姓共谋发展大局、思路对策、凝心聚力;要深入村户访贫问苦,得知冷暖,帮难解困,做群众的有心人、主心骨。要团结带领群众,一起为美好生活和幸福生活打拼,为党和国家的事业、人民和民族的事业奋斗。同时,发展的成果为人民群众共享,党和政府不能与民争利。

五是守纪律,遵纪守法、不碰"两线"(底线、高压线)。党的十八大以来的事实告诉我们:全面依法治国、全面从严治党将继续贯彻下去,反腐败斗争将越来越严,要坚决扎紧纪律的铁笼,把权力放进笼子里,铲除腐败滋生的土壤。当上党员干部,就要把纪律挺在前,对自己更加严格要求,而且要带头遵纪守法、带头从严要求。比如在移风易俗上就要严格遵守村规民约和各级相关规定,做到守住底线,又不触碰高压线。

(本文写于 2018 年 8 月)

学习贯彻习近平新时代中国特色社会主义思想的体会

2018 年 9 月 26 日至 28 日，泉州市委依托市委党校在晋江教学点，组织县（市、区）市管干部开展深入学习贯彻习近平新时代中国特色社会主义思想专题研讨培训。本次培训主题集中、内容突出、讲研结合、实效明显。本人通过听课、自学、讨论、参观等活动，在学深悟透入脑、自觉贯彻运用、强化思想指导等方面有了进一步的强化，增强"四个自信""四个意识""两个维护"，进一步凝聚改革发展的强大动力，明确奋斗的目标方向，更加自觉地为创造"晋江经验"新辉煌和推进"五个泉州"建设新发展做贡献。

一、对习近平新时代中国特色社会主义思想有了更加全面系统的了解和认识

通过学习培训，对习近平新时代中国特色社会主义思想产生的历史背景、思想脉络、理论体系、指导意义有了更加明确的认识和全面系统的了解，从而增强对中国特色社会主义理论、道路、制度、文化自信。增强对改革开放的坚定信心，以伟大斗争的气势和精神，顽强拼搏、不懈奋斗，奋力实现全面小康社会，迈向现代化强国，实现民族伟大复兴。通过学习培训，对习近平新时代中国特色社会主义思想在福建的孕育萌发和实践探索有了更充分认识和深入了解，对这一新思想产生理论崇拜、思想崇拜和风范崇拜。从而增强坚决维护习近平总书记党中央的核心、全党的核心地位，坚决维护党中央权威和集中统一领导的高度政治自觉。更加牢固地树立政治意识、大局意识、核心意识和看齐意识。更加凝心聚力为新福建建设、实现跨越赶超目标做出新的贡献。

二、对新时代"晋江经验"的弘扬与发展有了更加坚定的自信和自觉的担当

通过学习培训,对习近平总书记在福建任职时总结的"晋江经验"有了进一步的认识和了解,对"六个始终坚持"和"五个处理好"的内涵和要求有了进一步的理解和把握,从而对"晋江经验"更加珍惜、更加自信、更加感恩、更加冷静、更加有力,凝聚起再创"晋江经验"新辉煌的磅礴力量。面对新时代新使命新目标新要求,晋江要在更高起点上实现高质量发展,必须以"晋江经验"为指导,进一步发扬爱拼敢赢、创新勇为精神,坚持党建引领,紧抓实体经济,重视人才科技,遵循"五大发展理念",汇聚各方合力,实现共建、共享、共富,在新时代创造出"晋江经验"新辉煌,不辜负总书记和党中央的信任,不辜负省委、泉州市委的重托,不辜负海内外500万晋江人民的期待。

三、对自觉贯彻运用习近平新时代中国特色社会主义思想有了更加明确思路

学以致用,理论联系实际指导实践。作为从事人民政协工作的党员领导干部,必须率先带头学深悟透习近平新时代中国特色社会主义思想,并自觉转化思路、指导实践,化为工作成果和业绩。结合政协工作实际,我认为要做到以下几个方面:(1)要始终坚持中国共产党的领导。人民政协是中国共产党领导的多党合作和政治协商组织,必须坚持这一原则和政治站位,高举中国特色社会主义这面旗帜,自觉维护以习近平同志为核心的领导地位和党中央权威,强化"四个意识",增进团结和民主。(2)要始终坚持以人民为中心的发展理念。人民政协要坚持为人民的导向,要关注民生、体察民情、反映民意,助力补齐民生短板,加大力度助推提升人民群众的幸福感、获得感、安全感,坚持为民履职,为民谋福祉。(3)要始终坚持"五大发展理念"。政协要强化服务中心意识,按照"五位一体"全面协调发展的总体布局,进一步强化履行政治协商、民主监督、参政议政职能,当前要聚焦打赢"三大攻坚战",实现全面小康,建设美丽中国。(4)要始终坚持改革创新、奋力作为。要坚持立足政协实际,在遵循政协章程和党中央对政协工作的要

求的前提下,结合工作实际和履职实践,以改革的勇气和创新的思维,不断加强政协党建工作,提升政协参政议政能力,深化民主协商实效,大力推进政协事业新发展。(5)要始终坚持构建人类命运共同体的愿景。发挥政协的组织优势、职能优势、机构优势和人才优势,积极开展国际交流与合作,助推"一带一路"建设,增强"四个自信",讲好中国故事,做好"海丝"文章,发挥政协统战职能和有益作用,为推进祖国统一和繁荣发展做出政协的新贡献。(6)始终坚持协商民主广泛多层制度化发展。人民政协围绕党和国家的中心工作,站在广大人民的立场上,以团结民主为主题,履行政治协商、民主监督、参政议政职能,要发挥政协优势和作用,坚持协于谋事、商于成事,发展广泛多层和制度化协商民主,画好同心圆,汇聚正能量,高举中国特色社会主义旗帜,为实现民族伟大复兴梦想而不懈奋斗。

(本文写于 2018 年 10 月 8 日)

我们一起来：认识马克思

前言：认识马克思

马克思是共产党人的"老祖宗"。我们经常风趣地说：死了，就去见马克思。马克思的一张画像，额头圆滑发亮，一头几乎是披肩的长发，蓄留的长胡子，一双炯炯有神的眼睛，让人印象极为深刻。早年常见挂于会厅、会场和庄严的公共场所，以示人们对他的崇敬、追随和怀念。

今年是马克思 200 周年诞辰，是马克思和恩格斯撰写的《共产党宣言》发表 170 周年。为了纪念这位伟大的思想家、革命家，世界上不少地方举行各种形式的纪念活动，马克思的名字和马克思的思想进一步深入人心。马克思是共产党的伟大导师，也是世界人民的宝贵的思想财富。

5 月，中国大地春暖花开，万物蓬勃。"五一"节刚过，首都北京又迎来一个重大的盛事活动——5 月 4 日，中共中央在北京隆重召开纪念马克思 200 周年诞辰大会，习近平总书记做了重要的讲话，缅怀马克思的伟大人格和历史功绩，重温马克思的崇高精神和光辉思想。中央电视台制作和播出了《不朽的马克思》的文献专题片，再现了马克思的生平和思想，再现了马克思主义在中国的运用和发展。

概况：马克思的生平

1818 年 5 月 5 日,马克思诞生于德国特里尔城的一个律师家庭。早在中学时代,马克思就树立了为人类幸福而工作的志向。1835 年,17 岁的马克思在他的高中毕业作文《青年在选择职业时的考虑》中这样写道:"如果我们选择了最能为人类而工作的职业,那么,重担就不能把我们压倒,因为这是为大家做出的牺牲;那时我们所享受的就不是可怜的、有限的、自私的乐趣,我们的幸福将属于千百万人,我们的事业将悄然无声地存在下去,但是它会永远发挥作用,而面对我们的骨灰,高尚的人们将洒下热泪。"

大学时代,马克思广泛钻研哲学、历史学、法学等知识,探寻人类社会发展的奥秘,23 岁的马克思获得了博士学位。24 岁参加工作,先在《莱茵报》当主笔,马克思经常抨击普鲁士政府的专制统治,维护人民权益。马克思曾说:"我必须不惜任何代价走向自己的目标,不允许资产阶级社会把我变成赚钱的机器。"马克思于 1843 年移居法国巴黎。1844 年,马克思 26 岁,恩格斯不足 24 岁,两位优秀的青年在巴黎的"历史性会面",成为一对终身的革命战友,他们积极参与工人运动,在革命实践和理论探索的结合中完成了从唯心主义到唯物主义、从革命民主主义到共产主义的转变。1845 年马克思和恩格斯合作撰写了《德意志意识形态》,第一次比较系统地阐述了历史唯物主义基本原理。1848 年,马克思、恩格斯合作撰写了《共产党宣言》,一经问世就震动了世界,成为全部社会主义文献中传播最广和最具有国际性的著作,成为共产党的共同纲领。在革命失败后,马克思深刻总结了革命教训,力求通过系统研究政治经济学,揭示资本主义的本质和规律。流亡到英国伦敦后,31 岁的马克思长期居无定所,靠典当和赊账以及恩格斯的资助度日,在短短的 5 年内有 3 个孩子先天夭折,但马克思没有向苦难低头,依旧潜心研究政治经济学,研读了大量的著作,目标始终如一,为无产阶级和被压迫民族谋求解放的理论武器。1867 年《资本论》问世,这是马克思主义最厚重、最丰富的著作,被誉为"工人阶级的圣经"。马克思毕生忘我工作,经常每天工作 16 个小时,他在给友人的信中谈及,为了《资本论》的写作,"我一直在坟墓的边缘徘徊。因此,我不得不利用我还能工作的每时每刻来完成我的著作"。

关于两本重要著作

以前我们经常讲,马克思的两个理论贡献是:唯物史观和剩余价值。其实,马克思最大贡献,就是由空想社会主义发展成为科学的社会主义。社会主义的设想和研究,已经有 500 年的历史,直到马克思的科学社会主义,才真正推动了人类的发展进程,并把目标定在最终实现共产主义。马克思留给后世许多宝贵的思想财富,最著名的有《共产党宣言》和《资本论》。

《共产党宣言》的问世,是人类思想史上的一个伟大事件,是第一次全面阐述科学社会主义原理的伟大著作,"向全世界公开说明自己的观点、自己的目的、自己的意图",树立起一座马克思主义精神丰碑。《共产党宣言》重大理论贡献主要是:深刻阐述了马克思主义的科学世界观,深刻阐述了马克思主义政党的先进品格、政治立场、崇高理想、革命纲领和国际主义精神。《共产党宣言》对世界社会主义产生的深远影响,一经问世就在实践上推动了世界社会主义发展,深刻改变了人类历史进程。1864 年的国际工人协会(史称"第一国际")成立,1871 年的巴黎公社革命,1917 年列宁领导的"十月革命",以及社会主义在中国的建立,都充分证明这一点。

《资本论》一书,内容宏大、理论深奥,马克思从 1843 年就开始研究政治经济学了,直到 1867 年写成《资本论》,而且是在他最贫困潦倒的时候写成的。马克思创造了一个崭新的思想体系,以唯物史观的基本思想为指导,通过深刻分析资本主义生产方式,揭示了资本主义社会发展的规律,将社会关系归结为生产关系,将生产关系归结于生产力的高度,从而证明了社会形态的发展是一个不以人的意志为转移的自然历史过程。在这部书中,马克思通过大量事实,详细而深刻地分析了资本主义的发展历史,揭穿了资本主义迅速发展的"秘密",提出了"剩余价值学说",揭露了资本主义残酷剥削工人阶级的丑恶本质,指出了工人阶级之所以极其贫困的原因。

《资本论》的出版,是国际共产主义运动史上的一件重要大事,标志着无产阶级迎来新的斗争历程。在《资本论》中,马克思断然指出:资本主义必然灭亡和无产阶级的必然胜利都是不可改变的,是历史发展的必然趋势。这就为无产阶级的革命斗争提供了理论武器,增强了无产阶级革命斗争的决心和信心。

马克思与中国

1848 年 2 月 24 日,马克思、恩格斯所著的《共产党宣言》正式发表。当时的中国,是清朝道光二十八年。1840 年至 1842 年发生第一次鸦片战争,中英签订《南京条约》;1856 年至 1860 年发生第二次鸦片战争,中英法美俄等签订《北京条约》;期间的 1851 年至 1864 年发生太平天国运动,太平军一度占领南京。这一时期,中国处在内忧外患之中。

尽管这样,马克思也逐渐被中国人认识。1867 年冬,清末学者王韬根据自身见闻记录了普鲁士战争的有关情况,连载于香港的报纸上,并于 1873 年以《普法战争纪》之名出版,其中就提到社会主义、马克思主义的文字,但文章只被视为域外奇闻,没有引起重视。1899 年 2 月,由英国传教士李提摩太和蔡尔康共同翻译完成的《大同学》,节选了一段《共产党宣言》中的语言,首次提到“马克思”的名字,并称为“百工领袖著名者”,同时也提到恩格斯。1908 年 3 月,《天义报》发表了部分翻译的章节,并作序。辛亥革命后,社会主义和马克思主义不断被提及和引用,直到 1920 年 8 月,由陈望道翻译的中文版全译本的《共产党宣言》才首次出版,引起强烈反响。至 1926 年 5 月,《共产党宣言》共印刷 17 版。

陈望道翻译的《共产党宣言》在上海秘密刊印并向全国传播,为创建中国共产党提供了理论指导,教育和引导了一大批先进的知识分子和有志青年走上革命道路,其深远的历史意义不言而喻。

其实,这一时期,帝国主义的野蛮侵略和中国人民的深重苦难引起了马克思的高度关注。第二次鸦片战争期间,马克思撰写了十几篇关于中国的通信,向世界揭露西方列强侵略中国的真相,为中国人民伸张正义。马克思、恩格斯高度肯定中华文明对人类文明进步的贡献,科学预见了"中国社会主义"的出现,甚至为他们心中的新中国取了靓丽的名字——"中华共和国"。

"十月革命"一声炮声,为中国送来了马克思列宁主义,给苦苦探寻救亡图存出路的中国人民指明了前进方向、提供了全新选择。在这历史大潮中,一个以马克思主义为指导、一个勇担民族复兴历史大任、一个必将带领中国人民创造人间奇迹的马克思主义政党——中国共产党应运而生。1921年7月23日至31日在上海召开了中国共产党第一次全国代表大会,来自各地的13名代表参加,代表着全国50多名党员,通过了《中国共产党党纲》和《关于当前实际工作的决议》,提出推翻资产阶级政权,消灭私有制,建立劳动阶级国家,并选举党的领导机构。党的二大于1922年7月在上海召开,12名代表着全国195名党员的代表参加。会议通过了9个决议和《中国共产党章程》,提出了党的最低纲领(建立完整独立的共和国)和党的最高纲领(实现共产主义)。党通过28年的长期艰苦奋斗,组织和指挥军队和人民,取得了新民主主义革命的胜利,走上了社会主义革命和建设的康庄大道。

习近平总书记在2018年5月4日纪念马克思200周年诞辰大会上的讲话中,用"三个铁一般的事实证明",阐明了马克思主义与中国的关系。讲话中说:

> 中国共产党诞生后,中国共产党人把马克思主义基本原理同中国革命和建设的具体实际结合起来,团结带领人民经过长期奋斗,完成新民主主义革命和社会主义革命,建立起中华人民共和国和社会主义基本制度,进行了社会主义建设的艰辛探索,实现了中华民族从东亚病夫到站立起来的伟大飞跃,这一伟大飞跃以铁一般的事实证明,只有社会主义才能救中国!

> 改革开放以来,中国共产党人把马克思主义基本原理同中国

改革开放的具体实际相合起来,团结带领人民进行建设中国特色社会主义新的伟大实践,使中国大踏步赶上了时代,实现了中华民族从站起来到富起来的伟大飞跃。这一伟大飞跃以铁一般的事实证明,只有中国特色社会主义才能发展中国!

在新时代,中国共产党人把马克思主义基本原理同新时代中国具体实际结合起来,团结带领人民进行伟大斗争、建设伟大工程、推进伟大事业、实现伟大梦想,推动党和国家事业取得全方位、开创性历史成就,发生深层次、根本性历史变革,中华民族迎来了从富起来到强起来的伟大飞跃。这一伟大飞跃以铁的事实证明,只有坚持和发展中国特色社会主义才能实现中华民族伟大复兴!

学习和实践马克思主义

习近平总书记在讲话中提出了学习马克思的"九个方面思想",即:学习和实践马克思主义的——关于人类社会发展规律的思想、关于坚守人民立场的思想、关于生产力和生产关系的思想、关于人民民主的思想、关于文化建设的思想、关于社会建设的思想、关于人与自然关系的思想、关于世界历史的思想、关于政党建设的思想。

当前,就是要结合奋进新时代的伟大斗争、伟大工程、伟大事业、伟大梦想的"四个伟大"实践进程,认真学习、弘扬和发展马克思主义,确保始终以马克思主义作为理论基础和行动指南,更加自觉用马克思主义理论武装头脑,更加坚定无产阶级政治立场,进一步强化理论、道路、制度、文化"四个自信",增强政治意识、大局意识、核心意识、看齐意识,争做新时代有思想、善奋斗、勇担当、真作为的优秀的共产党员。

（本文写于 2018 年 6 月）

后 记

青梅为植物之果实,更为人生之蕴意。青者,春之景色;梅者,冬之信物。冬去春来时序轮回,日夜更替岁月如歌。我身处青梅山之中,这里是晋江古邑新城的渊源故地。在这里,衍生出了青阳和梅岭2个街道办事处,形成晋江的中心城区,由此也激发出我以轻松真挚的情感抒写晋江的语言文字,故本书以"青梅"为题,取"立青梅之巅,絮情感之语"之意,袒露与释放心中久郁的城恋与乡愁。

散文是文学的重要体裁之一,浩瀚如海、洋洋洒洒、蔚为大观,几乎是每一个文学作者必写的文学样式。散文好写,因为身边的人、事、物、景,都是抒写的内容、抒发的对象、抒情的寄寓,注意拾取便能就地取材,稍作罗列也可娓娓道来。然而,散文并不是真的那么好写,因为散文需要用脚步去丈量,需要用情感去编织,需要用智慧去点化,需要用人文历史去润色,才能达到真善智美、沁人心脾、启迪灵魂的艺术高度。本书中,有写山川景色的,有写乡野阡陌的,有写人文传统的,有写城市变迁的,是一些见物兴起、触景生情、知表少里的感发与感慨,有的还是因应任务所作,因而缺乏散文的真谛与美境。但自己以为是时光和汗水所赐,并已尽情和尽力了,出一本书本来就是一件很不容易的事,为此也聊胜于无、自感欣慰。还有,本书中的大多数篇目,已见于报端或收入有关书册中,结集时进行了大致的归类与分辑,以示规范和便于赏读。

岁月去无情,十年磨一剑。本书选自2008年以来的一些文稿,至今整整十年。十年来,个人散文、诗歌、小说等写作都有涉及,但以散文数量为多，故乘文化大发展大繁荣之势，借"晋江经验"弘扬传承之力，先行整理成册、结集出版。由于时间跨度长，在言语表述、数字呈现、地名风貌等方面有一些更新变化，为尊重时间历史、反映原创原文，并没有作更多的改动。尽管如此，尚有不尽意处，也恳请海涵。本书在整理、编审、印制过程中，得到了海峡文艺出版社、晋江市文联和部分文朋好友的大力支持，在此深表谢意！

作　者
2019 年 4 月于晋江